U0165707

第二版

Introduction to Modern Linguistics

社會語言學教程

鄒嘉彥　游汝傑　著

五南圖書出版公司 印行

目　錄

第一章

導　論

第一節　社會語言學的邊界和研究對象

「社會語言學」這一學科名稱，英文原名sociolinguistics，是由「社會學」（sociology）和「語言學」（linguistics）複合而成的，猶如「心理語言學」（psycholinguistics）是由「心理學」（psychology）和「語言學」（linguistics）複合而成。它的基本內容包括兩方面，一是social linguistics，其基本涵義是：從語言的社會屬性出發，用社會學的方法研究語言，從社會的角度解釋語言變體和語言演變。二是語言社會學（sociology of language），其基本涵義是：從語言變體和語言演變的事實，來解釋相關的社會現象及其演變和發展的過程。兩者的研究方向不同，簡而言之，前者從社會研究語言，後者從語言研究社會。前者例如，據拉波夫的研究，離英格蘭海岸不遠的馬薩葡萄園島上居民的母音原有有央化的特徵，與標準英語不同，即「老派讀音」。例如將house[haus]一詞讀作[həus]，即將標準英語的[a]讀作央化的[ə]。後來由於大量英格蘭大陸人來度假旅遊，央化的母音漸漸非央化，向標準英語靠近。但近年來的調查表明，原有的央化讀音又捲土重來。究其原因，是該島居民英格蘭對大陸人反感，從而想用語言上的特點來凸顯本地人的形象。這就是當地英語母音央化的社會動因[1]。後者例如，在中國大陸，餐飲、娛樂等營業場所顧客離開前與店主結賬，以前稱為「結賬」，但是近年來產

---

1 Miriam Meyerhoff, *Introducing Sociolinguistics*, Routledge, New York,2006. pp.16-17.

生一個新詞「買單」，中青年使用率較高。詳見第六章。此詞源自香港粵語「埋單」（也寫作「孖單」），因為「買」和「埋」讀音相同，「買單」在字面上也較容易理解，大陸逐將「埋單」寫作「買單」。如果從語言來解釋社會，可以這樣解釋：「結賬」一詞有了來自香港的「埋單」這一新的變體，這反映出近二十年來香港取代上海，成為全國時尚之都的社會現象。

社會語言學自有特點，而與其他語言學分支學科大不相同。

一、描寫語言學與社會語言學

雖然歐洲傳統方言學的誕生是在描寫語言學之前，但是它記錄和描寫方言的理念與後出的描寫語言學並無二致，二十世紀二十年代誕生的中國現代方言學尤其如此。

描寫語言學（descriptive linguistics）或可稱為結構主義語言學（structural linguistics）。其創始人瑞士語言學家索緒爾（F. de. Saussure, 1859-1913）曾認為語言學可以分為「內部語言學」和「外部語言學」兩大類。「內部語言學」只研究語言系統的內部結構，而「外部語言學」則把地理因素、社會因素等與語言結合起來研究，它企圖從人類學、社會學、心理學等社會學科來研究語言。結構語言學屬於內部語言學。

美國描寫語言學大師布龍菲爾德也說：「我們並不尋求一個語言形式在言語社團的各種場景的用處。」（L. Bloomfield 1927）他並不在社會環境中研究語言。總之描寫語言學只研究語言本體，即語言自身的結構。

索緒爾又有「語言」（langue）和「言語」（parole）之分，前者是指語言系統，是抽象的，後者是指個人的說話，是具體的。描寫語言學優先考慮的是語言而不是言語。

社會語言學可以說是反其道而行之，它的研究對象不僅僅是語

言，而是兼顧言語，提倡聯繫語言本體之外的社會因素研究語言，研究在社會生活中實際的語言是如何運用的。拉波夫（William Labov, 1927-）認爲社會語言學是「一種現實社會的語言學（socially realistic linguistics）」（Labov 1972）。「如果研究資料取自日常生活中的語言，語言學一定會更快地沿著科學的軌道發展」[2]。拉波夫不僅以日常生活中的語言作爲研究資料，而且透過使用者的社會背景：社團、階層、地位、性別、年齡、人種、方言、地域、風格等，來研究他們所使用的語言變體和特點。社會語言學的宗旨是在語言集團的社會環境中，在共時的平面上研究語言運用的規則和演變，試圖建立能夠解釋這些規則和演變的語言學理論，拉波夫就曾以這種方式來研究紐約百貨公司中[r]音的社會分層、黑人英語的語法特點等。

從索緒爾的觀點來看，社會語言學即是外部語言學。

總之，結構語言學屬於內部語言學，優先研究語言及其系統。社會語言學是外部語言學，優先研究言語而不是語言。

二、社會語言學與唯理語法、生成語法

唯理語法是十七世紀波爾－羅瓦雅爾（Port-Royal）等三位法國學者創立的，其代表作是他們合著的《普世唯理語法》。他們認爲語法和邏輯有一致關係，所有的語言都有一個統一的思維邏輯模式作爲基礎。既然邏輯是全人類一致的，語法也應該是全人類共同的、普遍的。這種理論是以法國哲學家笛卡兒（R. Descartes）的哲學思想爲依據的，所以又稱「笛卡兒語言學」，今又稱「唯理語言學」。在十七世紀至十九世紀曾盛行一時。二十世紀六十年代開始在喬姆斯基創立的生成語法（generative grammar）中得到引申和發揮。喬姆斯基認爲唯理語言學的語法理論是「深層結構」說的前驅。

---

2 拉波夫，《拉波夫語言學自選集》（北京語言文化大學出版社，2001年）。

　　喬姆斯基在《句法理論的若干方面》（1957年）一書中曾說：
「語言學理論主要關心的是完全統一的語言社團內理想的說話者和
聽話者，他們非常瞭解自己的語言，在實際言語行為中運用語言知
識時，並不受與語法無關的條件影響，如記憶力的限制、注意力分
散、注意力及其興趣的轉移，以及種種錯誤（偶然的或固有的）這樣
一些在語法上毫不相干的條件的影響。」他非常重視語言的共性和普
遍性。

　　生成語法強調的是天生的語言能力（language competence），社
會語言學強調的則是交際能力（communication competence）。交際
能力是後天獲得的，不是先天具備的。

　　生成語法並不通過實地調查來蒐集語料，其語料可以是研究者自
省的，只要符合語法規則，哪怕是實際語言中不可能存在的句子也可
以。其基本的研究方法是先假設，後驗證。

　　轉換生成語法的旨趣是研究擬想的人（an idealized man）怎樣用
有限的規則生成無限的句子，著重點是語言能力；社會語言學的旨趣
是研究社會的人（a social man）跟別人交際的時候怎樣使用語言，
著重點是語言運用（performance）。

　　美國的拉波夫在六十年代所宣導的社會語言學，對於當時追求純
形式研究的語言學是一個重大的革新。它的宗旨是在語言集團的社會
環境中，在共時的平面上研究語言運用的規則和演變，試圖建立能夠
解釋這些規則和演變的語言學理論，例如研究紐約百貨公司中[r]音
的社會分層、黑人英語的語法特點等。

三、方言學與社會語言學

1.漢語方言學的性質和特點

　　漢語方言學史可以分為傳統方言學和現代方言學兩大階段。從漢
代揚雄《方言》到清末民初章太炎《新方言》，中國傳統方言學的研

究目的在於以今證古，即以今方言證釋古文獻，或以古證今，即以古文獻中的材料解釋今方言。傳統方言學屬於語文學（philology）的範圍。古代的民族學著作如地方誌，雖然也記錄一些口語詞彙等，但其研究框架仍是語文學。

用現代語言學的眼光來研究漢語方言，肇始於十九世紀中期以後紛至沓來的西洋傳教士，他們用西方語言學的學理和概念來記錄和分析漢語方言的語音，記錄和整理方言口語詞彙，研究方言句法，還進行方言比較和分類研究。但是他們的研究與中國傳統方言學並沒有傳承關係，他們的研究方法和目標與傳統方言學也大異其趣。

西洋傳教士的研究工作和中國學者的描寫方言學，雖然在時間的先後上有相銜接的關係，但是後者並沒有直接繼承前者研究成果的明顯跡象，中國學者是另起爐灶重新研究各地方言的。早期現代學者如林語堂、羅常培等人也曾注意到西洋傳教士的成績，並且撰有專文介紹。不過也許他們認爲傳教士只是準方言學家而已，至多只是將傳教士的紀錄作爲一種參照系罷了。

中國的現代方言學發端於趙元任的《現代吳語的研究》（1928年）。中國現代方言學是在西方描寫方言學的直接影響下誕生、發展的。趙元任對各地吳語語音的描寫所達到的精微程度，比之同時代的國外描寫語言學，可以說是有過之而無不及。

但是從西方的描寫語言學的觀點來看，中國的描寫方言學從一開始，就不是純粹的描寫語言學。調查字音的表格是從方塊漢字在中古切韻音系的地位出發制定的，分析和歸納音類也都離不開中古音系的名目。從設計調查表格，到歸納聲韻調系統、整理調查報告，從方言之間的互相比較，到構擬方言的較古階段，都要借助傳統音韻學知識，都離不開中古的切韻系統。方言研究的全過程幾乎都跟歷史語言學牽連。中國的描寫方言學實際上是西方描寫語言學和漢語歷史音韻學相結合的產物。

　　漢語方言學是在歐洲興起的現代方言學的一個支派或一部分。如果要問它有什麼特點？那麼可以說它的特點是將從西方輸入的現代方言學與中國傳統音韻學相結合。

2.方言學與社會語言學異同

　　方言學與社會語言學的相同之處有兩方面。

　　雖然現代方言學的誕生比社會語言學要早得多，但是它與後出的社會語言學的研究對象和研究目的卻是相同的。

　　第一，歐洲傳統方言學的初衷是試圖從語言地理的角度，來研究語言的演變歷史，從而檢驗新語法學派「語音演變沒有例外」的論點。方言學對歷史語言學起到了極大的推動作用。傳統方言學的初衷是研究語言的歷史演變，故與社會語言學的目標之一是一致的。

　　社會語言學的目標之一也是研究語言演變，研究語言有哪些變體？如何演變？有什麼規律？不過它不是從地理的角度，而是從社會的角度來研究語言的歷史演變及其原因。就此而言，社會語言學和傳統方言學可以說有異曲同工之妙。

　　第二，社會語言學的研究對象是社會生活中實際使用的語言。語言是抽象的，方言是具體的，實際使用的語言即是方言。所以社會語言學和方言學的研究對象是相同的。社會語言學的三位先鋒：拉波夫、特魯傑（Peter Trudgill, 1943-）和海姆斯（Dell Hymes, 1927-，其中有兩位實際上是在研究方言的基礎上創建社會語言學的。拉波夫主要研究的是紐約的城市方言，他的博士學位論文是以紐約黑人語言為研究對象的。特魯傑研究的是英國諾里奇方言。海姆斯的背景是人類學，而人類語言學也是以實際使用的語言或方言為研究對象的。

　　雖然社會語言學在研究對象和研究目的方面是相同的，但是它們與方言學在理念、旨趣和調查方法等方面也有以下不同之處。

　　第一，描寫語言學認為語言是同質有序（ordered homogeneity）的，社會語言學認為語言是異質有序（ordered heterogeneity）的。

「同質有序」是指一種語言或方言的系統在內部是一致的，在同一個語言社區裏，所有的人群在所有的場合，他們所使用的語言或方言的標準是統一的，而其結構和演變是有規律的。「異質有序」是指一種語言或方言的系統在內部是不一致的，會因人群、因場合而異，不同的階層有不同的標準，內部是有差異的，但其結構和演變仍然是有規律的。

第二，描寫語言學的旨趣是描寫共時的同質的語言。社會語言學的旨趣是研究共時的異質的語言，即研究語言的變異或變體（variant），並通過研究語言變異與各種社會因素的相互關係，以及異體擴散的社會機制，從共時的語言變異中，去研究歷時的語言演變規律。最終建立語言演變理論。拉波夫1971年以來在賓夕法尼亞大學研究語言演變，把該校的語言學系變成世界著名的「語言演變」研究中心。拉波夫近年來正在撰寫三卷本的《語言變化原理》，第一卷《內部因素》已於1994年出版，第二卷《社會因素》已於2001年出版。

第三，傳統方言學全面調查一種方言的語音，以歸納音系爲直接目的。社會語言學並不一定著重全面調查語音，歸納、研究語音系統，而是著重調查研究不同階層、不同年齡、不同場合的語言差異，即語言變項（variable）。

傳統方言學從描寫語言學的立場出發，調查一種方言的時候，要求盡可能全面記錄這種方言，從而歸納這種方言的音位、聲韻調系統等，目的是描繪這種方言系統的全貌。

社會語言學注重探索語言變異，從而研究語言的層化特徵，建立層化模型，它並不以全面描寫方言系統爲己任。例如特魯傑在英國諾里奇市（Norwich）調查十六個語音變項。拉波夫在紐約調查[r]音的變項。兩人都沒有全面調查兩地的語音系統。

社會語言學認爲分層的社會方言研究比地域方言更重要，注重探

索層化特徵的語言變項，認爲方言學對方言的描寫僅僅是社會語言學的起點而已。

　　第四，方言學家和社會語言學家都採用實地調查的方法，但是因爲理念不同，所以具體做法也大相逕庭。方言學的被調查人是經嚴格的程序人爲選定的，並且是一地一人調查定標準。社會語言學家也從事實地調查，其特點是多階層和多人次的隨機抽樣調查。拉波夫在北美抽樣調查達數千人之多。然後進行定量分析，用概率統計來說明語言規則。實際上是借用社會學和統計學的方法來調查研究語言。

　　第五，方言學醉心於偏僻的鄉下方言的調查，希望能找到古老的演變緩慢的語言現象，早期的歐洲方言學尤其如此。方言地理學則更重視農村地區方言點的調查材料，繪製同言線（isogloss）必須有這些資料作爲基礎。比較而言，社會語言學一般致力於調查和研究大中城市或城鎮的方言。因爲城市裏有更豐富的社會現象，有更紛繁的社會階層，有更爲多姿多彩的社會方言。

　　第六，方言學上的方言區是根據語言特徵劃分出來的單位，社會語言學上的言語社區（speech community）是根據語言層化特徵、交往密度、自我認同劃分出來的單位。言語社區的範圍可大可小。在同一個言語社區允許存在雙語或多語現象。

　　第七，方言學幾乎不研究「語言計畫」，而「語言地位、語言標準、語言規劃」等問題卻是社會語言學的重要課題。

3.社會語言學是方言學發展的新階段

　　廣義的西方方言學史似應包括三個主要階段，即歐洲的方言地理學、北美的描寫方言學和社會語言學。狹義的西方方言學只是指19世紀末期在歐洲興起的方言學，以及後來以此爲規範所進行的研究。

　　社會語言學大大地改變了方言學家的作用。方言學家不再僅僅只是公佈他們的材料，而是注意將他們的材料與社會發展相聯繫，

並且從中探討理論問題。社會語言學革新了方言學只研究地域方言的傳統，將研究旨趣轉向社會方言，例如城市方言的社會層次分層研究。社會語言學應該成為方言學發展的新階段，事實上已經有人將社會語言學納入方言學的範圍，例如W. N. Francis所著*Dialectology: An Introduction*（Longman, 1983）的最後一章即是〈社會語言學〉。

社會語言學是從社會的角度研究語言，而中國社會和西方社會在許多方面大不相同，所以中國的社會語言學應該自有特色，不能照搬歐美社會語言學的某些範式。

社會語言學已經取得斐然可觀的成績，它應該是方言學今後發展的重要方向之一。傳統方言學和社會語言學相結合，將使方言學在語言學園地裏大放異彩。同時應該強調方言學的傳統研究方向仍然需要繼續，某些領域甚至需要進一步加強。新的漢語方言學的特點應該是歷史語言學、描寫語言學和社會語言學三結合。

方言學今後要朝社會語言學的方向發展，這並不意味著方言學的傳統研究方向應該取消。對於中國社會來說，方言的地域差異比社會差異要嚴重得多，何況方言的地域差異研究遠未達到成熟的程度，在方言地理學方面尤其如此。所以傳統研究方向仍然需要堅持，某些領域甚至需要進一步加強，例如方言語法研究、方言歷史、方言地理等。

四、社會語言學的研究範圍和對象

對社會語言學的研究範圍或對象，有兩種不同的意見，一種意見認為社會語言學只是從社會因素研究語言，是單向的；另一種意見認為：「社會語言學可以指將語言學上的資料和分析結果，用於研究與社會生活有關的學科，或者反過來，將取自社會的資料及其分析結果

用於語言學」。[3]因此社會語言學的研究是雙向的。又由於社會語言學研究語言與社會因素的關係，而社會因素又是極其紛繁複雜的，所以它的研究範圍不容易界定。我們認為社會語言學可以有廣義和狹義之分。

廣義的社會語言學，也可以稱為宏觀社會語言學，它兼括「社會語言學」和「語言社會學」，語言與社會的研究是雙向的。它具有跨學科或邊緣學科的性質。所謂「社會語言學」是從社會的角度研究語言，「語言社會學」是從語言的角度研究社會。從國內外社會語言學著作來看，其研究範圍一般包括以下方面。

1. 語言變體：社會方言、地域方言。
2. 語言交際：言語社區、語碼轉換、會話分析、社會網絡、語言態度、禮貌語言、語言互懂度研究。
3. 雙語現象、雙言現象、雙方言現象、多語現象。
4. 語言接觸：方言接觸、語言接觸、洋涇浜、混合語、混合方言、外來詞。
5. 語言轉移：語言忠誠、語言轉用、移民與語言、語言競爭。
6. 言語民俗學：社會和文化背景不同的言語社區使用語言的差異。
7. 語言、文化和思想：語言與文化的關係、語言與思想的關係、語言禁忌、不同語言在語義上的關聯。
8. 語言與社會的種種關係。
9. 語言計畫和語言教學。
10. 語言習得（language acquisition）。
11. 其他。

以上9、10兩項屬於社會語言學的應用。

---

3 Hymes, D., *Foundations in Sociolinguistics, An Ethnological Approach*, The University of Pennsylvania Press, 1974.

　　狹義的社會語言學則認為它的研究對象是社會生活中實際使用的語言，研究目標是在言語社區中人們的說話方式及其意義和限制條件，即一個人在言語社區裏以什麼樣的方式說話，為什麼以這樣的方式說話？它試圖從社會角度來解釋某些語言變項。科學有描寫性學科和解釋性學科之分，例如植物志是描寫性學科，植物學則是解釋性的學科。社會語言學是解釋性的學科，不是描寫性的學科。它與生成語言學不同，後者認為語言是人天生的能力，用有限的句型可以生成無限的句子。社會語言學與描寫語言學也不同，後者研究語言本身結構，不試圖用外部因素來解釋語言本身的結構和變化。社會語言學的研究方法則借自社會學，如多人次的田野抽樣調查、計量分析和概率統計等。狹義的社會語言學及其基本理念和研究方法是社會語言學的初衷，也是社會語言學的精髓之所在。狹義的社會語言學的研究範圍至多只包括上述十項中的1至6項。

第二節　社會語言學的誕生和經典研究成果

一、社會語言學的誕生

　　二十世紀五十年代形成的以喬姆斯基為代表的生成語法學派，罔顧語言實際使用情況，宣導語言的「同一性」（homogeneity），置語言的內容的實際使用環境於不顧，極端追求語言的形式研究。生成語法學派的上述傾向，引起許多語言學家的反對。這給研究方向相反的社會語言學提供了學術生態環境。

　　社會語言學作為一門學科是二十世紀六十年代在美國誕生的。幾個帶有標誌意義的事件都發生在1964年。

　　第一，美國學者D. Hymes主編的*Language in Culture and Society: A Reader in Linguistics and Anthropology*（New York, Harper and

Row, 1964）出版。此書收編從二十世紀二十年代以來的有關語言的社會功能和社會意義的論文六十九篇。

第二，J. Gumperz和D. Hymes合編的*The Ethnography of Communication*（New York: Holt, Richard and Winston.）出版。

第三，W. Labov發表著名的論文Phonological Correlates of Social Stratification。

第四，W. Bright主持在加州大學洛杉磯分校召開第一屆社會語言學研討會。1966年出版了會議的論文集：*Sociolinguistics: Proceedings of the UCLA Sociolinguistics Conference, 1964*. The Hague: Mouton.

第五，在美國暑期語言學講習班上，與會專家一致贊同以「社會語言學」來命名這個新的學科。Sociolinguistics這個學科名稱最早見於美國學者H. Currie所寫的論文A Projections of Sociolinguistics: the Relationship of Speech to Social Status（1952年）。

Joshua Fishman編輯的*Readings in Sociology of Language*（The Hague: Mouton Publishers）於1968年出版也是一個標誌性事件。Fishman的背景是社會心理學，他是「語言社會學」的宣導者。他早年與Max Weinreich交遊，受他影響很深。後者是猶太語語言學家，是較早從事語言接觸研究的社會語言學家。他是哥倫比亞大學語言學系的著名教授也是拉波夫的老師。

早期的社會語言學有三個基本的研究方向，可以分別以社會語言學的三位開拓者爲代表。

二、城市方言學

城市方言學（urban dialectology）研究可以以拉波夫（W.Labov, 1927-）爲代表。他於1972年出版*Sociolinguistic Patterns*（Philadelphia: University of Pennsylvania Press）一書，其中第二章是〈紐約市

百貨公司[r]音的社會分層〉。他在三個價位不同的百貨公司調查，其中薩克斯的價位最高，顧客也最爲富有，梅西斯價位其次，顧客較爲富有，克拉恩斯價位最低，顧客最爲貧窮。在各樓層向各種被調查人問「女鞋部在哪裏？」預期的答案應該是「the fourth floor」，從而調查[r]音的社會分層。這個調查包括下列社會變項：公司、樓層、性別、年齡、職務、種族、外國口音或地方口音、強調式或非強調式。語言變項是在四處出現的[r]音：fourth floor（非強調式）fourth floor（強調式）。共用六個半小時調查了二百六十四人。對調查所得結果進行計量分析，製成各種圖表。表1.1「各公司[r]音分層的總貌」是其中第一張表格。從這張表來看，薩克斯的顧客保留[r]

表1.1　紐約「各公司[r]音分層的總貌」

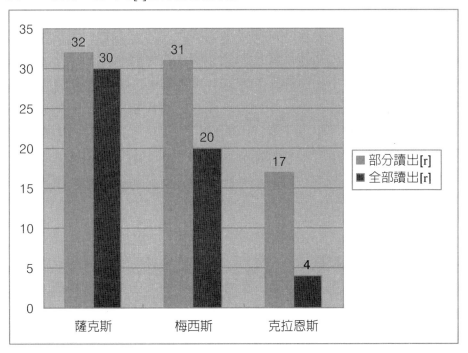

的人數最多，梅西斯其次，克拉恩斯最少，與顧客的富裕程度成正比。對各個社會分層統計結果大致是：保留[r]音的富人比窮人多，白人比黑人多，女人比男人多，職位高的比低的多。

拉波夫後出的社會語言學巨著是三卷本的《語言變化原理》：第一卷《語言變化原理：內部因素》（*Principles of Linguistic Change, internal Factors (Volume I)*），第二卷《語言變化原理：社會因素》（*Principles of Linguistic Change, Social factors* (Volume II)），第三卷《語言變化原理：認知和文化因素》（*Principles of Linguistic Change, Cognitive and Cultural Factors* (Language in Society) (Volume III)）。

第一卷研究語言變化的內部因素，全面、系統地介紹了語言學界關於語言變化的研究成果，以歷史語言學、方言學和社會語言學作爲基礎，來探討語言變化的普遍原則。內容主要涉及制約語言結構發展變化的內部因素，如語言變化機制、變化所受的限制，以及這些變化在語言的大系統中如何運作的方式。既有對前人成果的理論性綜述和批判，也有對他自己幾十年實證研究的概括和總結。書中提出研究「進行中的變化」，認爲「進行中的變化」也是可以觀察的。作者對許多「進行中的變化」的調查和分析都有詳細介紹，例如席捲北美大陸的英語母音大換位，「新語法學派」語音變化與詞彙擴散語的分類等。提出語言變化在共時層面上也是可以觀察的。

第二卷研究語言變化的社會因素，概括三十年來現代社會語言學的研究成果，主要材料來自作者本人對美國費城語言的經典研究。全書分四大部分：1.語言社團；2.社會階層、性別、鄰居和民族；3.語言變化的帶領者；4.傳遞、增長和延續；社會網絡等章節指出高層勞動階級的女性是語言變化帶領者，提出語言變化的傳遞和增量的模式。

第三卷書名是《語言變化原理：認知和文化因素》有一副標題「在社會中的語言」。本卷考察語言變化在認知和文化上有哪些原因，首先概述前人的研究成果，結合大量社會語言學和方言地理學的研究成果，進一步探討這一課題。指出方言分化的條件，以及語言變化在言語社區內部的傳佈，與兒童的語言習得關係密切，而在社區之間傳佈則依靠成人的語言學習。本卷還涉及語言變化跨方言、跨民族、跨族群的擴散。

三、小城鎮社會方言研究

這一研究方向以特魯傑的英國諾里奇方言研究最為典型。

特魯傑曾在英國諾里奇市調查方言，諾里奇市的方言是他的母語。當代居民只有十六萬人，他的調查對象有六十個人，其中五十個是隨機從四個地區的選民登記名冊上抽樣的，另十個是學童。他結合六項社會因素，四種不同的語體，研究十六個語音變項在六十個發音人中的分佈情況。這十六個變項包括三個輔音和十三個母音。六個社會變項是：本人職業、父輩職業、教育程度、收入、住房條件、居住地區，根據這六種社會變項，將被調查人分為五個社會經濟階層（socioeconomic class），從富裕到貧困依次是：下工階層、中工階層、上工階層、中中階層、下中階層。四種不同語體從最正式到最隨便依次是：詞表、語段、正式談話、隨意說話。結果發現這十六個變項的分佈基本上與階層相關。結論是較高階層常用的語音變項比較接近社會公認的標準。例如尾碼-ing的讀音，其中的ng有兩個變體：n和ng。在標準英語裏應讀作ng，因此可以預期屬於較高階層的人更經常讀ng。在諾里奇的調查結果是：隨意說話時，三類工人階級讀ng的只占約20%，而兩類中產階級讀ng的約占80%。各階層在各種語體中的得分見表1.2。計分的方法是：一貫使用標準音ng的得到000

分，一貫使用非標準的n的得到100分[4]（Trudgill 1974）。從此表上的資料來看，越是正式的語體，讀標準音的越多，越是富裕的階層讀標準音的也越多。

表1.2　諾里奇市不同階層在不同語體中[ng]的得分

階層	念詞表	讀短文	正式說話	隨意說話	人數
中中階層	000	000	003	028	6
下中階級	000	010	015	042	8
上工階級	005	015	074	087	16
中工階級	023	044	088	095	22
下工階級	029	066	098	100	8

四、言語民俗學

　　言語民俗學（the ethnography of speaking）或可稱為言語交際民俗學（the ethnology of communication）。海姆斯（D. Hymes, 1927-）在1962年發表〈言語民俗學〉一文（The ethnology of speaking. In Gladwin, T. and W. Sturtevant (eds). *Anthropology and Human Behavior*. Washington, D. C.: Anthropological Society of Washington.）。1974年又出版《社會語言學基礎》一書（*Foundations in Sociolinguistics: An Ethnographic Approach*. Philadelphia: University of Pennsylvania Press）。甘伯茲和海姆斯（1972）、鮑曼（R. Bauman）和謝爾澤（J. Sherzer 1975）等人主要是在這兩種著作的基礎上，從事言語民俗學的理論建設和實踐研究。

---

4 Peter Trudgill, *The Social Differentiation of English in Norwich*, Cambridge University Press, 1974.

　　海姆斯認為言語事件（speech event）或言語行為（speech act）是由以下要素構成的：

1. 環境和場景（setting and scene）：環境指地點，場景指文化場合，如正式場合或非正式場合。
2. 參與者（participants）：說話者和聽話。
3. 目標和效果（ends）：目標是事件前主觀的預期，效果是實際結果。
4. 行為連鎖（act sequence）：事件形式的次序，如先報告，後問答。
5. 語調和風格（key）：說話的語調和風格。
6. 手段（instrumentalities）：口語、書面語、方言、英語、漢語等。
7. 行為規範（norm）：說話者和聽話者的行為規範。如不打岔。
8. 言語體裁（genres）：語言形式的類型、體裁，如對話、獨白（包括演講）。

　　把以上各要素第一個字母拼合起來就是speaking。

　　言語民俗學的研究方法是：首先對每一個言語事件或言語行為，按上述構成要素，歸納出各民族的文化特徵，然後從眾多民族的文化特徵歸納普遍規律。目前已歸納出大量特定地區、特定言語場景（儀式、電話交談、推銷員口頭推銷）和特定言語行為（表揚、道歉、侮辱）的文化特徵。

　　美國的人類語言學家甘伯茲（John Gumperz）二十世紀五十年代曾在印度實地調查兩年，發表有關社會分層與語言差異的系列論文，指出語言運用與社會行為規範和社會結構之間存在有規律的聯繫。他認為語言的運用與社會、文化、民族等因素不斷地相互作用，言語交際是一個互動的過程，對它必須做動態的分析[5]。

---

5 祝畹瑾編，《社會語言學譯文集》（北京大學出版社，1987年）。

第三節　社會語言學的研究方法

一、多人次抽樣調查

　　在選定社會變項和語言變項之後，就要開始進行有目的的調查和蒐集語料的工作。社會語言學與傳統方言學在調查、蒐集語料方面，有一個很大的區別，就是它採用多人次抽樣（sampling）調查法。抽樣調查本來是社會學慣用的方法。抽樣是按照隨機的原則，在全部研究對象中抽取一部分進行調查，以達到認識全部研究對象的目的。抽樣分為隨機（probability）抽樣和非隨機（non-probability）抽樣兩種。

　　隨機抽樣又可分四小類：簡單隨機抽樣、分層抽樣、整群抽樣、系統抽樣。前三種隨機抽樣較適合社會語言學研究。

　　簡單隨機抽樣又稱純隨機抽樣，即在全部研究對象中按隨機的原則抽取一定數量的對象。可以用抽籤的辦法，也可以借助「亂數表」來抽取樣本。特魯傑在諾里奇調查社會方言，他的調查對象就是在選民登記冊上隨機抽樣的。

　　分層抽樣又稱類型抽樣，即根據研究的目的事先將全部研究對象劃分成幾個類型，然後在不同的類型或組別中進行隨機抽樣調查。如在一個小城鎮居民中事先選定幾個社會階層：中產階層、平民百姓、大學畢業生、小學畢業生等，然後分階層進行隨機抽樣調查。分層抽樣又分等概率和不等概率兩種。等概率是指在各組別中抽樣的百分比是相等的，不等概率則是不相等的。例如中產階層共有一百人，抽取十人為樣本，比率是10%，貧民百姓共有五千人，抽取五十人為樣本，比率也是10%，這就是等概率，如果貧民百姓也只抽取十人為樣本，比率則為1%，那麼就是不等概率。

　　整群抽樣又稱多階段抽樣，即先將全部研究對象劃分為一個個群

體，再在這些群體中隨機抽取若干群體，抽取的群體中的全部對象即
爲樣本。例如要調查廣州話對上海青年人的可懂度，可以隨機抽取一
個上海籍學生組成的班級，全班的每一個學生即是一個樣本。

　　非隨機抽樣又稱非概率抽樣或立意抽樣，即根據調查者個人的主
觀經驗或爲工作方便，有選擇地抽取樣本。非隨機抽樣又可分爲判斷
抽樣、偶遇抽樣和定額抽樣三種。前兩種較適合社會語言學研究。判
斷抽樣即根據調查者主觀判斷來抽取典型的樣本。例如要調查香港
白領語碼混合問題，可以從調查者的主觀判斷和工作方便出發，認定
五十個人作爲樣本。偶遇抽樣是指調查人將在各種場合偶然遇見的人
作爲樣本。如在某一個言語社區調查某一個語言變項，可以在咖啡
館、電影院門口、學校、商店等地方調查任意遇見的人。

　　一般說來，隨機調查因爲知道抽樣的概率，可以利用統計技術來
測試樣本的資料是否可以代表全部研究對象，因此比非隨機抽樣更可
靠、更科學。不過隨機抽樣比非隨機抽樣需要更多的時間和精力。

二、快速隱密調查法

　　拉波夫在調查紐約城市方言時使用了「快速隱密調查法」（rap-
id anonymous investigation）。其基本做法是：預先設計好問題表，
在說話人不覺察的情況下，快速調查記錄自然語料。實際上是被調查
人在調查人有計畫的誘導下，在預期的語境中，提供調查人所需要的
自然語料。拉波夫在所著《紐約市百貨公司[r]音的社會分層》中對
這個方法有所說明，即調查人假裝是顧客，在百貨公司問被調查人
「女鞋部在哪裏？」得到的答覆總是the fourth floor。然後假裝沒聽
清楚，又問一遍：「對不起，在哪裏？」得到的答覆總是讀音強調的
the fourth floor。於是調查人就走到說話人看不見的地方，把尾音[r]
的實際讀音記下來。他如法炮製，用了六個半小時成功地調查記錄了
二百六十四個人的語料。另一個例子是爲了調查上海話舌面濁擦音聲

母[ʐ]的變體，可以在地鐵西行的二號線南京西路站，假裝問路，問候車乘客下一站是什麼站？預期的回答是「靜安寺」。其中「靜」字可能有兩個變體，一是舌面濁擦音聲母ʑ；二是濁塞擦音聲母dʑ。然後假裝沒聽清楚，再問一次，所得到的答覆即是強調式的這個聲母的讀音。快速隱蔽記錄不同年齡、不同性別等的乘客的答覆，就可以獲得研究這個上海話聲母變體的語料。

快速隱密法的特點是被調查人沒有覺察被調查，這樣調查出來的語料是最自然不過的。而不被覺察似乎也只有在短時間內完成才有較大的可能。

快速隱密法的缺點是社會變項可能缺失，例如難以判定被調查人的年齡、職業等。

三、定量分析

社會語言學注重定量研究和分析，主要是出於兩方面的原因。一方面，社會語言學要研究語言變項和社會變項的關係，用數理統計的方法更能說明兩者的相關性。用定量分析來研究相關性也是一般科學的方法。另一方面，社會語言學要求多人次地調查語言變體，調查所得的大量資料只有通過數量化、概率統計、定量分析，才能說明問題。定量分析可以用於社會語言學的許多課題，例如社會變項的數量化、語言變項的數量化、權數的設定和計算、語言態度的數量化、語言接近率的計算、語言競爭力的計算、詞彙演變的計量說明等。用於不同課題的計算方法或計算公式也可能不同。下面以用於調查香港青年人日常用語的定量分析為例加以說明。

先看「香港青年日常用語調查表」（表1.3）：

表1.3　香港青年日常用語調查表

調查人姓名	調查時間				
被調查人姓名	年齡	職業	性別	教育程度	
社會變項（語域）	粵語	英語	國語	其他	權數
一、家庭					
1.與配偶／朋友					1
2.與子女					0.9
3.與兄弟姐妹					0.8
4.電視、電影					0.7
5.與父母					0.6
6.報紙雜誌					0.5
7.信件					0.4
8.與鄰居					0.3
合計					
平均（百分比）					
二、工作					
1.與同事談業務					1
2.公務會議					0.9
3.寫工作報告					0.8
4.與同事閒談					0.7
5.寫便條					0.6
合計					
平均（百分比）					

社會變項（語域）	粵語	英語	國語	其他	權數
三、其他					
1.購物					1
2.酒樓餐廳					0.9
3.流行歌曲					0.8
4.政府部門					0.7
5.電話公司等					0.6
6.公共交通					0.5
7.警察、保安					0.4
合計					
平均（百分比）					
總計（平均）					

　　此表的左端是使用語言的場合（domain），即社會變項，分爲三大類：家庭環境、工作環境和其他環境。每一類又分若干變項，以工作環境爲例，分爲五個場合（變項），不同的場合使用語言的時間或多寡也會不同。根據使用語言時間的多少，將各個場合分成不同的級別。使用語言最多的場合級別定爲一級，較多的爲二級，以此類推。在工作環境類的各場合中，與同事談業務應該是最經常的，定爲一級；公務會議可能數天開一次，定爲二級；寫工作報告，可能兩週才寫一次，定爲三級；工作期間閒談是不允許的，每天只能偶爾爲之，定爲四級；寫便條的機會就更少了，所以定爲五級。當然不同的人會有不同的情況，這裏是根據概率的原則分級。級別越高的給予的權數也越多，一級爲1，二級爲0.9，此後每級遞減0.1。

　　在每一個場合使用每一種語言，最多得分為5分，最低為0分。假定「與同事談業務」用粵語得分為4，那麼4乘以權數1，最後得分為4，又如「與同事閒談」用粵語，得分為5，那麼5乘以權數0.7，最後得分為3.5，餘以此類推。表中的「平均」是將各項合計化為百分比。表1.4是某一個說話人在工作場合使用語言調查量化的樣本，量化的結果表明，此人在工作期間英語的使用率最高，達52.3%，國語的使用率最低，僅12.9%。如抽樣調查五十人，每人都必須如法炮製，最後將五十人的資料綜合統計，便可得出結論。

表1.4　工作環境使用語言調查結果量化樣本

二、工作	粵語	英語	國語	其他	權數
1.與同事談業務	3	2	1	0	1
2.公務會議	1	4	0	0	0.9
3.寫工作報告	0	5	0	0	0.8
4.與同事閒談	4	1	0	0	0.7
5.寫便條	1	2	3	0	0.6
合計	7.3	11.5	2.8	0	
平均（百分比）	33.8%	52.3%	12.9%	0%	

　　定量分析的常用工具，除了microsoft office系統中的excel之外，就是spss，這是一個適用於社會科學研究的資料分析軟體，全名是statistics package for social science。內容包括基本統計分析、方差分析、聚類分析、判別分析、相關分析、回歸分析、因數分析、對應分析和生存分析等。其中相關分析對語言社會學研究是最重要的，例如調查泰國潮州籍華裔語言使用情況，各種相關分析的類別舉例如下：母語與語言能力、母語與語言期望、年齡與語言期望、年齡與

語言使用頻率、世代與語言態度、性別與語言能力、性別與語言期
望、性別與語言使用頻率、學齡與語言能力、學齡與語言態度、語言
能力與語言期望、語言能力與語言使用頻率、語言能力與語言態度等。
社會變項與語言變項相關性統計結果表明，兩者關係最密切的是性別
和世代與語言能力的關係。性別與語言能力的相關性分析見表1.5。

表1.5　性別與語言能力相關性

		1.1 性別	3.1.1	3.1.2
1.1 性別	Pearson相關性	1	.004	-.022
	顯著性（雙側）		.939	.648
	N	430	430	430
3.1.1	Pearson相關性	.004	1	.942**
	顯著性（雙側）	.939		.000
	N	430	430	430
3.1.2	Pearson相關性	-.022	.942**	1
	顯著性（雙側）	.648	.000	
	N	430	430	430

**. 在 .01 水準（雙側）上顯著相關。

報告

	1.1性別	3.1.1	3.1.2
1	均值	1.52	1.34
	N	209	209
	標準差	1.779	1.731

1.1性別		3.1.1	3.1.2
2	均值	1.53	1.27
	N	221	221
	標準差	1.653	1.584
總計	均值	1.52	1.31
	N	430	430
	標準差	1.713	1.655

　　從表1.5可以看出男性在潮州話說方面強於女性，男性得分1.34，女性得分1.27，而在聽方面女性要強於男性，男性得分1.52，女性得分1.53。

四、社會網絡的調查研究

　　一個人日常與哪些人打交道，與哪些人說話，通常有一定的對象或範圍。例如某人的說話對象通常是家庭成員、朋友、鄰居、同事、某個民間組織成員等。他與這些人就構成一個社會網絡。一個網絡可以與別的網絡沒有語言來往，或來往不多，也可以來往很密切。社會網絡對一個人的語言行爲和語言演變會產生很大的影響，對於兒童尤其如此。即使在大眾傳媒非常發達的當代社會，社會網絡的影響力也是不容低估的。所以社會語言學很重視調查語言的社會網絡。有一項早期的經典研究是米爾羅伊（L. Milroy）完成的。米爾羅伊對如何分析社會網絡提出三個概念：密度（density）、複合度（multiplexity）、聚合群（cluster）。「密度」是指網絡成員之間的實際聯繫數與全部可能聯繫數的比率。「複合度」是指網絡成員之間的角色關係是單一的或是多重的。單一的例如雙方互爲鄰居，或互爲

同事，或互爲朋友。多重的例如雙方既是親戚，又是同事，又是鄰居
等。「聚合群」是指一個社會網絡中的某一個高密度、高複合度的人
群，他們對整個網絡的成員具有強大的凝聚力，對整個網絡的規範具
有強大的影響力。米爾羅伊還用「網絡強度尺」（network strength
scale，縮略爲NSS）計算個人在網絡中的地位。強弱是由下列五個因
素決定的，一是是否屬於高密度、住在同一地區的聚合群。二是與
鄰居是否有親戚關係。三是有無兩個或兩個以上住在同一地區的同
事。四是有無兩個或兩個以上住在同一地區同一性別的同事。五是業
餘是否與同事保持自發的聯繫[6]。

　　社會網絡關係可以用幾幅示意圖來說明。圖1.1中的說話人A是
這個網絡的核心人物，可能是一個小老闆，其餘四人可能是員工，因
此常與他說話，而相互之間沒有說話的機會，那麼五人的語言特徵會
與A一致，從而形成某種語言變體。

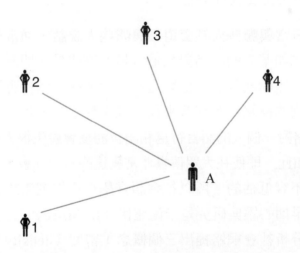

圖1.1　社會網絡示意圖1

6 L.Milroy, *Language and Social Networks*, Baltimore: University Park Press, 1980.

　　圖1.2中的說話人A仍然是這個網絡的中心人物，其餘四人常與他說話，而說話人1和2互相有機會交談，2和3互相有機會交談，3和4也有機會交談。但是1和3、2和4之間沒有交談的機會，那麼以A爲中心的語言特徵比圖1.1的情況會更容易傳播和鞏固。

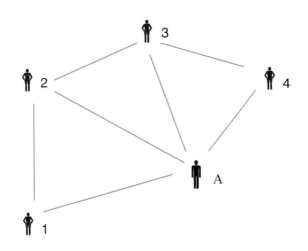

圖1.2　社會網絡示意圖2

　　圖1.3的網絡比圖1.2更爲複雜，即說話人1和3不僅是同事，也是老同學，因此經常談話，而說話人2和4不僅是同事，也是親戚，因此也經常談話。所以整個網絡因爲有一定的複合度，結合得更加緊密。那麼以A爲中心的語言變體比圖2.2的情況會更容易傳播和鞏固。如果兩個網絡的說話人有機會互相交談，那麼這兩個網絡的語言變體也可能互相影響，而變得一致。

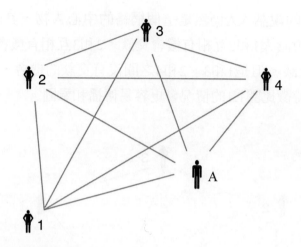

圖1.3　社會網絡示意圖3

　　圖1.4一層區裏的說話人3和二層區裏的核心人物有說話機會,所以二層區的語言變體對一層區有可能產生影響。語言變體通過網絡進行擴散,與時尚、傳染病等通過人際交往擴散相似。

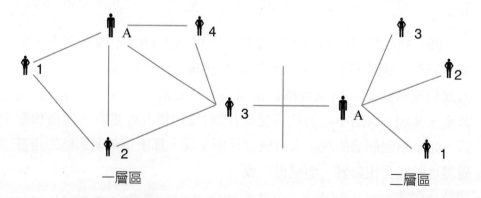

圖1.4　社會網絡示意圖4

　　社會網絡調查研究跟層化特徵調查研究的出發點不同,前者的著

眼點是語言變項的產生和演變與實際的交際圈子密切聯繫，後者的著眼點是同屬一個階層的人群會有相同的語言變項。當然同屬一個階層的人群互相交際的機會很可能比較多。語言是用於交際的，新的變項總是在交際中形成和發展的。因此網絡調查法對於研究變項來說應該是更嚴密、更合理。

五、配對變法

調查語言態度除了可以用詢問和觀察、記錄的方法，還有一個特殊的方法，即「配對變法」（matched guise technique）。這個方法用於測驗語言態度。具體的做法是：將一段話語翻譯成不同的語言或方言，然後請一位雙語人用兩種不同的語言或方言來講述。再請受試的若干雙語人聽這兩段話的錄音（發音人不露面）。然後請受試人根據所得的印象分專案做出評價，並且分別給分。這些專案包括容貌、品行、友善、才智等。最後統計總分。根據對這兩段用不同方言說的話的總分的高低，判斷雙方言人偏愛哪一種方言。例如請分別來自安徽（江淮官話區）、上海、浙江湖州（吳語）的三男三女，用方言和普通話各念一段不帶感情色彩的內容相同的說明文，共十二段錄音。再請長久居住上海的二百個二十至三十歲的人聽每一段錄音，並就發音人的個人品質、社會地位和經濟地位，共分十二項打分。最高為5分，最低為0分。調查結果表明，上海人對普通話的印象分比方言高，不管性別、地點和專案如何，結果都一樣。這說明上海人的語言態度比較傾向於普通話，換言之，普通話的地位在二十至三十歲的上海人的心目中比上海話高。

六、「真實時間」（real time）和「顯象時間」（apparent time）調查法

真實時間研究可以分為兩類：一類是比較已有的目的、方法和

理論基礎都不同的研究，包括方言地理學的系統紀錄，以及歷史紀錄中不完全的觀察、偶然的記錄和較爲詳細的系統描述。這種分析仍然是定性而非定量的，依然是對兩個不同時期的語料做靜態對比。另一類是重返以前研究過的言語社區，調查記錄當前的實際語言，通過與以前的紀錄比較，從而發現語言變異的過程。例如，上世紀八十年代曾調查記錄上海市區和郊區方言，留下了詳細的紀錄，三十年後重返以前的社區，進行調查。將調查結果與以前記錄的材料相比較，發現郊區方言原有的語音特徵消失不少，郊區方言越來越向市區方言靠近。例如：內爆音消失、ie韻與i韻合併、入聲韻尾減少、單字調調類減少等。

顯象時間研究考察的是語言變異在言語社區中不同年齡群體的分佈情況，研究結果表明，認爲語言變化在當代是觀察不到的觀點是錯誤的。拉波夫對紐約和費城母音系統進行中變化的研究就是典型的例子，通過數學計算和圖表分別演示了顯象時間上的變化情況。在同一時代，通過調查老年人（所謂老派）和青年人（所謂新派）的語言，來發現語言變化，這是漢語方言學慣用的研究方法。例如八十年代曾調查上海市區十個區十個家庭的祖孫三代三十人的上海話，比較三代人的語音，結果發現聲母、韻母和聲調都是正在發生變化。例如老年人分尖音和團音，如「精」和「經」讀音不同，中年人部分分尖團，青年人完全不分尖團，「精」和「經」讀音完全相同。

七、自我評測法

自我評測法（self evaluation test）是調查者設計有關語言能力、語言態度等題目，請被調查人自我打分，或做出其他形式的評價。例如特魯傑在英國諾里奇市曾就十二個詞，對被調查人用兩種或多種不同的讀音大聲念出每一個詞，例如tune有兩個讀音：1.[tju:n] 2.[tu:n]。要求被調查人指出哪一個讀音更接近他平時說這個詞的發

音？又如，請泰國華裔中學生對漢語和泰語的聽、說、讀、寫能力自我評測，最高分為5分，最低分為0分。調查結果表明，學生對其泰語語言能力是很自信的，選擇最高分的比例最高；漢語的各項能力比泰語略弱，且聽說能力較讀寫強。

自我評測法的優點是比較簡便，例如，如果立足語言本體設計調查問卷，要求被調查人填寫答案，成本將相當高。缺點是評價往往偏離實際情況，通常是過高。例如拉波夫在紐約，對母音後變體r的有無，所進行的自我評測，結果是自報通常使用標準形式r的人，其中有一部分人實際上並不使用這種較有聲望的形式。這種自報的「不誠實」，說明他們對自己平時說話的方式是不滿意的，而願意使用更標準的形式。

特魯吉爾在諾里奇的調查發現，中產階層的女性在「自我評測」時，往往自報得分過高，而中產階層男性往往自報得分過低，有認同較低階層語音標準的傾向，也就是說較低階層的非標準語音對中產階層男性具有「隱威信」（covert prestige）。自報過高或過低則成為「矯枉過正」（hypercorrection）。

八、訪談法

訪談（interview）是指對調查對象的個別訪問，並記錄他的談話內容，作為研究資料。因調查內容和目的不同，訪談的方式和話題也多種多樣。訪談之前必須根據預定的目的，精心設計訪談提綱，如果讓被調查人漫無目的地談天說地，可能收效甚微。如果要瞭解被調查人的方言特徵，最好是選擇一些他親身經歷的話題，而不是國家大事、經濟要聞之類話題。如請當地居民談論如何過一年中的幾個重要的節日？當地的婚俗如何？喪俗如何？當地的傳統菜肴有哪些？如何製作的？又如拉波夫曾訪談中學生，他的訪談提綱有如下內容：你是否在本地上學？家裏離學校有多遠？你有沒有特別嚴格的老師？他

們會對學生叫喊什麼？你所看到的老師對學生所做的最壞的事是什麼？學生對老師所做的最壞的事又是什麼？你是否爲你沒有做的壞事而受責罵或處罰？老師發現你傳字條，將會怎樣？你的同學都穿什麼樣的衣服？梳什麼樣的髮型？帶什麼樣的耳環？理想的訪談應該從談論本地的社區、居民、鄰居等開始，然後進入有關個人生活的話題，如果要問語言規範之類問題，最好放在個人生活話題結束之後。對被調查人感興趣的話題可以讓他多說，反之應儘快進入下一個話題。調查人也可以參與談話本身，但不能說得太多。如果被調查人只是簡單地回答調查人提出的問題，這樣的訪談就可以說是失敗的。雖然訪談的內容要準確地轉寫（transcription）成文字，是很費時間的，一個小時的錄音可能需要一天的時間轉寫，但是這也是不得不做的後期工作。就調查漢語方言的特徵來說，描寫語言學或方言學的方法效率會更高，但社會語言學家往往不熟悉方言學。

第四節　社會語言學在中國的產生和發展

　　雖然社會語言學是近年來出現的新學科，但是對社會和語言關係的研究在中國有悠久的歷史。遠的有先秦經籍及其漢代注疏中的有關論述，暫且不論。近的則見於現代的語言文字和民族學著作。

　　黎錦熙在二十世紀二十年代曾調查研究過北京的「女國音」，這是對性別語言的零星研究。較成規模的「語言與社會」研究產生於五十年代。

　　羅常培在1950年出版《語言與文化》（北京大學），此書從多方面討論中國語言與社會和文化的關係，主要內容包括：從詞語的語源和演變看過去文化的遺跡；從造詞心理看民族的文化程度；從借字看文化的接觸；從地名看民族遷徙的蹤跡；從姓氏別號看民族來源和宗教信仰；從親屬稱謂看婚姻制度。此書可以說是廣義的中國社會語

言學的開山名著。

　　趙元任有好幾篇研究語言與社會關係的論文是在社會語言學誕生之前撰就的，後來Anwar S. Dil將他二十世紀五十年代至七十年代所寫的相關論文編成論文集*Aspects of Chinese Sociolinguistics*（1976年）。這些論文有的是在美國的社會語言學誕生之前撰就的，例如Cantian Idiolect: An Analysis of the Chinese Spoken by a Twenty-Eight-Months-Old Child（1951年），此文描寫和研究一個女孩的個人方言，包括她的語音系統、語法系統和她所用的詞彙。又如Chinese Terms of Addresses（1956年），此文研究稱呼語，包括人稱代詞、人名、一般稱謂（先生、太太、老爺之類）、親屬稱謂。The Phonology and Grammar of Skipants則是最早研究中英語碼混合的論文。

　　中國的現代語言學家從社會和文化角度研究方言也曾取得不少成果，但其中有些跟二十世紀六十年代在美國誕生的社會語言學並沒有直接的關係，這些獨立的研究成果，比較多的屬於以下三個研究方向，一是方言年齡層次的調查研究，例如二十世紀八十年代為了研究上海方言的年齡差異和歷史演變，曾調查五百個年齡層次不同的上海人；二是方言的文白異讀調查；三是語言與文化關係研究。

　　但是嚴格意義上的社會語言學研究在中國應該始於二十世紀八十年代。幾個帶有標誌性的事件都是在此期間發生的。

　　英國語言學家特魯傑的《社會語言學導論》由林書武等翻譯，在《國外語言學》連載（1980-1982年）。但影響較大的是後出的《社會語言學譯文集》（祝畹瑾編，北京大學出版社，1987年），此書囊括了社會語言學早期的經典著作。R.A.Hudson所著*Sociolinguistics*（Cambridge University Press, 1980）的中譯本也於1989年出版（盧得平譯，華夏出版社）。

　　陳松岑於1985年出版《社會語言學導論》（北京大學出版

社），這是第一本社會語言學教科書。

　　1987年12月語言文字應用研究所在北京主辦首屆社會語言學討論會。會後編輯出版《語言‧社會‧文化──首屆社會語言學學術討論會論文集》（語文出版社，1991年）。

　　中文出版物上「社會語言學」這個學科名稱最早見於陳原的《語言與社會生活──社會語言學劄記》（三聯書店，1980年）。

　　二十世紀八十年代以來，在歐美社會語言學直接影響下，中國學者多方面、多角度地研究語言與社會的關係，已經取得的研究成果涉及以下內容：階層方言、雙語和雙方言、語言態度、語言規範、語言與文化、言語交際、大陸和港臺詞語的比較研究、海外的華人社會和華語等。其中較重要的通論性的專著有：

1.陳松岑，《社會語言學導論》，北京大學出版社，1985年。以國外資料為主，兼及漢語資料。這是第一本社會語言學教科書。

2.孫維張，《漢語社會語言學》，貴州人民出版社，1991年。以漢語語料為主，內容較全面。基本不介紹國外研究成果。

3.祝畹瑾，《社會語言學概論》，湖南教育出版社，1992年。主要是介紹國外社會語言學。

4.王得杏，《社會語言學導論》，北京語言學院出版社，1992年，英文版。介紹國外社會語言學為主。

5.戴慶廈，《社會語言學教程》，中央民族學院出版社，1993年。結合國內少數民族語言。

6.徐大明、陶紅印、謝天蔚，《當代社會語言學》，中國社會科學出版社，1997年。主要是介紹國外社會語言學。

7.郭熙，《中國社會語言學》，南京大學出版社，1999年。以漢語為主。

8.鄒嘉彥、游汝傑，《漢語與華人社會》，復旦大學出版社、香港城市大學出版社，2001年。討論海外漢語和華人社會較多。

2003年《中國社會語言學》雜誌在澳門創刊，同年「中國社會語言學會」也在澳門成立，這標誌著中國的社會語言學走上了進一步繁榮發展的新階段。

思考與練習

1. 比較社會語言學與鄰近學科的異同，談談社會語言學的基本理念。
2. 廣義的社會語言學與狹義的社會語言學有什麼不同？
3. 社會語言學的基本調查方法有哪幾種？與方言學的調查方法有哪些不同？
4. 拉波夫在紐約市調查[r]音的方法和結果如何？
5. 特魯傑在諾里奇調查方言的方法和結果如何？

第二章
語言變異與語言變體

第一節　語言變異

　　社會語言學的所謂「語言變異」（variation）是指某一個語言現象，在實際使用的話語中的變化。所謂語言現象可以是語音、音位、詞彙、語義專案或語法範疇等。例如第二人稱單數，在普通話裏有「你」[ni³]和「您」[nin³]（敬稱）兩種形式，這兩種不同的變化，就是第二人稱單數的變異。

　　社會語言學認為語言不是一種靜止的、自給自足的、同質的符號系統，而是因受各種社會因素影響的異質有序的符號系統。語言以各種變異的產生來滿足社會發展的需要，語言不斷變異是語言本身固有的特質之一。社會語言學強調結合社會因素研究語言變異，強調語言變異的社會分層意義，而一般所謂語言變異不一定與社會因素相關，例如帶鼻音尾的母音演變為鼻化母音，見於許多語言，這種變異可能跟社會因素無關。

　　語言變異可以從以下三個角度來分類：語言變異形成的原因；語言變異在語言系統中出現的範圍和層次；語言變異的社會作用。

　　語言變異的原因可以分為內部原因和外部原因兩大類。內部原因是指語言系統自身某一成分發生變化，引起語言系統的變化，例如漢語北方方言聲母，本來分尖團，例如「精」字讀[zing¹]，即是尖音；「經」字讀[jing¹]，既是團音，讀兩種不同的音。後來兩字都讀[jing¹]，變成同音，即不分尖團。可能一開始只是這兩個字變成同音，後來引起一系列這一類字都變成同音，例如「節－結、秋－

丘、齊一旗、修一休」這四對字各自都變成同音。這樣，在語言系統
裏就有「尖音和團音合而為一」這樣一種變異。

外部原因是指來自語言結構之外的社會因素造成的原因，所謂社
會因素主要是指社會階層或個人的語言特點不同、交際場合不同。語
言變異在語言系統中出現的範圍和層次的不同，包括系統的變異，例
如老上海話有七個單字調，現代上海話合併為五個單字調；分佈的變
異，例如鼻音ŋ在北京話裏僅分佈在韻尾，在上海話裏分佈在音節開
頭和韻尾；實現中的變異，例如英語的韻尾ng，女性使用時比男性
更標準、更到位；偶然的變異，例如dance，標準英語讀[da:ns]，美
國英語讀[dæns]。

語言變異的社會作用，包括言語社區的標誌（indicators），例
如「我」讀[ŋai]（偓）是客家話社區的標誌；語體的標誌（mark-
ers），例如課堂語體多用文理詞，少用土白詞；陳規（stereotypes）
指舊有的特徵在某種場合可能還會用，例如老上海話聲母分尖團，現
代上海話已不分尖團，但是現代的滬劇語言仍然分尖團。

不是所有變異都會進入全民語言，流傳永久。有的變異稍縱即
逝，只有那些長期穩定的變異才會最終成為語言真正的變化。

古今中外的語言學家都贊成「語言會隨著時間的推移發生變
化」，但對正在進行中的語言變化能否觀察得到，卻有不同的看
法。結構主義語言學家持否定的態度，他們認為語言的變化本身是無
法觀察的，因而只能希望看到語言變化的結果，特別是那些對語言結
構有影響的結果。社會語言學的旨趣是研究現實生活中的語言，他們
認為，正在進行中的變化是可以觀察到的，調查研究正在變化中的變
化有助於探索語言演變的原因。觀察正在發生的變化，就一種語言內
部來說，主要有兩條途徑：一是分社會階層來調查語言變項，看有何
異同？變異是在那些階層發生的？這些變異有沒有穩定性？例如第一
人稱單數「我」在當代上海話裏有兩類讀音，第一類是以ŋ為聲母的

ŋo或ŋu；第二類是讀零聲母的fiu。青少年幾乎都讀第二類，這是普通話影響的結果，普通話的「我」也是讀零聲母的，即uo。又例如吉姆森（Gimson, A. C.）曾指出標準英語（RP）雙母音中的前一母音，在非常封閉的上層社會和專業人士中，有央化的**趨勢**，整個雙母音有可能變成單母音。這種趨勢正在擴散到不那麼封閉的人群中，例如英國廣播公司的播音員。二是調查城鄉語言，通過比較發現異同和變化。錢伯斯（Chambers, J. K.）和特魯吉爾層描述小舌r在西歐和北歐的傳播，小舌音r從巴黎開始，跨過語言界限，在海牙、科隆、柏林、哥本哈根等城市傳播，又從城市傳播到周圍的鄉村，最後取代了這些地區所有語言裏的舌尖音、顫音和閃音r。用「詞彙擴散」的理論出發也可以研究「正在進行的變化」。

第二節　語言變體　語言變項　社會變項

　　語言是處在不斷變化發展的過程中，其中與社會因素相關的語言變異就成為社會語言學的研究重點。各種語言變異的存現形式就是「語言變體」（variety）。「語言變體」是一個內涵很寬泛的概念，大至一種語言的各種方言，小至一種方言中某一項語音、詞彙或句法特徵，只要有一定的社會分佈的範圍，就是一種語言變體。例如英國的標準英語可以稱為英語的「上層變體」（superposed variety）。標準英語名詞複數要加-s尾，如two cats（兩隻貓）；動詞過去時要加-ed，但美國黑人英語名詞複數-s尾和動詞過去時-ed尾脫落。把「兩隻貓」說成two cat；把「He passed yesterday.」說成「He pass yester-day。」因為這兩種詞尾脫落現象只見於美國底層黑人，所以是「語言變體」。

　　社會語言學所要研究的是能辨別社會功能的語言變體，沒有社會意義的語言成分的變化不構成社會語言學的「語言變體」，也不是社

會語言學研究的對象。例如普通話音節末尾的後鼻音，有人讀得較到位，有人讀得不到位，或有時候較到位，有時候不到位。因爲沒有社會分層的意義，並不是老年人是一種讀法，青年人是另一種讀法，或者女性是一種讀法，男性是另一種讀法，等等，所以不構成社會語言學上的「語言變體」。

　　社會語言學的「語言變體」與結構語言學的「音位變體」，觀念完全不同。結構語言學認爲「音位變體」沒有區別意義的作用，即同屬一個音位的兩個或多個讀音不能區別詞義。這是就語言本身的結構和系統而言的。社會語言學所謂「語言變體」是能夠區別社會意義的。例如北京話零聲母合口呼有[ø]和[v]兩個變體，「新聞」的「聞」可以讀成uen，也可以讀成ven。對這兩個變體，結構語言學認爲，就音位而言，沒有區別的必要，社會語言學則認爲應探索是否能夠區別社會意義。探索的結果是讀[v]變體的多是女性，也就是說，uen或ven有區別男女的社會功能，即有辨別社會成員的意義。所以社會語言學的「語言變體」可以說是「能夠辨別社會功能的語言變體」，是具有相同社會分佈的一組語言形式。

　　語言變異的種類稱爲「語言變項」（linguistic variable），語言變項是社會語言學調查工作的基本單位之一，即要調查什麼語言變異？語言變項是在開展調查前必須預先設定的。語言變項的類別有音系變項、詞彙變項和語法變項，其中以音系變項最常見。例如英語尾碼-ing是一個語言變項，它有兩個變式：ing和in。據特魯傑的調查，較高階層的人經常讀ing，較低階層的人經常讀in（特魯傑1974）。又如第二人稱單數在泰語裏是一個語言變項，它有十二個語言變式，實際情況是：

　　　Thaan：男女通用，稱呼社會地位高的人或僧侶。
　　　Khun：男女通用，稱呼地位相同或較低者。

Ther：男女通用，稱呼地位相同或較低者。

Gae：男女通用，稱呼地位相同或較低者。

Eng：男女通用，稱呼地位相同或較低者。

Meung：男女通用，稱呼地位相同或眞正親密的人。

Lorn：僅用於女性，稱呼地位相同或較低者。

Long：僅用於男性，稱呼長輩親戚或其他年長者。

Paa：僅用於女性，稱呼長輩親戚或其他年長者。

Pee：男女通用，稱呼長輩的兄弟姐妹。

Norng：男女通用，稱呼晚輩的兄弟姐妹。

　　社會變項（social variable）也是社會語言學調查工作的基本單位之一，即要對什麼樣的人群調查。社會變項也是在開展調查前必須預先設定的。常用的社會變項有：年齡、性別、教育程度、職業、社會階層、經濟地位、種族、族群、居住地等。每一項都可以加上適當的權重。因調查課題不同、目的不同，應設計不同的社會變項。例如拉波夫在研究紐約的語言變異室，設計了三個社會變項，即教育、職業和收入，確定了十個社會階層，0層是最下層，小學或以下教育程度，體力勞動者，幾乎入不敷出；1-5層是勞工階層，受過中等教育，屬藍領工人，有購置汽車等物品的經濟能力；6-8層是下層階層，半專業人士，白領，有送孩子上大學的經濟能力；9層是最高層，受過良好教育，屬專業人士或生意人。又例如要調查泰國潮州裔華人語言使用情況，可以設計以下社會變項：世代（即被調查者移民泰國已是第幾代）、職業、性別、在學校學習中文的年數等。每一大類語言變項，還應分成小類，例如「世代」可分爲第一代、第二代、第三代等。也可以從社會網絡關係，例如休閒會所、社區社團、宗教組織的異同出發，來設計社會變項。社會變項須與語言變項結合起來調查，例如世代這個社會變項與潮州話的能力這個語言變項

結合起來調查。

第三節　社會方言

　　方言可以分爲地域方言（regional dialect）和社會方言（social dialect）兩大類。地域方言是語言在不同地域的變體。一般說來同一種地域方言分佈在同一個地區或同一個地點，如湘語主要分佈在湖南，贛語主要分佈在江西。社會方言是語言的社會變體。使用同一種地點方言的人，因職業、階層、年齡、性別、語用環境、個人風格等等不同，語音、措詞、談吐也會有不同。在同一個地點方言內部又有社會方言的差異，這些差異並不妨礙這個言語社團（speech community）內部的相互交際。因爲生活在這個言語社團裏的人，對這些差異非常熟悉，甚至習焉不察。實際上，差異只是說話時才有，聽話時並不意識到差異，或者雖然覺得有差異，但是並不妨礙理解。
　　下面討論各種社會方言。

一、階層變體和性別變體

1.階層變體
　　因社會階層不同造成的社會方言，第一章曾述及拉波夫紐約百貨公司[r]發音的個案調查研究，還有特魯傑的諾里奇方言個案調查研究。
　　其實在華人社會裏階層方言的主要差別表現在兩方面，一是文理和土白的使用頻率；二是上下級或上下輩相互稱呼的不平等關係。
　　「文理」和「土白」分層是漢語特有的社會方言現象。文理和土白的對立有兩層意思：一是指讀書時用文讀音讀漢字，說話時則離開漢字使用方言口語。這種傳統由來已久。明馮夢龍所撰福建《壽寧縣志》說：「壽雖多鄉談，而讀書仍用本字，故語音可辨，不比

漳泉，然村愚老幼及婦人語，非字字譯之，不解。」據董同龢二十世紀四十年代的調查，四川成都附近的涼水井客家人讀書時用四川官話，說話時則用客家方言，這是一種特殊的文理和土白的對立現象。有的地方文理和土白自成系統，與外地人說話用文讀系統，與本地人說話則用白讀系統。例如江蘇的丹陽和浙江的金華。丹陽的文讀聲母系統塞音和塞音只有送氣清音和不送氣清音兩類，與官話相同。但是白讀聲母系統塞音和塞擦音卻有送氣清音、不送氣清音和濁音三類。二是指在日常口語中，詞彙和表達方式有文理和土白之分。教育程度較高的階層多用「文理」，教育程度較低的階層多用「土白」。或者在較莊重、客氣、正式、文雅的場合多用文理成分。各方言中的文理成分與書面語相同或相近，文理成分在方言間的差別較小。

　　方言詞彙有土白詞和文理詞之分。土白詞是指日常口語使用的本地詞彙；文理詞是指書面語詞彙或官話詞彙，還可以包括一些謙詞和敬語。例如在普通話裏「農作物、飲食、食物、腹瀉」是文理，「莊稼、吃喝、吃的東西、拉肚子」是土白。方言裏的土白詞產生的時代較早，是原有的；文理詞產生的時代較晚，是外來的。例如上海話：「蛇蟲百腳、花草樹木、灶披間、馬桶間、傢俱」是土白詞，與之相應的「昆蟲、植物、廚房、衛生間、家生」是文理詞。溫州話「湧湯、間底、天色、天色熱、破傷冷、日頭氣逼底」是土白詞，與之相應的「開水、傢俱、天氣、夏天、感冒、中暑」是文理詞。吳語浙江黃巖話中「相貌、肚勿好（即腹瀉）」是文理詞，「面範、拔肚」是土白詞。「左邊」（或「左面」）和「右邊」（或「右面」）這兩個文理詞在紹興話中的土白表達法是「借半邊、借手；順半邊、順手」。

　　「文理」詞彙可分兩小類，一類是平時口語常用的，如上述黃巖話的「相貌」和「肚勿好」，另一類是口語不用的書面語詞彙，即

所謂「轉文」。如北京人平時口語說「莊稼、喝酒」，如果說「農作物、飲酒」則是轉文。上海話裏「花草樹木、蛇蟲百足」是口語，「植物、昆蟲」是轉文。「我們」這個書面語詞彙在上海日常口語中是不用的，但是在電視節目中用上海話回答記者提問時，常用轉文「我們」。

表達方式也有文理和土白之分，見表2.1。

表2.1 文理和土白表達方式比較

文理表達方式	土白表達方式
請問尊姓大名？	你姓什麼？叫什麼名字？
免貴姓李，小名大光。	姓李，李大光。
府上哪裏？	你什麼地方人？／老家哪裏？
令尊大人還健在嗎？	你父親還在的？
敢問貴庚？虛度三十。	你幾歲啦？三十。
久違了。	長久不見了。
愚弟某某上（書信落款）	弟某某
您家千金什麼時候相的親？	你女兒什麼時候找的對象？

在有的方言裏，表達方式也涉及語音層面，例如常州方言有「紳談」（官腔）和「鄉談」（土講）之分，兩者連讀變調形式不同。以漢語為對象的階層方言的個案調查研究，目前還很少。趙元任 *The Dialectal Nature of two Types of Tone Sandhi in the Kiangsu Changchow Dialect*（載《清華學報》紀念李方桂先生八十歲生日特刊，新14卷頁33-34，1982年）的中文提要曾提到江蘇常州的一種階層方言的語音特點。他說：「常州話裏的紳談和街談代表兩種社會階層，所用的連讀變調不同，例如『好佬』（something good）hau[1] lau[0]，紳談說55-0.2，街談說55-0.5。本地人大半兒都不知道有這兩種變調。『紳談』，『街談』是外地人起的名詞。」這兩種變調型並存於常州城裏，家庭出身不同的學生在學校裏相互交際的結果，使這兩種變調型部分混合。所謂「紳談」即是經濟地位和社會地位較高的紳士的說話形式，所謂「街談」是一般老百姓的說話形式。

上下級或上下輩相互稱呼的不平等關係，是指上級對下級或上輩對下輩可以直呼其名，反之不可以直呼其名。對上級一般在姓氏後面加頭銜，如李科長、王經理、張老師，或直呼頭銜。對上輩則只用稱謂，迴避姓名。如果是平輩親屬則分長幼，長者對幼者可以直呼其名，反之則不可以，只能用稱謂本身，或在稱謂前加排行，如大哥、二姐等。這種情況與英語語境大不相同，在英語語境中，上下級之間或上下輩之間是可以直呼其名的。只是對擔任頂級職位的人物、在軍隊裏或在正式場合，才在姓名前加頭銜。例如President Bush、General Bower。兩者的差異與東西方文化背景不同有關。在中國的傳統文化裏，歷來有「長幼有序、敬老孝悌」觀念。

總之，當代漢語的社會分層，教育程度這個社會變項應該是最重要的，其次應該是級別或輩份。

2.性別變體

男子和女子在語言習得、語言能力和語言運用上都有一定的差別。兩者的差異是有關生理、心理和社會三方面的原因綜合作用的結果。女孩學會說話比男孩一般要早三個月左右。女子的語言表達能力比男子強，也就是說女人比男人更善於說話。女子還更善於運用眼神、表情、手勢、身勢、笑聲等有聲語言以外的手段（non-verbal communication）來增強語言的表現力和感染力。

女性較注意個人的行為，如服飾、打扮、舉止等，談吐也是一種個人的行為。並且女性往往要肩負起教會孩子說話和其他行為準則的責任。故女性的語言比較細膩、委婉、規範。

　　男人說話比較關心內容，較少注意措詞，多平鋪直敘，直奔主題；女子說話比較注意情感表達、措詞、語氣和語調。在日常談話中女子比男子較多使用帶徵詢口氣的疑問句、感歎句和多種委婉的表達方式。例如上海的女子比男子更多用希望得到肯定回答的問句：「對伐！」「是伐！」「好伐！」更喜歡用「要死！」（表示嬌嗔）、「瞎嘮！」（表示讚歎）之類感歎句。罵人的話男子和女子也有明顯的不同。例如上海話中的詈語，「神經病！」（女子對男子挑逗行為的斥責）、「死腔！」（對挑逗、反悔、拖延、拒絕等行為的斥責）、「十三點」（舉止、言談不正常）幾乎為女子所專用。如男人使用這一類詞彙，就會被認為「娘娘腔」。「娘娘腔」是對女性語言特徵的形象歸納。在廣州話裏「衰公、衰人」這兩個詈詞也只用於女人罵男人的時候。在吳語溫州話中男人罵人稱為「讚馬頹」，女人罵人稱為「讖」，各有一套罵人的話，互相不會倒錯。有些地方的女子還自有一套有關人體生理衛生的隱語，僅僅通行於女子中間。教育程度較低的男子說話時常常夾帶粗魯的口頭禪，女子一般沒有此類口頭禪。

　　在談話過程中，女人在聽話的時候，較多地使用「嗯」、「是的」、「對呀」等表示回應的詞語，男人較少使用這一類應答詞。女人往往因此懷疑男人沒有認真聽她們說話。

　　據對十篇北京青年話語資料（口述實錄文學）的統計，用於疑問句和祈使句的語氣詞「嗎、呢、吧、啊」等，女性的使用頻率大大高於男性（曹志耘1987）。見表2.2。

表2.2　語氣詞的性別差異

	疑問句使用語氣詞頻率			祈使句使用語氣詞頻率		
	最多	最少	平均	最多	最少	平均
男性	38%	21%	33%	50%	15%	28.5%
女性	94%	30%	72%	25%	100%	48%

　　兩者的差別說明女性說話比較注意語氣，較多地使用委婉、柔順的語氣，男性則相反。

　　在語音上女子比男子更具有性別角色的自我意識。趙元任在《現代吳語的研究》（1928年）中曾提到蘇州話「好、俏」等字（效攝），女子多讀[æ]韻，男子的讀音比[æ]略偏後。黎錦熙曾在二十年代提到北京的女國音（又稱「劈柴派讀音」），即有文化的女性青少年把聲母[tɕ tɕh ɕ]的發音部位往前移，發成一種近似於[ts tsh s]的聲母，如把「尖tɕ ien⁵⁵」字讀成tsiɛn⁵⁵，「鮮ɕien⁵⁵」字讀成sien⁵⁵；「曉ɕiau²¹⁴」字讀成siau²¹⁴。「女國音」在今天的北京話裏仍然存在。在粵方言區，女子說話多用句末語氣詞jek或je。

　　上述語言的性別差異是就一般情況而言的，在女子或男子內部個體之間的差異有時候也可能超過性別之間的差異。

　　女性對於語言的規範和標準更加敏感和積極。在一份對寧波人的語言態度的調查報告中，有一個問題是：你在電視、廣播裏聽到被採訪人用寧波話講話，會覺得怎樣？一共有四個選項。結果表明四十歲以下的男人和女人的態度有很大的差別。見表2.3。覺得「很親切」的，在男人中平均占25%，在女人中平均只占4%，覺得「有點彆扭」的，在男人中平均只占58%，在女人中平均高達88%。四十歲以上的男人和女人的態度則相差無幾，未列在表上。

表2.3　寧波人語言態度性別差異調查表

年齡	20歲以下		20—40歲	
性別	男	女	男	女
很親切	24%	8%	26%	0%
沒有什麼感覺	24%	12%	10%	4%
有點彆扭	52%	80%	64%	96%

* 此表內容據徐蓉〈寧波城區大眾語碼轉換之調查分析〉（載《中國語文》2003.1）

在商店購物時，遇上能聽懂但不會講寧波話的營業員，也是女性購物者更願意改用普通話與之對話。

語言的性別差異在許多語言裏都存在，例如在泰語裏，句末語氣詞krab只用於男性，ka只用於女性。「早上好」這句話，如果你是男性應該說「Sa Wat Dee Torn Chao krab」，如果是女性，應該說「Sa Wat Dee Torn Chao ka」。在日語裏也有區別性別的標誌性成分。例如「我不明白呀」這句話，女性說成「わからないゎ」 男性說成「わからないよ」。女性所用的終助詞是「わ」，與男性不同。再如：「一個人能回去，不要緊的。」男性說成：「一人で歸れるから大丈夫だよ。」女性說成：「一人で歸れるから大丈夫よ。」男性插入「だ」，女性無此標誌（眞田信治1996）。

英國的特魯傑曾用「自我評測方法」（self-evaluation test）研究男人和女人對標準音的語言態度有無差異。他把十二個有幾種不同讀音的詞，一一讀給男女受試者聽，例如tune的母音有標準的[ju:]和非標準的[u:]兩種讀音，然後要求受試者在一張表格上標明自己最貼近哪一種音。再將自評的結果和預先錄製的實際讀音相比較。結果發現女性更喜歡把自己的讀音說成比實際情況好，即樂意向標準音靠近，而男性恰好相反。見表2.4。

表2.4　對英語標準音語言態度的性別差異（%）

	總數	男性	女性
自報偏高	13	0	29
自報偏低	7	6	7
自報準確	80	94	64

二、城鄉差異和年齡變體

1.城鄉的語言差異

　　城市裏的方言變化較快，農村的方言變化較慢，城市周圍的方言往往跟著城裏的方言變化。從鄉下方言的現狀可以看出城裏方言以往的歷史面貌。例如今天的上海方言只有五個聲調，但是據英國人J‧Edkins在1853年的記載，當時的上海話有八個聲調。八個聲調是怎樣合併成五個聲調的呢？從調查今天上海郊縣的方言聲調中，可以找到答案。八個聲調合併成五個聲調的全過程的每一個階段，都可以在今天郊縣方言中找到活的證據（見表2.5）。

表2.5　上海市區和郊區方言調類比較表

調類 地點	陰 陽								聲調數
	平	上	去	入	平	上	去	入	
松　江	平	上	去	入	平	上	去	入	8
金　山	平	上	去	入	平	去		入	7
南　匯	平	去		入	平	去		入	6
市　區	平	去		入	去			入	5

　　粵語陰平調原有高平和高降兩種調值，今香港和廣州城裏已只有高平一種調值，但高降仍保留在鄉下方言裏。

　　鄉下話裏保留較多的舊詞彙，城裏流行的新詞彙大都暫時不見於鄉下。在句法方面，情況也一樣。表2.6是上海城鄉若干詞彙和句法格式的比較。

表2.6　上海城鄉詞彙和句法格式差異比較

普通話	多少	很、十分	我們	結賬	下雨了。	杯子打破了。
上海市區話	多少	老、交關	阿拉	買單	落雨勒。	杯子打破脫了。
上海郊縣話	幾化	邪氣	我伲	匯鈔	落雨哉。	杯子打破鞋裏。

　　其實這些鄉下的詞彙和表達方式即是城裏舊時的詞彙和表達方式。城裏的社會生活比鄉下豐富，人際交往也較頻繁。新的時尚總是在城裏首先產生的，新的語言現象往往也是新的時尚，鄉下人也是要追趕時尚的，所以新的語言現象，最終也會擴散到鄉下。但是鄉下的方言似乎永遠追不上城裏方言的發展速度，所以城裏的方言相對於包圍它的鄉下方言而言，永遠是廣義的方言島。也許隨著媒體越來越發達，城市方言島的邊界會越來越模糊，以至消失。

2.年齡層次變體

　　調查、記錄和比較語言的年齡差異（age grading）是研究語言微觀演變的極其重要的途徑。它能為語音的歷史演變、詞彙更迭、語法成分和結構的興替，提供活的證據，並且能為語言規劃提供依據。

　　語言在時間上的差異造成語言的年齡差異，即使用同一種語言的同時代的人，因年齡層次不同，語言的特點也有差異。語言的歷時變化是緩慢的、漸變的，所以語言的年齡差異只是表現在個別特徵上，並不妨礙不同年齡層次的人互相自由地交談，如果不加特別的注意，一般人在日常口語中也不一定會覺察到年齡差異。一般說來，語言的年齡差異比地域差異要小得多。

　　語言年齡差異的大小因地因時而異。在生活節奏較快、趨新心理較強的大城市，年齡差異較農村地區大一些。在社會變革劇烈的年代，年齡差異也會大一些，特別是在詞彙方面會有較多的不同。

　　年齡層次一般可以分成老年、中年、青少年等。一般是通過對老年人和青少年口語特點的比較，來觀察方言的年齡差異。在年齡差異比較中，中老年人稱爲老派，青少年稱爲新派。中年人的方言特徵往往在老派和新派之間遊移不定。新派和老派之間沒有絕對的年齡界限，大致可以分爲年老和年輕兩輩進行比較。老派方言的特點是保守、穩定；新派方言的特點是有較多新生的方言成分，特別是新的詞彙。在新派中產生的語音、詞彙和句法成分都有可能被老派吸收，尤其是詞彙最爲常見。例如在吳語區，「電影」和「越劇」老派原來稱爲「影戲」和「戲文」（或紹興戲、的篤班），現在通稱爲「電影」和「越劇」。由於教育水準的不斷提高和公共傳播媒介的強有力的影響，各地新派方言有越來越靠近普通話或書面語的趨勢。表2.7是新老派廣州詞彙比較表，表2.8是新老派上海話詞彙比較表，可以看出兩地的詞彙新派詞彙向書面語演變的趨勢。

表2.7　廣州話老派和新派詞彙比較表

書面語	1 早餐	2 郵票	3 報紙	4 門檻	5 輪船	6 拐杖	7 汽水	8 被	9 把
老派 新派	朝早飯 早餐	士擔 郵票	新聞紙 報紙	門枕 門檻	火船 輪船	士的 手杖	荷蘭水 汽水	卑 被	將 把

　　表中「士擔」（stamp）、「士的」（stick）是英語來源的外來詞。「汽水」舊稱「荷蘭水」，沿海港口城市皆如此，舊時曾用「荷蘭」（Holland）代表西洋。

表2.8　上海話老派和新派詞彙比較表

	1	2	3	4	5	6	7	8
書面語	虹	地震	水泥	鈔票	郵遞員	罐頭	印章	下雨了
老派 新派	鱟 彩虹	地動 地震	水門汀 水泥	銅鈿 鈔票	郵差 郵遞員	聽頭 罐頭	戳子 印章	落雨哉 落雨勒

*表中「水門汀」（cement）、「聽頭」（tin）、「戳子」（chop）是英語來源的外來詞。

　　新老派方言的差異，除了若干新舊詞彙和語法成分有所不同外，最引人注目的是語音成分或語音系統的差異。例如香港粵語鼻音聲母n和邊音聲母l原來是可以互讀的音位變體，但是今天的新派已經將l和n合爲l一讀，如「奶」只有nai一讀，而老派仍有lai和lai兩讀。香港粵語老派有後鼻音聲母ŋ，但後鼻音聲母ŋ在新派方言已變爲零聲母，例如「牛」老派讀ŋeu2，新派讀eu2。

三、語域變體和職業變體

1.語域變體

　　「語域」（register）是語言使用的場合或領域（domain）的總稱。語言使用的領域的種類很多，例如新聞廣播、演說語言、廣告語言、課堂用語、辦公室用語、家常談話、與幼童談話、與外國人談話、口頭自述等。語體與語域關係密切，語體（style）是指說話的方式。因爲說話的場合和意圖不同，措詞、語氣、韻律、音系也會不同，甚至句法特點也可能不同。在同一場合或帶同一意圖說話時，就會用同一語體。由於說話的場合和意圖紛繁複雜，所以語體的種類也千變萬化，難以列舉。

　　在越是正式的場合，說話人越是注意自己的說話方式，越是傾向於使用正式的語體，例如政治家發表演說、外交家參加談判、教堂牧

師佈道、教授講課等。這稱爲「語體警覺」（attention to speech）。在一般場合，會較隨便地使用非正式語體。

口語和書面語是兩大主要的語體。語體是分層次的，口語和書面語也是兩大最高層次的語體。就漢語而言，與書面語比較，口語有以下主要特點：1.多用土白詞，少用文理詞。漢語裏有一系列有文理和土白組成的同義詞，例如飲酒、喝酒；花草樹木、植物；桌椅板凳、傢俱；腹瀉、拉肚子等。前者是文理詞，多用於書面語；後者是土白詞，多用於口語。「之、於、抵、者」等文言詞也多見於書面語。如：「李大成之子已於3日抵滬。」這個書面語句子，用口語說，通常是：「李大成的兒子已經在3號到了上海。」2.口語較多用單音節詞彙。有些成對的單音節和雙音節詞，詞義是相同的，例如傳遞、傳；理睬、理；睡覺、睡；美麗、美；乾燥、乾；潮濕、濕；墳墓、墓；糖果、糖等。3.口語多用語氣詞吧、呢、啊、嗎、麼等。4.口語的句子長度較短。5.口語較多省略主語。6.口語不用圖表。口語的下位語體有：談話語體、演講語體、自言自語等。書面語的下位語體有：公文語體、新聞語體、科技語體、文藝語體等。朗讀語體是介乎口語和書面語之間的語體。

新聞廣播語言使用的是正式語體，特點有二：一是盡可能接近標準語或書面語；二是語音上的抑揚頓挫盡可能循規蹈矩，不帶感情色彩。

各種語體有可以細分若干小類，例如新聞語體可以分爲報導語體、評論語體等。報導語體還可以分出標題語體和正文語體。

錢志安曾利用香港城市大學「華語六地語料庫」（LIVAC）1995年至1996年的語料，比較研究報紙新聞標題語言與新聞全稿或一般書面語，發現新聞標題有三大特點（錢志安1998）。

第一，雙音節詞彙占絕大多數，單音節詞彙很少。

第二，實詞占絕大多數，虛詞很少。

第三，地理名詞較多。

家常談話的特點是：句子成分不完整，主語常常不出現；少用書面語詞彙；在說話的節奏、速率、腔調等方面都呈極自然的狀態。

課堂用語會較多使用平時不用或少用的書面語詞彙，例如：動物、植物、農作物、氣象、宇宙等，這些書面語詞彙，都有相對應的口語詞。

與幼童談話時使用的方言的特點是模仿幼童的說話語氣、語調、詞彙等，即盡可能使用娃娃腔（baby talk），以利改善談話氣氛，達到更好的交際效果。娃娃腔也稱爲「寶貝兒語」，是指幼童說話的腔調，也指成人與幼童談話時使用的模仿幼童的說話語氣、語調、詞彙等，以利改善談話氣氛，達到更好的交際效果。娃娃腔是兒童語言習得過程中的一個階段。娃娃腔最突出的特點是句子結構的簡化，還有誇張的語調、較多用小稱形式（diminutive form，如稱「小狗兒」爲doggie）和擬聲詞等。就漢語而言，娃娃腔另一個顯著的特點是名詞疊音化。例如成年的上海人與幼童談話時使用平時不用的疊音名詞：草草、肉肉、鞋鞋；使用與成年人談話不用的帶詞頭的名詞：阿魚、阿肉。例如在上海的公園裏一個母親對小兒子說的話：「看見伐？阿魚有伐？金鯽魚辣搶物事吃。看！看！阿魚吃物事，好看伐，立上來看。」在成人的語言裏「魚」是不帶詞頭「阿」的。由於娃娃腔很大程度上是撫養幼童的人教幼童說話過程中形成的，撫養人可以是父母、祖父母、保姆或其他人，所以近年來也有人稱娃娃腔爲「媽媽腔」（motherese）、「爸爸腔」（fatherese）或「撫養人語」（caregiver speech）。

與外國人談話的特點是盡可能使用複雜語碼（詳見第三章），減慢語速，注意咬字清楚，選用淺近的詞彙和簡便的語法結構，即使用所謂「外國人腔」（foreigner talk）。目的是儘量使外國人聽懂自己的話。

「說話人自主語體」（speaker design）是研究語體變異的一種理論，它認為說話人會利用語體變化的方式，來積極地表現自己，希望獲得聽話人的認同。例如辯護律師會選用莊重嚴肅、邏輯嚴謹的語體來陳述自己的主張，以期法庭上的法官、當事人和其他聽眾認同自己是一個有資質的好律師。與「說話人自主語體」相對應的是「聽眾決定語體」（audience design），它是指聽眾會影響說話人對語體的選擇，即說話人會根據不同的聽眾選擇不同的語體。例如大學教授在給大學生上專業課時，會採用科技語體，在給社會大眾做科普演講時，因聽眾不懂專業，會考慮儘量避免科技術語和數學公式，而採用通俗易懂的語體，來普及科學知識，以使聽眾受益。這種理論的基礎來源於社會結構主義，它認為語言與社會是互相制約的，能使用什麼樣的語體可以反映個人在社會秩序中的位置，學會新的語體也可能有助於改變個人的社會地位。語體不僅僅只有被認同或互相認同的消極、被動作用，而且還有改變自己社會地位的積極作用。

2.職業變體

人們因職業不同，語言也會有變異。職業性變異最突出的表現是使用不同的行業語，或稱為「行話」（work place jargon）。行業語可以分成兩大類：一類是沒有保密性質的職業用語，例如戲劇界的行業語：客串、票友、下海、亮相、扮相、打出手、打圓場等。這些產生於京劇界的行業語，已經進入書面語，還有一些地方戲曲的行業語仍帶有方言色彩，例如越劇術語：路頭戲（隨編隨演的小戲）、冊板（打出節奏的鼓板）、行頭（戲裝）、的篤班（越劇戲班）等。大多數行業語都不是有意對外界保密的，但是外行人很可能聽不懂，例如澳門博彩業用語。另一類是對非本行業的人保密的，即祕密語。各地祕密語的種類很多，名稱也很紛繁。如山西省理髮社群的行業語豐富多彩，對外保密，扇苗兒—電燙、水魚兒—刮鬍子用的小刀子、水條—濕毛巾、隔山照—鏡子。黑社會的行話都是對外保密的。

　　行業語自有語音特點的不多見，大致只有戲劇界和曲藝界的行業語有些明顯的語音特點。如滬劇咬字分尖團，但是今天的上海話已不分尖團；蘇州評彈分[ts- tsh- s-]聲母和[tʂ- tʂh- ʂ-]聲母，但是今天的蘇州話這兩類聲母已經合併。戲劇界或曲藝界的語音特點實際上是老派方言或舊時代方言語音特點的遺存，所以調查研究這些特點有助於瞭解方言語音的發展過程。

　　各地的民間反切語種類很多，每一種大致只流行於某一個或某一些社會階層，所以可以算是一種特殊的行業語。反切語又稱倒語、切語、切腳、切口等，它是用改變正常的方言語音的方式構成。改變語音的方式大致有以下幾種：一是聲韻分拆式，即把一個字拆成聲母和韻母兩部分，在聲母後加一個韻母，在韻母前加一個聲母，組成兩個音節，例如ma（媽）—mai ka；二是加音式，即用增加音節的方式構成反切語；例如廣西容縣的一種反切語，「飛」字原音是[fei^{54}]，加音變成[fei^{54} fen^{55}]；三是改音式，即改變原音的聲母、韻母或聲調，例如廣東梅縣客家人的一種反切語，「廣州」原音是[kuɔŋ^{31} tsəu^{44}]，改音作[kuɛ^{31} tsɛ^{44}]；四是比音聯想式，即以擬聲詞模擬事物的聲音，指代事物本身，例如山西理髮業，以「幽幽」指代「鐘」、「哼哼」指代「豬」。

四、地方戲曲語言變體

　　方言有地域方言與社會方言之分。地域方言又有地區方言與地點方言之別。地點方言是某一地點的全體居民日常生活中共同使用的口語。每一種地方戲曲都是在某一地點萌芽的，最初所使用的語言，自然也就是這個地點的方言。例如越劇的最初雛形是1852年前後，浙江嵊縣南鄉馬塘農民金其炳創造的「落地唱書」。這種「落地唱書」是沿門賣唱的，當然是用純粹的嵊縣南鄉方言表演的。但是地方戲曲發展到現代，演員實際演出語言，並不純粹是某一種地點方

言，而只是以它作爲底子而已。這種演出語言在實際生活中並不使用，或者說它與任何一種現實生活中的地方方言都不同。所以地方戲曲的語言實在是一種社會方言，而不是一般的地點方言。這種社會方言有以下特點：

第一，摻雜性。

　　一種地方戲在某一地形成、成長後，自然要到鄰近地區，甚至離家鄉較遠的地區去演出，以求發展。爲了吸引外地的觀眾，使他們聽得懂，就要吸收外地方言的成分。外地如果成立演出同一劇種的劇社，就可能招收當地的演員，而在演出語言中摻入外地方言因素。所以有的劇種發展到現代，其演出語言與其初始的方言系統已有較大差別，如今天的越劇語言已不是純粹的嵊縣方言。有的劇種甚至面貌全非，以致難以判斷其原始的方言系統。例如，從今天的京劇韻白來看，其方言系統究竟是武漢話，或是中州話，難以判定。京劇至今已有一百多年的歷史，其前身是安徽的皮黃戲。在形成並趨於成熟的過程中，曾吸收武漢的漢調特點，並在北方的許多地點演出，所以其演出語言漸至混合。

　　只有那些本來就是以某一種權威方言作爲演出語言的劇種，其語言系統才不至於摻雜，而與當地的自然語言比較接近，如滬劇演出用上海話，粵劇演出用廣州話。還有些小劇種，包括曲藝，誕生至今基本上在本地演出，其演出語言也不會有摻雜問題，如甬劇一直用寧波話演出。

第二，保守性。

　　一個地方的自然口語是處在不斷變化發展的過程中，而地方戲往往要保留它形成階段的某些方言特徵，作爲特有的藝術色彩和地方色彩的標誌。例如滬劇舞臺語言是分尖團的，這就保留了老派上海話的語音特點，今天的上海自然口語已不再分尖團。蘇州的評彈保留了舌尖圓唇母音[ʮ]和舌尖後塞擦音[tʂ]，如「嘴」字讀tʂʮ[52]，這種音在今

天蘇州市區口語中已不復存在，只是殘留在郊區某些地方。

　　戲曲語言的摻雜性是戲曲發展的必然結果，保守性則是人爲的要求。戲曲家對戲曲語言也向來採取保守態度。魏良輔《南詞引正》說：「五音以四聲爲主，但四聲不得其宜，五音廢矣。平、上、去、入，務要端正。有上聲字扭入平聲，去聲唱作入聲，皆做腔之故，宜速改之。《中州韻》詞意高古，諸詞之綱領。切不可取便苟簡，字字句句須要唱理透徹。」所謂《中州韻》是指周德清的《中原音韻》，大致是代表元代大都（今北京）的音系的。魏良輔生卒年月未詳，活動年代是在明嘉靖隆慶間（十六世紀中葉），距離周德清（1277-1365年）已有二百來年。

第三，演員影響戲曲語言的發展方向。

　　日常生活中的方言的演變方向，是使用者集體無意誤用行爲的自然結果，個人不可能規定或改變方言演變的方向。例如北方話的入聲多數地點在近代派入平上去三聲，這並不是某個人或某些人的有意識的要求，也不是某人提倡的結果，而是自然而至的。但是戲曲語言的發展趨勢卻與演員的個人因素關係很大。某一種戲曲語言，實際上即是該種戲曲的演員在演出時所使用的方言。演員可以是本地人，也可以是外地人；如果是外地人，就要求學習本地話。魏良輔《南詞引正》說：「蘇人慣多唇音，如冰、明、娉、清、亭之類；松人病齒音，如知、之、至、使之類，又多撮口字，如朱、如、書、去，與能歌者講之，自然化矣，殊方亦然。」演員的第二語言不可能像母語那麼純粹。現代許多戲曲語言都不是任何一種自然語言，例如京劇的舞臺語言對任何演員來說都是第二語言。況且由於戲曲語言的保守性，新演員不得不按老演員的要求，學會實際口語中不復存在的老的語音特徵，如蘇州評彈青年演員必然學會舌尖圓唇母音。這些人爲的因素久而久之都會影響戲曲語言的發展方向。

第四，變異性。

這裏所說的「變異性」不是指戲曲語言中個別成分或結構的變化，而是指某一種戲曲的基礎方言的種類變化，即從某一種基礎方言變爲另一種方言。變化的主要原因是爲了適應觀眾對舞臺語言的要求，使其易懂易記，戲曲的舞臺語言如果不能爲演出地點的觀眾所理解，那麼這種戲曲在當地的生命力肯定是不強的。例如清代福州的徽州班，包括崑曲、徽調、梆子、吹腔等，因爲所用的方言與當地的閩語隔閡，除了少數外地來的官僚、富商極力捧場外，一般的福州人並不欣賞，而戲稱爲「嘮嘮班」。「嘮嘮」是「嘮嘛」變音而來，「嘮嘛」在福州方言裏是「煩絮」的意思。所以外地來的戲班，爲了生存發展，不得不改用當地方言。明代成化年間閩東北福安、寧德一帶，有一種以「江湖」和「歌」爲主要唱腔曲調的「平講班」。「平講」即「用方言演唱」的意思。後來用正音（官話）演唱的「江湖班」也改爲「平講」，兩者合流，同時吸收「嘮嘮班」的部分唱腔，形成以「平講」爲主的班社。「平講班」在戲曲班社中取勝的直接原因，即是其基礎方言爲基本觀眾所接受。粵劇前身最初是「本地班」。當時在廣州演出的「外江班」占壓倒優勢，本地班只能在鄉下演出，而鄉下的酬神宴會也還要請外江班承值。但是因爲方言的關係，外江班的地位逐漸被本地班取而代之。本地班的說白本來用的是桂林官話，爲滿足觀眾的需要，逐漸增添粵語說白，經一百多年演變，而形成今天粵劇的舞臺語言。

當某一劇種的演出基地從發源地遷移到外地之後，其舞臺語言往往爲成外地方言。例如黃梅戲發源於湖北黃梅縣一帶的採茶戲，用當地話演出。老一輩的演員嚴鳳英、董少堂等的舞臺語言中都有舌尖圓唇母音[ʮ]，如「樹」字讀[sʮ]，這是楚語的典型特徵。黃梅戲自清道光年間以後，流入以懷寧爲中心的安徽安慶地區，並以皖南和皖中爲演出基地，其演出語言也漸漸變得接近安慶官話。今天的黃梅戲舞

臺上已不再能聽到楚色楚香的[ʮ]母音了。

地方戲曲的基礎方言的變化，常常會引起戲曲聲腔的變化，從而產生新的流派或劇種，最典型的是北方的梆子戲。梆子戲的派別很多，皆因各地方言不同而衍成。梆子戲最初形成於蒲州和同州之間，稱為山陝梆子，傳入關中，變為秦腔，到晉北成為北路梆子，到晉中成為中原梆子，到河北成為河北梆子，還有河南梆子、山東梆子等流變。方言的紛繁分歧出是造成中國地方戲曲豐富多彩的重要原因。

第五，向官話和書面語靠近的傾向。

戲曲語言一方面為了滿足觀念的需要，採用方言；另一方面，作為一種藝術語言，又要求高於生活中的方言。在漢語的各大方言中，官話歷來是最有權威的方言，而且書面語也是以北方的官話為基礎的，所以先靠近官話和書面語是戲曲語言由來已久的傳統。現代的各大劇種的語言都帶有這個傾向，這主要表現在多用文讀詞、文讀音，儘量靠近書面語語法。例如現代越劇人稱代詞採用官話系統，即「我、你、他」，其中「你」字讀[ni]，吳語口語中並沒有[ni]這個音節的，這是一個口語不用的文讀音。再如「去」字讀[tɕhy]；「角」字讀[tɕyə]都是口語中不用的。

造成戲曲語言的這種傾向，除了有上述的根本原因以外，在戲劇史上還有兩個直接原因。

第一，地方戲曲的最早源頭是南戲和雜劇。南戲雖然發源於南方，但是它的作者卻不一定是南方人。明代陸容《菽園雜記》載：「嘉興之海鹽、紹興之餘姚、寧波之慈溪、臺州之黃巖、溫州之永嘉，皆有習為倡優者，名曰戲文子弟，雖良家弟子不恥為之。」所謂「良家弟子」大都是宋室南渡時，遷移浙江的國戚、大臣、官僚、富商等人的子弟，溫州的九山書會即是由這些有閒的「良家子弟」組成的，當然也會有本地的藝人。他們所編的著名南戲《張協狀元》基本

上是用官話寫的，只有夾雜極少數溫州方言成分，永嘉書會的《白兔記》情況也一樣。當然這兩個劇本不一定是演出本，演出時可能會有更多的方言成分。不過，從1967年嘉定明墓中出土的明顯接近演出本的成化本《白兔記》和清代《綴白裘》來看，也還是包含大量官話或書面語成分。

第二，南方的正字戲也有悠久的歷史。「正字戲」是用中州官話演唱的地方戲，流行於粵東海豐、陸豐一帶和閩南，當地稱中州官話為「正音」或「正字」。正字戲早就在粵東、閩南地區流行。廣東的潮安曾從古墓中出土明宣德七年（1432年）六月的手抄正字戲劇本《劉希必金釵記》。這種用正音唱的地方戲後來也曾流傳到雷州半島和海南島。這些正字戲在改用方言演唱，或被用方言演唱的劇種兼併之後，其語言的官話特徵自然也滲透到新的演出之中。實際上南方至今還有用北方官話演出的地方戲，除了京劇之外，廣東東北部以梅縣為中心的客話區的「漢劇」，歷來是用湖北官話演出的。

方言不僅因人群不同而異，因語用環境不同而異，而且也因人而異。帶有個人方言特徵的方言稱為「個人方言」（idiolect），個人方言之間的差異主要表現在字音和詞彙的選擇習慣上。例如河北昌黎城關鎮有的人分ts（包括tsʰ、s）、tʂ（包括tʂʰ、ʂ），有的人不分ts、tʂ。不分ts、tʂ有兩種情況，一種是一律讀tʂ，一種是ts、tʂ兩可。東北官話和北方官話有許多地點都有這樣的情況。影母合口字今北京有人讀零聲母，有人讀v聲母，如「聞」[uən] / [vən]。上海有人稱味精為「味之素」。個人變體一旦形成後，會沿著三個方向發展：一是自生自滅，二是長期存活，三是成為言語社區共同的變體。個人方言實在是語言演變發展的始作俑者之一。個人變體一般沒有社會分層意義，所以不是社會語言學研究的對象。

第四節 語言分化與語言轉用

一、語言分化

　　西方的傳統方言學（traditional dialectology）是植根於歷史比較語言學的。歷史比較語言學認為，歷史時期的某一種內部一致的原始語（proto-language），因為人口遷徙等原因，散佈到不同的地域，久而久之分化為不同的語言。

　　各種不同的語言再次分化的結果，就產生同屬一種語言的若干種不同的方言。這好像一棵樹由樹幹分化成樹枝，由樹枝再分化成更細的枝條。這些有共同來源的方言稱為親屬方言。親屬方言往往分佈在不同的地域，所以又稱地域方言。從社會語言學的角度來看，同一種地域方言的使用者有相同的社會和文化背景，所以也是社會語言學意義上的語言變體。

　　地域方言又可以分為地區方言（regional dialect）和地點方言（local dialect）兩大類。地區方言是指使用於較大區域的方言，例如粵語主要使用於廣東和廣西，是一種地區方言。一個地區方言包括許多大同小異的地點方言，例如官語這個地區方言包括青島話、武漢話、南京話等等地點方言。地點方言是相對於地區方言而言的，它是指使用於某一個地點的方言，特別是指較大的城市使用的方言，如廣州話、廈門話。

二、語言的系屬層次和地理層次

　　一種語言可以分化成若干種方言，一種方言又可以一而再，再而三地分化成越來越小的方言，所以一個較大的方言往往包括許多處在不同層級上的親屬方言。這些方言在系屬上可以分為以下四個層次：方言（dialect）── 次方言（sub-dialect）── 土語（vernacular）──腔（accent）。例如閩方言分為閩南、閩北、閩東、閩中、莆仙、瓊文等六個次方言；閩南次方言又分為泉漳、大田、潮汕三種土語；泉漳土語又可分為若干更小的方言，如漳州腔、泉州腔等，見表2.9。表中列舉次方言，「土語」和「腔」這兩個層次只是舉例。

表2.9 閩語系屬層次

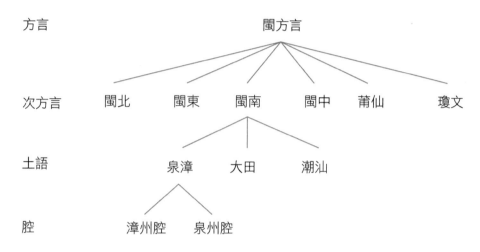

從語言地理的角度來看地域方言可以分成地區方言和地點方言兩類。一個地區方言可以包括若干個較小的地區方言和許多地點方言。地點方言是相對於地區方言而言的，是指使用於某一個城市、鄉村或別的居民點的方言。在語言地理上方言也是分層次的。漢語方言的地理層次一般可以分成以下四級：區──片──小片──點。現在以官話區為例，列表說明，見表2.10。表中列舉方言片和小片「點」這個層次只是舉例。

表2.10　官話地理層次

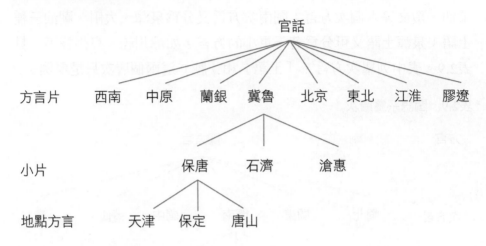

| 方言片 | 西南 | 中原 | 蘭銀 | 冀魯 | 北京 | 東北 | 江淮 | 膠遼 |

| 小片 | 保唐 | 石濟 | 滄惠 |

| 地點方言 | 天津 | 保定 | 唐山 |

　　方言系屬上的層次和方言地理上的層次可以相對應，即方言——區；次方言——片；土語——小片；腔——點。閩方言——閩語區；閩南次方言——閩南片；潮汕土語——潮汕小片；潮汕腔——潮陽方言點。不是每一大類方言或每一個方言區都必須分成上述四個層級。方言在系屬或地理上分成幾個層次為宜，應視方言事實和研究需要而定。

　　同一種語言的不同支派分化到什麼樣的程度才算是不同的方言？同一種方言分化到什麼樣的程度，才算是不同的次方言？這不僅決定於語言因素本身，而且與政治、民族、文化、地理等方面的複雜因素有關。所以，如果只是從語言本身的因素來觀察，不同方言間的差異有可能大於不同語言之間的差異，例如漢語各大方言之間的差異，大於法語和西班牙語，或者荷蘭語和德語之間的差異。次方言之間的差異也可能大於方言之間的差異。例如閩語莆仙次方言和閩南次方言的差異大於官話的各種次方言之間的差異。

三、方言島及其成因

　　地域方言是語言在不同地域的變體。一般說來同一種地域方言分佈在同一個地區或同一個地點，如湘語主要分佈在湖南，贛語主要分佈在江西。也有在地域上不相連屬的，從而形成方言島（speech island）或方言飛地（outlier）。移民也往往把他們的方言帶到遠離故鄉的遷居地，例如流布在海外的粵語和閩語。遠離故鄉的方言久而久之有可能演變成新的地域方言。

　　在方言地理上，方言基本上是成片存在的，但是有一種特殊情況是，某一種方言的部分使用者脫離成片的大本營，身陷別的方言區，形成方言島。因人口變遷而造成方言島又有兩種不同情況：一是土著方言被移民方言包圍而成為方言島，二是移民帶來的方言直接造成方言島。第一種情況較少見，例如皖南郎溪縣本來說吳語，太平天國戰爭後被官話所取代，目前只有一些面積很小的方言群島殘留在山溝裏。大量的方言島上的方言是移民帶來的新方言。從移民的原因來分析，大陸漢語地區的方言島有以下幾個類型：

1. 軍隊駐防。出於各種軍事目的，歷代都派官兵駐守邊地重鎮或軍事要塞，這些官兵和家屬繁衍後代，形成方言島。例如「燕話」是浙江省寧波市慈溪觀城鎮部分居民使用的一種閩語，它是處在吳語太湖片包圍之中的閩語方言島。觀城本名觀海衛，觀海衛是明政府為抗倭在浙江沿海所設的衛所之一。燕話即是鎮守觀海衛的官兵、眷屬及其後裔所使用的方言。

2. 屯墾。中國的屯墾自漢代至清代有二千多年歷史，歷久不衰。歷代的屯墾有軍屯、民屯、商屯、犯屯（遣送犯人到邊地開墾），前兩種極有可能造成方言島，軍屯尤其重要。例如貴州黎平的贛語方言島，島外是西南官話，島內贛語的歷史可以追溯到明初的軍屯。

3. 戰亂。戰亂避難是歷史上移民運動的主要動力之一，例如吳語區的

杭州話帶有半官話性質，顯然來源於北宋末年的宋室南遷。

4. 逃荒。居民因逃荒而遷徙，進而形成方言島，如四川的老湖廣話是明代從湘南逃荒而來的災民帶來的。

5. 「逃荒」是就人口遷徙的原因而言的，「墾荒」是就人口遷徙的目的而言的，皖南因太平天國戰爭及戰後的瘟疫，人口凋零，清政府鼓勵外地人民移居墾殖，形成許多小規模的方言島，例如蕪湖一帶吳語包圍中的湖北官話方言島。

6. 流放。被官府流放到邊地的犯人造成方言島，例如東北的「站話」方言島。說「站話」的人被稱爲「站丁」，他們的祖先因清初吳三桂事件，被流放到東北作爲「站丁」，服役於驛站。站丁及其眷屬的「站話」與周圍的東北官話不同。

四、語言轉用

語言轉用（shift）是指本來使用甲語言或方言的居民，放棄甲方言，轉而使用乙語言或方言。中國西南少數民族放棄本族語，轉用當地漢語方言是屢見不鮮的，例如廣西龍勝縣的部分紅瑤和富川、鍾山一帶的平地瑤轉用當地的漢語方言──平話；廣西東部一些地方的壯族轉用粵語（梁敏2003）。語言轉用是由三方面的原因造成的：一是身份認同危機，可以以香港爲例，詳見第七章；二是政治因素促成，可以以臺灣爲例，詳見第七章；三是雙語現象不能長久維持，詳見第三章；四是在語言接觸中弱勢語言的語言特徵逐漸萎縮。

在語言或方言接觸中，相對於優勢方言而言，所有弱勢語言自身的語言特徵都處於不斷萎縮之中。

方言特徵萎縮現象最典型的是湘語。湘語特徵的萎縮最重要的有兩項：一是古全濁聲母的衰頹，二是古入聲的衰頹。全濁聲母的衰頹，從字音分佈和濁度兩方面來考察，從強到弱可以分成四級：即第一級是古全濁聲母不管平仄都讀濁音，而且濁度很強，屬於這一級的

地點方言只剩臨湘、武岡、城步三縣；第二級是雖然古全濁聲母今音不管平仄都讀濁音，但是濁度很弱，類似於吳語北部的清音濁流，可稱爲半濁音，屬於這一級的只剩東安、洞口等七縣；第三級是古全濁聲母今音平聲讀濁音，仄聲讀清音；第四級是古全濁聲母今音平聲讀半濁音，仄聲讀清音。逐級的衰頹現象顯而易見。至於入聲多數地點方言已失去塞音尾，只是自成調類而已，即只是保留所謂「假入聲」。少數地點則連調類也不再獨立，竟沒有一處跟多數吳語一樣還保留喉塞尾音的，其衰微的痕跡至爲明顯。

　　再舉一個句法特徵衰頹的例子。吳語武義話的名詞小稱本來是用變韻的手段來表達的。例如鞋ɦia²→小鞋ɦiŋ²（鞋兒）。「鞋」的韻母本是ia，「鞋」變小稱時韻母相應變爲iŋ。這種表達手段已經萎縮，只是殘留在一批老資格的小稱名詞裏頭，不再構成新的小稱名詞。目前普遍使用變調手段表示小稱，如書ɕy¹→小書ɕy⁷。表示小稱時將陰平調改爲陰入調，或者借用官話的詞彙表達法，即用「小」前置於名詞。

　　甲方言特徵的萎縮如果是因不斷借用乙方言引起的，那麼在萎縮的同時就會不斷增加乙方言的特徵。極端消長的結果，就會造成方言的轉用，即原來說甲方言的人群，改說乙方言或跟乙方言相似的方言。因方言萎縮而造成方言轉用，其過程是非常緩慢的，絕不是一兩代人可以完成的。最典型的例子是長沙一帶的所謂新湘語。傳統的方言分類法把湘語分爲新湘語和老湘語兩類。這種分類法是從歷史來源的角度出發的，並不考慮現代方言的共時異同。實際上從共時的平面來看，新湘語更接近西南官話，兩者通話很困難。可以認爲長沙一帶的方言由於長期受官話的影響和侵蝕，湘語特徵極端萎縮，到現代已變成西南官話的次方言。現在拿長沙話跟漢口話（西南官話）、雙峰話或城步話（皆老湘語）分別舉例比較三者的語音和詞彙。

　　語音的舉例比較（比韻母開合），見表2.11。表2.11共列出七個

例字（字音據《漢語方音字彙》），從中可以看出在韻母開合方面長
沙和漢口接近，相同的有四項，長沙和雙峰沒有一項是相同的。從這
些例字也可以看出在聲母方面也是長沙和漢口比較接近。事實上雙峰
有全濁聲母：b d g dz d ，長沙和漢口都沒有此類聲母。

表2.11　新老湘語與西南官話的語音差異

類別	例字	長沙	漢口	雙峰
端系一等合口	對	tei⁵	tei⁵	tue⁵
精組三四等合口	旬	sən²	yn²	dzuən²
知系合口	船	tɕye²	tɕhuan²	dui²
莊組陽韻開口	床	tɕhyan²	tshuan²	dza²
見系一等果韻合口	果	ko³	ko³	ku³
見系一二等合口	光	kuan¹	kuaŋ¹	kaŋ¹
見系三四等合口	決	tɕye⁷	tɕye²	tu²

　　表2.12是若干常用詞彙比較，表上列出封閉類詞：代詞（三地相
同的不列）、結構助詞、否定助詞，並選列了兩個可以用於區別方言
的典型的動詞，詞彙材料據趙元任等《湖北方言調查報告》和楊時逢
等的《湖南方言調查報告》表中詞彙除「這個、那個」以外，長沙和
漢口完全相同，而長沙和城步的所有詞彙都不同。妨礙通話的主要
因素是詞彙，所以新湘語與老湘語不能通話，而與西南官話通話無困
難。實際上在詞彙，甚至在語音系統上老湘語與吳語更接近，而與新
湘語較疏遠。

表2.12　新老湘語與西南官話的詞彙差異ə

詞	長沙	漢口	城步
我們	我們	我們	我裏
他	他	他	渠
這個	kei⁵個	這個	個項
那個	kə個	那個	ȵ,ȵ,i⁵項
誰	哪個	哪一個	tɕia³個
的	的	的	個[kə⁷]
不	不	不	冒
說	說	說	講
站	站	站	企

第五節　語言演變的社會、文化原因

　　地有南北，時有古今，語言會因時因地演變，這是至爲明顯的事實。那麼是什麼原因造成語言演變呢？應該有三方面的原因：生物學上的原因、語言結構本身的原因和社會、文化上的原因。

　　關於語言演變的生物學上的原因，丹麥語言學家葉斯柏森（Otto Jespersen）曾有一個著名的比喻：這好像鋸木頭，以已鋸好的木頭，作爲長短的標準，來量度第二段木頭，又以第二次鋸好的木頭爲標準，來鋸第三段木頭，如此連續工作，每一次都會有誤差，結果第一段木頭和最後一段木頭的長短可能相差很遠。這個比喻說明，語音演變是語音模仿誤差逐漸積累的結果。這裏的誤差應該是指聽音和發音兩方面的誤差，所以葉斯柏森實際上主張語音演變是出於生物學上的

原因。「省力原則導致語音演變」也曾風行一時,如雙母音變爲單母音、合音現象等。

語言演變也可能與語言結構本身有關,「類比創新」(analogical creation)就是如此。例如客方言的人稱代詞「[𠊎](我)、你、渠(他)」,其中「𠊎」是方言字,字音來歷不明;「你」字中古屬陽上調;「渠」字中古屬陽平調。古陽上調和古陽平調在今梅縣客話裏調值不同,前者是31,後者是21。但是「[𠊎]、你、渠」三字在今梅縣話中調值卻相同。「你」字變讀21調是與「渠」的調值類比的結果。

本節討論語言演變的社會、文化原因。

語言的歷史演變可以從宏觀和微觀兩個角度來考察:語言的宏觀演變是指語言的分化、融合、更替、雙語現象的興亡、語言地理格局的變化等;微觀演變是指語言的語音系統或語法系統中的個別框架(frame)或成分(filler)的替興、個別詞彙的興廢等。語言在歷史上的每一次宏觀演變和部分微觀演變都是社會文化上的原因造成的,而語言的現狀是語言歷史演變的結果,所以研究語言的歷史和現狀及其演變過程都必須研究語言的社會文化背景。

一、人口變遷和語言的宏觀演變

歷史上的移民運動是語言宏觀演變的最重要的原因。移民造成語言分化,這也是顯而易見的。歐洲的語言學家在上個世紀後半期,以印歐語爲基礎,創立了語言分化的系譜樹說(德文Stammbaum,英文Genealogical theory)。這個假說認爲原始印歐人的遷徙造成原始印歐語分化爲不同的語族,每一個語族又分化爲不同的語言。這一理論是比照達爾文的生物進化論建立的。其實語言的演化不像生物那樣脈絡清楚,人口變遷與語言演化的關係比「系譜樹說」的假設要複雜得多。移民運動造成漢語方言的宏觀演變,至少有下述幾種後果:

1.方言分化

　　移民將原居地的方言帶到新地以後，如果移民和原居地的人民很少聯繫，也即新地和舊地的方言很少接觸，那麼兩地的方言因演變的速度和方向不一樣，會分化成兩種大不相同的方言。例如現代廣西說平話的居民有二百萬左右，他們是宋代平南戰爭時從北方來的移民。據《南史》，宋王朝曾派狄青南征今廣西一帶，平定依智高起義後，平南軍在今廣西駐守、屯田。這些在當地落戶的軍士及其家屬，祖籍很可能在今山東一帶。一直到本世紀四十年代，他們還是每隔幾年派代表到山東祭祖掃墓。除此以外，他們很少跟原居地人民交往，其方言演變的結果也跟北方官話面貌迥異。不管是桂南平話或桂北平話，都有若干特點不見於北方官話。例如桂北平話的下述特點，知組字有的讀如端組：豬ty^{24}；有後高不圓唇母音[ɯ]：杯puɯ^{24}、讀tuɯ^{21}；沒有鼻韻尾[-m –n -ŋ]男nuo^{41}、津tɕiai^{24}等。

2.方言更替

　　這裏所謂「方言更替」是指一種方言被另一種方言完全替換，不是指若干語言成分的替換。方言更替有兩種可能：由移民方言取代土著方言，或由土著方言取代移民方言。兩種方言從開始接觸到最終完成取代，中間有一個雙語階段。

　　如果外來的移民在人數上大大地超過土著，在文化上又占較優越的地位，同時移入的時間又相對集中，那麼移民帶來的方言有可能取代土著的方言，成為當地唯一的方言。最典型的例子是西晉永嘉喪亂後，北方移民帶來的方言，取代了江南寧鎮地區原有的吳方言，從此寧鎮一帶淪為官話區。當時大批移民主要來自蘇北和山東，人數估計在百萬以上，超過了土著，東晉先後在建康地區設置的僑郡和僑州多達二十多個。移民中有不少是大族，如跟隨晉元帝司馬睿從琅琊（今山東臨沂一帶）來的千餘家中，就有大族上百家。這些大族在政治、經濟、文化地位上，自然會超過土著。《顏氏家訓·音辭篇》

載：「易服而與之談，南方士庶，數言可辨；隔牆而聽其語，北方朝野，終日難分。」這是說南方的士族說北方話，庶民說吳語，所以數言可辨；而北方的官民都說北方話，所以朝野難分。這一段話道出了兩個重要的事實：一是在江南做官的是說北方話的移民，二是庶人即土著當初還是說吳語的。南方的書生對土著的吳語跟北方話的差別，應該是很敏感的。所以山西聞喜人郭璞大約在僑居江東時所作的《爾雅注》和《方言注》中，稱舉最多的方言地點即是江東，共一百七十次，可見移民和土著方言起初曾有過並行相持的階段。

如果新來的移民人口相對較少，而散居於土著之中，經濟和文化地位又較低，那麼移民就有可能不得不放棄舊地的方言，改用新地的方言，中國歷史上的若干少數民族放棄本族語，改用漢語或別種語言，就是如此。例如滿族、回族和唐宋以來移居中國的猶太人，改說所居地的漢語方言。到今天滿語只殘留在極個別滿族聚居的小地方，如據筆者的調查，黑龍江省愛輝縣藍旗營的老人還說滿語，部分中老年人滿漢雙語，青年人能聽懂滿語，但已不會說；回族的本族語殘跡只是保留在回族常用姓氏納、速、丁、忽、哈、賽、馬等阿拉伯語的音節讀音（漢譯）之中；猶太人的後裔放棄母語以後，只有掌教的神職人員，還會用希伯來語誦讀和講解猶太經文，最後一位通希伯來語的掌教人是清代中葉在甘肅去世的。至於浙閩兩省的畬族改說客家話或類似於客家話的漢語方言的原因和過程，還有待進一步調查和研究。

3.方言融合

如果移民和土著在人口、經濟、文化等的綜合力量上大致平衡，並且移民和土著雜居在一起，交往又很頻繁，那麼兩者的方言有可能互相融合，而不是互相整個更替。互相融合的結果是產生一種混合型方言。「混合型方言」這個概念相當於混合語或克里奧爾語（Creole），只是層次不同。

混合型方言的特點有四：一是它已經定型，自有區別於它種方言的明顯特徵；二是它不是臨時性的，在其使用的地點或地區，它是當地居民世代相傳的母語；三是可以分辨出它所包含的不同方言的成分或層次；四是給方言分類或分區時，混合型方言往往成為有爭議的問題。

在下列三類地方有可能產生混合型方言：⑴人口由各地移民組成的大城市，例如今天的上海話是有蘇南、浙北和本地的吳語混合而成的；⑵兩個或多個方言區交界地帶，例如閩西北的邵武話是一種包含閩語和客贛方言成分的混合型方言，浙南的平陽蠻話兼有吳語和閩語的特點；⑶方言島上的方言往往兼有島內和島外方言的特點，因而具有混合型方言的性質，例如杭州話、福建的南平話、廣東的麻話等。對於上述這些混合型方言，都還可以指出是由哪些方言混合而成的，而混合嚴重的方言甚至已很難指出其語源，如湘西北的「鄉話」。

二、移民方式和方言地理分佈類型的關係

現代漢語方言在地理分佈上的不同類型，是古代漢族人民移民方式不同造成的。歷史上五種不同的移民方式，造成五種不同的現代方言地理類型。

1.占據式移民和內部一致的大面積方言區

本來使用同一種方言的居民大規模地占據地廣人稀的新地，有可能造成方言大面積一致性。北方方言區地域遼闊，內部相當一致，各地居民可以互相通話，其中的根本原因要從移民史實中去尋找。自漢代以來北方方言的地域大致限於長城以南、長江以北，六朝之後北方方言大規模越過長江。在長城以北和西南地區，則一直到明清時代，北方方言才隨著大規模的移民運動，占據了東北的大片土地和雲貴各地大大小小的中心城市，席捲大半個中國。

2.墨漬式移民和方言的蛙跳型傳佈方式

移民如果不是遍佈成片的廣大地區，而只是先後選擇若干不相連屬的地點定居下來，然後逐漸向周邊移居，好像滴在白紙上的墨水慢慢浸潤開來，他們的方言也因此各自向四周擴散。不過從整體來看，他們還沒有連成一片，而被別的語言或方言分隔開來。移民方言的傳佈好像青蛙跳著前進。官話在廣西、貴州、雲南的傳佈即是蛙跳型的，在城鎮和某些農村地區通行的官話，常常被平話或少數民族語言隔離開來。

3.蔓延式移民和漸變型方言

方言相同的居民本來聚居在一個地區，後來逐漸從中心地帶向四周較荒僻的地帶蔓延滲透，久而久之，離中心地帶越遠的地方，方言的變異也越大。這有三方面的原因：一是移民越走越遠，與中心地帶方言的接觸也就越來越少，這在交通不便的古代是很自然的；二是移民方言和土著方言難免接觸和交融；三是這個方言區的兩頭又難免受鄰區方言的影響。就整個方言區來看，方言在地理上是漸變的。今天的吳語區在歷史上是從北向南開發的。春秋戰國時代漢人的活動中心只是在今蘇南的蘇州、無錫附近和浙北的紹興、諸暨一帶。秦漢時代整個蘇南和浙北地區漸次得到開發，三國西晉以後又開發浙南，唐代以後才擴展到浙西南及邊境地區。吳方言伴隨著開發過程，不僅逐漸向南蔓延，也逐漸變化，以致今天浙南吳語跟蘇南吳語不能通話。

4.板塊轉移式移民和相似型方言

移民離開祖輩生息的家園，大規模地遷移到與原居地不相連屬的大片土地，他們的方言至今仍與原居地的方言基本相似。這種板塊轉移式的移民運動，一般來說歷史不會太長。例如閩南人向外移居，使閩語傳播到臺灣、海南島、廣東南部沿海和東南亞，造成閩語的新板塊。各板塊的閩語除海南省的瓊文話外，皆與今天的閩南話很相似。如果此類移民運動的歷史過長，那麼新地和舊地的方言就可能變

得不再相似。例如現代南方客話居民的祖先，本是唐宋時代中原一帶的人民，他們南下時帶來的是當時的北方話，但今客話和今北方話卻相違甚遠。由此也可推知，閩語從福建本土遷往海南尚比遷往別地的歷史應早些，因為只有海南省的瓊文話跟今閩南話差異較大。

5.閉鎖型移民社會和孤島型方言

移民到達新地之後，聚居在一個較小的地域內，自成社區，與周邊的本地人很少接觸交流，那麼這些移民的方言就有可能長久保留原有的面貌或某些特徵。與周圍大片本地方言相比之下，這種外來的方言就像大海中的孤島。因閉鎖型移民社會造成的方言尚有一個共同的特徵，即島內外方言分屬兩大類或差別較大，不易相互交融。例如：閩語包圍中的官話方言島——福建南平話；吳語包圍中的閩語方言島——浙江餘姚觀城衛里話；官話包圍中的湘語方言島——四川中江、金堂、簡陽、樂至四縣交界的老湖廣話。

三、方言歷史演變的宏觀取向

地點方言在宏觀上的演變是有方向性的，特別是現代方言更是如此。方言歷史演變的宏觀取向是弱勢方言向優勢方言靠近、方言向共同語靠近。所謂「優勢方言」是與「弱勢方言」相對而言的，優勢方言是指在文化地位和語言心理上占優越地位的方言。城市方言相對於鄉下方言而言是優勢方言；一個地區方言裏的權威方言相對於其他方言是優勢方言；兩種不同的方言互相接觸的時候，往往其中一種占有優勢地位。一般說來城裏的方言發展快些，鄉下的方言總是朝著城裏方言的發展方向向前發展。包括若干城市的地區方言，則有向該地區方言的權威方言靠近的傾向，以粵語區最典型。例如廣西南部桂南粵語，俗稱白話，本來跟廣州的粵語有別，近年來加速向廣州話靠近，如南寧白話和梧州白話皆如此。宏觀取向可以通過微觀演變來觀察，下文討論微觀演變時將詳細舉例。兩種方言互相接觸的時候，還

可能因地位懸殊，造成方言更替，例如海口市和韶關市本來都不是粵語的地盤，近年來卻通行廣州話。

四、權威方言變易的社會文化原因

權威方言是一個地區裏最有權威的地點方言，它常常成爲其他地點方言仿效的對象，來自不同地方的人相聚的時候有可能將它用作共同語。一個地區的權威方言並不是一成不變的，它會隨著它所使用的地點的社會文化地位的變化而變化。下面舉吳語區和閩語區爲例，分別說明行政區首府變易和經濟中心變易引起權威方言變易。

對於今上海地區來說，權威方言從明代至今已三易其主。明正德《松江府志》和《華亭縣志》在述及方言時都說：「府城視上海爲輕，視嘉興爲重。」從明志看，當時的嘉興話，最爲人所器重，最帶權威性。這是因爲松江府是元代以後才從嘉興府獨立出來，此前長期以來在行政上是隸屬於嘉興的。但是清嘉慶《松江府志》卻說：「府城視上海爲輕，視姑蘇爲重。」這不僅因爲松江府從嘉興府獨立出來已經有三四百年的歷史，而且因爲清代的蘇州在文化上占有明顯的優越地位。到了現代由於上海在經濟和文化上的崛起，上海市區話才逐漸取代蘇州話的權威地位。

泉州是閩南開發最早的地區，唐開元時人丁已有五萬多戶，隋唐後成爲全國重要海外交通中心之一。清嘉慶年間出版的閩南地方韻書《匯音妙悟》，即是以泉州音爲標準的。梨園戲是閩南最古老的劇種，至今仍以泉州音爲標準音，一般說來戲劇語言是比較保守的。漳州話在閩南的地位，曾因漳州月港成爲閩南外貿中心，一度有所提高，但至清末仍未能取代泉州話的權威地位。鴉片戰爭後，廈門成爲通商口岸和經濟中心，它在閩南的地位急劇上升。廈門話也因此取代泉州話，成爲權威方言。

而在粵語區從古粵王時代開始一直到現代，廣州始終是該地區的

政治、經濟和文化中心，所以其權威方言的地位歷二千年而不衰。香港近年來在珠江三角洲的地位日見顯要，但香港粵語與廣州話差異甚少，僅在新詞方面有超強的競爭力。

五、語言微觀演變的社會、文化原因

語言微觀演化的原因不是唯一的，有些語音演變的現象很難用社會和文化方面的原因來解釋。例如漢語的鼻音韻尾和塞音韻尾的演變過程是這樣的（見表2.13）：

表2.13　鼻音韻尾和塞音韻尾的歷史演變

	中古漢語	今閩話	今吳語
鼻音韻尾	–m –n –ŋ	–n (–m –n) –ŋ	–ŋ
塞音韻尾	–p –t –k	–t (–p –t) –k	-?

為什麼是-m併入-n，而不是-m併入-ŋ？為什麼是-p併入-t，而不是-p併入-k？也許只能以音理和音系結構的同步變化來解釋。-m和-n發音部位較接近；-p和-t發音部位較接近；在中古音系陰聲韻、陽聲韻和入聲韻的搭配關係中，-m尾和-p尾相配，-n尾和-t尾相配。

語音演變的方向與音理、生理及語音結構本身有關。一旦某一演變方向有了端倪之後，會不會通過詞彙擴散、口頭流傳得以發展和鞏固，往往要從社會和文化方面去找原因。換句話說，語音變異出現的初始原因不一定與社會化有關，但對變異的選擇往往與之有關。

詞彙和語法的演變也有類似的情況，不過詞彙的演變顯然跟社會文化原因關係最大。

1.人口成分的變化

一個地方的居民成分的改變，會影響當地方言演變方向。成批移居本地的外地人帶來外地方言，這些外地方言在一定的條件下會影

響本地方言。特別是大城市，五方雜處，更容易吸收外地居民的方言成分。例如直奉戰爭之後，有一批東北人隨張作霖入關，給北京話帶來東北方言的成分。他們不僅帶來東北方言詞彙：革兀革拉、海蠣子（牡蠣）、郵（寄。讀陰平調）等，而且還給北京口語增添了一個音節：sha，即「啥」（什麼）的字音。上海的人口自二十世紀初期以來急劇增加，大量外地人遷入上海定居。據1947年的統計，上海的本籍人只占人口總數的16%，據1950年的統計，本籍人只占15%強。外地人中寧波人占很大比例，他們不僅人數多，並且經濟地位較高（本世紀上半葉，在上海的寧波人多經商），所以上海人樂於用寧波方言詞「阿拉」來替換「我伲」（我們）。到今天這是上海話中一個常用的基本詞彙，可見居民成分的變化，在一定條件下對方言演變影響之大。

2.仿效優勢方言

優勢方言（或稱權威方言，prestige accent）不僅在宏觀上會對鄰近的劣勢方言區產生強大的影響，如廣東鐵路沿線學講廣州話，韶關市區也通行廣州話（在家講本地話），而且在微觀上也會影響鄰近的劣勢方言。例如，北京話聲母有z組和zh組的區別，而在天津話中這兩組聲母沒有區別，都念舌尖前的平舌音。但是近年來天津人嘴裏的翹舌音多起來了，這是仿效優勢方言——北京話的結果。

借用和模仿的成分逐漸積累，最終有可能改變一種方言的語音和語法結構，從而造成方言的類型漸變或宏觀演變。不斷地借用和模仿共同語及其基礎方言——北方話，可以說是貫穿南方方言發展史的全過程，以致南方方言在類型學上越來越接近北方話，在地理上越是靠近北方的地方，其方言越是接近北方話，造成所謂語言地理類型學上的南北推移。新湘語在類型上漸漸脫離老湘語，而靠近西南官話。贛語在類型學上的特點遠沒有吳語、閩語和粵語那麼鮮明，江淮官話可以說是北方官話區到吳語區的過渡地帶。歷史上江淮一帶的方

言應該與吳語有更多的相同或相似之處，由於不斷地借用和模仿北方
官話，後來演變爲官話的一種次方言──江淮官話。例如如皋話，韻
母單母音化、入聲分陰陽、n和l對立，這些特點跟北部吳語相同，因
爲它是「以吳語爲基本，加上下江官話的部分影響而成的，所以吳語
的色彩較濃，下江官話的色彩較淡，成爲這兩個方言區域之間的中間
方言」[1]。在吳語區內部，太湖片在地域上較接近官話區，對官話的
借用和模仿更多更經常，所以在今天的吳語區，自[1]南而北古吳語的
特徵逐次減少，官話的特徵漸次增加，長江北岸的吳語所受官話的滲
透尤其嚴重。例如靖江話作爲吳語類型的方言，只是聲調和聲母還沒
有變，韻母的音值已發生變化，詞彙則已大變，即大量吸收官話詞
彙，如稱「頭」爲「腦殼子」，可以說是蘇北詞彙，江南腔調。就整
個吳語片來說，臺州片是過渡地帶，就語音特點而言它與太湖片更接
近，如灰、陽、唐、眞、文、庚等韻的今音都是近上海而跟溫州差別
較大，但是詞彙系統則與浙南吳語較接近。古吳語的特徵更多地保
留在浙南吳語乃至閩語裏，如明末馮夢龍輯錄的《山歌》中的有些
吳語詞彙，今蘇州話已不用，但仍保留在溫州話裏。如「團魚、打
生」，此兩詞蘇州話早已改用官話的「甲魚、陌生」。

3.文化傳播

　　文化傳播包括外國文化的傳播和本國或本民族內部各地文化的
互相傳播。前者我們已在上文詳加討論，這裏只就後者舉些例。某些
外地文化傳播到本地，可能會對本地方言產生影響。例如「趕了出
去」這樣的「動補結構」老北京話本來不說，後來因受京戲說白的影
響，進入北京口語。天津的工業發達比北京早，汽車上有個制動的
零件叫「澀帶」[sei¹ tai⁵]，北京人也跟著這樣說，但是北京人說柿子
「澀」，不說[sei¹]。仍用北京音[sə⁵]。至於外地的文化帶來外地詞

---

1 丁邦新，《如皋方言的音韻》，《歷史語言研究所集刊》1976年第36份。

彙更是不勝枚舉，例如「牛仔褲、T恤衫、嘉年華、減肥、買單、按揭」之類源出香港粵語的詞彙，近年來進入許多地方的口語。

有些外來的詞彙，最初詞義與外語原詞一樣，漸漸詞義有所引申，而成為本地語言的可以自由搭配的語素。例如外來詞「酒吧」（bar）的「吧」本來只用原義：「出售酒類飲料供堂飲的商店」。但有來詞義引申、轉移為「供各類休閒的時尚商店」，如陶吧、網吧、書吧等。又如外來詞「作秀」（show）始用於臺灣，本來只是用英語show的原義，後來在臺灣和內地的漢語裏漸漸變成類尾碼，見於大陸的有模仿秀、玫瑰秀、時裝秀、猛男秀、泳裝秀、鑽石秀、談話秀等，見於臺灣的還有歌舞秀、打鼓秀、民主秀、促銷秀、煙火秀、檳榔秀、灌籃秀等。類似的還有「族」：上班族、soho族、本本族、丁克族。

4.普通話或書面語的影響

最近幾十年以來普通話或書面語對各地方言的微觀演化產生越來越大的影響。

語音方面的主要表現是：新派方言的字音靠近普通話，新詞傾向於用文讀音。新派上海話有不少字音受普通話影響，逸出了歷史音變或語音對應的規律，例如「政治」的「治」和「遲到」的「遲」，本來讀[z]聲母，今改讀[dz]聲母，因為這兩個字普通話讀[ts]和[th]聲母，是塞擦音，[dz]比[z]更接近普通話的這兩個聲母。在上海音系裏本來沒有[dz]聲母，如果這一類字的讀音進一步發展和穩定，會引起上海音系的變化。各地方言新產生的詞彙大都用文讀音，方言中的白讀系統正趨於萎縮。例如在上海話中，「解、日、家、生」這四個字有文白兩讀，在新產生的詞彙中，這些字只用文讀音：解[tɕia⁵]放軍、日[zəʔ⁸]曆、家[tɕia¹]屬、生[səŋ¹]產。「家」，在舊詞「家生」（傢俱）中只能用白讀音[ka¹]，但是在新詞「傢俱」中也可以用文讀音[tɕia¹]。

　　詞彙方面的突出表現是用普通話詞彙替換原有的方言詞彙。以下是見於若干吳語地點方言的例：白滾湯→開水（松陽）、齊整→漂亮（嘉興）、手巾布→毛巾（上虞）、天羅絮→油條（黃巖）、戶檻→門檻（安吉）。

　　在語法方面，與普通話相同或較接近的新格式取代舊格式的過程，往往比詞彙的新舊替換要緩慢一些，新舊兩種格式要並存並用一段時間，舊格式在派生能力、使用範圍、使用頻率等方面逐漸萎縮，最後才趨於消亡。例如上海話雙賓語的位置有兩種格式並存，第一種是「動詞+直接賓語+間接賓語」：撥支筆我；第二種是「動詞+間接賓語+直接賓語」：撥我一支筆，第二種詞序與普通話相同。目前的情況是第一種格式多用於老派，新派基本用第二種格式。

思考和練習

1. 社會方言有哪些主要的類別？選擇其中兩種談談它們的特點。
2. 舉例說明城鄉的語言差別和年齡層次的語言差異有什麼異同。
3. 語言變異的原因是什麼？在社會文化方面有哪些原因？
4. 社會語言學上的「語言變體」是什麼意思？舉例說明「語言變體」與「音位變體」有什麼不同。

第三章
雙語現象和語言忠誠

第一節　雙重語言和雙層語言

一、雙重語言現象

　　雙重語言現象（bilingualism）是指在一個言語社區，在日常生活的各種不同的場合，人們普遍有能力使用兩種或兩種以上不同的語言口頭表達或交流思想。例如中國廣西壯族聚居地區，普遍使用壯語和當地漢語方言。雙重語言現象是就語言的使用能力而言的，即社會成員個人有能力運用兩種或兩種以上的語言或方言，例如在香港有許多人具備英語和粵語兩種語言的使用能力，有這種能力的人稱爲雙重語言人（bilingual）。雙重語言現象也可以簡稱爲「雙語現象」。本書所謂雙重語言現象也包括「雙重方言現象」（bi-dialectalism）和「多重語言現象」（multi-lingualism）。

　　所謂「雙重語言人」的雙重語言能力也會因人而異，可以分爲以下幾種類型：

1. 能聽、讀，但不能說、寫第二語言，這種現象稱爲「半雙重語言」（receptive bilingualism）。
2. 對第二語言具備聽、說、讀、寫四方面全面的能力，這種現象稱爲「全雙重語言」（productive bilingualism）。
3. 對兩種語言有相同的使用能力，這種現象稱爲「雙重語言均衡」（symmetrical bilingualism）。對兩種語言的使用能力不相同，則稱爲「雙重語言不均衡」（asymmetrical bilingualism）。

4.對兩種語言同等熟練，其熟練程度與單語人相差無幾，這種現象稱為「雙重語言同等」（equilingualism）。

5.在所有的場合都能同等熟練地使用雙重語言中的任一語言，並且找不出有另一種語言的痕跡，這種現象稱為「雙重語言純熟」（ambilingualism）。

6.能使用標準語言和另一種相關方言，稱為「雙層語言現象」（diglossia或vertical bilingualism）。

　　雙重語言人所使用的兩種或多種語言，一般說來其中有一種是母語，除非他本來就是一個「無母語人」（SWONAL, speakers without a native language）。「無母語人」的主要語言能力既不是來自他的母語，也不是來自他後來學會的第二語言，而是來自一種仲介的語言，「無母語人」通常居住在通行他的第二語言的社會。例如北美唐人街的中國移民後裔，他們的第一語言是漢語，但是他們的語言能力顯然不表現在漢語上，而是表現在一種混合型的英語上（Tsou 1981）。

　　雙重語言人獲得雙重方言的環境並不完全一樣，大別之有兩種不同的情況：一是從生長在雙重方言社團或環境中的雙重語言人，他們是在語言學習的最佳年齡習得雙言的，他們對雙重方言的熟悉程度幾乎是相等的；二是雙重語言人長大以後因交際的需要，如遷入別的方言區或出於跟鄰接的方言區居民交往的需要，才學會第二方言的。從理論上說，雙重語言人應該可以同等熟練地使用兩種或多種方言，但是事實上，上述第二種雙重語言人使用母語和第二種方言的熟練程度，顯然是有差別的。第二種雙重語言人使用第二種方言是被動的，他的「內部語言」，如沉思默想、心算、默讀的時候所用的語言，是他首先習得的方言，即他的母語。第一種雙重語言人使用雙言則是完全自由的。在人數上第二種雙重語言人可能大大超過第一種雙重語言人。

二、雙層語言現象

與「雙重語言現象」密切相關的是「雙層語言現象」。雙層語言現象（diglossia）是指同一個人在日常生活中，在不同的場合，使用兩種或兩種以上不同的方言，或者在甲場合使用某種方言，在乙場合使用標準語，口頭表達或交流思想。雙層語言現象是就語言的社會功能而言的，即在同一個社會的日常生活中，有兩種或兩種以上語言並存的現象，在不同的場合使用不同的語言，在語言使用上有層級之別。雙重語言現象也可以簡稱為「雙言現象」。雙層語言現象在中國是普遍存在的，方言區的居民大都會說普通話，因場景不同選用普通話或本地方言。

「雙重語言現象」是就社會成員個人的語言使用能力而言的；「雙層語言現象」是就語言在社會生活中使用的層次而言的。關於語言在社會生活中使用的層級問題，我們將在下文3.3詳細討論。

率先研究兩種語言在同一個言語社區裏並存並用現象的是Charles A. Ferguson（1921- ）。diglossia（雙層語言現象）這個概念最初是Ferguson提出來的。他所謂diglossia是指對不同的人群說話使用不同的語體，例如「在巴格達，信奉基督教的阿拉伯人互相講基督教阿拉伯語，而在身份混雜的人群中間談話時則使用巴格達方言，即穆斯林阿拉伯語」。許多語言除了有一般的方言外，都有超方言的變體。一般的地域方言稱為「低級語體」，超方言變體稱為「高級語體」。例如在瑞士，標準德語是高級語體，瑞士德語是低級語體。古典阿拉伯語是「高級語體」，一般阿拉伯語是「低級語體」。雙層語言可以是同一種語言的兩種變體，也可以是兩種不同的語言，例如在海地，高級語體和低級語體有可能出現在下述不同的場合，見表3.1（Ferguson 1959）。

表3.1 高級語體和低級語體使用的場合

場合	高級語體	低級語體
教堂或寺院講道	√	
吩咐僕人、招待員、工匠、職員		√
私人信件	√	
國會演講、政治演說	√	
大學講課	√	
與親友、同事交談		√
新聞廣播	√	
廣播連續劇		√
報紙社論、新聞報導、圖片說明	√	
政治漫畫標題		√
詩歌	√	
民間文學		√

　　在中國，文白異讀發達的地方，例如江蘇的丹陽和浙江的金華，文讀和白讀是兩種不同的語體，與外地人說話或讀書的時候用文讀語體，與本地人說話時用白讀語體。舊時代的中國文人書面語言用文言文，口語則用各地方言。

　　「雙層語言現象」這個概念1959年由Ferguson提出來之後，不僅為社會語言學家和社會學家所普遍接受，而且其內涵得到進一步的擴充和改善。甘伯茲提出雙層語言不僅存在於多語社會，不僅存在於有古典語言和方言變體的社會，也可以存在於使用各種不同方言、各種功能不同的語言的社會。Fishman則致力於研究「雙層語言現象」是如何維護或消失的。

三、雙重語言和雙層語言的關係

　　「雙重語言現象」和「雙層語言現象」在一個社會裏穩定並存，是社會語言競爭、發展的結果，這一觀點是Fishman首先提出來的（Fishman 1972）。請看圖3.1。

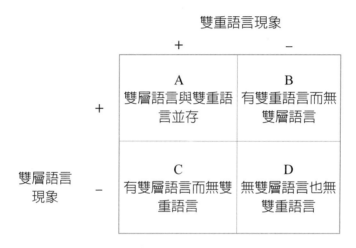

　　　　　　　　　　　　　雙重語言現象

	+	−
+	A 雙層語言與雙重語言並存	B 有雙重語言而無雙層語言
−	C 有雙層語言而無雙重語言	D 無雙層語言也無雙重語言

（左側標示：雙層語言現象）

圖3.1　雙重語言和雙層語言的關係

　　圖3.1上的A表示雙重語言現象和雙層語言現象穩定並存的階段。但是實際上很少國家達到雙重語言和雙層語言充分發達的程度，比較接近充分發達的國家是巴拉圭。大多數巴拉圭人說西班牙語和瓜拉尼（Guarani）語，有相當一部分鄉下人本來是說單一的瓜拉尼語的，後來也在教育、宗教、政府、精英文化領域也用上西班牙語。同時絕大部分從農村移居城市的居民，在西班牙式的都市過程中，為了維護同鄉情誼，仍然保留瓜拉尼語。雖然1967年的憲法規定瓜拉尼語為「國語」，但是瓜拉尼語並不是在政府、正規教育、法庭等領域通用的「官方語言」。並行階段的雙重語言現象稱為horizontal bilingualism，在這一階段，兩種不同的語言在官方、工作、文

化和家庭生活等方面都具有同樣的地位。圖3.1中的A階段即屬於並行階段。

　　圖3.1上的B表示新確立的外來的語言如殖民者的語言和土著語言並存的階段，最初只有少數土著居民學會高層語言，後來通過教育和其他途徑，雙重語言現象逐漸普遍，而進入A階段。例如新加坡，起初只有少數當地人學會殖民者的語言——英語。後來會英語的人越來越多，雙重語言現象逐漸普遍，而進入英語與華語雙重語言現象和雙層語言現象穩定並存的A階段。

　　一個社區的雙重語言現象有一個逐步發展的過程，大致可以分為初始和並行兩個階段：初始階段的雙重語言現象稱為incipient bilingualism，這個社區的居民還處於第二語言習得的過程中。圖3.1中的B階段即屬於初始階段。圖3.1中的A階段即是一個理想的最完美的雙重語言階段，實際上如此完美的雙重語言社會並不多見。例如在加拿大英語人口占67%，法語人口占27%，但雙重語言人口僅占全國人口的13%。在比利時，雙重語言人口也僅占全國人口的15%。

　　圖3.1上的C表示多個民系移居同一個新的居住地，語言各不相同，最後會有某一個民系在政治、社會或經濟方面比較成功，因而其語言成為高層語言，其他語言則成為低層語言。例如臺灣先後有高山族、閩南人、客家人和說國語的大陸人移入，近幾十年來國語成為高層語言。初期只有雙層語言，而無雙重語言。原來只說低層語言的人逐漸學會高層語言，整個社會也就漸漸進入A階段。

　　圖3.1上的D假設有一種單純的社會，初時其單一的語言沒有任何變體，但是隨著人口遷移和社會分工逐漸明確，語言的變體也會產生，最終也會進入A階段。只使用單一語言的國家幾乎是不存在的，澳大利亞和新西蘭較接近這種類型，許多國家雖然都有「官方語言」，但在社會交際上卻是長期穩定地廣泛使用多語，見表3.2。

表3.2　世界各國使用本國主要語言人口百分比

地區	90-100	80-89	70-79	60-69	50-59	40-49	30-39	20-29	10-19	10-100%（合）
歐洲	17	4	2	2	2	－	－	－	－	27
東亞和南亞	5	3	4	3	1	4	－	1	－	21
大洋洲	2	－	－	－	－	－	－	－	－	2
中東和北非	8	6	2	3	1	2	－	－	－	22
赤道和南非	3	－	－	2	5	8	7	5	3	33
美洲	15	6	－	－	2	2	1	－	－	26
全世界合計	50	19	8	10	11	16	8	6	3	131

　　雙重語言現象在世界的許多地方都存在，其中最引人矚目的有加拿大（英語和法語）、比利時（法語和佛蘭芒語，即荷蘭語）、瑞士（德語、法語、義大利語和羅曼語）、新加坡（華語、漢語方言、英語）等。

　　雙重語言現象在中國是普遍存在的，少數民族地區許多居民既會說本族語，也會說當地漢語或當地的別族方言。例如東北的朝鮮族既會說朝鮮話，也會說東北的漢語方言的人很多。在漢語方言區，許多居民則會說當地漢語和普通話，或者會說兩種或更多的方言。在大城市和方言區交界的地方，雙重語言現象尤為常見。例如在浙南與閩語區交界的地帶，吳語居民和閩語居民當地雜居，居民使用雙重語言：吳語溫州話和蒼南閩語。

四、雙重語言的成因和發展趨勢

雙重方言現象的形成有一個前提，即兩種（或多種）方言相互的差別較爲明顯，以致影響通話。如果差別小，在交際上就沒有必要使用雙言，雙層語言現象不能長久維持，其結果是方言的同化或融合。例如寧波人在上海說寧波話可以通行無阻，就不必採用雙言制，或者改說帶寧波腔的上海話，到了第二代就可能被上海話同化。在上海的雙重語言現象只存在於差別較大的方言之間，例如上海話／粵語、上海話／官話、上海話／溫州話。

在下述四種環境中，才有可能產生雙重方言現象：

第一，雜居雙重方言制。母語不同的居民雜居在同一個地方，例如福建的永泰、福清南部、惠安北部的沿邊地區居民既說本地話（閩東話和閩西話），又說莆仙話。雜居雙重方言制如果是出於社會生活的實際需要，如購物，有可能長期存在。

第二，城市雙重方言制。城市中來自別的方言區的居民及其後裔往往兼用母語和這個城市的方言，例如上海人在北京，廣東人在上海等。城市雙重方言制往往只能維持一代人，到了第二代就會產生語言轉用現象。

第三，邊界雙重方言制。一個地區居民內部互相交際時使用本地方言，當跟鄰接的方言區的居民交際時，則使用外地人的方言。在這種情況下，本地話往往是劣勢方言，外地話往往是優勢方言。例如浙南的麗水人內部交際時用麗水話，跟溫州人交談可以用溫州話，而不可能用麗水話，這種關係不能逆轉。再如湘南的嘉禾、藍山、臨武、寧遠、宜章、桂陽、新田、道縣、江華、江永等縣居民兼用兩種方言，本地人日常交談用本地土話，跟外地人交際或讀書時則用一種接近郴州話的西南官話。湘南各地的土話差別頗大，各地居民互相交際也用這種西南官話。

　　第四，方言島雙重方言制。方言島在產生的初期一般使用單一的移民方言，久而久之，也可能使用島外的本地方言。例如浙江慈溪的閩方言島，雙重語言現象是很普遍的，目前的情況是「街面」上使用吳語，閩語只是在家庭內部使用。

　　從社會的角度看，雙重語言現象是使用不同語言的社團（包括家庭）互相接觸、交際中自然產生的。也就是說，一個社會之所以產生雙重語言現象，是因為社會生活需要有一種以上語言，而這些語言各有自己的社會功能。但是雙重語言現象的發展趨勢，會因地區的不同而不同。它是受各地不同的文化背景所制約的，這些文化背景包括雙重語言的社會地位是否平等、雙重語言人對母語的忠誠態度、母語教育能否持續、母語社團的聚散等。

　　雙重語言現象一旦在一個社會中形成之後，其發展趨勢如何？會長期維持雙重語言制或變為單一語言制？

　　雙重語言在言語社區的發展大致有以下幾種趨勢：

　　第一，由雙重語言現象發展到語言雜交，產生洋涇浜語或混合語。例如自稱格曼的僜人聚居在西藏與印度接壤的察隅縣，他們使用僜語。兩百年前藏族遷居僜人聚居區，實行政教合一的統治，造成僜人的雙重語言現象。但是兩百多年來，因受藏族政治和宗教的強大影響，僜語逐漸被藏語同化。目前的僜語，有60%以上的詞彙是藏語來源的外來詞，語法也基本藏語化。實際上今天的僜語是一種雜交的語言。僜語從與藏語並用發展到與藏語雜交，其大文化背景是藏語在政治和宗教上的優勢地位。

　　第二，雙重語言現象趨於消亡，即其中一種語言或方言被另一種同化。每一個地區都有一種地點方言是該地區的優勢方言（或稱權威方言），這個權威方言往往是該地區最大的城市所使用的方言。方言的權威地位是由這個城市在該地區的政治、經濟、文化的權威地位決定的。例如文昌話是海南島閩語區的權威方言，廈門話是今閩南話的

權威方言，上海話是今吳語北片的權威方言等。從別的方言區遷入這種城市的居民往往成爲雙重語言人。如果沒有語言忠誠、母語教育等方面的特殊原因，雙重語言人的母語往往不能長久維持，而被權威方言所同化。例如在上海市區的人口成分中有大量蘇北人，據1949年的統計，在市內閘北、虹口、楊樹浦一帶，外省籍人口占95%以上，其中大部分是蘇北人。從六十年代開始，上海市區人口趨於穩定，遷出的多，從外地遷入的很少，所以今天上海的蘇北人，中年人至少已是第二代，青少年已是第三代。老年蘇北人在公共場合講一種洋涇浜方言，即帶上海腔的蘇北話，或帶蘇北腔的上海話。中年蘇北人多使用雙重語言，在蘇北人的社團裏講蘇北話，對外講上海話。很多第三代蘇北人已經不再使用蘇北話。原籍其他地方的上海人的雙重語言現象也有類似的發展趨勢。近三十年以來，人口成分的穩定，即很少有外地移民遷入，一方面促使雙層語言現象（不包括方言與普通話的雙層語言現象）漸趨消亡，另一方面也使上海市區方言音系趨於穩定，即形成穩定的內部統一的上海方言特徵。

在雜居雙重語言制的環境中，如果兩種方言有優勢和弱勢之分，那麼以劣勢方言爲母語的居民經過若干代之後，可能放棄母語，即放棄雙言，而轉用單一的當地優勢方言。例如蘇南的溧水縣太平天國戰爭後曾有河南移民移居，他們既說家鄉的河南話，也會說當地的吳語，雙重語言制已維持一百多年。但是由於在人數、經濟和文化上長期處於劣勢地位，到今天新一代幾近放棄母語，老一代的河南話也因借用許多吳語成分，而變得不純粹。

第三，雙重語言現象長久維持。雙重語言現象得以長久維持的主要動力是對母語的「語言忠誠」，此外，語言政策尤其是教學語言採用母語也是重要原因之一。語言忠誠並不是一種孤立存在的文化心理，語言和方言是民族或民系認同的重要標誌。「語言忠誠」是民族或民系意識的一種表現。最典型的例證是東南亞華人的雙重語言

現象。現代東南亞的許多華人實際上只是當初出國謀生的華僑的後裔，但是他們仍能說先輩的漢語方言，並且能說僑居地的語言，例如新加坡、泰國等地的華人。他們對漢語的忠誠是與他們維持中華民族傳統文化的理想和實踐有關的。雙重語言現象是與華文教育、同鄉會館、中華民族傳統民俗（如端午划龍舟、清明掃祖墳）、傳統廟宇、傳統戲曲相輔相成的。語言行爲只是文化行爲的一個組成部分。東南亞華人雙重語言現象的歷史、現狀和發展趨勢問題，實際上還要複雜得多，需要專門的調查和研究。

在邊界雙重語言制的環境下雙重語言現象一般可以長久維持，因爲分居邊界兩邊的居民爲了交際的需要，常常使用對方的語言或方言。在雜居雙重語言制的環境中，如果兩種方言勢均力敵，並無優勢和劣勢之分，那麼雙重語言制也可能長久維持。如浙南的蒼南縣吳語和閩語的雙重語言制。

在社會對雙重語言的需求降低，語言忠誠度又不夠強的情況下，如果要人爲維護雙重語言，往往要付出高昂的人力和資源，例如創制文字、投資教育等。

五、多語現象和多語社區的共同語

移民使用多種不同的母語，生活在同一個社區裏，需要有一種爲大家接受的公共交際語，即共同語（lingua franca）。確立多語社區的高層語言的三種不同類型：

第一類，在多種方言中只有某一種方言是威望最高的優勢方言，它就自然成爲共同的高層語言。例如閩南地區的廈門話，兩廣地區和香港的廣州話。再如馬來西亞吉隆坡和越南大部分地區華人社會的粵語、柔佛州許多市鎮的潮州話、檳榔嶼的廈門話。以這種共通語爲母語的人可能不懂其他方言，但其他人可能兼說共通語和自己的方言，甚至其他的方言。這樣的社區在社會語言學上可以稱爲「內聚社

會」。

　　第二類，在互相不能通話的多種方言中，沒有一種在語言競爭力上占明顯的優勢，就引進一種外來的優勢方言或語言作爲共同的高層語言，如東北地區引進北京官話，新加坡華人社會引進華語（普通話）。新加坡漢語方言主要是閩南話（42.2%）、潮州話（17%）和粵語（17%），還有海南話（7%）、客家話（7%）、福州話、莆田話。官話人口只占0.1%，在語言的人口競爭力上是微乎其微的，但是它卻以強勁的政治競爭力和文化競爭力而登上高層語言的寶座。再如在泰國華僑之間用泰語，在千里達、新加坡用英語，在大溪地、留里旺用法語。這樣的社區在社會語言學上可以稱爲「外附社會」。

　　海外華人社會演變成爲內聚社會或外附社會，有各種複雜的關鍵因素，本節不加詳述，但值得注意的是，華僑社會的語言的複雜情況並不能與原居地的社會語言情況相提並論。在華人內聚社會裏長大的小孩需要學會多種語言，包括家裏用的母語，當地華人社會裏的共通語，當地的語言，甚至包括有國際地位的外語，和很多華文學校教授的國語。在華人外附社會裏長大的小孩，語言的負擔應該比較輕，但是在認同方面，對象已縮小到方言相同的社群，他們往往較早走上同化的道路。

　　第三類，在差異不大的互相可以通話的多種方言中，沒有一種在語言競爭力上占明顯的優勢，這幾種方言互相融合形成一種新的混雜型方言，即以這種新的方言作爲共同的高層語言，上海話屬於這一類。目前在臺灣作爲高層語言的閩南話也是一種混雜型方言，它由漳州腔和泉州腔融合而成。當閩南人大量移居臺灣的時候，廈門話在閩南還沒有確立它強勢的地位，所以高層語言在今天的臺灣是漳泉混合腔，而在閩南地區則是廈門話。不過廈門話最初也是漳泉混合腔，其形成的過程應該與上海話相似。

　　上海話是長江三角洲的高層語言，廣州話是珠江三角洲的高層

語言，兩者都是高層語言，但是使用功能相差很遠。上海話的功能比廣州話要小得多，廣州話在日常生活中可以使用的領域更多更廣。在長江三角洲地區，普通話作為頂層語言已經滲透到一些本來屬於高層語言或低層語言的領域，例如大中小學課堂、中小學校園、公司企業、公共交通、與外地人交談。

第二節　民系、方言與地方文化

一、民系、方言和地方文化的層級性

語言是民族的重要特徵之一，方言則是民系的重要特徵之一。

方言是語言的下位概念，即一種語言由若干種方言構成。例如漢語由官話、吳語、閩語、粵語、客家話等組成。

民系是民族的下位概念，即一個民族由若干民系組合而成。例如漢民族的下屬民系有客家人、廣東人、福建人、江浙人等。同一民系有共同的地域、方言、民俗、文化心理等。例如廣東人說粵語、看粵劇、吃粵菜、有許多獨特的忌諱詞和吉利詞、有一批記錄粵語的方言字等。「民系」（sub-ethnic group）這個概念跟「族群」有所不同，後者既可指民系，也可指民族，例如臺灣的「族群」可以分為四大類：閩南人、客家人、外省人和原住民，其中原住民是高山族，其餘三類則是漢族下屬的民系。為行文的方便起見，涉及臺灣時所謂民系也包括高山族。

民系和方言又都是分層次的，即大民系涵蓋小民系，例如江浙人由上海人、寧波人、蘇州人、杭州人等組成；方言又可分次方言，例如粵語可分廣州話、臺山話、四邑話、廣西白話等。

民系和方言的關係類似民族和語言的關係，即同一個民系說同一種方言，例如客家人說客家話。但是這種一一對應關係常有例外，例

如畬族人也說客家話，移居海外的客家人後裔有些已經不會說客家話，而改說當地通用的語言。

民系和民族一樣有自我認同的意識，自我認同的依據有多種，其中最明顯的是方言。換言之，民系自我認同的最重要的標誌即是方言。同鄉人在外地相遇，最直接、最可靠的互相認同的依據就是鄉音。贛語和客家話的差別雖然在語言學上不容易說清楚，但是江西南部贛語和客家話交界地區的居民可以把兩者的界線分得很清楚，而所憑藉的就是方言和民系的自我意識。

文化也是有層級性的，一個民族有一種共同的民族文化，各地又有各具特色的地方文化，或稱為民系文化。例如中華文化為中華民族所共用，所屬又有大同小異的粵文化、吳文化、閩南文化、客家文化等。民系和地方文化的關係類似民系和方言的關係，不過，不同地方文化之間的界線更加模糊，更加難以劃定。閩南人，包括潮汕人，喜飲烏龍茶，並配以別具特色的茶具（小茶杯、大茶盤），但是這種茶具也見於粵語地區。其中的原因也不難解釋，文化的傳播比語言的傳播更加便捷，所以一種文化現象很容易越出它原來所在的文化圈，而一種方言卻不可能輕易傳播到別的方言區。

普通話是口語化的現代漢語書面語。全國通用的漢語及其書面語是中華民族的寶貴財富，也是中華文化的瑰寶。漢語標準語（及其書面語）的下位概念是方言，如粵語；中華民族的下位概念是民系，如客家人；中華文化的下位概念是地方文化，如吳越文化。中華文化是母文化，地方文化則是子文化。漢語標準語（及其書面語）與中華民族及中華文化相對應，方言與民系及地方文化相對應，它們處在兩個不同的層面上。標準語的推廣與中華民族及中華文化的繁榮發展可以相互促進，方言及民系的興衰才與地方文化息息相關。換言之，影響地方文化傳承的兩大根本因素是方言與民系。

民系的區域、方言的區域和地方文化的區域三者的境界線雖然往

往是不重合的，但三者的密切關係即同一性也是至爲明顯的。

二、語言使用場域的地理層級性

普通話是通行全國的標準語，不過大多數人所說的普通話實際上可以說只是「藍青官話」，即帶有方言語音特點的不標準的普通話。「藍青官話」這個詞雖然在現代漢語已經長久不用了，但是筆者認爲這個術語還是很有用的，它可以用來概括這一類介乎普通話和方言之間的語言，爲了便於討論本書把它當作方言來處理。

普通話或藍青官話通行全國，是地理上使用範圍最廣的語言。地區共同語是使用地域僅次於普通話或藍青官話的語言，地區共同語通行於整個方言區或該方言區的大部分地方。例如廣州話通行於粵語區，上海話通行於吳語區的北部，廈門話通行於閩南和臺灣，昆明話通行於雲南的昆明地區。此外，地區共同語還有以下兩個特點：

第一，地區共同語一定是某一方言區裏的強勢方言，例如廣州話是粵語區的強勢方言。

第二，它不僅通行於整個方言區，而且大都是跨方言區的。例如廣州話不僅流行於粵語區，而且跨越粵語區，也流行於潮汕閩語區，許多潮汕人也會說廣州話。蘇北江淮官話區的居民在聽的方面也能接受上海話。

地區共同語的普遍使用是漢語的特點，也是中國社會語言生活的特點，它的存在自有社會和文化方面的理據。漢語方言複雜，互相間差別較大，南方方言區的人要學會以官話爲基礎的普通話並不是輕而易舉的，國家標準語難以普及到一般識字不多的百姓。在一種大方言區內部，次方言之間也往往難以通話，如吳語和閩語內部。人們需要有一種較爲便利的、可以接受的口頭交際工具，地區共同語恰好滿足了這種需要，對於本地區居民來說，它的習得比普通話容易，在文化心理上也更具有親和力，在舊時代尤其如此。

　　地區共同語的下一個層次是地點方言。地點方言使用於某一個地點，它有單一的語音、語法和詞彙系統，通常是指城市方言，如梅縣客家話、海口閩語。

　　普通話或藍青官話、地區共同語和地點方言構成漢語方言在地理上使用場域的三個層級。

三、語言社會功能的層級性

　　從語言在社會生活中使用的功能出發，語言也是分層級的。

　　層級是什麼意思呢？以第一章所載調查資料爲例，香港白領在比較正式的場合，例如在工作上，使用英語，而在家庭生活中用粵語，這就顯示出層級的差別。又如傳統中國社會的書面語是文言文，文言文和白話文或方言口語也顯示出層級差別。

　　層級是分高低的，威望較高的語言（或方言，下同）屬高層級（high rank），威望較低的語言屬低層級（low rank）。高層級的語言在同一個言語社團（speech community）用於較正式、較莊重的場合，同時有可能成爲不同言語社團的通用語言。就傳統的廣東社會來說，在省城廣州話當然最重要，但在省城以外的地區廣州話也占很重要的地位。例如地方戲曲，廣東地區都是廣州話的大戲，不會出現四邑話的大戲或中山話的大戲。這說明廣州話處於比其他地區性小方言較高的層級。如果我們將視線從珠江三角洲轉到長江三角洲，也可以看到類似的現象。在長江三角洲一帶，上海話比起其他地區性小方言，明顯較爲重要，即處於較高的層級。上面這些例子說明，在傳統的中國社會各地區所使用的多種語言都有層級的區別，每一地區都有一種語言地位較爲重要，屬於高層語言（local high language），在官場、工作等場合應用，也用作本地區的共同語。與高層語言相對的是所謂低層語言（low language），一般用於家庭生活或非正式的場合，不用作地區共同語。就珠江三角洲而言，廣州話是高層語言，四

邑話、中山話等小方言是低層語言；就長江三角洲而言，上海話就是
高層語言，而其他紹興話、寧波話等小方言就是低層語言。圖3.2是
高層語言和低層語言相互關係的示意圖。

圖3.2　高層語言和低層語言相互關係

那麼普通話的地位如何呢？就中國社會語言生活而言，在高層語
言和低層語言之外，還有一種頂層語言（supreme language）。至遲
從明代開始，中國的頂層語言就是官話，後來稱爲國語，現在稱爲普
通話。圖3.3是頂層語言、高層語言和低層語言相互關係的示意圖。

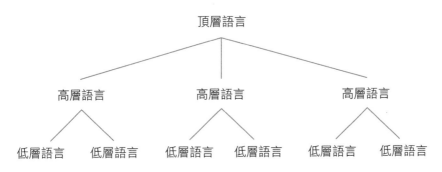

圖3.3　頂層語言、高層語言和低層語言相互關係

我們再看看中國傳統社會三層語言現象的變遷。筆者對廣東傳統
社會和當代社會語言使用情況粗略研究的結果請見表3.3、表3.4。

表3.3　傳統廣東社會語言使用層級

	用語場合	低	高	頂
1	家庭	√		
2	民間文藝	√		
3	購物	√		
4	藍、白領界	√		
5	基礎教育	√	(√)	
6	中等教育	(√)	√	
7	高等教育	√	(√)	
8	地方戲曲	√	(√)	
9	與京官交往			√
10	與省級官員交往		√	
11	與外地人交往		√	
12	新聞廣播		√	√
13	詩詞			√
14	信件			√

表3.4　當代廣東社會語言使用層級

	用語場合	低	高	頂
1	家庭	√		
2	民間文藝	√		
3	購物	√		(√)
4	藍、白領界	√		

	用語場合	低	高	頂
5	基礎教育	(√)		√
6	中等教育			√
7	高等教育		(√)	√
8	地方戲曲		√	(√)
9	與京官交往			√
10	與省級官員交往			√
11	與外地人交往		(√)	√
12	新聞廣播		(√)	√
13	詩詞			√
14	信件			√

* (√) 表示少用。

　　這兩張表左半列舉語言使用的不同場合，右邊的「低、中、高」分別指低層語言、高層語言和頂層語言。以珠江三角洲爲例，低層語言是指臺山話、開平話、中山話之類小方言，高層語言是指省城話，即廣州話，而頂層語言就是國語（普通話）。

　　傳統的上海社會的語言使用情況與表3.4所示廣東社會相似，較大的不同是地方戲曲也用底層語言，如越劇用紹興話。表3.5所示是當代上海社會語言使用情況。

表3.5　上海社會語言使用情況比較表（1998）

用語場合	上海話	其他方言	普通話
家庭生活	√	(√)	
電視廣播	(√)		√
官方會議			√
單位小會	√		
閒談	√		
購物	√		
銀行郵局	√		
娛樂場所	√		
大中小學課堂			√
中小學校園	(√)		√
大學校園	√		√
機場車站			√
法院			√
醫院	√		
警察	√		
公共交通	√		√
酒樓餐廳	√		
電話錄音服務			√
到政府機關辦事	√		(√)
到公司企業辦事	√		(√)
與外地人交談	(√)		√
地方戲曲	√	√	√

　　除了少數老年人外，上海市民都會說普通話，當然其中大部分人說的實際上是藍青官話。「說普通話」上海話稱爲「開國語」。只有在下述兩種情況下才有可能開國語：較正式的場合或與外地人講話。例如電視臺或電臺採訪新聞，記者一般用普通話提問，如果被採訪者是政府官員，他會用普通話回答，如果是普通市民，多半用上海話回答，女性更是如此。紀錄片中普通老百姓互相對話一般都是用上海話，旁白則用普通話。一方說普通話，另一方說上海話，這是很常見的。上海市區有約九百萬人口，另有近百萬流動人口，包括外來務工人員、出差人員、遊客、大學生等。與外地人說話多半會以普通話應對，如商店營業員對顧客說話，但也有可能只說上海話的，如回答問路。這也不難解釋，前者的權勢在顧客一方，後者權勢在指路者一方。在家庭生活一項有其他方言是指新來的外地人在家說外地話。電話錄音服務一項是指公司企業等如有電話錄音回答詢問的，一定只說普通話。地方戲曲一項上海話、其他方言、普通話並列，因爲地方戲曲有多種，所用方言不同，滬劇用上海話，越劇用紹興話，京劇大致用北京話。

　　下面將普通話、方言和英語在香港、上海和廣州三地的使用功能做一比較，見表3.6。表上列出十四個使用語言的場合，每一場合所使用的語言有的是指主要使用這種語言，例如香港的警察也可能使用英語或普通話，但以使用廣州話爲主，所以表上只列廣州話。

表3.6　香港、上海和廣州社會語言使用情況比較表

地點	香港	上海	廣州
家庭生活	廣州話	上海話	廣州話
電視廣播	廣州話	普通話	普通話／廣州話
官方會議	英語	普通話	普通話

地點	香港	上海	廣州
工作報告	英語	普通話	普通話
閒談	廣州話	上海話	廣州話
購物	廣州話	上海話	廣州話
報刊	普通話	普通話	普通話
教學語言	廣州話／英語	普通話	普通話／廣州話
機場車站	廣州話／英語	普通話	廣州話／普通話
法院	英語	普通話	普通話
警察	廣州話	上海話	廣州話
公共交通	廣州話	上海話	廣州話
酒樓餐廳	廣州話	上海話	廣州話
地方戲曲	廣州話	上海話	廣州話

　　從表3.6來看，英語的用處在香港比其他兩地大，普通話的用處，在上海最大，占七個領域，其次是廣州，占五個半領域，香港最小，而方言的用處，在香港最大，占九個領域，其次是廣州，占八個半領域，上海最小，只占七個領域。

　　在香港，高層語言是英語，低層語言是粵語，而漢語（普通話）在這兩者之外亦占有一定的地位。

　　普通話或藍青官話相當於第一章所述的頂層語言，地區共同語相當於高層語言，地點方言相當於低層語言。

　　表3.3所示是傳統廣東社會語言使用的情況。可以看出在家庭生活和日常生活方面大都用低層語言，而在工作和文化活動方面，則高層和頂層語言參半。

　　第一章曾述及香港語言的使用情況在近三十年間有不少的變

化，大陸的情況也類似。近三四十年中國政府全面推廣普通話，使表3.3所示傳統社會語言使用情況有所改變，表3.4是當代社會語言使用情況。其中最重要的變化是高層語言使用的場合逐漸減少，頂層語言使用場合日益增加，而低層語言在很多方面基本上維持原狀。這兩個表上的資料顯示，近三四十年來中國社會由三層語言結構逐漸向兩層語言結構演變的趨勢。見圖3.4。

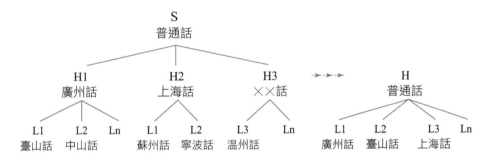

圖3.4　中國社會語言層次結構的變化

但是這種演變的速度還是很緩慢的。例如廣州話無論在香港或廣州，其高層語言或地區共同語言文字的地位還是很穩固的。廣州話在電視、廣播節目裏還占有很高的比例，廣東的小學還有以粵語為教學媒介的。參見第四章第三節。

漢語的標準語普通話（國語）在新加坡稱為「華語」。新加坡近年來大力推廣華語。新加坡是以英語作為頂層語言，華語（普通話）是華人之間的高層語言。但方言在不少家庭及民眾之間仍占有一定地位，屬低層語言。新加坡政府所走的方向是想把低層語言（方言）逐漸消滅，保留英語及華語，想造成只有雙層語言的社會。新加坡政府這個運動並不成功，小方言並沒有消滅，反而增加人民多學一種語言——華語的負擔。參見第八章第四節。

　　順便談一談西方一些國家的情形，以資比較。例如比利時是由兩種語言背景的人民組合而成的，一種語文是法文，另一種語文是荷蘭文。就人口來說，差不多各占一半。由於政府未能解決語言問題，這個國家幾乎每年都出現政治危機。法文和荷蘭文都可以算是比利時的高層語言，它們各有自己的低層語言。法語系的人和荷蘭語系的人都希望自己的語言成為比利時的頂層語言，而對方都不能接受，衝突由此產生。加拿大的魁北克省的人民大都是法國人的後裔，說法語。他們經常反對政府的語言政策，原因是他們不願意接受英語作為他們的頂層語言，而要將法語地位提高到跟英語平等。

　　頂層語言、高層語言和低層語言是方言或語言在使用功能上的分類，如果從語言競爭力的角度出發，方言或語言又可以分成強勢和弱勢兩大類。與強勢方言和弱勢方言相對應的是強勢文化和弱勢文化。

四、強勢方言和弱勢方言

　　強勢方言又稱為優勢方言或權威方言，與它相對的是弱勢方言。一般來說，每一個城市方言相對於它的鄉下方言來說，都是強勢方言；在一個較大的地區裏，中心城市的方言往往是強勢方言。強勢方言有以下幾個特點：

　　第一，有強勢方言才有可能成為地區共同語。例如廣州話是強勢方言，又是粵語地區的共同語。

　　第二，強勢方言的背後是強勢文化。強勢方言往往是某一個經濟和文化比較發達的中心城市的方言。方言擴散的方向和文化擴散的方向是一致的，即都是由強勢向弱勢擴散。例如上海話在吳語地區是強勢方言，它的背後是上海文化。上海話和上海文化都有向周圍地區擴散的傾向。

　　第三，強勢方言在它所在的方言區威望最高，因而成為弱勢方言

仿效的對象。語言心理跟其他文化心理一樣，有追求時髦的傾向。在語言接觸中，強勢方言代表時髦。例如只有鄉下人學說城裏話，而沒有城裏人學說鄉下話。再如在廣東只有客家人或潮汕人學說粵語，而沒有粵語區的人學說客家話或潮汕話。

第四，在方言接觸中它有較多的詞彙輸入到弱勢方言，替換了弱勢方言的固有詞彙，例如以官話爲基礎的普通話詞彙近幾十年來大量替換各地方言詞彙。

第五，方言的弱勢和強勢是相對而言的。甲方言相對於乙方言是強勢方言，但是對於丙方言可能是弱勢方言。例如一般說來，任何小城市的城裏話，相對於鄉下話都是強勢方言，但是相對於該地區的大城市的方言來說，則是弱勢方言。強勢方言和弱勢方言在歷史發展過程中，有可能相互轉換。例如上海話在十九世紀對於蘇州話來說是弱勢方言，但是在二十世紀變成強勢方言。

五、語言與身份認同

「身份認同」（social identity）本來是社會學的概念，它是指將某人與他人分辨出來的個人和社會特徵。「個人和社會特徵」有多種，其中語言是最爲明顯的特徵之一，也是最有效的分辨人群的特徵之一，可以說是身份的標誌。我們可以從兩方面來看它的功效：

一方面可以根據某人講的是什麼語言來判別他屬於什麼樣的人群。根據一個人所說的是什麼語言，往往可以判斷他大致來自哪一個國家或地區，例如某人講美國英語，他應是美國人。如果某人講的是粵語腔的普通話，他應是廣東人或香港人。根據他的「談吐」，可以進一步判斷他所屬的社會階層。如果談吐文雅，那麼他很可能屬於知識階層。歷史悠久的移居他國的移民，在國籍和民族認同上，可能已脫離祖籍，但是我們從移民的語言還可以還原他的祖籍。例如在泰國的華裔，往往三四代以後，就會認同自己是泰族和泰國人。但是如果

調查他們的語言使用請況，仍然可以辨別出他們的華裔身份。

　　另一方面，可以利用語言來表明自己屬於什麼樣的人群。在十八世紀的俄羅斯，上層社會以講法語為時尚，法語可以說是貴族的象徵。移民要想改變身份，認同當地社會，第一步就是要學會當地語言。一旦成為雙語人以後，在公共場合，往往講新學會的語言，以表明身份，例如移民香港的福建人和客家人、移民上海的外地人。在講不同語言的人聚集在一起的場合，必要時，可能利用語言辨別身份，區隔談話對象，聚合人群。

　　語言是民族的重要特徵之一，方言則是民系的重要特徵之一。語言是民族認同的重要標誌，民系和民族一樣有自我認同的意識，自我認同的依據有多種，對華人來說，其中最明顯的是方言。換言之，民系自我認同的最重要的標誌即是方言。在「他鄉遇故知」、同鄉聚晤、回鄉探親、尋根祭祖的時候，方言是聯繫同鄉情誼不可缺少的紐帶。國內外華人社區的各種「同鄉會」以方言為特徵，是普遍現象。使用方言母語是人類情感的需求，因此也是一種人權。例如上海人在外地或外國相遇，最直接、最可靠的互相認同的依據就是上海話。解放前後有大量上海人移居香港等地，改革開放以來又有大量上海人移居北美、澳洲等地，上海話是他們認同祖國和家鄉的情感標誌。

　　自國家實行改革開放政策以來，中國各地方言或多或少都有萎縮的現象發生，但是近年來在上海進行的調查表明，從幼稚園到大學，上海籍學生的上海話能力，隨年齡增長而提高，而使用場合也隨年齡增長而增多。究其原因，可以說是上海人的身份認同願望，隨年齡增長而加強，而語言與身份認同關係密切，上海話是上海人身份認同的重要標誌。

第三節　語言忠誠和語言態度 —— 香港個案分析

　　語言忠誠（language loyalty）和語言轉移（language shift）是一個問題的兩個方面，語言忠誠度強的民族，語言轉移慢，反之亦然。不同民族或民系的語言忠誠度是各不相同的，影響語言忠誠度的因素，也因民族或民系不同而不同。

　　語言態度（language attitude）是指個人對某種語言或方言的價值評價和行為傾向，例如一個會說普通話的人對粵語的價值評價和他實際上使用粵語的行為傾向，即他在什麼場景使用粵語、使用粵語的實際頻率。這種態度可能是積極的，也可能是消極的。例如對泰國北部的華裔中學生進行語言態度調查，要求從就對泰語、漢語和英語的印象，選擇下列五項中的一項：「非常好聽、比較好聽、一般、不太好聽、不好聽」。調查結果表明，對華語漢語、泰語認為「非常好聽」的學生比例分別是41%和42%，不相上下，而認為英語「非常好聽」的比例是30%，相對較低。這說明，泰北華裔中學生對漢語和泰語的語言態度比英語都更積極。又例如對上海中小學生調查對上海話的語言態度，要求對對上海話從「好聽」、「親切」、「有身份」和「有用」等四個方面打分時，最低1分，最高5分。結果是5分的比例也是最高的，為30%。4分和5分合計為51%。這就是說有超過半數的學生對上海話的態度是積極的。

　　影響語言態度的因素主要有三方面：一是這種語言的社會地位。例如廣州話在兩廣以至華南地區是優勢方言，地位較高，所以對廣州話的價值評價自然也較高；二是使用這種方言在實際生活中的必要性。例如在廣州，在買賣交易的場景中，如果不說廣州話，有可能會因為「語言歧視」的關係，而有種種不便，這就自然導致會說廣州話的雙重語言人，在購物時寧願使用廣州話；三是語言感情傾向有時

候可能導致提高對家鄉話的價值評價。

調查語言態度除了可以用觀察、記錄、調查問卷和自評的方法外，還有一個特殊的方法，即「配對變法」（matched guise technology）。

語言態度的調查和研究有利於語言規劃工作。

客家人有「寧賣祖宗田，不賣祖宗言」的說法。閩南人有「寧賣廳（屋），不變聲（鄉音）」的說法。下面以香港各民系爲例，討論語言忠誠問題。

香港居民的民系來源比一般所知複雜得多。研究民系背景和語言能力之間的關係是饒有趣味的。在由多民系組成的現代社會裏，這種關係是促使各民系互動的重要因素。研究這種不斷變化的關係對於研究文化同化是很有意義的，對於制定語言政策和教育政策也有潛在的價值。在香港，雖然英語在七十年代以前多年來一直是唯一的官方語言，但是據1966年人口普查報告，把英語用作家庭語言的只占人口的0.8%。約占五分之四（81.43%）的人口用粵語作爲家庭語言，其中只有略多於半數的人基本上是廣府人。在較深入地研究各民系的語言變動之前，有必要略微介紹構成香港華人社會的各民系（subethnic groups）。

一、香港華人各民系概況

1.廣府人

這是人數最多的民系，他們大致來自廣州以及使用廣府話的附近地區。廣州歷來是物產豐富、人口眾多的珠江三角洲的文化和政治中心，是廣東省的省會。其方言稱爲「廣府話」。廣府話的使用地區，除省城外，還包括三邑（即南海、番禺和順德三縣）和中山縣（舊稱香山縣）。廣府話實際上也是全省很重要的共同語，通行範圍延伸到廣西說「白話」的地區。國內一般人稱這種方言爲「廣州

話」或「廣東話」，海外僑胞稱之為「廣東話」或「廣府話」，而使用這種方言的人被稱為「廣府人」。

廣府話是今天香港粵語的基礎。香港粵語與廣州城裏所使用的粵語是非常接近的，直到近幾十年來在詞彙和語音上才有些差別。這種粵語在下述國家和海外城市的華人社會裏具有權威地位：河內、西貢、吉隆坡、怡保、加拿大、美國、英國和近年來的荷蘭，在新加坡和仰光的地位僅次於當地最主要的漢語方言。這種粵語又用於粵劇以及在海外暢銷的粵語電影、電視劇和流行歌曲，有些國際航線也用它作為播音語言。

據1966年人口普查報告（見8.1.3），廣府人是與自稱是香港本地人分列的，也與來自廣州和澳門及其鄰近地區的人、來自廣東和廣西其他地方的人分列。廣府人占人口總數60.74%。這個數字不是很準確，因為其中的客家人不應該算作廣府人，下文將提供更準確的數字。

2.四邑人

四邑包括位於珠江三角洲西邊的臺山縣、開平縣、恩平縣和新會縣。這些地方從十九世紀就已經開始輸出華工，到美洲、澳大利亞開採金礦、建造鐵路、開發果園和蔗田。這四個縣的方言非常接近，構成粵語的一個次方言，它與廣府話或其他漢語方言不能通話。四邑人在海外如仰光、檳城等地，有特別強的凝聚力，獨特的方言是形成凝聚力的部分原因。旅美華人絕大部分來自四邑，英國的華人大部分也來自這一地區，近年來才被來自新界的客家人超出。

四邑人在人口普查報告中另成一類，占香港人口總數的19.28%。

3.潮州人

潮州原屬潮州府，其地在廣東省極東部沿海地區，汕頭是它重要的港口城市。在早期的香港社會裏，潮州人的職業大都是稻米商人和

體力勞工。潮州人雖然在行政地理上是住在廣東省的東部地區，但是他們一般並不自認是廣東人，而以身爲潮州人爲榮，與廣府人、三邑人和四邑人在意識上與廣東人認同，有一定的區別。

　　在方言系屬上，潮州話屬閩語閩南話。閩南話主要使用於與之鄰接的福建省南部。潮州話與廈門等閩南話通話程度較高，但與漢語其他方言不能通話。

　　潮州人廣佈於東南亞，潮州話在東南亞也是十分流行的，在曼谷的華人社會裏它是主要的漢語方言，在西貢、柬埔寨、檳城、新加坡等地方，說潮州話的華人也很多。在香港的人口調查中，潮州人被稱爲「鶴佬人」或「福佬人」，「潮州話」被稱爲「鶴佬話」。「鶴佬」粵語的意思是「福建人」。粵語的「鶴」和閩語的「福」音近。在香港，「鶴佬」也指沿海、海南島以及本地說閩語的漁民。潮州人占香港人口總數的19.28%。

4.客家人

　　這個名聞遐邇的民系分佈在中國好幾個省份，其中住在廣東東部和北部內陸地區的人數很多，多以務農爲生。梅縣是廣東客家地區的傳統文化中心。在鄰近香港的廣東大埔的居民也以客家人爲主，最接近香港的寶安也有很多客家人。香港新界的客家人大多數來自寶安，新界地區本來隸屬於寶安縣。客家話雖然分散各地，但是還是比較一致的。客家話是漢語的主要方言之一，它與官話或粵語不能通話，一般的感覺是，它是處於官話和粵語之間的一種方言。與廣府人、四邑人和潮州人比較，香港的客家人家鄉觀念比較淡薄。

　　海外許多地方都有客家人和客家話分佈，例如臺灣、印尼的加里各答及較爲偏僻的地區、加勒比海地區的牙買加、千里達、太平洋的夏威夷、大溪地、怡安、吉隆坡、新加坡和印度洋上的毛里求斯、南非、留里汪。一般而言，客家人寧願作爲一個完整的民系互相認同，而不分他們來自不同的地區。香港的客家人在自我意識上與廣東

人不認同，尤其是與廣府人相區別。

　　人口普查報告並沒有特別提供客家人的人口數，不過還是可以推測仍然使用和忠誠於客家話的人數，客家人的最大聚居地是新界，客家話在那兒保留得最好。據1966年的人口普查報告，新界使用客家話的人口為七萬八千七百，占新界總人口五十二萬七千的14.91%。在新界從寬估計也只有50%的客家人仍然保留客家話作為家庭語言。這樣我們可以推論新界最多只有一萬五千客家人，約占人口總數的30%。因為客家人主要集中在新界，所以其他地方的客家人不會超過新界，這樣的假設應該是合理的。我們再來從寬估計一下，新界的客家人占總數的五分之三，那麼整個香港的客家人不會超過二十五萬。

5.外省人

　　在香港所謂「外省人」主要包括「上海人」和來自官話區的居民。「外省人」在香港有特殊的意思，它只包括上述兩類人，並不包括來自南方其他省份的人，例如福建人、廣西人、臺灣人。「上海人」也有特殊的意思，它指江浙地區使用吳語和下江官話的人。在香港上海人雖然比較少，但很社會地位卻很高。五六十年代有不少上海的工商界人士移居香港，他們對香港的工商業發展起了重要的作用。上海話屬於吳方言。吳方言與上述各種南方方言互相不能通話，絕大多數在香港的上海人多少會說一點普通話。大多數所謂「上海人」並不來自上海市區，上海（市區）一個多世紀以來一直是中國的商業中心。上海歷來不僅吸引長江三角洲的人，也吸引中國其他地方的人，包括廣東人、潮州人。舊時的租界還有大量外國人。所以，上海人比中國其他地方人見多識廣，比較沒有較明顯的排外意識，在香港的上海人尤其如此。

　　外省人的職業多樣化，其中部分人或躋身白領階層，或經商致富，或蜚聲文化藝術界。來自官話區的外省人的原籍分散在內陸各地。官話也有內部差異，如西南官話、東北官話等，但不妨礙通

話，不過他們對家鄉所處的地域有強烈的認同感。湖南與廣東交界，與山東遠隔千里，一個湖南人聽不懂廣東話，卻聽得懂山東話，而廣東和山東作爲異鄉，對他來說並沒有區別，並不因語言接近而增加認同感。

　　根據上文對香港客家人數的估計，對於廣東人和非廣東人的人數比率應修改如下。客家人估計爲二十五萬，占總人口三百六十四萬五千三百二十的7%，廣府人的比率應調低至54.74%（60.74%-7%）。這說明兩個香港人中只有一個多一點點是廣府人。

表3.7　香港各民系家庭語言和人口分佈比較表（1966年）

籍貫	英語	廣州話	客家話	福佬話	四邑話	其他方言	其他語言	聾啞	總計
香港	2,400	200,250	36,290	5,320	100	400	300	190	245,250
廣州、澳門一帶	100	1,652,870	66,300	25,130	2,900	1,940	-	1,400	1,750,640
四邑	100	588,830	300	3,400	108,830	600	400	400	702,860
潮州	---	173,080	7,840	217,320	100	100	100	400	398,940
廣東其他地方	100	205,880	9,500	1,000	300	1,000	500	100	218,380
中國其他地方	700	137,200	300	45,500	-	96,240	500	-	280,440
其他地方	25,600	7,200	900	800	-	1,300	9,600	-	45,400
未詳	300	3,110	-	-	-	-	-	-	3,410
總計	29,300	2,968,420	121,430	298,470	112,230	101,580	11,400	2,490	3,645,320

　　非廣府人的人口數在1966年應達到高峰。日據時期湧入不少難民，情況各異，惜無資料可資研究。1971年香港各民系使用的各種家庭語言百分比比較見表3.8。

表3.8　香港各民系家庭語言百分比比較表（1971年）

籍貫	英語	廣州話	客家話	福佬話	四邑話	其他方言	其他語言	聾啞
香港	0.2	85.5	12.8	0.8	0.1	0.3	-	0.2
廣州、澳門一帶	0.1	95.7	3.0	0.6	0.1	0.4	-	0.1
四邑	-	92.3	0.3	0.5	6.2	0.6	-	0.1
潮州	0.2	67.1	1.3	27.6	0.3	3.5	-	0.2
中國其他地方	-	78.4	2.0	7.6	0.2	11.7	0.1	0.1
其他	58.9	15.8	0.5	0.5	0.1	0.9	23.2	0.1
總計	1.0	88.1	2.7	4.2	1.2	2.3	0.4	0.1

1996年香港五歲以上居民慣用語言人數統計見表3.9。

表3.9　香港五歲以上居民慣用語言人數統計（1996年）

慣用語言／方言	出生地點			
	香港	中國及澳門	其他地方	總計
廣州話	3,368,837	1,719,837	107,733	5,196,407
英語	16,611	4,260	163,437	184,308
普通話	4,553	53,299	8,040	65,892
潮州話	8,211	55,513	2,210	65,934
客家話	16,320	51,490	4,948	72,758
福建話	5,083	104,416	2,612	112,111
四邑	859	13,945	168	14,972
上海話	1,606	27,637	255	29,498
其他漢語方言	4,420	39,944	601	44,965

慣用語言／方言	出生地點			
	香港	中國及澳門	其他地方	總計
菲律賓語	436	28	12,931	13,395
日本語	601	256	15,215	16,072
其他語言	4,726	2,919	36,767	44,412
總計	3,432,263	2,073,544	354,917	5,860,724

　　1996年各民系五歲以上人口慣用語言或方言百分比如下：廣州話88.7%，英語3.1%，福建話1.9%，客家話1.2%，普通話1.1%，潮州話1.1%，上海話0.5%，四邑話0.3%，日本語0.3%，菲律賓語0.2%，其他中國方言0.8%，其他0.8%。

二、少數民系的語言忠誠

　　據1966年人口調查報告，香港各民系家庭語言使用情況如3.3.2所示。可以看出雖然廣府人只占人口總數的55%，卻有81.43%的香港人在家說廣州話。這就是說，雖然非廣府人占總人口45%，但是全香港只有五分之一的人在家不說廣州話。雖然五分之一不是小數目，但是非廣府人在總人口中所占比率要大得多。值得注意的是，占總人口20%的非廣東人的語言已經發生轉移。向廣州話轉移的傾向到了七八十年代更為明顯變化，到1996年五歲以上人口以廣州話為慣用方言的占總人口數的88.7%，加上把它作為非慣用語言的高達93.5%。

　　下文將探討各民系的語言忠誠及其原因。

　　各民系語言忠誠的表現並不一致，見表3.10。幾乎占總人口五分之一的四邑人的語言轉移最為明顯，平均五個人裏有四個多人（83.78%）在家說廣州話，保留四邑話作為家庭語言的只有

15.48%。而大多數（54.47%）福佬人，仍保留固有的方言作爲家庭語言，少半（43.38%）人的語言忠誠轉向廣州話，大部分福佬人來自潮州。外省人的語言忠誠則介乎四邑人和潮州人。三分之一稍強（34.32%）的外省人在家說固有的方言，幾乎一半（48.92%）人已改用廣州話作爲家庭語言。根據上文寬泛的估計，客家的人數是四邑人的三分之一，據人口調查報告，四邑人總數爲七十萬零二千八百八十，客家人尚有十二萬一千四百三十人在家說客家話。換言之，二分之一弱（48.4%）的客家人還說客家話，估計人數爲二十五萬。總之，就保留固有方言而言，客家人比四邑人和外省人強，僅次於潮州人。就語言轉移程度的強弱而言，依次爲四邑話、外省人、客家人、潮州人。

表3.10　香港各民系家庭語言分佈百分比（1966年）

籍貫	英語	廣州話	客家話	福佬話	四邑話	其他方言	其他語言	聾啞
香港	0.98	81.65	14.80	2.17	0.04	0.16	0.12	0.080
廣州、澳門一帶	0.01	94.42	3.79	1.44	0.17	0.11	-	0.080
四邑	0.01	83.78	0.04	0.48	15.48	0.09	0.06	0.060
潮州	-	43.38	1.79	54.47	0.03	0.03	0.03	0.100
廣東其他地方	0.05	94.28	4.35	0.46	0.14	0.46	0.23	0.046
中國其他地方	0.25	48.92	0.11	16.22	-	34.32	0.18	-
其他地方	56.39	15.86	1.98	1.76	-	2.86	21.15	-
未詳	8.80	91.20	-	-	-	-	-	-
總計	0.80	81.43	3.33	8.19	3.08	2.79	0.31	0.070

三、影響語言忠誠的因素

1.都市環境

　　一般地說，在語言接觸中，少數民系的語言與多數民系接觸機會的多少，對它被同化的快慢會起重要的作用。在香港各民系接觸新聞、電視等媒體中的廣東話應該是機會均等的。不過，在都市化程度較高的城區比郊區或鄉下，除了家庭環境以外，廣東話在各領域用得較多。Joan Rubins在巴拉圭所見的城鄉差別，基本上也適用於小小的香港。在城裏比在鄉下有更多的公務和商務需要使用廣州話，廣州話在那兒也是少數民系的共同語。

　　人口普查報告列出的五個地區是：港島、九龍、新九龍、新界、離島。非離島各區四邑人、潮州人、外省人的人口數見表3.11。與各區總平均比較，四邑人除在新界分佈較少外，大致趨勢相同，外省人更多住在城區，即港島和九龍，而潮州人更多住在鄉下，即新界。

表3.11　香港三個民系人口地理分佈（％）

	港島和九龍	新九龍	新界
四邑	48.18	43.27	8.56
潮州	31.65	56.40	11.96
外省	61.09	27.03	11.88
平均	47.47	37.63	14.90

　　根據上文所述及表3.10的資料，四個民系城市化程度從高到低依次如下：外省人、四邑人、潮州人和客家人。看起來城市環境和語言轉移的關係並不是非常清楚的，四邑人和外省人住在城裏較多，所以語言轉移較快，但不是所有民系都是這樣。爲了進一步探討語言轉移

的原因，必須考慮是否還有別的因素。

2.人口數量

　　少數民系的人口數量及其凝聚力可能對同化會起重要的作用。如果語言接觸關係到兩個以上少數民系，一般來說，可能會設想人數較多的民系凝聚力較強，較難被同化。然而，表3.12的資料顯示這個設想不足以說明同化的難易和語言忠誠強弱的關係。

表3.12　語言轉移與人口數量及城市環境的關係

	語言轉移快慢位次	人口數量位次	都市化程度位次
四邑人	1	1	2
外省人	2	3	1
客家人	3	4	4
潮州人	4	2	3

　　四邑人數量最多，而語言轉移最快，這與假設相反。潮州人的數量次於四邑人，而語言轉移也較慢。這似乎可以支援上述假設，但是外省人的情況減弱了它的解釋力。外省人數量比潮州人少，但是語言轉移比潮州人快。所以只有部分資料支援人數直接影響語言轉移的假說。

　　客家人數在四個民系中是最少的，但是語言忠誠卻是最強烈的。相反，四邑人的數量是最多的，但是被同化是最快的。這似乎暗示人數越少的民系，越容易維持凝聚力，因而也越能抵擋語言轉移的趨勢。

　　上述經修正的假設只適用於人口數量占第二和第三的潮州人和外省人，他們的語言轉移情況用未經修正的假設不能解釋。看起來對香港各民系的語言轉移問題不能用單一的原因來解釋。如果把各民系

在人口數量和都市環境這兩項上的位次，不加權簡單相加，那麼重新
排定的位次如下：1.四邑人（3分）；2.外省人（4分）；3.潮州人（5
分）；4.客家人（8分）。這個新的次序比原有的兩個次序好得多，
它較接近語言轉移快慢的次序，較能反映實際情況。唯一不同之處是
客家人和潮州人的次序倒過來了。

3.傳統觀念及其它因素

　　雖然客家人和潮州人在廣東定居的歷史已很久，但是他們向來不
認為自己屬於以廣州為中心的粵文化區。他們對廣府人的看法與四邑
人恰好相反，四邑人向來以廣州為文化和政治中心。在廣東，四邑人
親善廣府人，從而心儀廣州話，歷史已久。在狹義的香港，四邑人在
尋求自身發展和社會地位的過程中，有更多的機會同化於廣府人。對
四邑人來說，還有一個有利條件，他們人數多而職業多元化，社會接
觸面廣，又散居在城鄉各處，因而有更多的語言接觸機會。

　　客家人大都聚居在鄉下，與外界相對隔閡，至今仍有證據說明
他們與廣東人並不認同。並且對固有的方言和文化一向自愛，以至保
守。客家有一條傳統的庭訓：「寧賣祖宗田，不忘祖宗言；寧賣祖宗
坑，不忘祖宗聲。」潮州人一般也不是處在城市環境中，並且也是向
來與別的民系缺少認同感，而大多數人從事小規模經營或打工。潮州
人與廣東話的接觸比四邑人或外省人少。人口數量較少、地理環境和
社會環境相對隔閡，這三個因素在語言和社會同化過程中起消極作
用。

　　外省人的情況就大不一樣了，他們有以下幾個特點與語言轉移相
關：

　(1) 有許多不同的次民系
　(2) 每一個次民系人數都較少
　(3) 他們基本上都住在城裏
　(4) 他們是技術人員、公司白領或商人，與廣州話有廣泛的接觸

⑸ 他們對廣東人向來沒有牴觸情緒

⑹ 許多外省人單身來香港，娶說廣州話的女子爲妻，不過第二代仍自稱是外省人。

　　絕大多數民系也會有與別的民系通婚的現象，不過外省人的系外通婚比率更高。這些特點是促使外省人與廣府人同化的有利條件，也是強大的動力。在四個民系中，外省人是最晚到來的。如果在語言轉移方面，將來外省人趕上或超過四邑人，也不足爲怪。

　　傳統觀念與四個民系語言和社會同化的關係，主要有三方面情況：⑴四邑人很容易接受與廣府人同化；⑵客家人和潮州人都抵制這種同化；⑶外省人處於中間狀態，既不歡迎也不反對同化。

　　別的因素如工作時接觸廣東話，與導致同化也有關。更重要的是，系外婚姻會極大地改變家庭的語言環境，從而有利於第二代接受社會上所使用的主要語言。這在工人家庭是常見的，他們不大遵循中國人同族而居的習俗。可惜的是，很難從人口普查報告中蒐集有關這方面的資料。

四、結語

　　對少數民系語言忠誠類型的變化及其原因的研究，使我們看到在急速變化的香港社會裏，邊緣民系整合的複雜過程。這對於許多領域，尤其是語言規劃和教育領域，制定和完成計畫是很有意義的。香港最好與新加坡一樣，在將來的人口普查中蒐集居民的雙重語言和多語能力資料。進一步對少數民系語言類型轉移進行縱向分析，將對觀察香港社會語言發展提供更堅實的基礎。

思考與練習

1. 什麼是雙重語言現象？什麼叫雙層語言現象？兩者有什麼區別？雙重語言現象發展趨勢如何？
2. 多語社區是如何選擇共同語的？
3. 舉例說明語言使用功能的層級性。談談普通話、廣州話和蘇州話在語言層級上有何不同？
4. 影響香港居民語言忠誠的因素有哪幾方面？
5. 設計調查問卷調查某一社區居民的語言態度。

第四章
言語交際

第一節 言語社區和言語交際能力

一、言語社區

在人類的各種交際工具中語言是最強有力的、使用最頻繁的。人們用它進行交際時，在大多數情況下有相對固定的社會環境和交際對象。有可能常在一起進行言語交際的人群就可能構成一個言語社區（speech community）。言語社區也稱爲「言語社團」、「言語社群」、「言語共同體」。對於言語社區的定義，社會語言學家意見不一。

可以從下述三個方面來定義「言語社區」：

第一，有相同的語言變項的運用特徵。例如英語中後置的r這一語言變項，在紐約的運用特徵如下：保留[r]音的富人比窮人多，白人比黑人多，女人比男人多，職位高的比低的多。而在英格蘭南部，不保留[r]音卻是最有權威的讀音。所以紐約和倫敦屬於不同的言語社區。

第二，有一定的交往密度。一般說來屬於同一個言語社區的人，生活在同一個地區或地點，常有言語交際的機會。即使有相同的語言變項的運用特徵，但是處於不同的地區，沒有言語交際的一定密度，也不能構成同一個言語社區。

第三，自我認同。屬於同一個言語社區的人對本社區有自我認同的意識，例如一個城市方言雖然有新派和老派之分，但是新派和老

派都認同他們使用的是同一種方言，所以仍然可以構成同一個言語社區。如果兩個人群互相不認同，就不能構成同一個言語社區。例如江西境內客家話和贛語交界地區，客家人和贛語居民互相不認同，這個交界地區就不構成同一個言語社區。

　　每一個言語社區可以是單語的，也可以是雙語的或多語的。例如新加坡是一個雙語社會，但是並不因爲存在英語和華語雙語現象，而將其分爲兩個不同的言語社區。

　　言語社區的範圍可大可小，正如甘柏茲所說的：「大多數持久的集團，不論是小到面對面交往的夥伴，還是大到可以分地區的現代國家，或是同業公會、地段團夥，只要表現出值得研究的語言特色，均可視爲言語社區。」（Gumperz 1971）一個家庭往往也是一個言語社區。

　　言語社區的「社區」（community）這一概念顯然是從社會學引進的，但是言語社區與社會學上的社區有很大的區別。社會學上的社區需要有一定數量的人口、一定範圍的地域空間、一定類型的社區活動、一定規模的社區設施和一定特徵的社區文化，凡此種種都不是言語社區必備條件。不過社區活動必須借助言語交際，而一定的言語交際密度是言語社區的特徵之一。

　　必須區別傳統方言學上的方言區與社會語言學上的言語社區。方言區是方言地理學和方言分類學上的概念，是根據語言結構特徵劃分出來的單位。言語社區是根據語言變項的運用特徵劃分出來的單位。方言區一旦劃定，其同言線和邊界都是明確的，不能改變的，除非根據新的標準重新劃分方言區。言語社區的範圍可大可小，在方言地理學上，雙方言區要麼歸屬其中一種方言，要麼當作兩種方言的過渡區來處理。在社會語言學上，雙方言區可以獨立自成一個言語社區。

二、言語交際能力

「言語交際能力」和「語言能力」概念不同。「語言能力」（linguistic competence）本來是喬姆斯基提出來的，指人習得母語的能力。一個兒童能夠從有限的語法規則出發，生成許多他從來沒有聽過、說過的句子，這種能力是先天的。海姆斯針對喬姆斯基的「語言能力」，提出「交際能力」這個概念，他認為交際能力應包括下述四方面的內容：

第一，能分辨合乎語法的語言形式。

第二，能分辨實際可以接受的語言形式。

第三，能分辨得體的語言形式。

第四，能分辨一種語言形式的常見程度。（祝畹瑾編1987）

簡而言之，「言語交際能力」是指說話人在社會交往的各種環境中運用語言的能力，也就是說如何針對不同的環境恰當地、得體地運用語言變體。換句話說，社會語言學上的言語交際能力就是言語得體性（appropriateness）能力，例如見到老師打招呼，不能直呼其名，而應該說「某老師」、「某先生」或「老師」。這就是言語交際能力，它是後天的，是人們在社會交往中逐漸學會的能力，或者是通過教育獲得的能力。

影響言語交際的因素有四個：場景（setting）、話題（topic）、參與者（participant）和角色關係（role relationship）。說話者所使用的語言變體是否恰當、得體，是由這四個因素決定的。

第一，「場景」兼指說話的時間、場地、情景，例如在雙言地區，親朋好友聚餐時，不必用普通話。

第二，「話題」指談話的主題，話題不同，所採用的語言、語體和措詞也可能不同。例如方言區的老師和學生課外談論最近的體育比賽時，不必用普通話，也不必用嚴謹的學術語言。同時談話的內容要

圍繞話題展開，否則會使聽話者覺得文不對題，不知所云。

第三，「參與者」包括說話人和聽話人，例如日常的家庭語言和待客的語言應有所不同，如對客人可能說「請坐、請喝茶」，但對家裏人不必用「請」字。多用「請」字對客人是得體的，對家人卻是不得體的。親屬稱謂在各地方言中普遍有直稱（面稱）和敘稱（背稱）的區別，直稱用於聽話人和被稱呼人為同一個人時，敘稱用於被稱呼人是說話人和聽話人之外的第三個人時。例如吳語嘉興話對「兄、弟、妹」的直稱和敘稱分別為：阿哥——大老；弟弟——兄弟；妹妹——妹子。

第四，「角色關係」，每一個在社會上生活的人都會扮演多重角色，例如一個公司老闆回到家裏，所扮演的角色就會變成丈夫或父親，到百貨大樓購物就會變成顧客，如此等等。角色不同，談話的策略、語氣、風格也應不同。

不同社會的談話的規則和策略也會不同，使用或懂得這些規則和策略，也是一種言語交際能力。如在日本人們在對話中常常點頭哈腰，連聲說「是、是」，但實際上並不一定是同意對方的意見。

三、禮貌語言

表達禮貌可以用非語言的方式，例如禮儀、肢體動作、餽贈等，也可以用語言表達。禮貌語言（politeness）是人際關係的潤滑劑，也是樹立個人良好形象的重要手段。

禮貌語言的原則和表達方式因民族或民系不同，也有所不同。在現代漢語裏，禮貌語言的基本原則是「恭敬和謙虛」，即對聽話人表示恭敬，同時說話人應有謙虛的態度。在下列三種情況下尤其需要用禮貌語言：

第一，請求某人做某事。表達方式通常是在正式提出請求前，使用表示禮貌的話頭。常用的話頭有：勞駕、借光、麻煩您、請

您、對不起等。在英語裏慣用虛擬語氣來表達禮貌，例如：「Could you possibly pass me the sugar？」「Would you please come tomorrow？」「May I use your telephone？」「I think that is the sugar beside your plate？」漢語中的話頭有先假定對方同意幫助，而提前道謝的含意，英語中的虛擬語氣帶有詢問的性質，事先並不確定對方一定願意幫助，這與中美文化背景不同有關。在華人社會裏，人與人之間的關係比較親密；在西方社會裏，個人有較多的自由空間，與他人的關係也比較疏遠。

第二，在權勢關係中處於較弱的地位，例如下級對上級、百姓對官員、下輩對上輩、學生對老師、徒弟對師傅等。禮貌語言主要表現在下對上的稱呼，不能直呼其名，第二章已述及，這是與英語不同的，它的背景是根深柢固的等級觀念。

第三，需要顧全「面子」或需要客氣的場合，談話的對象往往是比較陌生的人。禮貌語言的表達方式主要有三種：

一是對人用尊稱、對己用謙稱。在親屬關係方面舊時常用的尊稱有：令尊、令堂、令郎、令愛、令千金、賢侄、賢弟等；謙稱有：賤內、拙夫、犬子、小兒、愚弟等。這一類尊稱和謙稱在中國大陸當代社會已不用或少用。有的地方親屬稱謂還有暱稱和一般稱呼之別，例如浙江平陽溫州話，年輕人稱「母親」為「阿奶」，表示親暱，長大後改用「姆媽」這個一般稱呼。親屬稱呼還有泛化的傾向，就是將親屬稱呼用來稱呼無親屬關係的陌生人，常用的有「叔叔、阿姨、老兄、小弟弟、小妹妹」等。

二是儘量使用文理語句。例如「貴姓、尊姓大名、芳名、貴國、貴方、貴校、貴店、貴庚、大作」、「敝國、敝方、敝校、敝店、拙作」等。在書面語裏有更多表示禮貌和尊敬的詞語，如「奉告、奉勸、奉聞、奉上、敬告、敬白、敬悉、敬奉、承囑、承教、承詢、大作」等。

　　三是第二人稱用「您」。在西方語言裏也有尊稱和常稱的分別，例如在法語裏第二人稱單數是tu，複數是vous。在現代法語裏稱呼單獨的一個人，既可以用單數形式，也可以用複數形式；但在較早的時代，複數的形式用於稱呼地位較高的人，而地位較高的人稱呼地位較低的人則用單數形式。

　　以上「第三」中提到的禮貌用詞可以用「敬語」來概括。在許多語言裏都有「敬語」，藏語詞彙有一般詞彙和敬語詞彙的區別。敬語主要流行於衛藏方言區，特別是拉薩等較大的城市，構成法有三種：

第一，使用不同的詞。

	頭	你	快
一般	ko^4	$ch\varnothing^1$	cok^2po^1
敬語	u^4	che^1ra^4	$ts\varnothing^3po^1$

第二，外加敬語素。

	鼓	頭髮
一般	ηa^1	$t\d{s}a^1$
敬語	$t\textctc ha^1\eta a^1$	$u^1t\d{s}a^1$

第三，將合成詞中的一個語素換成敬語素。

	飯	認識
一般	kha^1la^2	$\eta o^2\,\textctc\tilde{e}^1$
	口　手	臉　知道
敬語	$\textctc\varepsilon^2la\text{ʔ}^2$	$\eta o^2che\tilde{}^1$

藏語的人稱代詞第二、第三人稱也有普通語和敬語的分別。

　　在古代社會裏某些敬語只能用於一定的階層，是階層變體之一種。如皇帝或國王自稱爲「朕、寡人」，逝世稱爲「駕崩」，所用稱爲「御用」，所讀稱爲「御覽」，身體稱爲「龍體」等。在現代社會裏，敬語有助於協調人際關係和社會和諧，也有益於樹立彬彬有禮的

個人形象。

華人重人際關係，應酬話是禮貌待人不可或缺的。華人社會應酬話的類別和常見用例見表4.1。

表4.1　華人社會應酬話的類別和常見用例

大類	小類	常見用例
寒暄用語	招呼話	您早啊！上哪兒去？
	入題話	一路上還順利嗎？
	送別話	慢走！走好！一路平安。
	告別話	打攪了。請留步。
致謝用語	拜託話	勞駕。拜託了。
	感謝話	多謝。麻煩您了。
	謝罪話	對不起。請多包涵。
	自謙話	不敢當。過獎了。
祝頌用話	祝願話	恭喜發財。多多保重。
	祝福話	白頭偕老。壽比南山。
	祝賀話	開市大吉。萬事如意。
	信尾頌辭	順頌教祺。即頌近安。
撫慰用語	慰藉話	破財消災。留得青山在，不怕沒柴燒。
	弔唁話	某某某安息。某某某永垂不朽。

＊據孫維張《漢語社會語言學》（貴州人民出版社，1991年）製表，內容略有改動。

四、社區詞

生活在同一個社區的人，方言母語可能不同，但在相互交往中共

同使用不受母語限制的詞彙，這一類詞彙稱爲社區詞。例如臺灣社區詞「乾泳」：打麻將。因搓麻將牌的姿勢類似游泳而得名。上海社區詞「馬大嫂」：戲稱每天忙於家務事的人。原是上海方言詞，音[mo⁶ da⁶ sɔ⁵]，與上海話「買、汰、燒」諧音。香港社區詞「一口價」：不二價，售價設定後不再改變。

社區詞和方言詞有所不同，社區詞是從言語社區的角度劃分出來的詞彙。同一社區的居民方言母語可能相同，也可能不同。以上海爲例，雖然市民方言母語並不相同，不少人的方言母語並不是上海話，特別是新移民，但是大家都能聽懂或使用，例如「搯漿糊、大興貨、黃魚車、馬大嫂」等詞彙。上海是一個方言社區，這些詞彙也就是上海社區詞。方言詞是從方言區或方言類別的角度劃分出來的詞彙。社區詞不受方言母語的限制。例如「買單」廣泛使用於中國大陸各大方言區。社區詞可能來源於方言詞，例如「買單」，也可能來源於外語，例如「打的」，或當地的書面語，例如「高企」。社區詞一般都有相對固定的書面形式，常出現於報刊。許多方言詞沒有正式的書面形式。當代社區詞的傳佈和形成主要依靠媒體，方言詞的傳佈和形成主要依靠人口流動或口頭上的方言接觸。

第二節　會話和語碼轉換

一、會話結構和會話分析

會話（conversation）是言語交際最基本的形式，也是社會生活的常態之一。社會語言學要研究的是會話的內部結構如何？會話自始至終是如何起承轉合的？參與者在會話中要採取什麼樣的策略，才能使會話順利進行？

會話的內部結構按時間的序列，由三個基本的部分構成：

1.話頭語或話頭序列（opening sequence）

2.話輪替換（turn-taking）。話輪是會話的基本單位，即會話中某一個人的一次發言。話步（move）則是話的基本單位，即一次發言中的一個話題。一次發言大都只有一個話步。話步或話輪的長度可大可小，可以是一個單詞、一個短語、一個句子，或一個語段，甚至幾個語段。會話者至少應有一次輪換發言。每一次輪換發言如果在內容上是相承接的，就稱爲「鄰接應對」（adjacency pair）。話輪替換一般都是在「鄰接應對」中進行的。

3.結束語序列（closing sequence）

最簡單的會話就是由以上三個部分組成的。例如：

會話一

⑴ A：「咱們該喝了。喝點吧。」

⑵ B：「不。」

⑶ A：「你不想喝？」

⑷ B：「想喝，可有演出，不敢喝。」

⑸ A：「那我喝了。」

（選自王朔小說《浮出海面》）

這段會話只有五個話輪，其中⑴、⑵兩個話輪是話頭序列，⑶、⑷兩個話輪是話輪替換的過程，只有一次替換，話輪⑸是結束語。

較複雜的會話結構除了有三個基本部分外，還有插入序列（insertion sequence）和分岔序列（side sequence）。如果在會話中出現非鄰接應對的話輪或話步，但未逸出同一話題，這樣的話輪或話步稱爲「插入序列」。逸出同一話題的話輪或話步稱爲「分岔序列」。

會話二是一個較複雜的會話的實例。

會話二

⑴ A：「你笑什麼？」我拉晶晶坐在後臺門口的石階上。

⑵ B：「你瞧你吧，窮了叮了咣噹響，還挺沾沾自喜，四處跟
　　人說要發財，簡直像個騙子。」

⑶ A：「我哪四處跟人說了，不過跟你說過，也是說著玩。
　　哎，我那個倡議你考慮得怎樣了？」

⑷ B：「你還真要這樣呀，我以為你說著玩呢。」

⑸ A：「試試吧，怎麼樣？不行就拉倒，什麼也不影響。我問
　　你，你討厭我嗎？。」
　　晶晶搖搖頭。

⑹ A：「那就這麼定下了。」
　　晶晶光笑不說話。

⑺ A：「別光笑。」

⑻ B：「試試就試試。以後你對我好嗎？」

⑼ A：「當然比現在好。」

（選自王朔小說《浮出海面》）

　　這是一對青年男女的對話，女的名叫晶晶，男的曾倡議和女朋
友一起開店做生意。這個會話共有九個話輪。話輪⑴、話輪⑵和話
輪⑶的第一個話步構成「話頭序列」。話輪⑶的第二個話步，即：
「哎，我那個倡議你考慮得怎樣了？」是一個「插入序列」。它打破
了有關「笑什麼」的鄰接應對，試圖將對話轉入關於開店發財的正
題。話輪⑸的第三個話步，即：「我問你，你討厭我嗎？」是一個分
岔序列，離開了開店發財的話題，岔入男女朋友關係好不好的話題上
去了。話輪⑻的第一個話步即：「試試就試試。」是一個結束語序
列。話輪⑻的第二個話步即：「以後你對我好嗎？」和話輪⑼又是一
個分岔序列，重新岔入男女朋友關係好不好的話題上去。

　　最典型的會話是兩個人之間進行的。會話也可以在一人對多
人，或多人之間進行。

　　為了使會話順利進行，通常採取的會話策略有以下幾種：

第一，盡可能始終維持話輪替換和鄰接應對。

第二，在同一個話題結束之前盡可能避免分岔序列。

第三，在會話中間出現冷場的時候，指名下一個發言人，或用提問的方式誘發下一個發言人。

第四，在話步或鄰接應對有可能被打斷的時候，發言人會用提高聲音和加快語速、利用手勢動作、面部表情等手段來制止他人打斷他的發言。

第五，兩人或多人同時說話時，會有人主動退出，以維持正常的話輪替換。

二、精密語碼和有限語碼

從會話的內容預測性強弱來分析，會話可以分爲兩大類：一類是參與者對會話的內容有共同的預測，或者說對會話的背景和預設有共同的認識，有限語碼（restricted code）即用於此類會話。另一類會話是參與者對會話的內容沒有共同的預測，或者說對會話的背景和預設沒有共同的認識，精密語碼（elaborated code）即用於此類會話。在這兩類會話中，參與者的會話策略、遣詞造句、詞語簡繁、咬字、語速等都會有明顯的差異。

在有限語碼所用的會話裏，參與者預設相同、興趣相同、身份相同、社會關係和行爲準則相同。在這樣的前提下，參與者只需要有限的詞彙，就可以充分表達自己的意見，並且話說得很流利、很快，較少停頓，也較少可以讓局外人辨音的線索。有限語碼常見於結婚多年的夫妻之間、來往頻繁的老朋友之間、有共同興趣的小青年之間，也常見於封閉或半封閉的團體，如部隊的戰鬥單位、流氓犯罪團夥、監獄牢房室友等。

在精密語碼所用的會話裏，參與者預設不同，對對方的意圖和聽話的效率難以預測。在這樣的前提下，參與者只用有限的詞彙，就難

以充分表達自己的意見。說話人不得不更謹慎地遣詞造句，以便詳細
闡明自己的意見，希望對方明白自己的意圖。與局限語碼比較，精密
語碼停頓較多、猶豫時間較長，這是因爲說話者不得不根據聽話者的
反應，隨時調整自己的會話策略、說話內容、詞彙和句法，以達到互
相理解、不致誤會的結果。精密語碼常見於與局外人談話、與陌生人
談話、與外國人談話、與一切生活經驗和知識背景不同的人談話。

就會話能力來說，只具備有限語碼的人會話能力較低，同時具備
精密語碼的人會話能力較高。一個兒童在家居生活中很容易掌握有限
語碼，但是精密語碼需要不斷學習，積累經驗，才能逐步學會（Ber-
nstein 1964）。

三、語碼轉換和語碼混合

語碼轉換（code switching）是指說話者在對話或交談中，從使
用一種語言或方言轉換到使用另一種語言或方言。語碼轉換作爲談話
策略之一，可以用來顯示身份、表現語言優越感、重組談話的參與
者、表明中立的立場、用來改善人際關係和談話氣氛等。因此如何轉
換語碼，對於在談話參與者面前樹立個人形象是非常重要的。語碼轉
換不僅是社會行爲，也是樹立個人形象的手段。

影響語碼轉換的因素很多，最常見的有以下幾種：

(1) 場景轉換引起語碼轉換。例如開會時用普通話發言，會議中
間休息時用方言聊天。甘伯茲稱這種語碼轉換爲「場景性語
碼轉換」（situational code switching）。

(2) 角色關係制約語碼轉換。談話中的一方如果是尊長（上級、
長輩、教師），另一方往往要服從對方的語碼轉換。例如教
師上課時用普通話講課，在校外用方言與同學談話。教師
上課時講普通話是帶有強制性的，並且在課堂裏師生的角色
關係也是很明確的。教師在校外講不講普通話是沒有強制性

的，師生的角色關係也淡化了。當求人幫助的時候，如問路，也常常要服從對方的語碼轉換。

(3) 雙語熟練程度不等制約語碼轉換。雙語人當需要表達個人的思想感情的時候，一般是使用母語更熟練。爲了更直接、更細微、更生動、更便利地表達思想，往往轉而使用母語。例如吵架、罵人的時候一般都改用母語。知識界因爲所受教育的關係，對於學術問題反而覺得使用普通話更熟練，所以在談話涉及學術問題或學術術語時，常常轉而用普通話。這種因話題轉換造成的語碼轉換，甘伯茲稱爲「喻義性語碼轉移」（metaphorical code switching）。

(4) 語言情結制約語碼轉換。一般人對故鄉的方言帶有特殊的感情，兩個陌生人在外地相遇，用非母語交談一陣後，如果互相發現是同鄉，往往會轉而使用家鄉方言，這是語言情結的影響。

(5) 利用語碼轉換達到保密目的。談話雙方爲了不讓在場的第三者知道談話的內容，轉而使用第三者聽不懂的語言，這在商業交易、體育競賽、團夥犯罪中是很常見的。

(6) 利用語碼轉換來抬高身份。語言是一種資源，在同一個言語社區裏高層語言或頂層語言更是一種能體現身份的重要資源。在中國大陸的各方言區，普通話是高層語言或頂層語言。能說流利的普通話能給人留下受過良好教育的印象。以至在寧波的商業談判中，講普通話有時成了有文化、素質高、信譽好的標誌，即使本地人之間進行業務洽談也樂意用普通話（徐蓉2003）。

以上分析了語碼轉換的六種原因，這六種原因的形成都是有意識的。值得注意的是，語碼轉換有時候是無意識的，或者說原因未明。例如在調查寧波人的語碼轉換中，有一個問題是：「你給普通

話和寧波話都講得很好的朋友打電話，開口一般說哪一種話？如果
談話過程中，對方因為某種原因突然改換了另一種話，你會如何反
應？」有五個選項供被調查者選擇。結果無論教育程度如何，都有半
數以上人，對於對方的語碼轉換表示：「自然地隨之改換，不覺得有
什麼。」見表4.2。

表4.2　寧波人對語碼轉換的反應

答案選項	初中以下	高中	大專以上
隨之改換，雖然覺得有些怪怪的	28	21	20
自然地隨之改換，不覺得有什麼	52	55	64
仍堅持說原來的一種	20	15	6
從來沒有見過這種情況	0	10	6
自己也不知道	0	8	4

*此表內容據徐蓉〈寧波城區大眾語碼轉換之調查分析〉（《中國語文》2003.1）

　　在語句中夾用其他語言的詞彙，這種現象可有可以稱為「語碼混
合」（code-mixing），例如一個上海中外合資公司的中方合夥人對
下屬說：「傑克遜這次來，總的來說，感到很satisfaction（滿意），
謝謝大家的cooperation（合作）。現在我有一個good news要告訴大
家，我已經向傑克遜爭取到了兩個到美國總部接受免費培訓半年的
名額。下個月，我看你們誰的英語說得順溜，單子接得多，I'll send
him there。」「明天是Peter的birthday，我們開一個party，好嗎？」
語碼混合和語碼轉換不同，前者是個人行為，後者需要對話雙方共同
完成。語碼混合產生的原因主要有二：一是第一語言的詞彙不敷使
用，大都是些專業術語或新詞；二是追求時尚。語碼混合目前在國內
多用於知識界、白領和大學生。語碼混合大都是句子內部的詞彙替

換，而語碼轉換的基本單位是語段，即語碼轉換一般是在語段之間發生。語碼混合或可稱爲「句中語碼轉換」。

語碼轉換的調查方法是用問題表詢問和實地觀察、記錄相結合。語碼轉換的調查，也可以深入到一個雙語家庭中進行。

第三節　語言或方言的可懂度研究

以某一種方言爲母語的人與其他方言接觸，通常會覺得有的方言容易懂，有的方言難懂。也就是說，方言或語言之間的可懂度（intelligibility）是不一樣的。可懂度的不一致固然跟不同方言的語言結構接近程度不同有關，也跟方言的社會文化背景不同有關，方言或語言之間可懂度的不可互逆性就是跟文化擴散的方向密切相關。

一、方言間詞彙接近率的計量研究方法

方言或語言之間的可懂度是一般人都可以模糊地感覺到的，那麼能不能在計量研究的基礎上精確地表述呢？語言結構包括語音、詞彙、語法三個平面，詞彙異同應是可懂度的決定性因素，例如浙南吳語和粵語都把「翅膀」叫做「翼」，雖然語音不同，但是勉強還可以聽得懂，因爲用的是同一個詞；「小菜」浙南吳語叫「配」，粵語叫「送」，因爲用的是完全不同的詞，相互間口語可懂度很可能等於零。聽懂一句話中關鍵性的詞語，往往也就聽懂這句話的一大半。所以可懂度的計量研究從詞彙入手比較合理，也比較容易操作。

對方言間詞彙接近率的計量研究，前人曾採用過三種主要的方法。

第一，語言年代學（glottochronology）方法。

日本學者王育德1960年發表用語言年代學方法研究漢語五大方言接近率及其分化年代的成果。王育德所做的統計工作包括兩部

分：第一部分是比較二百個基本詞彙在各方言中的異同數，所用的方法即是算術統計法。計算結果共同率最高的是北京話和蘇州話，達74.47%，最低的是北京話和廈門話，爲51.56%，北京話和廣州話的接近率爲70.77%。第二部分根據M.Swadesh提出的計算公式，計算五大方言分化的年代（王[1]1960）。

第一，相關係數統計法。

這種方法是鄭錦全於1973年最早提出來的，他用「皮爾遜相關」（Pearson）和「非加權平均繫聯法」（non-weighted）來計算不同方言的字音和詞彙的親疏程度，同時提供方言分區的方法。參加比較的詞目供九百零五條。詞彙相關度計算結果，北京和蘇州爲0.2891，北京和廣州爲0.2401。在相關係數統計結果的基礎上，再做聚類分析[2]（鄭1988）。

王士元和沈鍾偉於1992年撰文批評鄭錦全的方法在語言學上和計算上的不合理性，提出在漢語方言分類上，計算的基本單位應該是語素，而不是詞。他們進一步完善了相關係數統計法和聚類分析法，並且對吳語內部三十三個地點方言詞彙的親疏關係進行計量研究[3]。

第二，算術統計法。

這種方法將不同方言的詞彙的同或異，用加減法進行統計，從而以百分比計算接近率。詹伯慧和張日升曾根據他們所編《珠江三角洲方言詞彙對照》（廣東人民出版社，1988年）的材料，比較北京話和粵語詞彙的接近率。參加比較的詞彙有一千零一個，兩者相同的只有一百四十多個，僅占10.4%。此後李敬忠又根據另三種方言詞典的

---

1 王育德，〈中國五大方言の分裂年代の言語年代學的試探〉，載《言語研究》1960年第38期。

2 鄭錦全，〈漢語方言親疏關系的計量研究〉，載《中國語文》1988年第2期。又，〈漢語方言溝通度的計算〉，載《中國語文》1994年第1期。

3 王士元、沈鍾偉（1992），〈方言關係的計量表述〉，載《中國語文》1992年第2期。

材料統計，這三種詞典所收詞彙的數量分別爲五千六百二十三個、五千零七十八個和八千多個，結果北京話和廣州話詞彙的接近率分別爲21.5%、24.1%和1.78%。

王育德和詹伯慧等人所使用的方法都是算術統計法，但是所得結果相差甚遠。粵語與普通話的接近率，按王育德的計算高至70.77%，按詹伯慧等人的計算最高僅爲24.1%。兩者相差竟達四十七個百分點。其中的原因顯然是兩者參加比較的詞彙的數量不同，王育德所用是二百個基本詞彙，詹伯慧等人所用的詞彙則有一千個至八千個。可見基本詞彙相同率較高，一般詞彙相同率較低。一般說來，基本詞彙在語言中出現的頻率較高，一般詞彙則較低，因此也可以說詞頻較高的詞彙相同率較高，詞頻較低的詞彙相同率較低。看起來詞頻在方言接近率的計量研究中是非常重要的因素。

鄭錦全的相關係數統計法利用電腦，處理繁富的方言資料，對多達十八種方言之間的親疏程度，用樹狀圖做出直觀而細密的描寫。顯然，相關係數統計法比算術統計法要精密和合理得多。不過它也有兩個主要的缺點：一是沒有考慮詞頻這個重要的因素；二是比較詞彙異同，只考慮詞形異同，並不顧及詞內部詞根或中心語素的異同。如「太陽」和「日頭」詞形不同，兩者的相同率爲零；「太陽」和「太陽佛」詞形不同，兩者的相同率也爲零。實際上「太陽佛」的中心語素跟「太陽」完全相同，將兩者的相同率也當作零來處理是不合理的。上述算術統計法也有這兩個缺點。王士元和沈鍾偉採用語素而不是詞作爲計算的基本單位，是一大進步，但是他們並未考慮不同種類的語素對方言親疏關係的重要性是不同的，例如「阿爹」（爺爺）中的「阿」其重要性顯然不如「爹」。

二、兩個新的課題和新的研究方法

在總結前人已有成果的基礎上，我們研究了兩個新的課題，並且

試圖提出新的研究方法和對可懂度問題的新見解，希望有助於進一步研究方言的接近率和可懂度問題。

　　第一個課題是「廣州話、上海話和普通話詞彙接近率的研究」。本課題是由游汝傑和楊蓓共同完成的，其研究方法的特點是用加權（weighted）法統計不同方言詞彙的異同；以詞頻作爲權數；以中心語素爲基準比較詞彙的異同，分級加權統計；多人次測驗方言詞彙的口語可懂度。本課題所研究的可懂度還只是單向的，即只研究粵語對上海人的可懂度，而未研究上海話對廣州人的可懂度。

　　第二個課題是「中日及滬港語言互懂度的研究」。本課題是由鄒嘉彥和馮良珍共同完成的。本課題利用本書第六章將提到的語料庫和「視窗」，以車類詞爲例，對日文詞和中文詞的互懂度、上海方言詞和香港方言詞的互懂度進行考查分析。本課題所研究的可懂度是雙向的，研究結果表明，語言或方言之間的可懂度與文化擴散的方向密切相關，所以可懂度是不可互逆的。

　　下面介紹這兩個課題的主要內容和研究結果。

1.課題一：廣州話、上海話和普通話詞彙接近率的研究

　　我們試圖改進現有的統計方法，以廣州話、上海話和普通話爲例，提出方言間詞彙接近率計量研究的新方法。這個新方法有以下三個特點：

　　第一，用加權法統計不同方言詞彙的異同，以詞頻作爲權數。

　　第二，以中心語素爲基準比較詞彙的異同，分級加權統計。

　　第三，多人次測驗方言詞彙的口語可懂度。

　　下面介紹此項計量研究的方法和結果，計算的公式、過程、資料及各種表格因篇幅太長略去[4]。

---

4 游汝傑、楊蓓，〈廣州話、上海話和普通話詞彙接近率的計量研究〉，載《漢語計量與算研究》（香港城市大學語言信息科學研究中心，1998年）。

⑴ 粵語和普通話之間書面語詞彙異同加權統計

　　①詞彙材料來源

　　　普通話（北京話）和粵語書面語詞彙材料取自北大中文系語言學教研室編《漢語方言詞彙》（第二版，語文出版社，1995年）。參加比較的詞彙，包括少數片語，共一千二百三十條。我們用Microsoft Access做了一個小型語料庫，內容是上述一千二百三十條北京話詞彙，包括每條詞彙的序號、詞目、分組編號和詞頻。所有詞彙按詞義或詞性分為天文、地理；時間節令；介詞、連詞等三十七類。

　　②如何確定權數

　　　我們採用下述兩種權數：

　　　第一，詞頻權數。

　　　在一種方言裏，有的詞彙常用，有的不常用，使用頻率不同的詞彙對於方言之間的詞彙接近率的重要性是不同的。換句話說，詞頻對詞彙接近率的計量統計應該是很重要的參數。所以我們將以詞頻為基礎的詞彙組組頻率作為權數。我們把一種方言裏的所有詞彙及其頻率看作是一個系統，而不是單個不同的詞的簡單相加。在我們的詞彙表中，列在表上的每一組的詞彙都經過挑選的，它們是這一組所有詞彙（包括未列在表上的）的代表。詞彙組的組頻率即是以這些詞彙為基礎計算出來的。所以將詞彙組的組頻率作為權數更能體現詞彙的系統性。

　　　第二，語素重要性權數。

　　　單音節詞中的語素負載這個詞的全部語義和資訊，語素重要性自然最大，權數也自然最大。

　　　雙音節詞除了連綿詞以外，是由兩個語素（morpheme）組

成的。前後兩個語素，就所提供的資訊而言，有的相等，即同義複詞，如「休息」；有的重要性不相等，例如「老虎」的全部語義信息在後一語素，前一語素「老」只有語法意義，而不含「老虎」的詞彙意義。「逃跑」的信息重心則在前一語素，後一語素「跑」只含有附加的語義。所以我們以語素為加權的基本單位，又從語義、信息的角度出發判定語素的重要性。

在不同方言雙音節詞彙比較中，很多情況是兩者可能只有一個語素是相同的，而另一個語素所提供的信息量不同。接近率的高低即由後一語素決定。例如「老虎」和「虎」的接近率比「逃跑」和「逃」的接近率高。因為「老」沒有語義價值，而「跑」帶有附加的語義。這就是說，雙音節詞內部的不同語素對詞彙接近率的重要性是不同的。所以我們對雙音節詞內部重要性不同的語素，給予不同的權數。

根據上述原則給這一千多個詞彙分類並按權數大小的順序排列如下，每類各舉兩個例子：

a 單音節詞：頭、嘴

此類由一個語素組成一個詞，這個語素負載這個詞的全部詞義和信息權數應最大。

b 雙音節單純詞：垃圾、蝙蝠

此類是雙音節單語素的連綿詞，一般不會分割使用。權數大小應跟單音節詞相同。

c 雙音節疊音詞：星星、常常

由前後兩個相同的語素合成，各負載這個詞的一半詞義和信息。在方言裏往往不用疊音。權數應比a，b類小。

d 詞根（root）＋詞綴（fix）：

前加：老虎、老鼠（詞義和信息的中心在後一語素）。

後加：繩子、棗兒（詞義和信息的中心在前一語素）。

此類詞在有的方言裏不加詞綴。權數應比c類小。

e 中心語素（head）＋附注語素（modifier）：

後注：月亮、露水、雷公（詞義和信息的中心在前一語素。非中心語素的重要性比d類大）。

前注：顏色、風景、女婿（詞義和信息的中心在後一語素。非中心語素的重要性比d類大）。

此類詞中的中心語素在詞義上是自足的，在古漢語或現代某些方言裏常單用中心語素。權數應比d類小。

f 人稱代詞＋們：我們、他們

詞義和信息的中心在前一語素。非中心語素的重要性比e類大。方言之間的差別主要是表示複數的後一語素。此類權數應比e類小。

g 物主代詞＋的：我的、你的

詞義和信息的中心在前一語素。非中心語素的重要性比e類大。

方言之間的差別主要是表示領屬的後一語素。此類權數應比e類小。

h 一般複合詞：上午、扁擔

詞義和信息由前後兩個語素共同負載，缺一不可。權數應比h類小。

i 動賓式短語：點燈、種地

詞義和信息由前後兩個語素共同負載，缺一不可。

權數應跟h類相同。

以上各類應加權數大小依次為：a=b>c>d>e>f=g>h=i，

即，

a：0.9 =b：0.9 >c：0.8 >d：0.7 >e：0.6 >f：0.5 =g：0.5 >h：0.4 =i：0.4

③計算步驟和公式（略去）

④計算結果：普通話和廣東話的詞彙接近率爲48.24%。

(2) 上海話和普通話之間書面語詞彙接近率加權統計

①詞彙材料來源：普通話同上；上海話請一位上海話發音人提供。

②統計方法同上。

③統計結果：上海話和普通話之間書面語詞彙接近率爲64.88%。

(3) 粵語和上海話之間書面語詞彙接近率加權統計

①詞彙材料來源：北大中文系語言學教研室編《漢語方言詞彙》（第二版，語文出版社，1995年）。

②統計方法同上。

③統計結果：粵語和上海話之間書面語詞彙接近率爲41.926%。

根據上述統計結果，現在將北京話、廣州話、上海話之間書面語素接近率列成表4.3。

表4.3　北京話、廣州話、上海話之間書面語詞彙接近率表

	北京	廣州	上海
北京	1	0.4824	0.6488
廣州	0.4824	1	0.41926
上海	0.6488	0.41926	1

⑷ 粵語對上海話和普通話口語詞彙可懂度加權統計

鄭錦全曾對各大方言間的可懂度進行計量研究，提出溝通度
（可懂度）的計算，必須建立方言間語言成分對當的類型。
再根據不同類型對溝通度的重要性不同，決定不同的權重，
然後進行加權統計。他還只是對語音溝通度進行理論上的而
不是實際口語上的計算。計算結果北京話對廣州話的可懂度
是0.475（鄭 1994）。

⑸ 廣州話對上海人的口語詞彙可懂度

①詞彙材料採用《上海話音檔》（上海教育出版社，1994
年）所錄常用詞彙，共十八個。

這些詞彙共分十七類，如自然現象、動物、植物、房舍
等。其中第十七類是高頻詞，是指頻率在0.5以上的詞。因
爲每組詞彙數都很少，如果某組高頻詞略多，組頻率就會
增大過多，所以把高頻詞集中起來另列一類。十七類共包
括一百八十二個基本詞彙。

②調查對象

被調查人是以上海話爲母語，並且會說普通話的大學一年
級學生，共四十人。

③調查方法

先請一位以廣州話爲母語的發音人將一百八十二個詞按意
義分類各讀三遍，同時用答錄機記錄。然後播放錄音帶，
請被調查人用漢字記錄聽懂的詞。詞彙是分類播放的，每
播放一類前都說明此類詞的內容，例如「房舍」、「植
物」等。播放錄音及記錄的時間共四十五分鐘。

④計算步驟和公式（略去）

⑤計算結果：粵語對上海話和普通話口語詞彙可懂度爲
67.215%。

　　此項研究結果表明，粵語詞彙和普通話之間的接近率，按語素加權統計為48.24%；粵語詞彙與普通話和上海話的接近率，按口語可懂度統計為67.21%。粵語詞彙和普通話的差異並沒有李敬忠等人認為的那麼大，但是比王育德的研究結果要大。茲將本文和各家統計方法和統計結果列表（表4.4）比較如下：

表4.4　各家統計方法和統計結果比較（粵語—普通話）

學者	統計方法	詞彙數	統計結果
王育德	語言年代學、算術統計法	200	70.77%
鄭錦全	皮爾遜相關法、非加權平均繫聯法	905	24.01%
詹伯慧、張日升	算術統計法	1001	10.40%
李敬忠a	算術統計法	5623	21.50%
李敬忠b	算術統計法	5078	24.10%
李敬忠c	算術統計法	8000	1.78%
游汝傑、楊蓓	語素加權法	1230	48.24%
游汝傑、楊蓓	口語可懂度加權法	182	67.21%

　　各家統計結果各不相同，相同率最高為70.77%，最低為1.78%，相差竟達69%。本文所得結果介乎兩者之間。造成統計結果不同應有下述幾方面的原因：

　　第一，參加比較的詞彙數量不同。詞彙總數越多，其中常用詞彙就越少；詞彙總數越少，常用詞彙就越多。而常用詞彙在方言之間相同的較多。

　　第二，統計時是否加權。因為不同的詞在語言系統中出現的頻率（即常用的程度）是不同的；不同的語素在同一個兩音節以上的詞中，重要性也是不同的。採用非加權統計法顯然是不合理的。

　　第三，統計時是否考慮口語可懂度。方言間的詞彙的接近程度，如果僅僅從詞彙的書面（即字面）形式出發，那麼實際上只是注重語源異同的比較，或歷時的比較。口語可懂度的調查研究則是一種共時的比較。同時考慮歷時和共時比較才會更合理。

　　詞彙是影響方言之間可懂度的最重要的因素。詞彙相同，語音不同，有時還能聽懂或勉強聽懂；詞彙不同，則可懂度即等於零。方言間語法的差異畢竟較小。由於詞彙必須借助語音得以表達，所以口語詞彙可懂度實際上已經包含語音因素。

　　我們曾設計一種測驗可懂度的方法，先選取一兩千個基本詞彙，按意義分成若干類別。然後由以甲種方言為母語的發音人分類讀給使用乙種方言的人聽。讀每類詞彙前，應由測試者說明同類詞彙的內容，如「天氣」類、「服飾」類等。因為語言在實際使用時總是有一個語言環境，聽話人也會有預設，所以預先告訴聽話人每類詞彙的內容或範圍，更接近語言實際使用時的情景。不過應注意不能給聽話人更多的別的暗示，例如按順序排列數詞或人稱代詞。根據聽話人能聽懂其中多少詞彙，再加以詞頻和語素重要性分級加權統計，即可得出可懂度的百分比。除了本課題外，早些年我們還曾用上述方法做過另兩個課題：一是測試溫州話對東陽話的可懂度，二是測試溫州話對紹興話的可懂度。根據我們的實踐，這個方法是可行的。

　　不過，上述方法雖然已經考慮到聽話人的預設因素，但是畢竟沒有實際的語言環境，又有同音詞問題。為了克服這個缺點，可以設計一套類似「托福」（TOEFL）中的「聽力綜合測驗」（Listening Comprehension）那樣的測驗題。請聽話者先聽一段話，再就其中的內容回答問題。

　　方言間口語可懂度測試的受試人在理論上應該只會說母語，沒有任何別的方言、標準語或書面語知識，但是事實上很難找到理想的受試人。其結果是可懂度測試往往不能逆轉，例如廣東話對上海人的可

懂度如果是40%，那麼上海話對廣州人的可懂度有可能達到60%，因
爲廣州人多少有些普通話或書面語知識，而上海話比較接近普通話或
書面語。

　　我們測試廣東話口語詞彙對上海人的可懂度，受試者是大學一年
級學生，結果可懂度高達67%。如果受試者換成老年人，可懂度可能
大爲降低。因爲近年來上海的青少年喜歡聽粵語歌曲，對粵語多少有
些感性認識。

　　方言間的可懂度會隨時間的發展而提高。兩個使用不同方言的
人相處，開頭幾星期的可懂度可能很低，但幾個月之後，可懂度就會
有所提高。提高的速率會因方言不同而有所不同，例如吳語使用者聽
懂粵語所需時間比聽懂閩語可能要少得多。可懂度在不同的方言之間
和在不同的語言之間，提高的速率會大不一樣。在不同的方言之間提
高得快，在不同的語言之間，提高得慢。例如官話使用者到閩語區生
活，最初的可懂度可能等於零，或近乎零，但幾個月後可懂度會很快
上升；官話使用者到西班牙生活，最初的可懂度等於零，幾個月後可
懂度可能依然等於零，或近乎零。對可懂度提高的速率，也應該有計
量研究。

2.課題二：中日及滬港語言互懂度的研究

　　此項研究在方法上與上述課題有四點不同之處：⑴我們用的是
三十天電腦語料庫視窗內各地對等的、實際使用的新聞語料，這些
語料具有鮮活性、共時性，能反映現實語言使用狀況；⑵我們所考
查的詞彙不是詞彙表上孤立的詞彙，而是實際使用的有上下文的詞
彙；⑶我們選擇的是有關同一類事物的詞語，雖然詞語的總量並不很
大，但是一個詞族裏的成系統的所有詞語，顯得更有可比性，可以從
同一個角度反映中日及中文五地間的語言文化差異；⑷我們著眼於雙
向比較，探討互懂度是不是可以互逆，即：參加對比的雙方，甲方對
乙方的可懂度，是不是與乙方對甲方的可懂度一致？

　　除了將日語與中文五地詞語做比較外，還選取了中文五地中較有代表性的上海、香港二地做比較。我們的做法是查閱視窗中三十天（中文方面還查閱了一年視窗、兩年視窗）的資料，從兩邊不同的方向出發，將相同、相近、相異的詞語進行分類統計、分析。然後計算出各項所占的比率，從而得出雙向的可懂度數據。下面分別介紹日文詞和中文詞的互懂度研究、上海方言詞和香港方言詞的互懂度研究。

⑴ 日文詞和中文詞的互懂度對比

　　從日－漢、漢－日兩個不同的方向來對比分析互懂度。

　　①從日文看中文，將中文詞逐個考查後分爲相同者、相近可猜者、生疏難猜者、形同義異者、全然不懂者五類：

　　　a.相同者如列車、貨車、車輪、停車、車輛、車庫等，另外還有些雖然沒有在視窗中出現，但是在雙方實際語言中都出現的詞，如：乘車、車號、運輸車等，共八十三項，占24.51%；

　　　b.相近可猜者如快車道、砂石車、廂型車等，共九十八項，占27.76%；

　　　c.難懂者如作案車、土方車、跟車、泊車仔等，能猜到一點相關的意思，卻又不懂的，共一百零四項，占29.46%；

　　　d.全然不懂者，即多爲翻譯成漢語的音譯詞及少數意譯詞，如吉普車、田螺車、巴士、的士、德士、空調車、摩托等，共三個，占0.85%；

　　　e.形同義異者，如電車、單車、飛車、汽車、車座等，共六十五個，占18.41%。

　　上述五類中，前兩項（a+b）爲可懂的部分，兩項相加我們得出從日文看中文之可懂度爲52.27%。

②從漢語看日語。分類標準與前項日文看中文相同：形義皆同者如列車、國產車等共五十二個，占44.06%；相近可猜者如救急車、盜難車等共四十個，占34.90%；生疏難猜者如臺車、持歸車（小型平臺搬運車、開回家之公用車）共二十個，占16.95%；形同意異者如三輪車、電車（兒童用車、電機車）等共六個，占5.08%。雖然分類標準與上一節日文看中文相同，但由於日語一百六十六個詞中是由漢字詞一百一十八個和非漢字詞（含假名詞）四十八個組成，所以計算可懂度時以不同基數計算，會得出不同的資料。這裏我們只是考查一百一十八個漢字詞的可懂度，由（a）和（b）兩項相加，得出從中文看日文漢字詞的可懂度爲78.96% [5]。

統計結果表明：中文和日文互懂度：若僅以漢字詞計算，則中文看日文比日文看中文高達27%（78.96% - 52.27% = 26.69%）[6]。見表4.5。

從中文看日文漢字詞，可懂度（78.96%）高於從日文看中文的漢字詞（52.27%）。是否可以說，這是因爲日文中的漢字本來就來源於中國，加上有些日本的意譯詞早已傳入中國，所以從中文看日文相對要容易一些呢？除此以外，可否還有其他解釋呢？

⑵ 香港方言詞和上海方言詞的互懂度對比分析

研究方法與上一節有所不同。我們先將兩種方言的詞語各自分爲四類：

a.兩地共同出現的詞；

---

5 如果我們以一百六十六個包括含假名的詞整體來計算，則前兩項相加可懂度為55.41%。
6 如果以全部詞語來計算，則中文看日文低於日文看中文，只有3.14%（55.41% - 52.27% = 3.14%）。

b.兩地共有的詞（雖然不見於三十天視窗，但是見於放大的
　視窗）；

c.兩地中僅一地有，但對方可懂；

d.僅一地有而對方又不懂。

根據上述分類原則進行統計，結果發現香港和上海之間的互懂度也不是對等的。香港人瞭解上海詞語的程度，不如上海人瞭解香港的詞語多。下面分別加以說明。

香港共有詞語一百四十六個，上海共有詞語一百六十六個，二者共同的詞有五十五個，占兩地平均數的34.55%。五十五個共同詞語中，未發現詞義有別者。

僅在香港出現的詞有九十一個，僅在上海出現的有一百一十一個。其中，大部分可以互懂，只有少數不能互懂。分類舉例如下：

a.有的是兩地都應該有的詞語，只是在這一視窗中兩地都沒
　有出現，如火車、火車頭等；

b.有的詞義對方可以猜出，如香港的巴士線、尾班車、私
　家車（上海叫自備車，未出現）、泵水車、救傷車、櫃車
　等，上海人可以猜出。上海的沖洗車、自行車等，香港人
　可以猜出。

c.香港方言詞語中，上海或內地人看不懂的有：上落車、木
　頭車、民車、地車、房車、豬籠車、單車徑。

d.上海方言詞語中，香港人看不懂的有：土方車、巨龍車、
　差頭、起步價、搬場車、黃魚車等。

根據上述分類資料，上海和香港兩地詞彙的互懂度，可以按以下幾個資料計算：

a.兩地共有詞有五十五個，占香港一百四十四個的38.19%；
　占上海一百六十六個的34.13%。

b.雖未共同出現，但雙方均有或可猜出者：香港為七十七個，占54.48%；上海為七十九個，占47.59%。也可以反過來說：上海人對香港方言詞語不懂率為 8.33%，香港人對上海方言詞語不懂率為 19.28%。

　　由此可見上海人對香港詞語瞭解的多，而相對來說香港人對上海瞭解的少。這種不平衡、不對稱的情況不是預知的，原因是什麼呢？語言擴散的方向是否決定於文化、經濟等層次的高低呢？詞語擴散的方向是不是從文化、經濟較發達的地區擴散到較不發達的地區？換一角度說，有可能香港詞語流行廣，許多已進入上海，上海人耳熟能詳；而上海詞語進入香港文化的比率相對來說要低些。

　　為了方便對比，我們將兩組數值列在表4.5中。

表4.5　中—日、港—滬可懂度比較總表

	項目	中 → 日	日 → 中	滬 → 港	港 → 滬
1	形義皆同	44.06%	24.51%	38.19%	34.13%
2	相近可猜	34.90%	27.76%	54.48%	47.59%
總	可懂度	78.96%	52.27%	92.67%	81.72%

*表中的箭頭，表示可懂度的方向，即「從……看……」。)

　　從上表我們可以看到：在中文和日文、上海和香港的兩組對比中，其可懂度從中文看日文高於從日文看中文；上海看香港高於從香港看上海。其可懂度是不相等的，也就是說，不可簡單地認為兩種語言或方言的互懂度，與比較的方向無關，只需要單一的資料。事實上因比較的方向不同，可懂度也不同，可懂度是不可互逆的。考慮到近代以來與西方交流的實際情況，以及經濟、文化發展的情況，我們覺得這種可懂度的不平衡，與經濟、文化的擴散方向有關。

三、關於可懂度的兩點思考

1.語言之間的可懂度是不對等的

　　我們將中文和日文進行了對比分析，又在中文五地中選擇了上海和香港進行了對比分析。中日的對比結果表明：從日語的角度看漢語詞，可懂度達到52.27%，而從中文的角度看日語中的漢字詞，其可懂度達到78.96%。上海和香港的可懂度為：從香港看上海可懂度為81.72%，從上海看香港可懂度為92.67%。其結果表明，可懂度是不對等的。也可以說沒有單一的互懂度，互懂度因方向不同而有差異。比較方言之間的差異，不能是單向的，而應該是雙向的。

2.互懂度的差異與文化擴散方向相關

　　漢語的譯詞進入日語的比較少，故日本人對漢語的詞語看不懂的多。而日語中的漢字詞大都是早期的譯詞（現代日語中的外來詞大都為音譯、用片假名而不用漢字書寫），有些已進入中文，所以中國人看懂的多。同樣，從上海看香港方言詞語的可懂度，比從香港看上海高得多，可以認為，也是因為香港的詞語進入上海的多，而上海的詞語進入香港的較少。

　　我們是否可以說，至少在「車」類詞語（僅指漢字詞語）方面，日本向中國擴散較多、香港向上海擴散較多。進而言之，可懂度的差異在某種程度上可以反映出文化的擴散方向。互懂度因方向不同會有差異，因而不能只以單向的一個資料，來說明雙方的互懂度，而只能以雙向的兩個不同的資料來表示雙向可懂度。

思考與練習

1. 什麼是「言語社區」？它與社會學上的「社區」和方言學上的「方言區」有什麼不同？

2. 會話的內部結構由哪三個基本的部分組成？試舉例說明。

3. 什麼叫精密語碼？什麼叫有限語碼？兩者有什麼區別？

4. 請設計一種計算可懂度的方法，並試用於個案調查。

第五章

漢語的形成、發展和華人社會

　　全世界語言的名稱有五千至六千個，目前實際使用的語言有約四千種。歷史比較語言學上的譜系樹說（德文Stammbaum，英文Genealogical theory）認為，歷史時期的某一種內部一致的原始語（proto-1anguage），因為人口遷徙等原因，散佈到不同的地域，並且各自走上不同的發展道路，久而久之就分化為不同的語言。如果人口遷徙再次發生，語言就可能再次分化，這樣一來世界上的語言就越來越多。

　　語言的分化就像一棵樹，從樹幹即「語系」，成長為較粗的樹枝即「語族」，再成長為較細的枝條即「語支」，一直到樹梢即各種現代語言及方言。這些有共同來源的方言稱為親屬方言。親屬方言往往分佈在不同的地域，所以又稱地域方言。從社會語言學的角度來看，同一種地域方言的使用者有相同的社會和文化背景，所以也是社會語言學意義上的語言變體。例如大約西元前四千年，古代印歐人從他們的故鄉四散遷居，譜系樹說認為原始印歐人的家園在東南歐。他們約在西元前兩千年開始分化，東至印度、伊朗，西至歐洲大陸。西遷的一支有一部分往北到達日耳曼、斯拉夫，往南到達地中海一帶。原始印歐語也因此分化成東、西兩大支，東支稱為Satem，西支稱為Centum。原始印歐語也因此分化成為英語、法語、俄語、印地語、伊朗語等，約一百種語言。

　　在世界各大語系中，漢語屬於「漢藏語系」。漢藏語系約在距今六千年左右分化，同屬漢藏語系的主要語言除了漢語外，還有藏語、緬甸語、苗瑤語等。原始漢藏人的家園可能在喜馬拉雅高原，

即是黃河、長江、瀾滄江、雅魯藏布江、怒江、伊洛瓦底江的發源地。也許在西元前四千年左右，漢藏人沿這些河谷慢慢地扇形遷徙，到達中原的一支就成爲原始漢人。

第一節　漢語的歷史源頭和地理擴散

一、南方各大方言的形成及其歷史層次

據《中國語言地圖集》（商務印書館，第2版，2012年）的分類法，漢語方言第一層次分爲十大方言，即官話、晉語、吳語、徽語、閩語、粵語、湘語、贛語、客家話和平話。對其中晉語和平話在方言系屬上的地位，還是有爭論的，反對者的意見認爲，晉語是官話的次方言，而平話是粵語的次方言。先簡略地談談漢語各大方言是如何形成的。

1.吳語

據《史記‧吳太伯世家》，周太王的長子太伯和次子仲雍讓賢，南奔至今江蘇無錫、蘇州一帶。這是見於史籍的第一批移民吳地的北方漢人，他們帶來的是三千年渭水流域的漢語。吳語作爲一種獨立的方言，在《世說新語》、《顏氏家訓》等南北朝時代的文獻裏，已經有明確的記載。吳語在地理上是從北向南擴發展的，最初形成於無錫、蘇州一帶，然後擴散到浙北的寧紹平原、杭嘉湖平原，繼而進入浙江中部、南部和西南部。歷史上北方漢人移居吳語區有三次大浪潮：第一次在三國時代，孫吳時代對江南的開發和經營吸引了大批北方移民；第二次在兩晉之交，北方人不僅因戰亂逃難，大量移入江南的寧鎮地區，而且越過錢塘江，深入到浙東；第三次是在兩宋之交，北方移民不僅造成後世的杭州方言島，而且繼續大批南下，在浙南的溫州地區定居。歷代北方移民帶來的方言與吳語區原住居民的方

言相融合，逐漸形成現代吳語。

2.湘語

先秦諸子、漢揚雄《方言》、漢許慎《說文解字》和晉郭璞《方言注》屢次提到楚語，楚語的使用地域是荊楚、南楚、東楚、荊汝江湘、江湘九嶷等，這些地方相當於今湖南、湖北。楚語在晉代以前的漢語方言中是非常突出的。據《世說新語・豪爽篇》和〈輕詆篇〉的有關記載，對於當時的北方人來說，楚語的可懂度很差，聽起來像鳥鳴，不知所云。古湘語的最早源頭應該是古楚語，但是因受歷代尤其是中唐北方移民帶來的北方話的衝擊，現代長沙一帶的湘語，反而跟官話接近起來，較古老的湘語特徵應保留在南片湘語中。

3.贛語、客家話

贛方言和客方言的核心地區在江西以及與之鄰接的閩東和粵北。今江西一帶在漢揚雄《方言》、漢許慎《說文解字》和晉郭璞《方言注》裏沒有作為一個獨立的方言地名出現過，其地在《方言》中包含在「南楚」或「吳越揚」之中，在《說文解字》中包含在「吳楚」之中，在《方言注》中包含在「江南」之中。可見其地獨立的方言特徵並不顯著。古江西在地理上被稱為「吳頭楚尾」，在贛語和客家話形成以前，古江西方言可能是一種兼有吳語和湘語特徵的混合型方言。唐初大量北方移民進入贛北鄱陽湖平原。這些移民的方言和古江西方言接觸形成最原始的贛語。中唐和晚唐陸續到來的北方移民，從贛北深入到贛中和贛南，贛語進一步得到發展。北方來的客家人起初定居在贛語區，於宋元之際西移至閩西和粵北。他們原來所使用的贛語與贛東南、閩西和粵北的土著方言相交融，於元明之際，形成客家方言。

4.粵語

據《淮南子》，秦略揚越，出兵五十萬，越平，置桂林、南

海、象郡，以謫徙民，與越雜處。東漢初馬援出征南越，其士卒多留越不歸。又據《通鑑》載，東漢末士燮為交趾太守，兄弟雄踞兩粵，中國人士多往歸之。宋代因北方遼金的侵襲，大量漢人南下廣東避難。這些新來的移民被稱為客戶。據《北宋元豐九域志》載，客戶占廣東總人口的39%，看來正是宋代的移民帶來的北方方言最後奠定現代粵語的基礎。宋代朱熹《朱子語類》一百三十八云：「四方聲音多訛，卻是廣中人說得聲音尚好。」這說明宋代的粵語語音比較符合當時中原的標準音。清代音韻學家陳澧《廣州音說》云：「廣州方音合乎隋唐韻書切語，為他方所不及者約有數端，余廣州人也，請略言之。」他指出廣州音有五條特徵與切韻音相合，如四聲皆分清濁、咸攝韻尾不與山攝混讀等。所言甚是。看起來正是宋代的移民帶來的北方方言最後奠定現代粵語的基礎。

5.閩語

第一批漢人入閩時代應是西漢末，當時中原政權在閩地設置了第一個縣，即治縣，地當今福州。兩漢間第一批入閩的漢人可能是從吳地去的。吳地人民大規模入閩應在漢末、三國、晉初的百年之間。移民入閩有兩條路線：一是從海路以冶縣為中途港在沿海地帶登陸，二是從陸路移入閩西北。為了安置移民和行政管理，政府在沿海地區新置羅江（今福鼎）、原豐（今福州）、溫麻（今霞浦）、東安（今泉州）、同安五縣；在閩西北新置漢興（今浦城）、建安（今建甌）、南平、建平（今建陽）、邵武、將樂六縣。由於沿海地帶和閩西北的移民來源不同，加上長期以來沿海地區和閩西北交通不便，至今這兩個地區的閩語還是有明顯的差別。到了唐宋時代閩語作為一種具有明顯特徵的獨立的大方言才最後明確起來，為人所注意。「福佬」這個代表閩語居民的民系名稱，最早也是見於唐代文獻。宋太宗時，福建泉州南安人劉昌言曾任右諫議大夫，時人「缺其閩語難曉」而不服。

　　關於徽語形成的歷史，由於缺少研究資料，無從深入討論。從方言的特徵來看，大致可以認為它的底層是吳語，或者說它是從吳語發展而來的。

　　狹義的漢語方言可以不包括官話，所以上文未予討論。從上文的討論可知，中國南方的吳語、閩語、粵語、湘語、贛語、客家話這六大方言，從方言發生學的角度來看吳語、粵語、湘語、贛語是從北方方言直接分化出來的，閩語和客家話則是次生的，即是分別從吳語和贛語分化而來的。從方言形成的歷史層次來看，吳語和湘語為最古老的一層，粵語其次，贛語最晚。圖5.1是漢語方言分化歷史層次圖。

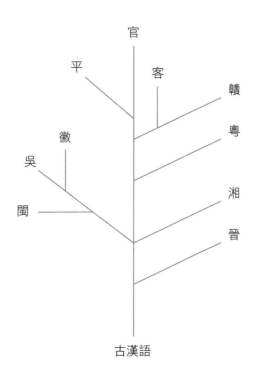

圖5.1　漢語方言分化歷史層次示意圖

　　北方的漢語向南方擴散的過程不僅是漢語分化為方言的過程，而且也是漢語與當地土著語言融合的過程。這些土著語言後來發展成為現代侗臺語、苗瑤語、南亞語和南島語，它們在漢語南方方言裏留下了底層成分。如果把漢語的分化和融合的過程結合起來看，圖5.1是不完整的，我們不妨用圖5.2來示意。

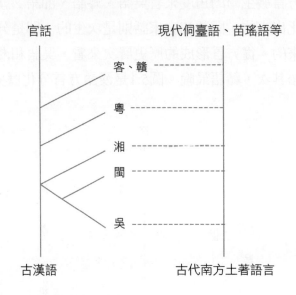

圖5.2　漢語方言分化和融合示意圖

二、域外方言

　　漢語在海外的分佈情況將在第三節討論，這裏先談談因間接接觸形成的域外方言。

　　在語言地理上跟漢語鄰接的越南語、日本語和朝鮮語在不同的歷史階段吸收了大量漢語字音和字形，這些字音和一部分字形一直沿用至今。語言學上把這三種語言裏所吸收的漢語成分稱為漢語的「域外方言」。

1.越南語

　　越南語裏的漢語成分可分爲三個層次：最早的一層是古漢越語，指漢至唐初傳入越南的零星的漢字漢音，例如「箸、舞」越南語讀作dua^4、mua^5。這些字音帶有上古漢語的特點。第二層次是漢越語，指唐代之後大量輸入越南語的成系統的漢字和漢音。例如「六、難、見」在越南語裏分別讀作luc^6、nan^1、kien^5。這些字音帶有中古漢語的特點。漢越語大都見於越南語的文言。唐代的科舉制度促使今越南地區的知識份子誦讀漢文的經典、書籍，從而造成系統的漢越語。其歷史背景跟漢語方言文讀音一樣。第三層次是越化漢語，產生的時代晚於漢越語，它是漢語和越南語融合的結果，在今天的越南語裏很難辨別哪些是地道的越南語，哪些是越化漢語。

2.朝鮮語

　　自漢武帝在朝鮮建立郡縣制度以後，漢文化和漢字大量輸入朝鮮。到七世紀的新羅時代，產生了一種漢語和朝鮮語混合的書面語，稱爲「吏讀」。字形採用漢語，實詞多直接用漢字寫出，虛詞只用漢字記音，語法則仍用朝鮮語系統。在朝鮮語裏與漢語有關的字音稱爲「高麗音」，從中可以看出古漢語的遺跡，如「三、方、濕」在朝鮮語裏分別讀作sam、pa、sp。「吏讀」一直使用到二十世紀初期日本併吞朝鮮的時候。

3.日本語

　　據文獻明確記載，中國和日本正式交往始於漢光武帝。此後兩千年日本全盤輸入中華文化，包括漢語的大量詞彙和漢字。日語裏的漢語詞彙分爲三個系統：吳音、漢音和唐音。吳音是模仿中國唐代以前的南方語音的，漢音是模仿中國唐代中原一帶語音的，唐音是模仿宋明清時代的語音的，如「京」字的三種讀法：在「東京」裏讀作kyo（吳音），在「京畿」裏讀kei（漢音），在「南京」裏讀作kein（唐音）。

　　域外方言研究不僅是漢藏語言學，特別是漢語音韻學研究的重要領域，而且也是研究古代中國和這三個鄰國文化交流史的重要資料。例如，這三個鄰國不僅從漢語輸入大批漢字、漢字的讀音、聲調系統（限於越南語）和詞彙，而且知識份子學習漢字、漢語和漢文化也蔚然成風。在很大程度上中國文化是通過漢字、外來詞、漢語及其文獻直接傳播到這三個鄰國的。這三個國家的政府也頗重視漢字和漢文化的學習，例如朝鮮李朝的科舉，設置了吏文科，所謂吏文是指古代朝鮮官方奏章文牘中所使用的漢字。官方還設了講錄院專門教授吏文和漢語。在這種文化背景下，十六世紀的朝鮮誕生了著名的漢學家崔世珍（？-1542）。他不僅精通吏文，而且通曉漢語口語。他編寫的《老乞大》和《樸通事》，是供古代朝鮮人學習漢語文的兩木入門書，流傳很廣，影響很大。這兩本書也是研究十六世紀初期漢語北京話的價值極高的重要資料。朝鮮另有一種拼音文字，稱為諺文。諺文是一種音節文字，創制於十五世紀。不過二十世紀初期之前，漢字一直是朝鮮的正式文字，國家文獻都是用漢字出版的。

　　古代日本的貴族也諳熟漢文，日本現存的最古老的史書《古事記》，用摻雜日文風格的漢字寫作，並用漢字做音符來標記詩歌、專有名詞和古語。古代日本貴族用漢字寫作的原文，保存至今的有：〈法隆寺金堂釋迦像銘〉和《法華經義疏》等。八世紀前後他們模仿漢字的偏旁和筆劃，創造、推行了「萬葉假名」。古代日本能寫漢詩的知識份子也大有人在，如大友皇子和大津皇子能做六朝風格的漢詩。漢字在四至五世紀經朝鮮傳入日本，成為古代日本的官方文字。後來日本另行創制由平假名和片假名組成的音節文字，平假名假借漢字草書造成，片假名假借漢字楷書偏旁造成。漢字在日本一直沿用到當代，不過字數受到限制，日本文部省1981年公佈的〈常用漢字表〉上的漢字只有一千九百四十五個。

　　在古代越南情況也類似，例如《全唐文》卷四四六載有唐代德宗

年間日南人姜公輔所著名篇〈白雲照春海賦〉。漢字對於推動這三個鄰國的古代文明發展史曾產生極其重要的作用。十三世紀以前越南沒有自己的文字，書面語言採用漢字。漢字被成為儒字（chy⁴nho¹）。十三世紀創造了記錄越南語的文字——字喃（chy⁴nom¹），字喃是借用漢字的筆劃和部首，重現組合成的新方塊字。來自歐洲的傳教士Rhodes神父創造了用羅馬字拼音的越南文（Quoc ngu）。十九世紀末期法國人侵占越南後，拼音的越南文逐漸盛行，至今已取代字喃和方塊字。

第二節　語言演變和社會、文化的關係

語言演變的原因是多方面的，語言的宏觀演變一般都是社會、文化方面的原因造成的，語言的微觀演變有一部分也與社會文化方面的原因有關。本節以漢語方言為例，討論兩者的關係。

一、方言的據點式傳播和蔓延式擴散

人口遷移是方言形成的最直接最重要的原因。原居一地的人民，其中有一部分人遷移到別地，久而久之形成與原居地不同的新方言，這是很常見的，例如部分閩人離開福建，移居海南島，形成新的閩語（閩語瓊文片）。

漢語的幾大南方方言形成的初始原因即是北方人民遷徙南方。秦漢之前，長江以南是百越所居住地，《漢書‧地理志》顏師古注曰：「自會稽至交趾，千八百里，百粵雜處，各有種姓。」「百粵」即「百越」。字異義同，《史記》寫作「越」，《漢書》寫作「粵」。

北方人民移居南方的方式大致是，先在交通要津建立大的居民點，然後在鄉下合適的地點，建立較小的居民點，再向四野逐步蔓

延擴散。北方漢語也隨之向南方各地傳播。起初只是在漢人居住的城邑裏通行漢語，廣大農村仍是當地土著民族語言的天下，後來才漸漸通過雜居等途徑擴散。其情況正如《後漢書‧西南夷傳》所載：「凡交趾所統，雖置郡縣，而言語各異，重譯乃通。……後頗徙中國罪人，使雜居其間，乃稍知言語，漸見禮化。」唐代柳宗元貶官廣西柳州，所著〈柳州峒氓歌〉載：「愁向公庭問重譯」，可見當時柳州一帶土著民族的語言還是相當流行的。這個漸進的過程從漢代開始連綿不斷，至今在西南地區仍在繼續。例如，就浙江而言，這個過程從秦代開始，一直到明末才結束。但就廣西的大部分地區而言，這個過程遠未結束。目前的一般情況是，在城市和縣城裏，使用官話或粵語，在城鎮裏使用平話（一種漢語方言），在廣大鄉村還是使用壯語。

　　從歷史行政地理的角度來看，北方漢人移居南方的過程是分兩大步：第一步是縣的建置，即在漢人集中的居民點建立一個縣（母縣）；第二步是縣的析置，母縣人口增加到一定數量，就將部分人遷移到附近的地方，建立新的居民點，即子縣。在一個縣的內部，縣城是最大的居民點，隨著人口的增加，又在鄉下建立較小的居民點，即鎮，鎮下則有村。北方的漢人和漢語就是隨著縣的建置和析置在南方落腳和擴散的。來源於同一母縣的子縣，其方言自然也較接近，甚至在現代仍屬同一次方言區。因為一則方言來源相同，二則來自同一母縣的子縣，因人文和地理的關係，其人民往來較多，方言容易保持一致。例如西漢在浙江中部今臺州一帶建置回浦縣，三國時代析置天臺，東晉又從天臺析置仙居，唐代再從回浦析置黃巖，明代再從黃巖析置溫嶺，三門則是1940年從臺州（即古回浦）析置的。上述天臺、仙居、黃巖、溫嶺、三門都是從同一個母縣回浦析置的，至今這些地方的方言仍較接近，在吳語內部自成一個次方言區，即臺州片。見圖5.3。

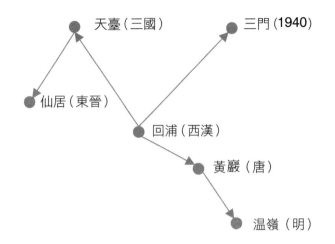

圖5.3　浙江臺州地區行政地理歷史沿革與方言地理關係表

　　總而言之，北方漢語自秦漢以來，在南方隨郡、縣和鎮的建置形成大小據點，然後向四野蔓延、擴散，此過程開始於秦漢，至今仍在繼續。

二、歷史行政地理與方言地理的關係

　　中國的地方行政區劃及其管理制度，論歷史之悠久、區劃之嚴密、管理之有效，都是世所罕見。中國幾千年來一直是農業社會，除非戰亂或荒災，一般人都視離井背鄉為畏途，在昇平時代活動範圍大致限於本府之內。這樣的文化背景使歷史行政區劃與漢語方言區劃，尤其是次方言區劃有極為密切的關係，這主要表現在兩方面：一是以舊府、州（二級政區）為單位，方言內部有較大的一致性，各省都有這樣的例子。如江蘇省的徐州府、福建省、廣東省內部的方言界線。就南方方言而言，方言區或次方言區的界線有一大部分甚至可以上溯到南宋時代二級政區的境界線。如從唐代開始，徽州（唐宋時稱歙州）就下轄六縣：績溪、歙縣、休寧、黟縣、祁門、婺源，一直

到清末沒有變動。今安徽和江西境內的徽語也就是分佈在這幾個縣市。今江西的婺源，其方言屬徽語，其行政區劃唐代以來即屬歙州（後稱徽州）。行政區劃對方言區劃的形成所起的作用，遠遠超過別的人文地理現象。從普遍方言地理學的觀點來看，行政地理對方言地理多少會有些影響。但是沒有別的國家的行政地理對方言地理會有如此深刻的作用。

其中的原因主要有兩方面：

第一，同屬一府的縣往往是從相同的母縣析置的，方言的源流本來相同。例如浙江溫州府的幾個縣，其最原始的母縣都是西漢時的回浦（今臨海）。由回浦析置永寧（東漢前期）和里安（三國），由永寧析置平陽（晉）和樂清（晉），由平陽和里安析置泰順（明）。

第二，在中國古代農業社會裏，「府」是一個不大不小的地域，在昇平時代一般百姓常年生活在一府之內，不必涉足府外，即可安居樂業。除赴考、經商、遊歷之類不尋常的事外，稍大的事皆可在縣城或府城解決。所以一府之內的方言容易自成體系，與外省有別。而府城是一府的政治、經濟、文化、交通的中心，其方言自然是強勢方言。在一般明清時代的縣志裏，常常會提到方言視府治為重。例如嘉靖《上海縣志》說：「方言語音視華亭為重。」上海縣屬松江府，華亭為松江舊名。府城的強勢方言具有向心力和凝聚力，是維繫全府方言一致性的重要因素。

歷史行政區劃對方言區劃的形成和穩定，在一般語言裏多少都會起些作用。不過中國的歷史政區的形成和發展對方言地理分佈所起的作用之大，實為世所罕見。在早期歐洲，宗教地理對方言地理的影響更為深刻。在法國，主教所在的城市，其方言會影響整個教區；德國的情況也一樣；在瑞典，同一教區內的方言往往相同，方言界線很少不跟教區界線相重合的。在中國，情況恰好相反，各種人文地理對方言地理能夠產生深刻影響的，依次為歷史行政地理、交通地理、戲曲

地理、民俗地理、商業地理和宗教地理。宗教地理對方言地理的影響是最不重要的。

三、文白異讀和科舉制度

「文白異讀」是漢語方言的普遍現象，不過因方言不同，有文白異讀的字在常用字中所占的比例也不同，如在閩語裏幾乎占一半，在吳語裏只占不到十分之一。漢語的方言紛繁歧異，書面語卻是統一的。中國歷史上的政治和文化重心是在官話區，書面語也向來是以官話為標準的。隋唐以後實行考試取士制度，讀書人普遍重視字音的標準和辨別，各地因此產生儘量向標準音靠近的文讀音。文讀音本來應該只用於讀書，但是後來文讀音也滲透到方言口語中，同時文讀音伴隨著歷代產生的以官話為基礎的書面詞彙大量進入方言口語。例如上海話裏的「見組開口二等字」有文白異讀，白讀聲母為[k]，文讀聲母為[tɕ]。「我交撥儂一本書」中的「交」為白讀，「交通、交易、交涉、交叉、交換、立交橋」等中的「交」皆用文讀音，不用白讀音。從現代方言的立場來看，文白讀不一定是讀書音和說話音的差別，而是不同歷史時期產生的字音的並存現象。一般說來，文白異讀不是社會方言的不同，而是字音的歷史層次不同，只有極少數方言是例外，如浙江的壽昌話。當地人內部交際用白讀音，與外地人交際則用文讀音。

字音的文白異讀反映字音的不同歷史層次。就方言而言，白讀代表較古老的層次。文讀音多是唐代實行科舉制度之後產生的。有文白異讀的字，往往白讀用於較古的詞彙，文讀用於較新的詞彙。例如在廈門方言裏，「家」在舊詞「家官（公婆）」裏白讀作[ke¹]，在新詞「家長」裏文讀作[ka¹]；「行」在舊詞「先行」（先走）裏讀[kiã²]，在新詞「行動」裏文讀作[hiŋ²]。

文讀音產生的直接原因是唐宋時代的科舉制度。文讀音在歷史上

常盛不衰、在現代愈益發展得更深刻的文化背景，則是各地方言中的文讀音更加接近北方話，而北方話向來是民族共同語或標準語的基礎方言。

漢武帝時代開始建立「五經博士制」，由注重政治、歷史、教育、文化的學者擔任博士官。這些博士官不但有參政、議政的職責，而且還要教授弟子。此輩弟子稱為太學生，都是各地十八歲以上的優秀青年，由各地郡縣政府選送京城深造，即所謂「鄉舉里選制」。太學生最初的名額只有五十名，後來逐漸增加，到東漢末多至三萬多名。各地來的學生自然都有自己的方言，這三萬多人的教學和交際都是使用什麼語言？史籍沒有記載，當時全國方言分歧嚴重，其中秦晉方言是強勢方言，但是可以猜想教學語言一定是秦晉方言。太學生畢業之後，除少數成績列甲等者留京城充任皇帝的侍衛郎官外，其餘基本回原籍充任地方政府的屬吏。方言中文讀音的始作俑者應該就是這些從京城回鄉做官的知識份子。以上所說是官學，即「國立大學」，同時已有私學產生。因文風日盛，向學者日眾，地方名儒四方從學者往往多則逾千，少則數百。私學的興盛無疑有利文讀成分的產生和發展。

三國魏晉時代因地方政治解體，選舉無法實行，代之以「九品中正制」，即由來自各地的京官將原籍的地方人士，分為九等，造為簿冊，作為政府選用人才的依據。

漢代的「鄉舉里選制」和三國魏晉時代的「九品中正制」有一個共同的流弊，就是官員個人的權力過大，難免私心，而失去公平。

唐代創設新的科舉制度，這是一種公開競選的才智考試制度，它比上述兩種制度都要更公平合理，也給一般百姓以更多的機會。科舉制度起初只考策論或訓詁，即國家政策的理論問題或古代經籍的訓釋。這兩種考試內容往往雷同，答卷常常流於空泛，難以考出才智的高低，所以後來改為偏重詩賦一項（錢穆1993）。

詩賦講究平仄，有種種韻律限制，因此讀書人普遍重視字音。詩賦的音韻標準自然是帝都所在的北方話的語音。以北方話爲基礎的文讀音因而在各地方言裏越來越發達。各地文讀音的形成、穩定和發展大都得益官方和民間的教育事業，即由教師傳承，然後進入民間。漢唐兩代國家的公立學校極盛，宋元明清則盛行私立的書院制度，還有大量遍佈城鎮和鄉間的私塾，而教師中有一大部分是科舉考試的落選者。

四、方言擴散和語言融合

北方漢人自秦漢以來陸續南下，他們帶來的北方漢語，漸漸演變成各種漢語方言，與此同時，與南方固有的百越土著語言接觸，互相吸收對方的成分，發生雙向的語言融合現象：一方面少數民族語言大量吸收漢語詞彙，另一方面漢語也吸收少數民族語言詞彙。

在西南各種少數民族語言裏都可以找到大量漢語來源的借詞，漢語詞彙在侗語裏占詞彙總數四分之一以上，在壯語裏用於日常談話的詞彙有10%來自漢語，如果談話內容涉及政治時事，借詞通常超過半數。例如「筷子」（箸）在壯侗語族裏讀音如下：

壯 tau^6　　　　布依 tu^6　　　傣語 thu^5　　　侗 $ço^6$

麼佬 $tsø^6$　　　水語 tso^6　　毛難 tso^6

「筷子」在古漢語裏稱爲「箸」，是澄母御韻字，上古應讀t-聲母（舌上讀舌頭）。所以壯語、布依語、傣語裏的「筷子」借自上古漢語，其他語言則借自中古漢語。

各個歷史時期都有漢語詞彙借入少數民族語言，從這些借詞的語音面貌往往可以判斷借入的時代。就壯語而言，除了少數上古時代的借詞（如　肥 pi^2　鑼 la^2）外，大部分是中古或近代借詞。中古借詞在各地方言的讀音和對應規律比較整齊，保留促聲韻和閉口韻及其韻尾-p -t -k -m，保留八個聲調。一般認爲中古借詞是從粵語借去

的，近代借詞則是從當地的西南官話借入的。近代借詞的語音與本族語固有詞的語音變化規律不相吻合，沒有-p -t -k -m韻尾，只有四個聲調。

伴隨借詞的是語音成分和結構的滲透，例如黔東苗語的韻母一共有二十七個，其中有九個是專門用來拼漢語來源的借詞的，即uei ie ua au iau uen uaŋ。從這些韻母的語音面貌可以判斷它們借自西南官話。

伴隨詞彙的借用，也有可能借入相應的句法結構。例如在壯語裏數詞「一」是本族語，「二」以上即借自漢語。「一」與量詞及名詞結合，用的是本族語固有的詞序：量詞+名詞+數詞，如to va deu（一朵花）；「二」以上與量詞及名詞結合，用的是漢語詞序：數詞+量詞+名詞：so：ŋ to va（兩朵花）。

第三節　海外漢語分佈和華人社會

一、海外漢語形成的原因

漢語不僅在中國境內使用，而且也傳播到中國疆域之外的許多地方。海外漢語的形成有下述兩方面的原因：

一方面，在古代的東亞中華文化是強勢文化，漢語是強勢語言。漢語曾經是多個亞洲國家文人學士的共同語。朝鮮和越南曾經以漢語為官方語言，正式文件都用漢語漢字記錄，一直到近代，學校都教授漢語。當地語言則用於家庭生活、個人交往等非正式場合。漢語在古代東亞的特殊地位與拉丁語在歐洲的地位差不多。日語、朝鮮語和越南語中至今還有許多漢語成分，即所謂漢語的「域外方言」，詳見第一章第二節。

另一方面，因為最近二三百年以來，西方列強，尤其是荷蘭、

英國和法國，對外實行殖民地擴張政策，而中國內政不靖，經濟困頓，國運衰頹，所以大量中國人，主要是粵語區、閩語區和客家話區的人民，移居海外謀生。華人出國謀生有四次高潮：鴉片戰爭後的十九世紀後半葉；清末西方國家殖民地擴張時期；二十世紀二三十年代軍閥混戰時期；四五十年代國共內戰前後。在十九世紀早期以前也有陸續移居海外的華人，那時候他們的目的地主要是東南亞。移居海外的華人初期的身份大致可以分爲四類：1.人口勞工；2.工匠；3.買辦；4.零售商。在海外華人的聚居地自然形成許多使用漢語方言的社區。海外漢語的使用者幾乎都是華人，只有亞太少數地區例外。

　　海外漢語方言社區在歷史上的分佈情況不甚明確，難以在中國的史籍找到有關的資料，據國外文獻記載，中國近鄰遠至泰國、麻六甲，早年都有漢語社區存在。海外漢語社區的地理分佈詳見鄒嘉彥、游汝傑的《漢語與華人社會》（復旦大學出版社、香港城市大學出版社，2001年）。

　　華僑社會最主要的方言是閩南話（在海外常稱爲福建話）、粵語（廣州話）與客家話。雖然在這些社區裏以官話爲母語的人只占少數，但是官話的地位卻日趨重要。官話是聯合國的工作語言之一，也是新加坡的官方語言之一。這裏所說的「官話」相當於普通話、國語或華語，在海外慣常稱爲Mandarin Chinese或Mandarin。

　　歷史悠久的漢語方言社區，有的情況比較單純，主要只使用一種漢語方言，也有許多社區使用多種不同的語言與方言，內部關係和歷史來源相當複雜。它們究竟算不算漢語方言社區，有時難以界定。一般有關華僑社團的文獻，很少著重討論他們的語言情況。本節資料主要來自本書作者之一鄒嘉彥多年來實地調查的結果。

二、海外漢語方言和華人社區的共同特徵

　　海外的漢語方言和華人社區有如下共同特徵可資識別：

1.歷史遺跡

　　當地華裔祖先的墓園可以提供確鑿的證據，證明他們在當地並非短暫旅居，而是早已安家落戶。這些墓園還可以與有關文獻記載相印證。不過早期華裔的墓園在許多地方已荒廢不堪，甚至煙滅無存。例如南非開普敦市太蒲頂山上的早期華裔墓穴幾已蕩然無存，只有該市郊外一處十九世紀建造的華裔墓園迄今猶存。不過早期華裔的後代一般都會記得先人的事蹟，所憾多無文字記載。

2.社會組織

　　各種社團組織與社團活動也可證實華人社區依然生機蓬勃，一般有下述組織和活動：

　　⑴ 同姓或宗親組織。

　　⑵ 同鄉會館。

　　⑶ 同業會館，包括中華總商會或類似的機構。

　　⑷ 護養組織，包括醫院、療養院和養老院。往往得到同鄉會館、同業會館或宗教組織的支援和資助。

　　⑸ 民俗和體育活動。所開展的活動一般有農曆新年慶祝活動、划龍舟、清明節或重陽節掃墓祭祖及武術競技等。

3.宗教組織

　　傳統的佛教、道教廟宇，新興的華人基督教堂或天主教堂。

4.教育機構

　　各地的中文學校大都由華人社團發起，學生純為華人或以華人為主。中文學校的興辦，說明華人社區尚有使用華語文和維繫中華文化的主觀願望。

5.文藝和大眾媒介

　　較大的華人社區一般都出版或銷售中文報刊，有漢語節目在無線電臺或電視臺播放，有漢語錄影帶租售服務，有中文書店出售武俠小說等，還有粵語對白和中文字幕的電影放映。有些華人社團支持業餘

演藝團體，不過錄影帶的風行和國內演藝團體的到訪，減弱了華裔演藝團體的活躍程度。

6.家庭

在華裔社區許多兩代同堂的家庭裏，兩代人用漢語口語溝通，或下一代能聽懂漢語。有些華人聚居的地方，多半家庭只是父親說漢語方言，而母親是不懂華語的當地婦女，這些社區不列入調查和討論的範圍。

許多海外華人社團都具備上述特徵，但是也有的只具備其中一部分特徵。特徵不全的社區分兩類：一類是歷史不長的社區，自然沒有可觀的墓園，可能尚未設立養老院之類護養機構，也未必有種類齊全的社會組織。另一類是雖然歷史悠久，但是日漸萎縮，上述特徵漸漸減少或變得模糊，最後通常只是維持有名無實的中文學校。中文學校的入學人數趨少往往是華裔社區萎縮的先兆，不過也有些別的因素影響中文學校的發展。有些地方，如美國加州，中文教學以前是由華裔社區承擔的，現在已部分改在公立學校進行。有些國家不准在公立或私立學校教中文，如印尼實行這種政策已經有二十多年，泰國也斷續實行過這種政策。官方的禁令對作爲教學語言的華語有直接的影響，而對華裔社區維繫漢語和中華文化則要經過一段較長的時間才能顯現出來。

不同的社區可能處於不同的歷史發展階段，如果一個地方有數目可觀的華裔在日常生活中使用一種或更多的漢語方言，那麼我們就確定這個地方存在一個漢語方言社區，即使這個地方在過去二三十年曾有重大變遷，只要社區不致解體，我們仍將它當作漢語方言社區看待。在有些社區，例如法國的一些揚州人、溫州人聚居地、菲律賓許多小城鎮的閩語社區（人口少於二十萬），只有男性家長會說漢語方言，而他與土生妻兒之間並不使用漢語方言。這些社區沒有上述特徵，按我們的定義就不能算漢語方言社區了。同類例子還有斯里蘭卡

使用山東話的華人聚居地、北歐使用漢語方言的越南難民聚居地。這些小社區有的已經有幾十年歷史,有的不久才形成。

　　海外漢語方言社區外分佈在世界六大洲,而大半社區形成於過去一百年內,只有少數超過二百年歷史,如印度與南非的社區。華人在鄰近中國的地區和國家,有更早與更大規模的人口遷移,但這些不屬本書討論範圍之內。值得注意的是這些早期華人社區成員多爲單身勞工。社區裏的華人時多時少,有的早期勞工被遣送回國,又有新的移民前來定居,他們在當地定居後,往往轉業經商,他們才是現有華人社區的眞正祖先。

　　很多漢語方言社區往往與印度語言社區比鄰,這些印度語言社區的形成過程與不少漢語方言社區不無相似之處,很有比較研究的價值。

三、海外漢語方言社區的由來和分佈

1.粵語社區的由來與分佈

　　十九世紀後半葉,在西方國家中,中國與英國的接觸較多,大量粵籍居民遠赴英國殖民地及其海外領土,包括澳洲、新西蘭、新幾內亞、新加坡、馬來西亞、緬甸、印度、南非、斐濟和加勒比海上的島國,有些後來又再次移民他處。例如:粵籍人士從香港移居瑙魯島,從馬來西亞及新加坡移居聖誕島和可哥島,從毛里求斯移居南非,也有跟英國人到日本橫濱通商而定居的。他們的移民方式跟印度人到其他英國殖民地或外國,包括早期青島、上海和香港,有不少相似之處。

　　掘金熱也是粵籍居民遠涉海外的重要動因之一,許多珠江三角洲的居民皆曾投入這股浪潮,先是到北美洲,接著到南非與澳洲。其他目標還包括建築鐵路與種植甘蔗。很多早期移民是以契約勞工身份,包括「賣豬仔」及奴隸,到北美洲建築跨洲鐵路,或到北美洲西

部的果園、古巴和其他加勒比海地方、南美洲、毛里求斯、南非和斐濟及其他海島的甘蔗園工作。十九世紀法國通過中南半島的殖民地也在廣東西部招收華工，導致大量華工在法國西印度洋殖民地落腳。

使用粵語的海外華人可以分成三類：

(1) 三邑（即南海、番禺、順德）人。這三個縣鄰近廣州省城，方言很接近廣州話，有些海外華人社團以南海人與順德人爲主，並設有南順會館，例如在加爾各答、毛里求斯、約翰尼斯堡等地。

(2) 四邑（即臺山、開平、恩平、新會）人。這四個縣在珠江三角洲西部，處於三邑之南。方言雖屬粵語系統，但四邑方言與三邑方言互通程度不高。

(3) 中山人。這個臨海地區在珠江口的西邊，處於澳門的北鄰。中山方言與標準廣州省城話很接近。中山人有時也包括龍都人與南郎人，他們的方言屬於閩語而與粵方言迥然不同。

一般來說，操粵語的海外華人包括大量的技工與小本商人，前者以三邑人較多，後者以中山人較多。這些社團的地位有一定的差別：三邑人可能因爲比較接近省城，或因爲有一技在身，常常在華人社區裏占比較重要的地位。三邑人多生活在經濟比較發達的城市或城市化地區。三邑話也往往成爲其他粵籍人士，甚至其他華人的共通語，例如在越南一帶、西馬來西亞的中部大城市吉隆坡、芙蓉、怡保與太平等地。相比之下四邑人聚居較多的地方在經濟地位上相對偏低，如緬甸、泰國、新幾內亞。

2.閩語社團的由來與分佈

使用閩語的海外華人可以分四大類：

(1) 閩南（主要有泉州、漳州、廈門）人。此三地有特別多的人移居海外，尤以南洋一帶爲最。有時也把閩南話稱爲福建話。

(2) 潮、汕地區（主要包括潮州、汕頭、潮陽及海豐縣和陸豐縣）人。這些沿海地區雖然行政上屬廣東省，但它們的語言、文化卻相當接近閩南。

(3) 海南（主要有文昌、定安、林高等地方）人。海南話雖然不能與閩南話或潮州話直接互通，但屬於同一方言系統，所以略加學習以後，互通的可能性就會很快提高。

(4) 閩北、閩東（包括福州、福清與莆田）人。人數比較少，其主要分佈在南洋一帶。這些方言很獨特，與閩南話或粵語迥然相異，不能通話。

閩籍居民有悠久的出洋歷史。在加爾各答、毛里求斯、南非等地的華人墳場與中華會館都可以看到他們艱苦奮鬥的歷史足跡，感受到他們早期開發當地的巨大貢獻。南非的早期閩僑來自荷屬爪哇，而印度的主要來自印度支那半島，可惜的是南非與印度閩籍社區已經不存在了。目前閩籍社團主要集中在南洋一帶，還有一些新興的臺籍閩語社團在美洲出現。

3.客家話社團的由來與分佈

使用客家話的海外華人可以分成兩大類：

(1) 來自廣東省東部（包括梅縣、大埔等縣）。這些人散居各處，地理分佈最廣，住地包括千里達、牙買加、夏威夷、大溪地、毛里求斯、加爾各答和南非。

(2) 來自福建省西部（永定、武平）。來自閩西的客家社區集中在南洋，他們多半與閩南社區比較接近，有時候也自認是福建人。

4.國語社團的由來與分佈（見鄒1988）

以國語（官話）為母語的海外華人不多。在國外，他們的社區主要在毗鄰中國大陸的地方，例如緬甸北部、泰國北部、印度東北部及中亞細亞地區、朝鮮以及日本。泰國與緬甸北部的華人社區用西南

官話，在加爾各答的少數官話社區主要來自湖北省，而俄羅斯「東幹」人社區用的東幹語與西北官話很相近。

近年來新加坡極力推動華語（即國語），因而促使新、馬一帶的年輕華人使用華語，可是以華語爲主要方言的家庭未見顯著增加。還有毛里求斯與南非的教育部也於近年接受「中文」爲中學會考科目，使華語在當地的地位提高不少，不過這一改變不足以促使大量華人家庭改用華語作爲家庭語言。

在美洲，由於近幾十年有大量臺灣移民定居，形成新興的國語社區，最顯著是南加州的蒙特利公園市與紐約市的「法拉盛」（Flushing）區。在南美洲巴西、阿根廷與巴拉圭交界的新興市鎮Ciydad、Presidente、Stroessner也開始有大量的臺灣商人與香港人定居。這些地方有可能形成三個華語社區：閩語社區、國語社區與粵語社區，它們最後會不會形成內聚社會或外附社會（詳見第四章第三節），尚待今後觀察。

在俄羅斯境內的東干族所使用的語言可以說是一種蘭銀官話。十九世紀後半葉中國西北地方回民起義，失敗後遷往俄羅斯，他們的後裔自稱「中原人」，說「中原話」。前蘇聯和日本學者稱他們爲「東干族」。東干族在國內的原居地是甘肅、陝西、新疆的吐魯番和伊犁，在境外聚居於哈薩克斯坦、吉爾吉斯斯坦和烏茲別克斯坦，1989年時約有七萬人口。各地東干話的語音系統基本上與西北官話相同，他們的文學語言是以甘肅官話爲標準音的，不過聲調已簡化，只有三個，目前使用的文字是以斯拉夫字母爲基礎的拼音文字[1]（胡振華1993）。

海外漢語方言社區大都是都語（multilingual）區，很多成員能

---

1 胡振華，〈中亞的東干族及其語言文學〉，載戴慶廈主編《跨境語言研究》（中央民族學院出版社，1993年）。

說一種以上方言或語言，這跟大陸方言區的一般情況不同。對於他們
來說只有某一種方言是母語，其他方言是後來學會的。比較各種方言
作為母語和非母語的使用人數，可以看出各種方言在華裔社區的不同
地位，見表5.1。

表5.1　海外各大漢語方言使用人數比較表（單位：百萬人）

		粵語	閩語	客家	官話	合計
A：母語+能說	估計最少	10.10	6.00	0.50	3.00	19.50
	估計最多	12.00	11.00	1.00	5.00	26.00
	平均	11.00	8.56	0.75	3.50	23.81
B：母語	估計最少	5.00	5.00	0.50	0.15	8.65
	估計最多	6.00	6.00	1.00	0.20	13.00
	平均	5.00	5.00	0.75	0.18	10.93
占總數的百分比		45.77	45.77	6.86	1.60	100.00
B 占A的百分比		45.45	58.82	100.00	5.00	

　　估計以粵語或閩語為母語的人口各有五百萬，各占以漢語為母
語的總人口的46%左右。估計以粵語為母語的人口為四百萬至六百
萬，加上粵語非母語而能說粵語的人口總共在一千萬至一千二百萬
之間。換言之，以粵語為母語的人數只占粵語使用者總人數的四成
半，就是說粵語並非大多數使用者的母語。至於閩語，59%的使用者
是以它為母語的，使用者主要是廈門人、汕頭人或潮州人。客家話與
粵語或閩南語大不相同，它的使用者幾乎都是以它為母語的，這就是
說，客家話大體上是本民系自用方言。此外，以官話為母語的人數只
占以漢語為母語的總人口的5%，但地位越來越高。

　　表5.2顯示在海外以漢語為母語的總人口估計在八百六十五萬

至一千三百二十萬之間，平均爲一千一百萬。海外華人（不包括港澳）總數約爲二千二百萬至三千萬。將這兩項數字加以比較，可知海外華裔社區的方言歸屬度平均大約是55%。必須指出的是上述資料僅僅是對整體的粗略估計，並不是對個別逐一統計的歸納。還必須強調，很多社區正處於同化過程的轉型階段，語碼替代現象非常明顯。總的說來，在一個社區裏，方言的歸屬度以老一輩較高，這裏的「老一輩」既指年齡較長，也指在社區生活時間較長。就社區所在的地點與語言歸屬度的關係而言，城鎮社區的歸屬度比鄉村高。上文述及的社會組織對維持語言歸屬度也有明顯的正面影響。此外，別的因素也有可能影響語言歸屬度，例如南非長期實行的種族隔離政策有利維持語言歸屬度。

　　下面將粵語、閩語和客家話在海內外使用的人數（見表5.2）和有關情況做些比較分析。

表5.2　海內外粵閩客方言使用人數比較（單位：百萬人）

地區	粵語	閩語	客家話
兩廣、海南	38	15	5
福建		21.60	4
臺灣		15.50	0.50
港澳	5.75	0.25	0.25
合計	43.75	52.35	9.75
海外（母語＋能說）	11.00	8.50	0.75
海內外	55.75	60.85	10.50
海外（不包括港澳臺）占海內外總數百分比	20.09	13.97	7.14
海外（包括港澳臺）占海內外總數百分比	30.54	39.85	15.29

　　由表5.2可知，粵語使用者約有20%居住在海外，閩語使用者則約有14%居住在海外。表中的閩語包括閩南方言、閩東方言和閩西方言，這些方言相互間的可懂度是很低的。估計在福建省的閩南方言使用者約爲一千萬，加上系屬上較接近的廣東省境內的潮汕方言使用者約一千萬，在中國大陸的閩語使用人數總共約二千萬。而在中國大陸以外的閩語使用人口爲二千四百二十多萬，比大陸內部的閩語人口多，而且光臺灣一地的閩語人口也比他們的祖籍福建多。因海峽兩岸生育政策不同，兩者的差距將會加大。

四、官話和粵語在海外的地位

　　從社會語言學的角度來看，中國大陸傳統的社會語言可以分爲三層來分析。官話是全國性的「頂層語言」，就一個地區來說，「高層語言」就是通行整個地區的強勢方言，各地的小方言則是「低層方言」。目前的實際趨勢是「三層減略爲兩層」，也就是說儘量把地區性的高層語言的語用領域讓位給頂層語言，這種趨勢與多年來大陸的推廣普通話的語言政策有關。關於語言的語用分層第二章第二節已深入討論。

　　頂層語言在中國境內歷來是官話，但是對海外的方言社區來說，卻不是官話。在絕大多數社區，官話不是母語，而是一種引進的「外來」語。如果硬要提高官話的地位，把它當作頂層語言，就會引起原有的社會語言系統的困擾，而達不到最終目的。

　　如果海外華人社區並不通行官話，而在中文學校裏用官話作爲教學媒介，常常引起不良後果。因爲這些社區沒有足夠的社會和文化環境來維護官話，這樣做不但會加重學生的負擔，而且可能適得其反，促使年輕人乾脆放棄學習和使用漢語，進而使他們在文化認同上也發生變化，甚至在民族認同上也有所改變。

　　上文提到官話和粵語的非母語使用者都比母語使用者多，究其原

因，並不相同。母語和非母語使用者人數的差異，就官話而言，主要是因爲官話在海峽兩岸、新加坡、聯合國具有官方地位，並且在第二次世界大戰後，官話已經在一些社區裏成爲教學語言。可是值得注意的是，以官話爲母語的社區在四種方言社區中是最少的，以它爲母語和會說的人數也遠遠少於粵語和閩語。還有，有能力使用官話的人數實際上可能比估計的還要少。在中文學校裏念過書的人常常自認爲能使用華語，但是實地調查所得資料表明，許多人對華語只能程度不同地達到被動的理解；他們在與說官話的人對話時，必須借助粵語、閩語或客家話來回答；在加爾各答、南非和越南這種現象是很常見的。

從母語和非母語的比率來看，官話的地位與影響力是最大的，這與官話被定爲官方語言有極大的關係。但是如果從母語使用人數、非母語但會說的人數和分佈地域這幾個角度來看，官話的功能不比其他方言大。以母語人數來說，官話跟其他方言相差數倍至三四十倍，估計全世界華人中還維持漢語方言爲母語的人，七十個之中只有一個以官話爲母語，而以粵語或閩語爲母語的人十個裏就占了九個多。

從地位與功能方面比較，可與官話分庭抗禮的，大概只有粵語。相對於閩語、客家話而言，粵語是強勢方言，除了官話以外，粵語的社會語用領域最廣泛。在海外有的社區，有些中文學校還保留粵語作爲教學語言，例如在北美、澳大利亞和越南。在許多海外華人社區，粵語就是共同語，例如越南的西貢（今名胡志明市）、馬來西亞的吉隆坡和怡保、北美的多個唐人街，包括其中最大的紐約、溫哥華和舊金山唐人街。在這些社區以粵語爲母語的人通常只會說粵語，而以其他方言爲母語的人往往兼通粵語。

粵語在海外的至高地位是與粵語在香港的地位分不開的。香港在中國和海外華人社區之間一向扮演重要的仲介角色。粵語長期以來在香港是英語之外的官方語言，在立法、執法和行政方面都兼用。在

教育方面，粵語口語是唯一從小學到大專學校都通用的教學語言。在
國際航空服務方面，在漢語各種方言中，除了用官話作爲廣播語言以
外，許多航空公司也用粵語，甚至有些航空公司只用粵語。正因爲如
此，粵語在香港的基礎和地位十分穩固。還有，香港的大眾傳播事業
非常發達、成功，粵語電影、電視節目和流行歌曲在海外華人社區備
受歡迎，從而推動了各社區對粵語的認識和使用。

五、方言社區的語言標誌

　　有不少漢語方言社區通過與其他語言或方言的接觸，形成了獨
特的群體內部的語言標誌。各社區成員根據這些語言內標，可以分
辨、認同各自的社區。這些標誌常常是獨特的詞語，是從其他語言
或方言引進的外來詞。例如「小木棍」在一些越南的漢語方言社區
裏變成了來自法語的batong，這個詞在香港稱爲「士的」，借自英語
stick。馬來語的roti，在馬來西亞的漢語方言社區裏普遍取代了「麵
包」這個固有詞。在東南亞一帶的「南洋華語」裏有原來在漢語裏不
讀入聲的字，也讀成入聲（Kubler 1985），例如「剃頭」的「剃」
變讀入聲。再看幾個見於歐洲華人社區的例子：

　　　　試比較英國Tyneside粵語和香港粵語的兩個詞[2]：

	英國粵語	香港粵語	英語
浴室	bafong（bath＋房）	saisanfong（洗身房）	bathroom
酒	toijau（table＋酒）	jau酒	table wine

再比較法國巴黎的溫州話和中國溫州話的三個詞：

2 Li Wei, Three Generations, Two Languages, One Family, *Language Choice and Language Shift in a Chinese Community in Britain*, Multilingual Matters Ltd., Clevedon, 1994.

	巴黎溫州話	中國溫州話	法語
公共汽車	bøy s　（法語譯音）	goŋ dʑy tshɿ tsho（公共汽車）	bus
地鐵	mi thu（法語譯音）	dei thi（地鐵）	metro
法國	ho la sei（法蘭西）	ho kai（法國）	France

　　這四個詞彙很明顯是從英語和法語借入的。

　　這樣的演變，假以時日，也可能形成新的語言變體或新的小方言。英語的情況就是這樣，海外英語方言社區的歷史比海外漢語方言社區的歷史長，現在已經公認的有美式英語、澳大利亞英語、印度英語、西印度群島英語、星馬英語等。海外或境外的漢語已經成為新方言的只有「東干語」，「南洋華語」和「臺灣國語」雖然已經出現了一些內標，但是還沒有被公認為是新的語言變體。

　　以上的資料是根據上世紀八十年代的資料統計的結果，近二三十年來又有大量中國人移居海外，海外漢語的人口數量、民系、語言種類、共同語、社區等又有了新的進展。

1.華人及華語使用人口數量激增

　　尚缺全面的統計資料或估計資料。據泛泛的觀察，各大洲的華人都明顯增加。例如澳洲的華人據近年的調查，已增至一百萬。新增了許多新的華人社區，例如義大利中部的Prato（普拉托），是溫州人聚居的城市；紐約的Brooklyn（布魯克林）、Flushing（法拉盛）、多倫多的East Chinatown（東華埠）等。

2.民系結構及語言種類大變化

　　非廣東人、福建人和客家人近三十年多來大量移民海外，改變了華裔人口結構，但無統計資料。

3.普通話替代粵語、閩語等成為強勢語言，並有進一步成為海外華人

社區的共同語（lingua franca）的傾向。改革開放以來移居海外的中國大陸居民，把他們原有的「共同語」普通話帶到海外，極大改變了華裔的語言結構。

4. 人口地理和語言地理格局變化

近三十年多來人口地理和語言地理變化有三大特點：一是出現新的華人社區，例如義大利的普拉托；二是在老華埠的附近出現衛星華埠，例如曼哈頓的東哈萊姆（East Harlem）、法拉盛的艾滸（Elmhurst，或譯為艾姆赫斯特）、布碌崙的本生滸（Bensonhurst，或譯為本森社區、賓臣墟）和U大道（Avenue U）、多倫多的東華埠（East China town）等；三是散居，例如移居海外的上海人多散居在不同的社區，他們的內聚力遠不及廣東人、福建人或客家人。教育程度較高的新移民或經濟地位較高的老移民也刻意落戶華埠，或漸漸離開華埠。

5. 簡體字漸趨流行

雖然繁體字仍是主流，印刷品、政府告示基本用繁體字，即使是新近的移民所開設的商店，招牌和菜單之類，也是基本用繁體字。例如法拉盛的一家上海小吃店，老闆和店員都是來自上海的新移民，但是正式印刷的菜單，卻全是繁體字。不過已有少量的新移民開設的商店招牌或菜單已採用簡體字，手寫用簡體字更為普遍。可以說簡體字已有流行端倪，繁體字和簡體字有並存並用、自由競爭的傾向。

六、語言接觸和文化同化

在海外長期居住的華人難免與當地的語言和文化接觸，進而與當地文化融合，甚至發展到被完全同化。由於各種因素，主要包括移民是否陸續到來、種族、文化和宗教上的差異、移民的主要職業、居住環境等，同化的情況與過程，會因時因地而異。就語言能力而言，

海外華人可以分為三類：A. 只會說漢語方言的華人。B. 漢語方言與當地語（非漢語）兼通的華人。C. 只會說當地語言（非漢語）的華人。

　　一般而言，同化的過程可分為五個連續的階段，由最初的「作客期」蛻變到最後的「融合期」。第八章第一節將深入討論這一話題，這裏先略而述之。各階段具有如下特徵：

(1)「客居期」：華僑社群裏主要只有會說漢語的華人，他們的心態是把自己視為客居異地，想在適當的時候從「僑居地」回到原居地，初期的移民，或第一代移民常有這樣的心態（以A類為主）。

(2)「聚合期」：雙語現象開始出現，同時會說方言與當地語言（非漢語）的華人逐漸增加，但人數比不上只會說漢語方言的華人。這些社團裏的成員主要是為了生活，開始適應他們群體之外的語言和文化。當移民的子女開始上本地學校並且能夠掌握當地語言，甚至以當地語言回答父母的問題，這就形成相當典型的聚合期（A類多於B類）。

(3)「過渡期」：使用雙語的華人數目增加到比只會說漢語的華人或只會說當地語言（非漢語）的華人還要多（B類多於A類或C類）。

(4)「混同期」：雙語人數比只會說當地語言的華人多，同時只會說當地語言的華人比只會說方言的華人多（B類多於C類，而C類又多於A類）。

(5)「融合期」（或同化期）：只能說當地語言的華人比只能說漢語的華人與能操雙語的華人多（C類多於A類及B類的總和）。

　　從語言行為來看，這五個文化同化上的分期也有顯著的社會語言特徵：

(1) 「語言移借」：從當地語言吸收大量詞彙，創造音譯的借
　　　詞，用來表達新的概念或事物。

(2) 「語言替代」：用來自當地語言的新詞來替代漢語裏原有的
　　　詞。

(3) 「語訊交替」：在句子裏或句子與句子之間交替使用漢語與
　　　當地語言。

(4) 「雙重語言」：可以適當地運用漢語與當地語言。

(5) 「殘餘干擾」：除了在特別場合裏摻用極少數的漢語詞彙
　　　外，只能用當地語言。有時候還保留一些華人的「口音」。

　　語言與文化融合過程的五個階段是互相對應的。從婚姻方面也
可以看出一種與之相應的趨勢，就是在第一階段到第五階段的同化過
程，一般情況是先有同族聯婚，而發展到同時出現同族聯婚與異族通
婚的現象，最後發展到差不多全為異族通婚。

練習與思考

1. 語言演變與社會、文化有什麼關係？社會發展是不是語言演變的唯一
　　原因？為什麼？

2. 漢語方言在地理上的擴散與中國社會、文化有什麼關係？

3. 海外華人的文化同化，一般要經過哪些階段？

4. 歷史行政地理與方言地理有什麼關係？

第六章
基於語料庫的社會語言學研究

社會語言學常用的研究方法是定量分析和概率統計。而定量分析和概率統計需要蒐集大量的語料，作為分析的基礎。社會語言學自上世紀六十年代掀起以來，蒐集語料和定量分析的慣用方法是人工調查和人腦統計。近年來產生的語料庫語言學（corpus linguistics），為社會語言學帶來嶄新的研究工具，不過社會語言學界至今利用電腦語料庫的研究成果還不多。本章著重討論電腦語料庫和「視窗」式研究方法，對於比較研究不同社區的詞彙及其演變的優越性，並介紹基於電腦語料庫的四個相關課題的研究成果。

第一節　各地中文異同比較和共時語料庫

華語文及其背後的中華文化，歷史悠久，地域遼闊，人口眾多，本來就千姿百態，而近一個多世紀以來，隨著社會的發展、經濟和文化中心格局的變遷、華人僑居世界各地的倍增，在不同地區使用的現代漢語書面語又有了新的特色。將這些不同地域的漢語進行對比研究，無論從社會語言學的角度還是從實用的角度來看，都是很有意義的。

一般人都以為各地華語文具有相當高的一致性，也就是說，要是能認得相當數量的漢字，或者會說普通話或國語，就可以和其他華語文地區居民自由溝通，這種看法與事實有一定距離。只要翻看各地出版的中文報紙和雜誌，或者與其他華語區人士交談，立即會覺得上述觀點不妥。國內和海外各地華語文在詞語上存在不少差異，除了方言

因素外，主要是由於受外來文化影響衍生的新詞不同。

　　社會的變革和時代的發展，必然會在語言的變化上體現出來。香港和澳門在回歸祖國之前長期由歐洲人管治，第二次世界大戰後，中國和國際上的一些巨大政治變動，導致了新的華語地區形成，新加坡1965年獨立以後，漢語提升爲官方語言之一。在這些不同地區，當地華人的母語和官方語言多不相同，因爲受不同文化背景和政治實體的影響，同時在相當長的一段時期內相互缺乏交流，所以漸漸形成了各具特色的華語文。造成各地華語文差異的主要因素是一些詞彙，而這些新詞在各地現代漢語的詞彙重整（re-lexification）中，漸漸取代舊詞，成爲現代漢語的一個相當重要的組成部分[1]。

　　近年來，在社會語言學和中國語言學的領域內，對於不同地區使用的漢語的比較研究，已經取得一些成果。雖然這些成果大都屬於紀錄性或描述性的比較和泛泛的討論，而缺乏全面的語料、計量研究和系統比較，並未提供詳細的論證資料以及更有價值的綜合結論，但是也提出了許多很有意義的理論和實際問題。比如新的語言形式有多少？是如何產生的？在中國大陸境內有什麼獨特的語言變化？海外各地區的變化又如何？它們相互之間的變化關係怎樣？各地華語文之間的互懂度有多高呢？爲研究解決這些問題，就需要有一個涵蓋各地區並具備相當數量的共時語言資料庫，以供研究者用足夠的語例來做全面的、資料性的研究分析和探討。

　　研究詞彙與研究語音、語法又有所不同。一種語言中的語音或語法系統是封閉性的，找一個合適的發音合作人（informant），來提供語音和語法資料，如果問題表（questionnaire）或調查專案得當，所得的資料可能有較高的代表性。但是詞彙是開放性的，難以窮盡

1　鄒嘉彥（2000），〈A Window on Re-lexification in Chinese〉，載《語言變化與漢語方言》（李芳桂先生紀念論文集）（臺灣中央研究院語言學研究所和華盛頓大學合編）。

的，詞彙牽涉社會生活可以說是全方位的。從個人或少數人蒐集的語料，其代表性令人懷疑。尤其在社會變革劇烈的年代和不同文化頻繁接觸的時代，更是如此。詞彙變化本來就比語音和語法快，在這樣的時代變化更快。如果研究者採用自身反省、推理的方法來探討一個語言現象，難免有遺漏。如果採用隨機抽樣的實地調查方法，簡單地把結論延伸到整體，也往往缺少說服力。不過，如果我們把焦點放寬，以一個群體的語言現象的總和做對象，就會使結論較為可信。現代資訊科學為社會語言學研究提供了更為有利的、方便的條件，使我們有可能處理大量的群體語言資料，也可以有計畫地按照自己的意圖去抽樣。

可以用於比較研究的語言資料，新聞報章是相當合適的，尤其是那些在當地有代表性的受歡迎的綜合性報章，它們能最直接、最迅速地用書面語言傳送現實社會及大眾所關注的資訊。也正是由於這個原因，這些報章文字也最能反映其時其地讀者所處的社會及其讀者所使用的語言。

基於上述認識，香港城市大學語言資訊科學研究中心於九十年代建立了稱為LIVAC〔Linguistic Variety in Chinese communities（中文各地區語言異同）〕的共時語料庫。語料庫蒐集對象是香港、澳門、上海、新加坡和臺灣的報紙，每四日選定同一天的報紙。內容包括社論、第一版的全部內容、國際和地方版的主要內容以及一些特寫和評論。每天所蒐集的份量約為兩萬字左右，從1995年7月至2014年年底為止，LIVAC語料庫已處理5.5億字。積累並持續提煉出二百多萬詞條。她所蒐集的各地語用資料可供各種比較研究，並有助於資訊技術發展和應用。有了這個語料庫，就可以就不同的專題，選取相應的資料，把它們展現在一個「視窗」內，既可以在同等可靠的客觀條件下，觀察到同一時期不同言語社區的群體語言使用情況，又可以觀察到同一言語社區不同時間的群體語言使用情況。

　　我們曾提出「視窗」式語言研究方法這一構想，並付諸實施，結果十分理想。我們採用定時間定地點的「視窗」式抽取語料的方法，把同一個鏡頭對準同一時限各群體的語言現象，獲得較為全面的文字資料及豐富的詞例，據此進行全面的統計分析。「視窗」式的語言研究方法是社會語言學研究方法的新嘗試。它無疑是十分可取的，是大有潛力的。

第二節　中日及滬港語言互懂度研究

　　此項研究在方法上與第四章介紹的上海話、廣州話和普通話的互懂度研究有四點不同之處：⑴所用的是三十天視窗內各地對等的、實際使用的新聞語料，這些語料具有鮮活性、共時性，能反映現實語言使用狀況；⑵所考查的詞彙不是詞彙表上孤立的詞彙，而是實際使用的有上下文的詞彙；⑶所選擇的是有關同一類事物的詞語，雖然詞語的總量並不很大，但是一個詞族裏的成系統的所有詞語，顯得更有可比性，可以從同一個角度反映中日及中文五地間的語言文化差異；⑷著眼於雙向比較，探討互懂度是不是可以互逆，即參加對比雙方，甲方對乙方的可懂度，是不是與乙方對甲方的可懂度一致。

　　除了將日語與中文五地詞語做比較外，還選取了中文五地中較有代表性的上海、香港二地做比較。具體的做法是查閱視窗中三十天（中文方面還查閱了一年視窗、兩年視窗）的資料，從兩個不同的方向，將相同、相近、相異的詞語進行分類統計、分析。然後計算出各項所占的比率，從而得出雙向的可懂度數據。下面分別介紹日文詞和中文詞的互懂度研究、上海方言詞和香港方言詞的互懂度研究。

一、中文和日文新詞的衍生和詞彙重整

　　下面我們以「車」類詞為例，利用語料庫，比較研究中文和日文

裏新概念詞語的衍生特徵，以及在發展過程中詞彙重整的規律。

　　首先爲這個專題設計一個「視窗」。我們所利用的是1996年12月至1997年1月三十天間，五個使用漢語的地區（香港、澳門、臺灣、新加坡、上海）的報章資料和日本《朝日新聞》報章資料（日本通訊網路電子資料）。我們所選取的是「車」這個「詞族」，它有悠久的歷史，在東亞可以追溯到遠古時代[2]；而它又在不斷地更新，由現代車文化發達的西方陸續輸入種種新的種類和樣式。況且，車與現代人的生活緊密相關，是生活中不可或缺的，因此它在各地新聞媒介中的出現頻率也相當高。由於日本的汽車科技與工業發展甚至於已經超過西方國家，到了青出於藍而勝於藍的階段，我們也可以從中探討語言如何反映與適應這種社會文化的演變。在這一詞族中，我們既可以看到傳統的詞、後來衍生的新詞，又可以看到還處於吸收改造過程中的不穩定的詞語。所以選擇「車」類詞語作爲著眼點來考查詞彙衍生與重整，是較爲理想的。

　　經過從上古到當代的歷史積累，「車」類詞已經成爲一個龐大的詞族。如果查閱較大的辭書，其種類之繁多，總數之龐大，甚爲可觀[3]。而這裏我們只是就共時「視窗」中出現的詞語進行研究。先看一些資料統計。

　　我們對中文五地及日本三十天間所出現的「車」類詞進行檢索統計，中文共有三百五十三個有關「車」的詞彙，日文共有一百六十六個。「車」類詞語的種類數（表上略稱「詞種」）、分佈及其出現的

---

2 E. G. Pulleyblank, *The Chinese and Their Neighbors in Prehistoric Times*, The Origins of Chinese Civilization edited by David N. Keightley, University of California Press, Berkeley, Los Angeles, London, 1983。
　　譯文刊游汝傑《中國文化語言學引論》（修訂版）（上海辭書出版社，2003年），頁269-334。

3 日語《廣詞苑》第四版（CD-ROM版）中收車字開頭詞一百三十四個，車字尾的詞四百個。中文新《辭海》合訂本收車字開頭的詞五十多個，《現代漢語逆序詞目》收車字結尾及居中的詞十四個（當然這些數目中均含有部分與交通工具無關的詞）。

頻率見表6.1。

表6.1　日、中車類詞語種類數及頻度對比表

地區	詞種	詞頻
日本	166	2094
香港	144	1184
澳門	129	1094
上海	166	1180
臺灣	95	431
新加坡	114	823

　　日本與中文五地中香港、上海的詞頻大致相同，但日文的詞頻比中文地區高出將近一倍。這說明中日「車」的種類不相伯仲，而各地詞頻大相逕庭可能另有原因[4]。

　　日文與中文有關「車」類詞的另一不同之處是：中文全是漢字詞，而日文中有漢字詞、漢字＋假名詞、純假名詞三類。漢字詞一百一十八個，詞頻一千七百六十二次；假名＋車十七個，詞頻七十九次；漢字＋カ（カ即英文car的音譯寫法）三個，詞頻七次；純假名二十八個，詞頻二百四十六次。這是由於日語在最初引進外來文化時，尤其是明治時期（十九世紀末二十世紀初），全都找適當的漢字詞來意譯，而後來（尤其是二戰以後）又改用片假名書寫，致使

4　中文五地中臺灣的總詞數和詞頻都明顯地少於各地，其原因還有待究明，但有可能和新聞抽樣的內容有關。如果擴展「視窗」到一年，則詞標可增加到六百三十三個，到兩年，則詞標可增加到九百零九。雖然數量增加了，但與本文所提出的分析結果，沒有太大的差異。此外，另一個原因是，由於所利用的中文報章資料為抽樣標本，故總字數少（平均每日為二萬多字），而日文方面的資料則為每日全部資料，故總字數相對較多（互聯網每日平均字數在三萬多字），另外，是否可以考慮車類事物與文化在日本社會生活中往往引發較多的新聞事件。

日語和漢語的外來概念詞差異加大，這一點在下文還會提到。

這些「車」類詞有些是在中文（五地）和日文共同出現的，有些則是其中的五地，或四地共同出現的。下面分別對各地間相同的詞及其原因進行論述和分析。

中文五地與日本都出現的，共四個：車、車輛、列車、貨車，屬於較基本的詞彙。日文裏的這些詞與中文同義，並且也屬高頻詞。車、車輛作為有輪的運輸工具，遠古時代東方即已有之，而「列車、貨車」則是十九世紀末從西方引進這些事物後產生的譯詞。

日文和中文五地中任何一地或幾地都出現的，共十六個，見表6.2。

表6.2　日文與中文共同出現詞語表

序號	詞　語	地　區					
		日本	香港	澳門	上海	臺灣	新加坡
1.	車	758	127	142	233	52	62
2.	車輛	30	40	63	49	30	44
3.	列車	19	19	10	41	4	7
5.	停車	14	2	1	5	5	6
5.	貨車	1	23	17	17	4	10
6.	下車	1	11	3	11		4
7.	車輪	1	3	4	5		1
8.	馬車	1		2			1
9.	車種	22			1	1	
10.	車庫	1				1	
11.	單車	1	33	1	1		

序號	詞　語	地　區					
		日本	香港	澳門	上海	臺灣	新加坡
12.	電車	19	7	1	5		
13.	三輪車	1			5		
15.	小型車	2		2		1	
15.	飛車	1*	1				
16.	車座	1*				1	

　　表6.2上的詞語中日字形完全相同，但是意義有的相同，有的不完全相同，大體有以下幾種情況：

(1)「車、下車、停車、列車、貨車、車庫、車種、車輛、車輪、馬車、小型車」等，亦屬早期譯詞或一般詞語，與中文同義。這類詞有些出現頻率相對較高，如「車、車輛」等。車，由於其可以泛指所有的車，所以在單獨使用時，頻率特別高。尤其在日本，家用小車常常稱之為「車kuruma」，所以，車單用的頻率特別高。

(2)「電車、三輪車、單車」等，亦屬早期譯詞，但與中文涵義略異。「電車」，在日語中指電力發動的行駛於鐵道的列車；而中文多指行駛於城市街道的無軌或有軌的電力發動車，類似於大型「公共汽車」。「三輪車」，在日本過去也指與中國相同的三輪車，而現代卻多指兒童用的小型三輪車，有的也將「摩托三輪車」省作「三輪車」。「單車」，指的是「摩托車」，中國有的地區指「摩托車」，有的地區則指「自行車」。

(3)「車座、飛車」（以上表中加了*號以示其特殊性）等，則與中文形同而義不同，日語的「車座」意為像車輪樣坐為

一圈，即圍坐。「飛車」爲下棋時用的術語，意爲「丟車保
卒」，日常生活用其比喻義。

　　以上各類中，還是以⑴類爲多，反映中日最基本的詞語從古到今
一致性的一面；後二類則反映二者在使用和發展中的變異，尤其是日
文中一些詞語的特殊用法。

　　日文中，有些詞與中文的詞極爲相似，只是用字即詞符有微細差
別，如「大車」—「大型車」、「車身」—「車體」等。下面舉出十
個。諸如此類的差別，在中文五地之間同樣存在，見表6.3。

表6.3　中、日相似詞語舉例

	中文					日文
大車2	香港1	澳門1	大型車3			
車身9	香港6	澳門2	上海1		車體4	
洗車房1		澳門1			洗車場1	
廢棄車1			臺灣1		廢車3	
前導車1				新加坡1	先導車1	
私家車103	香港59	澳門44			自家用車3	
公車9[5]			上海1	臺灣8	公用車6	
警車24	香港8	澳門4	上海9	臺灣1 新加坡2	警護車1	
肇事車1			上海1			事故車3
宣傳車2				新加坡2	宣傳力1	

　　日文與中文地區之所以出現這一類相似詞，是因爲漢字詞語可以

---

5 公車，在臺灣指公共汽車而不是公用車。

用同義或近義詞素（複音詞的一個字）組合而成，在中文地區內部也有這一類相似詞。日語和漢語是兩種不同的語言，但是用漢字造詞的時候，會有相同的趨向，這反映中日漢字文化的一致性[6]。

　　爲了觀察中文五地間用詞的異同，下面我們將在這五地共同出現詞彙列出（見表6.4），並加以分析。

表6.4　中文五地共同出現詞語表

序號	詞語	詞頻	序號	詞語	詞頻
1.	車	616	13.	車站	39
2.	汽車	409	15.	轎車	38
3.	車輛	226	15.	卡車	37
4.	駕車	103	16.	車主	35
5.	車禍	94	17.	消防車	35
6.	列車	81	18.	救護車	31
7.	火車	77	19.	坦克	31
8.	貨車	71	20.	火車站	24
9.	停車場	56	21.	停車	19
10.	車廂（車箱）	49	22.	裝甲車	15
11.	車牌	45	23.	車速	15
12.	客車	45	25.	軍車	10

　　中文五地同時出現的詞語共二十四個，大多數是比較傳統的舊詞

---

6 值得注意的如「宣傳車」和「宣傳カー」不同，後者反映日語中漢字假名夾雜組詞這一特殊情況，反映了日語裏也輸入了模仿英語car的發音，以及日本社會接受西方文化的趨向。不過中文裏也可以見到少數模仿英語的詞，如卡車，處理的方式相同，只是詞符不同。

或是早期翻譯的詞，如：

　　「車、車輛、駕車、停車、車主」等屬於前者，「汽車、火車、火車站、列車、車禍、車站、車速、車牌、卡車、轎車、客車、車廂、貨車、停車場、軍車、裝甲車、消防車、救護車」等屬於後者。這些詞語是輸入西方的「車」文化之後產生的，大都是早期翻譯的，也有的是後來從「車」衍生出來的詞語。

　　從詞頻上來看，處於高頻的詞語有兩類：一類是基本詞語，如「車、汽車、車輛、火車、駕車、貨車」；另一類是「車禍、停車場、車牌、車站」，這些詞的高頻率反映了現代社會因汽車增多而造成交通事故增多，以及因車文化發達而建立的必要的秩序。

　　還值得注意的是「坦克」與「坦克車」兩者同時出現，顯然「坦克」一詞，是由「坦克車」演變而來的。而不是先有「坦克」，後有「坦克車」。為什麼呢？大概是因為當初坦克車是一種新事物，所以有必要用「車」注明它是一種戰車，經過一段時間瞭解、熟悉之後，覺得沒有必要再用「車」注明。於是理所當然地向雙音節演變。外來詞與現代漢語其他詞彙一樣都有雙音節化的趨勢，這種情況也反映了詞彙重整的層次。

　　另外，中文五地中的四地共同出現的詞共十八個。與五地共同出現者相比，傳統詞與舊詞已經減少，只有「下車、乘車」等，較多的是「巴士、巴士站、摩托、吉普車」這樣的音譯外來詞。

　　有些詞只在某一個地區出現，在別的地區不出現，各自反映了一定的社會文化背景。如在上海的同期語料中，「巴士、巴士站」不出現，「電單車」只出現了一次，這說明「巴士、巴士站」這一類音譯詞在上海使用還不夠普遍，還不能取代上海原有的「公車」這個詞，因為「巴士」是來源於香港的語言文化。「空中巴士」沒有在臺灣的同期語料中出現，也是同樣的道理。

　　以上列舉了中文與日文相同與相近的詞語，同時也列舉了中文五

地或四地相同的例子，用以說明各地用詞的一致性，這反映中文五地具有共同的語言和文化背景。這些詞彙在日語裏的出現率略少，但也不同程度地反映了漢字文化的共同根基。

下面看一看「視窗」內各地獨有詞的資料，並加以分析。

先看一看中文和日文各自獨有的詞。 日文共有一百六十六個獨有詞，其中有四十八個是假名加漢字的詞，自然爲獨有詞。其餘一百一十八個漢字詞，除了表2所列共同出現詞十六個之外，有一百零二個爲獨有詞；包括上述一些極爲接近的詞；不過也有沒有在「視窗」出現的完全相同的詞，暫不討論。

這些獨有的詞有以下特點：

⑴ 音譯詞多，如：バス（basu）、タクシ（takushi）、マィカー（maikaa）選舉カー（kaa）等；日語的音譯詞，用片假名書寫，既省事，又接近外語原詞的發音，而且在日本人自己的感覺上，似乎用假名書寫時，更現代化一些，更國際化一些。比如私人車一詞，說「マィカ」比說「自家用車」要符合時尚一些；就好像到了飯店，要米飯時，說「ラィス」比說「御飯」（ごはん）要感覺洋味一些一樣。再比如，說「車用品」（くるまうひん）雖然誰也明白，但商店提示版上還會用「カー用品」這樣的詞。對西方人學習日語來說還是音譯的片假名詞比漢字詞更受歡迎。而對日本的老年人和中國人學日語來說，正好相反，認爲難懂難記，怨言連聲。然而，日語中音譯外來概念的方法已經完全固定下來，不僅新的外來概念用片假名，連原來有日語詞或意譯詞的概念也改用音譯片假名詞，如「車」又說「カー」：「駐車」現又說「バーキング」（paakingu）等等。從車類詞語的總體來

看，外來語的詞語中音譯所占的比例，占到40%左右[7]。

(2) 車牌名多，如：本田車（Hondasha）、トョタ車（Toyota-sha）、フォード車（Foudosha）等。這是否反映日本汽車業發達，已到了成熟的階段，所關注的不僅是代步的工具，而且還有車的牌號呢？值得注意的還有，不僅外國的車牌用片假名書寫，日本生產的車牌名有時也用片假名書寫，如「豐田車」又寫作「トョタ車」、「本田車」又寫「ホンダ車」，這種情況大概也反映了日本人國際化心理，因為這些車牌已經成為國際知名的商標。用假名書寫時，或許有一種站在國際舞臺而不是僅僅面對日本市場的心理吧。

(3) 高科技詞語多，如カーナビゲーション（kaanabigeishon）、ソーラーカー（souraakaa）、レシングカー（reshingu-kaa）、レジャー用車（rv）等，如果說日語生活用語中假名外來詞增多是一種時尚，那麼高科技方面的用語則完全是為了儘快地與世界尤其是西方接軌。在這一點上不能不說用假名寫外來語有其方便快捷的長處。但這也就形成了日語新詞理解的社會問題，所以日語的外來語詞典不得不無限增多。僅筆者所接觸到的就有二十種以上，比漢語的三五種多得多。

(4) 新創車種多，如：「國際戰略車、圖書館車、土足嚴禁車（禁止穿鞋上的車）」等，而「最新式試作車、モデル車

---

7 我們曾統計一些辭書。《漢日常用生活詞彙》（丁夏星1990）收車類詞五十八個，其中意譯二十七個，占46.55%，音譯二十個，占34.48%，意譯、音譯二者兼有六個，占10.34%，意譯＋音譯（如遊覽車＝觀光バス）五個，占8.62。又《英和／和英中詞典》CD-ROM版（竹林滋等1994）收車類詞（以CAR為檢索條件）五十六個，其中意譯三十四個，占60.71%，音譯十六個，占28.57%，意譯音譯兼有五個，占8.93%，意譯＋音譯一個，占1.79%。而《英漢大詞典》（陸谷孫1995）中與此相應的五十六個詞，除了「碰碰車（bumper）」以外，幾乎全是意譯。因為以car來檢索，所以不含有バス〈bus〉之類的詞。

（moderusha模型車）」，這反映發達的汽車工業不斷推出新產品。

(5) 反映行車秩序的詞多，如：「車規制、車檢、犯行車輛、駐車違反、駐車禁止、事故車、降車口」等。日本車多、道路相對狹窄。爲儘量減少交通事故，對車的限制相對也較爲嚴格，這些詞在某種意義上反映這一社會背景。

中文五地共有的三百五十三個詞中，在日語裏沒有出現的有三百三十七個，也有很多大同小異的詞，另有些在「視窗」沒有出現的詞。

中文的獨有詞，與日文比較，主要特點是意譯多而音譯少，而且音譯的詞也全用漢字書寫。中文五地之間又有一些各自的特色，下文將會較爲詳細地分析各地的特色。

中文五地共有詞語三百五十三個中，有二百零九個（香港四十五、澳門三十、上海七十三、臺灣二十二、新加坡三十九）只在一地出現，這些各地單獨出現的詞，除了個別屬於偶然外，大都可以反映當地同一時期的某些社會文化背景和語言特徵。

在香港單獨出現四十五個詞反映出香港語言文化的以下幾個特點：

(1) 「小巴、巴士線、城巴、旅遊巴、校巴、綠巴」，這些詞將「巴士」簡略爲「巴」與別的片語合起來表示一個概念，已廣泛使用。這種情況與其他地方有所不同，可以說反映香港巴士文化的特色，反映「巴士」在香港已成爲基本詞語，也反映香港社會的英語環境及創新意識。

(2) 「尾班車（或尾站）」、「上落車」等反映香港的方言特色。另外音譯詞「巴士」、「的士」的「士」及「的士」的「的」，也是按方言發音選取的。因爲在北方「的」不是入聲，「士」字多讀捲舌音shi，其語音與英文相去甚遠。

⑶「的士業」之類的詞，在某種程度上也反映了香港在交通事
　業方面的特徵。

　　澳門單獨出現的詞語共三十個，其中「房車賽、賽車場、車
手、賽車會」等，反映澳門所獨有的賽車文化。「空巴」一詞可以歸
根於香港影響，是從「空中巴士」省略而來的，可謂青出於藍，因為
在香港「視窗」中至今尚未出現「空巴」。

　　上海獨有詞語七十三個，在中文五地中最多，所反映出的特點可
以歸納如下：

⑴「三輪車、自行車棚、候車室、騎車人、售票車、公車票」
　等反映大眾民生文化。

⑵「送水車、公車、便民車、服務車」則一定程度上反映了社
　會體制的特徵。這與香港等地相比，形成鮮明的對照。

⑶「送款車、運鈔車、運金車」這些詞也似乎反映了金融事業
　與新的市場經濟活躍的狀況。

⑷「空調車」反映了車內設空調在內地屬於新事物，因為並非
　所有的車都有空調，而在香港、臺灣等地普遍有空調，無須
　特別加以形容、區別。

⑸「打的」一詞為上海獨有，實際是源於中國大陸北方，在北
　方這是使用極為普遍的詞語。這是一個動賓結構詞。北方將
　「的士」省略為「的」；「麵包的士」稱為「麵的」；甚
　至有「板的」（出租板車）；「摩的」（出租摩托車）；
　另外，還有「的哥、的姐」（指開「的士」的男、女駕駛
　員）；「打的」（或「打出租」）即乘「計程車」。北方話
　單用「巴士、的士」很少，而「公車」、「計程車」的說法
　已根深柢固。在上海方言口語裏「計程車」稱為「差頭」，
　「乘計程車」稱為「乘差頭」。「打的」在口語裏幾乎不
　用。為什有些地方用音譯詞「的士」，有的地方用「計程

車」？這裏所涉及的理論問題，還可進一步研究。

臺灣單獨出現詞語共二十二個，五地中最少，有一些特點或可歸納如下：

(1) 「主戰車、輕戰車、敵戰車」，這些詞反映了「視窗」內的所關注的事物與戰爭有關方面的內容比起其他地方多。

(2) 「賓士」是德國名牌豪華車Benz的中文商標，與其他地方不同，它可以有這樣的涵義：「貴賓、紳士所使用的」，可謂音義兼顧，是商務翻譯的傑作；北京直接叫「奔馳」，著重它行駛的雄姿與速度；香港叫「平治」；澳門叫「平治車」，是簡單的音譯詞。

新加坡單獨出現詞語共三十九個，所反映的特點如下。

(1) 「巴士車、新巴」等反映新加坡文化對香港文化的吸納。

(2) 「牛車、車路、包車、腳車、腳踏車」等反映了新加坡文化與鄰近發展中國家文化的交融。

(3) 「德士（即計程車）、羅厘（運貨的卡車，英式英語lorry）」，這些音譯詞頗具特色，因為採用當地方言的語音。閩南話「德士」為[teksi]有入聲，與英語taxi接近，反映方言特徵。

總之，新加坡的車類詞語反映地處東南亞的一種混合文化的特色。

在語言的詞彙系統中，可以有本民族固有詞與外來詞之分，而外來詞又可分為各種類別的譯詞。在「視窗」中所看到的「車」類詞語，也同樣可以分出這些類別。為了探討詞彙衍生的一些規律，下面將對各地詞語進行較詳細的分析和比較。

首先分出本族詞和譯詞二類，本族詞即指「馬車、車道、下車」這一類本民族固有的詞語，以及「轉車、擠車、車線、土足嚴禁車」等這樣一些按慣常的構詞方式創造的新詞語。譯詞指不論用哪種

方式翻譯的表示外來概念的詞，如：「裝甲車、的士、選舉カー」
等。

　　將中文（五地）和日本的車類詞語按上述兩類分別計算，結果見
表6.5。

表6.5　有關「車」類詞的詞語分類比較

地區	總詞數	本族詞		譯詞	
		數量	百分比	數量	百分比
日本	166	76	45.78%	90	55.22%
香港	144	61	42.36%	83	57.64%
澳門	129	60	46.51%	69	53.49%
上海	166	81	48.79%	85	51.21%
臺灣	95	46	48.42%	49	51.58%
新加坡	114	57	50.00%	57	50%

　　由表6.5我們發現中文五地及日本外來概念譯詞均約占50%或以
上。譯詞自然是詞語衍生的方式之一，譯詞之多，和現代的「車」這
類事物多源於西方有關。

　　為了詳細考查這一類衍生詞語在各地所反映出的不同傾向，我
們將譯詞分為意描、摹譯、音譯、音譯意譯混合及音譯加注這些類
別，再分別對各地譯詞進行統計分析。

　　譯詞分類如下：

　　A類為意描、摹譯詞，如：「救護車、裝甲車、搭載車、自轉
車」等。

　　B類為音譯詞，如：「羅厘、的士、バス（basu）、タクシ
（takushi）」等。

　　C類為音意混合詞，如：「巴士站、的士業、バス停、カー用品」等。

　　D類指音譯義注詞，如：「卡車、摩托車、ワゴン車（wagon）、ポンプ車（ponpu）」等。

　　各地總詞數減去本族詞數等於譯詞數，各地各類譯詞占各地譯詞總數比率見表6.6。

表6.6　譯詞分地分類所占比率比較表

地區	詞數	A		B		C		D	
日本	90	42	46.6%	27	30%	19	21.11%	2	2.22%
香港	83	60	72.29%	15	18.07%	3	3.61%	5	6.02%
澳門	69	58	85.05%	3	5.35%	4	5.79%	4	5.79%
上海	85	72	85.70%	3	3.53%	5	5.88%	5	5.88%
臺灣	49	40	81.63%	3	6.12%	3	6.12%	3	6.12%
新加坡	57	47	82.46%	4	7.02%	3	5.26%	3	6.12%

　　A類純意譯詞（包括意描、摹譯）的比率由高到低的順序為：

　　①上海＞②澳門＞③新加坡＞④臺灣＞⑤香港＞⑥日本

　　而從數字來看，前四地在81%至85%之間，相差不遠。香港72.29%，比中文前四地明顯低10%左右。日本最低，為46.67%，不到一半。這反映了中文五地基本以意譯為主，其中香港略低；日本則不是以意譯為主。

　　B類純音譯詞的比率，由高到低順序為：

　　①日本＞②香港＞③新加坡＞④臺灣＞⑤澳門＞⑥上海

　　這類的日本詞全用假名書寫。同時反映出漢語雖然沒有像日語那樣專用的字體（字元），也同樣可以用音譯來吸收外來詞。

A類和B類排序結果正好相反，說明各地對意譯或音譯取向不同。即，純意譯以上海、澳門為最多；而純音譯則以日本為最，香港次之。

一般來說，音譯最為直接、簡單，而意譯則較為緩慢。日語因有片假名直接記音，方便簡單，所以改變了早期從古漢語中找適當詞語的意譯法，越來越多地運用音譯。當然這也和日本一向積極接受、引進西方文化的歷史傳統有關。香港音譯詞多則不能不說與香港社會長期處於英語漢語並用的狀態有關。上海與之相反，意譯最多，這可以說代表更廣大的漢語地區，一方面可能是由於中國大陸相當長的時期沒有對外開放，另一個更主要的可能與漢語本身向心力強的特點有關。日文中的漢字本來就是借自中文，後來又有了假名這樣的表音文字。如果說漢字是日本語言文字的基礎、軸心，那麼，日本在處理外來概念詞的時候，融入軸心的力度要顯得弱些。而相對來說，中國的漢語文字系統在處理外來概念詞時顯示的特徵，則是融進本民族的詞彙系統、即其軸心的吸引力要大一些。換言之，可以說，音譯傾向強的向心力弱，而意譯傾向強的向心力強。

我們從詞彙重整的角度考查「視窗」內的車類詞，發現日文中用幾個不同的詞表示同一個概念的情況大大地超過中文。如日語中私人汽車這一概念，有「自家用車」、「マーカー（car）」等說法。再如：乘用車、カー（car）；電動二輪車、單車、オートバー（auto + bicycle）、バイク（bike）；車庫、ガレージ（garage）；運轉手（汽車司機）、ドライバー（driver）；駐車場、パーク（park），上文介紹日語音譯詞時也舉過幾個同類例子。

據我們統計，日文的車類詞語中大約有近30%的新概念詞有兩種說法。相反，漢語中同一概念有幾種不同說法的情況，如「公共汽車、巴士」；「計程車、的士」；「坦克車、坦克」；「摩托車、摩托、電單車」；「卡車、貨車、羅厘」等，大概不到10%。這說明日

文的重整度比中文要高。而在詞彙重整中所顯示出來的特點，日語幾乎都是由意譯到音譯，而漢語則似乎與之相反，以由音譯到意譯爲主流，間或也有從意譯到音譯的。當然，在中文五地的橫向擴散中，尤其是近年來隨著華語各地區的交往和交流的增加，由意譯到音譯的現象也是有的。如「公共汽車」—「巴士」，「計程車」、「計程車」—「的士」等，由「巴」和「的」構成的車類詞語已有相當的地位，也大有抗衡和取代之勢。諸如此類，都有待深入觀察和研究。

二、香港方言詞和上海方言詞的互懂度對比分析

　　研究方法與上一節有所不同。我們先將兩種方言的詞語各自分爲四類：

　　⑴ 兩地共同出現的詞；

　　⑵ 兩地共有的詞（雖然不見於三十天視窗，但是見於放大的視
　　　　窗）；

　　⑶ 兩地中僅一地有，但對方可懂；

　　⑷ 僅一地有而對方又不懂。

　　根據上述分類原則進行統計，結果發現香港和上海之間的互懂度也不是對等的。香港人瞭解上海詞語的程度，不如上海人瞭解香港的詞語多。下面分別加以說明。

　　香港共有詞語一百四十六個，上海共有詞語一百六十六個，二者共同的詞有五十五個，占兩地平均數的34.55%。五十五個共同詞語中，未發現詞義有別者。

　　僅在香港出現的詞有九十一個，僅在上海出現的有一百一十一個。其中，大部分可以互懂，只有少數不能互懂。分類舉例如下：

　　⑴ 有的是兩地都應該有的詞語，只是在這一視窗中兩地都沒有
　　　　出現，如火車、火車頭等；

　　⑵ 有的詞義對方可以猜出，如香港的巴士線、尾班車、私家車

（上海叫自備車，未出現）、泵水車、救傷車、櫃車等，上海人可以猜出。上海的沖洗車、自行車等，香港人可以猜出。

⑶ 香港方言詞語中，上海或內地人看不懂的有：上落車、木頭車、民車、吊臂車、吊雞車、地車、房車、溶架、泊車仔、豬籠車、單車徑、九巴。

⑷ 上海方言詞語中，香港人看不懂的有：土方車、巨龍車、打的、差頭、車扒、車巡、麵包車、飛虎車、起步價、彩車、掛車、單機車、殘的、搬場車、黃魚車、過山車、壓縮車、翻斗車、助動車、鐵廂車、車斗、拉臂車、定位車、服務車、運草車、平板車、 車客渡、車風、宿營車。

根據上述分類資料，上海和香港兩地詞彙的互懂度，可以按以下幾個資料計算：

⑴ 兩地共有詞有五十五個，占香港一百四十四個的38.19%；占上海一百六十六個的34.13%。

⑵ 雖未共同出現，但雙方均有或可猜出者：香港爲七十七個，占54.48%；上海爲七十九個，占47.59%。

也就是可以反過來說：上海人對香港方言詞語不懂率爲8.33%；香港人對上海方言詞語不懂率爲19.28%

由此可見上海人對香港詞語瞭解得多，而相對來說香港人對上海瞭解得少。這種不平衡、不對稱的情況不是預知的，原因是什麼呢？語言擴散的方向是否決定於文化、經濟等層次的高低呢？詞語擴散的方向是不是從文化、經濟較發達的地區擴散到較不發達的地區？換一角度說，是否有可能香港詞語流行廣，許多已進入上海，上海人耳熟能詳，而上海詞語打進香港文化的比率相對來說要低些呢？

爲了方便對比，我們將兩組數值列在表6.7中。

表6.7 中—日、港—滬可懂度比較總表

	項目	中→日	日→中	滬→港	港→滬
1	形義皆同	44.06%	24.51%	38.19%	34.13%
2	相近可猜	34.90%	27.76%	54.48%	47.59%
3	總可懂度	78.96%	52.27%	92.67%	81.72%

*表中的箭頭，表示可懂度的方向，即「從……看……」。

　　從上表我們可以看到：在中文和日文、上海和香港的兩組對比中，其可懂度從中文看日文高於從日文看中文，上海看香港高於從香港看上海。其可懂度是不相等的，也就是說，不可簡單地認為兩種語言或方言的互懂度，與比較的方向無關，只需要是單一的資料。事實上，因比較的方向不同，可懂度也不同，可懂度是不可互逆的。考慮到近代以來與西方交流的實際情況，以及經濟、文化發展的情況，我們覺得這種可懂度的不平衡，與經濟、文化的擴散方向有關。

三、各地中文詞彙重整的幾個特點

　　綜上所述，我們可以得出以下幾點結論：

1.各地具有以漢字為紐帶的共同文化根基。

　　中文五地有著共同的漢語、漢字文化；中日兩國從漢代以來，就有共同的漢字文化。日語雖然不是漢語方言，但是因其移植了漢字文化，並接受了漢語的詞語，至今日語中的「詞幹」仍然是用漢字漢語表達的。因此我們可以說，中文五地自不必多說，就是中日二語也有著共同的源，共同的根。「視窗」中有不少中文五地、乃至中日六地共同出現的詞。「車」一詞，就是六地所共有的詞語，而且在中文五地及日語中，都是頻率很高的詞。在《朝日新聞》中僅「車」以及用「車」組成的複音漢字詞就有一千七百六十二個，比在中文五地中

出現頻率較高的香港和上海還要高出約30%。當然這與所抽取的新聞資料的數量有關，同時，大概跟日本的交通資訊在新聞事件中所占的比率也有關，但是仍可見漢字詞語在日本語言中根深柢固之一斑，即使在西洋文化的猛烈衝擊下，還是保持優勢的地位。共同的漢字文化，是賴以比較中日詞語的基礎。

2.各地不同的歷史背景造成新概念詞的分歧。

　　社會處在不斷變化發展之中，每一種語言及其詞彙系統也在不斷變化發展。地理的分隔，歷史風雲的變幻，文化背景的差異，可以引起語言在一定程度上分化。中文內部及其與日文之間，在詞彙方面本來有更多的相同或相似之處，隨著時代的推移，在西方外來文化大量湧入的情況下，各自在不同的文化背景下沿著不同的方向向前發展，呈現出了諸多的分歧。在中文五地及日本都有一些在別的地方不出現的詞，造成分歧的具體原因，簡單地說，是日文中有假名，可以用片假名來書寫部分外來詞；中文五地中有些地區英語漢語兼用；有的地區相對而言與外界交流較少；另外，對於外來新概念詞各地處理的方法不同。所以，雖然自古同出一源，但是今天卻不完全同流。例如：「車」是一個同根的詞，但是英語的「bus」一詞，今天卻有「公共汽車、公車、公交車、巴士、乘合自動車、バス等多種不同說法。

3.日文詞彙重整率高，中文詞彙重整率低，中文各地相互影響大、移用多。

　　詞彙重整主要是指詞語在發展演變中不斷地改變詞形或者詞義，淘汰舊詞或衍生新詞的過程。據我們對「視窗」中的日語和漢語詞語考察的結果，日語中一個概念用兩個以上詞表達的占到30%以上，而且大都是先有意譯詞，後來又衍生出音譯詞，這大概和日本社會追求國際化的心態有關，在日本不同的場合使用不同的詞，這種現象是常見的。

　　漢語中就每一個地區而言，一個概念用兩個以上詞表達的較少，實際不足10%。但是同一個詞在不同的地區有不同的說法，相對而言較多一些，而且隨著近年來各地交流增多而相互影響、擴散，如上文詳細分析的「巴士」、「的士」兩組詞語便是典型的例子。由這兩組例子中，我們可以看出，中文在詞彙重整中所表現出來的三個特點：

(1) 各地間新詞橫向相互擴散；

(2) 擴散的速度因詞而異；

(3) 由意譯變爲音譯，除「巴士、的士」外，還有其他例子，如洗髮水、護髮素又叫「香波shampoo、潤絲rinse」等。由此我們也可看出，中文在詞彙重整中，也有追求國際化的一面，並採用更精確的「音義兼譯」的方法。

第三節　當代漢語新詞的多元化趨向和地區競爭

　　國內和海外各地華語文在詞語上存在不少差異，除了原有的方言詞彙以外，主要是由於受外來文化影響衍生的新詞不同。這些新詞在產生的初始階段，大都有多種不同的形式，從而呈現多元化傾向。這些不同的形式在產生之後即開始競爭在當代漢語的地位，因受社會、文化條件和語言內部規律的制約，其結果是有的形式使用頻率趨高，有的形式使用頻率趨低，甚至廢棄不用，有的形式始終只用於某一地區，也有相持不下，並行不悖的。將這些在不同地域產生的新詞進行比較研究，無論從社會語言學的角度還是從實用的角度來看，都是很有意義的。

　　近年來，在社會語言學和中國語言學的領域內，對於不同地區使用的漢語的比較研究，已經取得一些成果。雖然這些成果大都屬於

紀錄性或描述性的比較和泛泛的討論，而缺乏全面的語料、量化研究和系統比較，並未提供詳細的論證資料以及更有價值的綜合結論，雖然也提出了許多很有意義的實際問題。比如表達同一個新的概念，詞彙形式有多少？是如何產生的？在中國大陸境內有什麼獨特的語言變化？海外各地區的變化又如何？它們相互之間的變化關係怎樣？各地華語文之間的互懂度有多高呢？但是還缺乏有關語言發展方向、速度、起因等方面的理論建樹。爲進一步研究這些問題，就需要有一個涵蓋各地區並具備相當數量的共時語言資料庫，以供研究者用足夠的語例來做全面的、資料性的研究分析和探討。

　　本節所依據的語料即取自上述語料庫，包括與下述六地報紙相關的語料：北京、上海、香港、澳門、臺灣、新加坡。時間跨度爲1995年7月至2001年6月。

　　當代漢語的新詞，除了各地新產生的方言詞彙以外，大都是受外來文化影響所產生的外來詞，以及由這些外來詞衍生的詞彙。本文選擇其中一些常見的外來詞作爲主要的研究對象，也涉及幾個方言詞。

　　對「外來詞」（loan word）有狹義和廣義兩種不同的理解，因此也有兩種不同的研究方向，詳見第六章。本節採用廣義的觀點來尋求和研究當代漢語中的外來詞。

一、新詞地區分佈的統計

　　我們調查分析了四十二組，一百五十七個新外來詞，以及五組，二十三個帶方言特徵的詞彙。使用頻率的升降是衡量詞彙競爭力的尺度，所以本文的統計以詞彙在各地的使用頻率作爲基礎。本文將每組詞彙調查結果的有關資料列成一張表格，表心是每一個詞在每一地出現的頻率占總頻率的百分比。例如，「電子郵件」在各地出現頻率的百分比如下：香港14.67%，澳門18.31%，臺灣10.06%，新加坡

22.94%，上海23.34%，北京10.66%。表的右端所列是每一個詞在六地出現的次數占本組全部詞出現頻率的百分比。詞彙的排列以百分比的高低爲序。

二、各地新生外來詞的競爭和發展趨勢

1.新外來詞始生的多元化傾向

　　一個新的外來概念輸入初期在不同地區，甚至同一地區往往有兩個或多個詞彙來表達。例如internet共有十二個相對應的外來詞（見表6.8）。除了「英特網」只用於上海外，每一個詞都用於兩個以上地區。其中「互聯網」在香港最常用，「網際網絡」在新加坡最常用，「因特網」、「互聯網絡」和「信息網」在北京最常用，「網際網路」在臺灣最常用，「國際網絡」在澳門最常用，「交互網」在北京最常用，「交互網絡」在上海最常用，「訊息網」在北京和臺灣都常用，「國際網」在香港最常用。

表6.8　「互聯網（internet）」在各地的使用頻率

序	詞語	香港	澳門	臺灣	新加坡	上海	北京	頻率	總%
1	互聯網	43.48	14.12	0.65	21.29	10.34	10.12	100.00	49.35
2	網際網絡	0.43	0.53	0.21	98.72	0.00	0.11	100.00	20.09
3	因特網	0.00	14.24	0.00	0.17	40.17	45.42	100.00	12.65
4	互聯網絡	11.84	25.99	0.00	1.32	25.66	35.20	100.00	6.52
5	網際網絡	4.95	15.90	78.45	0.71	0.00	0.00	100.00	6.07
6	國際聯網	13.73	68.63	6.86	6.86	0.98	2.94	100.00	2.19
7	信息網	4.21	4.21	1.05	3.16	28.42	58.95	100.00	2.04
8	交互網	0.00	0.00	0.00	0.00	45.83	54.17	100.00	0.51

序	詞語	香港	澳門	臺灣	新加坡	上海	北京	頻率	總%
9	英特網	0.00	0.00	0.00	0.00	100.0	0.00	100.00	0.21
10	訊息網	0.00	12.50	37.50	0.00	12.50	37.50	100.00	0.17
11	國際網	33.33	16.67	16.67	0.00	16.67	16.67	100.00	0.13
12	交互網絡	0.00	0.00	0.00	0.00	75.00	25.00	100.00	0.09
									100.00

2.方言詞彙在不同地區之間互相滲透

在不同地區產生的新詞在地區之間往往互相滲透。例如「的士」本是港澳粵語詞，今北京和上海也用。「計程車」本是臺灣閩語詞，今香港、澳門、新加坡也用，見表6.9。「泊車」（park）本是港澳粵語，今新加坡、上海也用。「拍拖」本來是粵語，今臺灣、新加坡也用。「資訊」本是海外漢語，今大陸也用。只有「德士」僅用於新加坡，「差頭」僅用於上海（舊時上海的計程車按時付費，二十分鐘爲「一差」，「一差」意謂「出一次差」。故稱計程車爲「差頭」）。方言詞彙的地域界線越來越模糊。

表6.9　「的士（taxi）」在各地的使用頻率

序	詞語	香港	澳門	臺灣	新加坡	上海	北京	頻率	總 %
1	的士	58.48	38.63	0	0.13	2.86	0.9	100	40.24
2	出租車	1.76	2.4	0.24	0.8	85.35	9.45	100	22.5
3	德士	0	0	0	100	0	0	100	21.76
4	出租汽車	1.03	1.29	0	3.09	80.93	13.66	100	6.99
5	計程車	4.59	4.32	88.3	3.78	0	0	100	6.66

序	詞語	香港	澳門	臺灣	新加坡	上海	北京	頻率	總 %
6	小車	8.84	9.8	2.94	3.92	53.92	21.57	100	1.84
7	差頭	0	0	0	0	100	0	100	0.02
									100

3.新詞有從南向北擴散的傾向

近二十年來，以外來詞爲主的新詞大都始用於港臺，然後向北擴散到大陸。這些新詞擴散的方向其實即代表時尙擴散的方向。

「埋單」本是港澳粵語詞，今臺灣、北京、上海也用，書面形式改爲「買單」，這是「俗詞源學」的一個佳例。此詞源自粵語「埋單」（也寫作「孖」），因爲「買」和「埋」讀音相同，「買單」在字面上也較容易理解，遂將「埋單」寫作「買單」。舊有的詞彙「結賬」各地仍用，見表6.10。

表6.10 「買單」在各地的使用頻率

序	詞語	香港	澳門	臺灣	新加坡	上海	北京	頻率	總%
1	結賬	11.76	13.45	11.76	14.29	40.34	8.4	100	70.41
2	買單	3.45	3.45	51.72	10.34	24.14	6.9	100	17.16
3	埋單	65	15	0	5	15	0	100	11.83
4	買單費	0	0	0	0	100	0	100	0.59
									100

其他如「寫字樓、巴士」等。「寫字樓」始用於港澳地區，上海和北京本來不用，今臺灣也用，新加坡少用，今上海使用頻率比北京高。新詞「寫字樓」和原有的詞「辦公樓」的使用比例，上海爲18.7%：82.3%，北京爲11.5%：88.5%。「寫字樓」僅指「商務用的

樓宇」，政府機構辦公用的樓宇仍稱「辦公樓」。

4.新詞演變有三種狀態

第一，競爭已結束，某種形式已占優勢。如「峰會、歐元、黑客」，這三個詞的使用頻率大大超過與之相對應的「高峰會議、最高級會議、歐羅、黑客」。「summit meeting」港臺最初譯爲「高峰會議」，後來縮減爲雙音節的「峰會」，大陸最初譯爲「最高級會議」，近年來轉用港臺譯法。見表6.11。

表6.11 「峰會」（summit meeting）在各地的使用頻率

序	詞語	香港	澳門	臺灣	新加坡	上海	北京	頻率	總%
1	峰會	27.88	6.81	3.82	55.07	2.79	3.63	100	87.11
2	高峰會議	11.78	14.81	73.4	0	0	0	100	12.68
3	最高級會議	0	20	0	0	20	60	100	0.21
									100

第二，勢均力敵，尚不分勝負。如「快遞、速遞」；「卡通、動畫」。除臺灣只用「快遞」外，其餘五地都是「快遞」和「速遞」並用，六地綜合統計，「快遞」和「速遞」的使用頻率不相上下，見表6.12。發展趨勢，誰勝誰負，有待時日，難以預料。

表6.12 「快遞」（express mail）在各地的使用頻率

序	詞語	香港	澳門	臺灣	新加坡	上海	北京	頻率	總 %
1	速遞	43.09	20.21	0	6.38	29.26	1.06	100	54.18
2	快遞	11.32	5.03	49.69	3.77	17.61	12.58	100	45.82
									100

　　第三，井水不犯河水，可能長期對立。如「乳酪、芝士」，「笨豬跳、蹦極」。類似的例子還有三文治、沙發、恤衫、雪櫃。「笨豬跳」或「蹦極」都是音譯外來詞，源自英語bungy，指一種從高處懸空跳下的運動，運動員須用安全帶繫住腳踝。「笨豬」兩字據粵語讀音[bn⁶ti¹]譯出，見表6.13。造成這種對立現象的主要因素是方言。

表6.13　「蹦極」（bungy）在各地的使用頻率

序	詞語	香港	澳門	臺灣	新加坡	上海	北京	頻率	總 %
1	蹦極	0	0	0	12.5	87.5	0	100	27.59
2	蹦跳	10	0	0	10	80	0	100	34.48
3	蹦豬跳	27.27	72.73	0	0	0	0	100	37.93
									100

5.上海地區對外來文化和外來詞的相容性比北京強

　　文化「相容性」（compatibility）是制約詞彙輸入的最重要的因素。文化「相容性」包含親近（accessibility）、投合（agreeability）、熟悉（familiarity）三層意思（鄒、游2001）。上海地區對外來文化的向來比北京強，所以港澳臺地區產生的時尚新詞也較容易為上海地區吸收。

　　「髮廊」始用於珠江三角洲，上海和北京本來不用，今臺灣少用，新加坡也少用。今上海大量使用，頻率超過原有的詞「理髮店」三倍，並且派生出別地不用的「髮廊女」和「髮廊主」兩詞。今北京也用「髮廊」，但頻率偏低。上海的頻率超過北京甚遠，見表6.14。

　　「打工仔」本是粵語地區流行的詞，在上海和北京與之相對應的詞本是「民工」，今也用「打工仔」，上海用得比北京多。

表6.14　「髮廊」在各地的使用頻率

序	詞語	香港	澳門	臺灣	新加坡	上海	北京	頻率	總 %
1	髮廊	8.16	9.18	0	2.04	78.06	2.55	100	69.01
2	理髮店	12.33	5.48	9.59	6.85	58.9	6.85	100	25.7
3	理髮室	0	100	0	0	0	0	100	0.35
4	髮廊女	0	0	0	0	100	0	100	2.82
5	髮廊主	0	0	0	0	100	0	100	1.06
6	髮廊妹	100	0	0	0	0	0	100	1.06
7	髮廊業	0	100	0	0	0	0	100	0.35
									100

　　始用於港澳粵語的詞彙，上海與香港的接近率遠遠超過北京與香港的接近率，見表6.15。以「寫字樓」為例，設此詞在香港使用一百次，那麼在上海的使用次數為14.78次，在北京的使用次數為8.86次。平均起來算，始用於港澳粵語的詞彙在上海的使用率為22.1%，在北京的使用率僅為7.72%。

表6.15　港澳粵語詞彙在上海和北京的使用頻率

港澳粵語詞	香港 %	上海 %	北京 %
寫字樓	100	14.78	8.86
打工仔	100	59.93	5.79
埋單	100	38.51	0
的士	100	10.76	3.75
巴士	100	25.1	2.12
太空船	100	5.59	0

港澳粵語詞	香港 %	上海 %	北京 %
太空人	100	6.9	0
泊車	100	29.08	14.52
電郵	100	8.91	0
光碟	100	7.52	7.14
程式	100	17.49	7.86
伺服器	100	7.53	0
菲林	100	4.73	0
速遞	100	81.53	6.04
的士高	100	6.11	0
迪士尼	100	5.51	0.63
沙律	100	24.62	0
三文治	100	0	27.66
峰會	100	21.35	26.4
電腦	100	87	56.09
高球	100	32.9	10.66
拍拖	100	3.64	0
安全套	100	10.36	0
%（總計）	100	22.01	7.72

　　外來詞「秀」（show）始用於臺灣，目前也還是在臺灣的使用頻率最高，為三百二十一次。這個詞或類後綴雖然在大陸各地都用，但是以上海地區的使用頻率最高，有五十二次，構成的新詞最多，有十四個，即作秀、選秀、脫口秀、做秀、模仿秀、玫瑰秀、時

裝秀、猛男秀、內衣秀、狀元秀、泳裝秀、鑽石秀、大選秀、談話秀。

6.新詞的音節數目有趨簡的趨勢

　　新詞的音節數目有趨簡的趨勢，即音節少的形式競爭力強。例如「電腦」始用於臺灣和港澳，「計算機」始用於大陸。目前「電腦」的使用頻率在上海和北京都超過「計算機」，見表6.16。用「電腦+後加成分」構成的詞語有五十九個，其後加成分是：化、卡、史、臺、局、狂、系、店、性、房、板、版、狗、盲、股、亭、型、城、室、屋、界、科、員、展、庫、書、桌、班、站、紙、迷、商、族、組、通、部、章、單、報、椅、街、費、業、節、罪、署、網、廠、熱、課、學、戰、燈、館、營、鍵、蟲、類、體。但用「計算機+後加成分」構成的詞語只有十四個，其後加成分是：化、仔、局、系、房、所、室、界、班、業、網、課、賽、類。「電腦」比「計算機」的結合能力強得多。

表6.16　「電腦」（computer）在各地的使用頻率

序	詞語	香港	澳門	臺灣	新加坡	上海	北京	頻率	總 %
1	電腦	21.22	15.92	13.96	25.33	15.97	7.6	100	82.19
2	計算機	2.19	19.89	0.92	1.48	37.38	38.14	100	15.41
3	電腦化	19.56	15.56	12.44	43.56	3.11	5.78	100	1.77
4	電腦室	30.36	30.36	0	35.71	3.57	0	100	0.44
5	電腦屋	0	0	0	0	90	10	100	0.16
6	計算機化	0	40	0	0	60	0	100	0.04
7	計算機室	0	0	0	0	50	50	100	0.02
									100

「電子郵件」也有將被「電郵」取代的趨勢。

「颱風」的正式名稱四音節的「熱帶風暴」於近年推出，但是至今仍不能勝出兩音節的舊詞「颱風」。

雙音節詞加上一個後綴或類後綴構成一個新的三音節詞，這是當代漢語新詞構成的重要途徑，「2+1」也比「3+1」更符合漢語的音步特徵。

音節數趨簡的例子還有：

電冰箱 → 冰箱

流動電話／行動電話／手提電話／隨身電話／無線電話 → 大哥大 → 手機

出租汽車 → 出租車 → 的士／差頭

桑塔納車 → 桑塔納 → 桑車

公共汽車 → 公交車 → 巴士

最高級會議 → 高峰會議 → 峰會

高爾夫球 → 高爾夫 → 高球

筆記本電腦／便攜式電腦 → 手提電腦／袖珍電腦

外來詞的雙音節傾向由來已久，下面舉些國名的例子：美利堅 → 美國，法蘭西 → 法國，德意志 → 德國，英格蘭 → 英國，「荷蘭、印度、瑞士、波蘭」因為已是雙音節，故不必稱為「荷國、印國、瑞國、波國」，而「印度尼西亞」因為是多音節，故常簡稱為「印尼」。今稱「桑塔納車」為「桑車」，與以前稱「法蘭西」為「法國」，原因相同。

三、華語各地區新詞接近率比較

香港和澳門之間的接近率是最高的，這是很容易理解的，因為兩地的方言相同，都使用粵語，並且交流也非常頻繁。

新加坡和臺灣都有閩語的方言背景，但是新加坡還是與港澳比較

接近，而與臺灣較爲疏遠。這可能是因爲當代的新加坡與港澳的交流
更多。

　　始用於港澳粵語的詞彙，上海與香港的接近率遠遠超過北京與
香港的接近率，但是綜合起來看，與港澳臺的接近率，上海略遜於北
京。上海的報章詞彙還是有相對的獨立性。見表6.17。

表6.17　華語各地區新詞接近率比較表

加權	香港	澳門	臺灣	新加坡	上海	北京
香港	100.00	58.60	44.29	50.65	29.39	33.09
澳門	58.60	100.00	39.39	48.34	40.41	41.96
臺灣	44.29	39.39	100.00	41.81	31.06	38.76
新加坡	50.65	48.34	41.81	100.00	38.44	37.82
上海	29.39	40.41	31.06	38.44	100.00	54.28
北京	33.09	41.96	38.76	37.82	54.28	100.00

未加權	香港	澳門	臺灣	新加坡	上海	北京
香港	100.00	55.63	47.33	53.12	29.37	37.36
澳門	55.63	100.00	39.63	46.77	37.36	40.26
臺灣	47.33	39.63	100.00	49.01	34.00	46.59
新加坡	53.12	46.77	49.01	100.00	41.88	45.29
上海	29.37	37.36	34.00	41.88	100.00	54.25
北京	37.36	40.26	46.59	45.29	54.25	100.00

第四節　報刊詞彙和社會文化演變

一、新聞媒體與社會文化

　　一個地區的社會文化發展傾向及其演變，可在當地的新聞媒體上找到蛛絲馬跡。一方面新聞媒體緊貼瞬息萬變的社會動態，將各種各樣的資訊即時地帶給受眾，另一方面新聞媒體為了滿足受眾的要求，獲得受眾的歡迎，從而維持和發展發行量，也必須反映受眾的觀點，兩者是相輔相成的。所以媒體在一定程度上反映了社會文化的發展傾向。因此，要考察一個地區的社會文化，當地主要媒體或暢銷傳媒便是一個很好的客觀對象。

　　媒體對新聞內容的取材和報導、新舊詞語的流行和消亡、讀者對各類新聞的關心程度及興趣的變化，等等，都可以作為研究一個地區的文化傾向的參考。而其中有關新聞人物及地名的見報率是一個十分重要的指標，因為絕大多數新聞都與人物、地點有關。所以，新聞人物及地名在報刊上的出現頻率，可以反映出編者及受眾關注哪一方面的新聞，對哪一方面的社會動態感興趣，從而反映出當地社會文化走向。例如香港和澳門的中文報章人名和地名見報率可視為港澳地區華人社會文化發展趨勢的一個風向標。

　　由香港城市大學語言資訊科學研究中心開發的「LIVAC共時語料庫」，取材自香港、臺灣、北京、上海、澳門及新加坡六地有代表性的中文報紙，以及電子媒介上的新聞報導，選取同日語料，提供前所未有的「視窗」式共時比較研究。「LIVAC共時語料庫」其中一項詞語指針是「各地新聞名人榜」和「地名榜」。「名人榜」是每兩星期對各地的主要傳媒統計一次，分別排列出各地見報率最高的前二十五位新聞人物，並在網上公佈，稱為名人「雙週榜」。而「地名榜」的統計方法類同「名人榜」（網址http://www.rcl.cityu.edu.hk/livac/

chinese/index.htm）。

　　詞義的變化往往反映社會文化的演變。「今非昔比」這個成語的基本詞義是指「現在比不上過去」，兩岸三地用法的差別很有意思，先看一下中國大陸的用法：

　　例1：沙鋼已今非昔比，成為江蘇冶金行業第一家省級集團。

　　例2：先鋒村用發展生產和節省的吃喝費辦了公益事業，使先鋒村發生了今非昔比的變化，一幢幢磚瓦房替代了過去的茅草屋。

　　例3：他親眼看到了中國電影今非昔比的製作水準和精湛的藝術品質。

　　這些大陸的語用例子有一個言外之意的共同點，就是表達褒義。但是同樣「今非昔比」在臺灣及香港就可以常常見到相反的貶義了，如：

　　例1：周邊環境今非昔比，儘管集團一再促銷，出租率仍然不佳。

　　例2：客隊主力流失，實力今非昔比。

　　例3：宏觀調控緊縮銀根，銀行獲利已今非昔比。

　　這種語用差別的變化反映兩岸三地社會文化的差異和演變。個中原因是什麼呢？

　　先比較一下過去十幾年兩岸四地的媒體報導所見貶褒義用法的實際差別，見表6.18。

表6.18　1995年至2013年「今非昔比」褒貶義在各地使用比率

今非昔比	褒 %	貶 %	無法識別 %
香港	19.6	76.8	3.6
臺灣	28.6	64.3	7.1
北京	78.6	16.7	4.7
上海	54.1	35.1	10.8

　　從表6.18可以看到每一個地方的褒貶用法不是絕對的，然而可以看到主導性的傾向和其他地方的差別。

　　以下圖6.1把兩岸四地的用法綜合起來以便展示全面的比較。

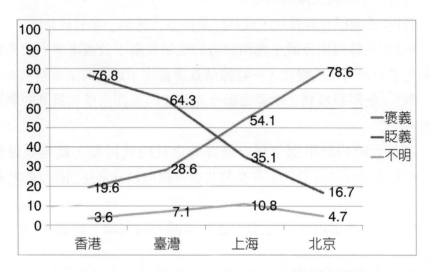

圖6.1　1995年至2013年「今非昔比」褒貶義在各地使用比率綜合表

　　圖6.1展示出「今非昔比」各地褒貶不同的對比，我們可以問：為什麼北京和上海與香港和臺灣會有這樣顯著的分別？原因可能有多種，其中似乎可以推測，詞語可以反映社會的集體認知傾向。以兩岸之間為分水嶺，尤其是以1949年先後為界線，有調查顯示中國大陸對現在與過去相比，對現在比較有好感；而相比之下，香港與臺灣的集體感覺是緬懷過去，認為現在沒有過去好。「今非昔比」本身不帶情感，只讓語用者從自己的體驗和文化背景傳達對事物的情感色彩。語用者的情感變化改變了「今非昔比」的貶褒義。

　　在新聞報導中，人名、地名所占的比率是相當高的，據統計，自1995年7月至2000年6月的五年語料中，人名、地名在「LIVAC語料庫」的詞語中占比例見表6.19：

表6.19　「LIVAC語料庫」人名、地名比率（1995.07-2000.06）（%）

	香港		澳門		臺灣		北京		各地總和	
	人名	地名	人名	地名	人名	地名	人名	地名	人名	地名
詞種	16.43	8.15	19.13	10.18	19.96	7.74	18.41	11.28	27.74	11.72
詞頻	2.04	3.87	1.89	4.69	2.75	4.50	1.87	4.46	2.09	4.27

　　從上表可見，在五年語料庫詞語中，人名、地名占近四成，說明其影響力不可低估；也間接顯示，新聞媒介中的人名、地名對一個地區的社會文化具有頗大的影響力。

　　現在以「地名榜」為例，來探討港澳兩地的社會文化發展傾向。

　　先比較六地過去五年首二百個見報率最高地名，結果發現各地所關注的地名有頗大差異。若將任何兩地地名榜比較，一般大概只有50%至60%的地名相同，見表6.20。

表6.20　兩地同時出現地名的百分比（%）

	澳門	香港
澳門		64
香港	64	
臺灣	58	59
北京	67	55
平均	61	58

　　除香港外，澳門和其餘五地所關注的地名較相似，平均61%的地名是相同的。最相近的是澳門與北京，相同率為67%；差別最大的是香港與北京，相同率只有55%。雖然港澳兩地十分相近，但從表6.19

可見，在澳門和內地見報的地名較相近，香港則與臺灣較接近。

　　此外，從各地五年的語料抽出首五十個最常用的地名，並把它們分為「本地」、「大中華」和「國際」三類，以分析地名的分佈情況。「本地」泛指所有屬於該地區的地名。「大中華」包括所有中國大陸、及港澳臺地區的地名，但若該地名已屬「本地」類，則不計入「大中華」類。「國際」包括所有不屬於「本地」和「大中華」類的地名。例如，「浦東」一詞對上海來說屬「本地」類，但對於其他地區應算作「大中華」。三類詞的分佈見表6.21。此表所謂「見報率」是指所有地名詞，不論是否複出，在報刊上出現的頻率。

表6.21　各地三大類五十個最常用地名詞見報率比較（%）

地名類別	澳門	香港	臺灣	北京
本地	32	18	24	7
大中華	38	39	36	48
國際	30	43	40	45

　　按表6.21資料從高至低排列出各地對「本地」、「大中華」和「國際」的關注程度如下：

本地　　：　澳門 > 臺灣 > 香港 > 北京

大中華　：　北京 > 香港 > 澳門 > 臺灣

國際　　：　北京 > 香港 > 臺灣 > 澳門

　　按上述排序，可以對各地報章關注項目做比較。三類地名中，「本地」一般低於「大中華」和「國際」。以地區論，在澳門語料中，「本地」及「大中華」地名見報率最高，「國際」地名在四個地區中出現最少。香港和北京以「大中華」及「國際」地名見報率較高，「本地」類相對較低，其中以北京最明顯，「本地」只占7%。

臺灣地名的分佈相對較平均。見表6.22。此表所謂「出現率」是僅指五十個地名詞，不計複出的，在報刊上出現的頻率。

　　這大致顯示六地和國際社會關係親疏的差異。

表6.22　三大類五十個最常用地名詞在各地出現率比較（%）

地名類別	香港	澳門	臺灣	北京
本地	6	10	20	8
大中華	30	38	24	26
國際	64	52	56	66

　　就詞的種類（不計複出的）而言，在澳門語料中，與「大中華」相關的地名遠遠超過其他四個華人地區，「國際」則遜於其他地區。以上兩項統計（表6.21、表6.22）大概反映澳門報章較關注本地及大中華事項。

　　表6.23列出港澳兩地首十個見報率最高的地名。澳門的本地地名較「香港」的排名高，這大概和澳門較關注本地消息有關。除此以外，兩地地名排序都很相似。大中華地名以「中國」排名最高，接著是「臺灣」和「北京」。國際地名方面，「美國」是繼「中國」之後見報率最高的國家地名。其次是「日本」和「英國」等。值得注意的是「葡國」在澳門的見報率甚至低於「英國」。這大致反映這幾個國家在港澳的關注度，也間接顯示它們在國際社會的地位。

表6.23　港澳報章首十個最常用地名（1995-2000年）

次序	澳門	香港
1	澳門	中國
2	中國	美國

次序	澳門	香港
3	美國	香港
4	澳	臺灣
5	臺灣	港
6	香港	日本
7	日本	北京
8	北京	大陸
9	英國	兩岸
10	葡國	英國

二、地名詞見報率的變化

地名詞彙因地區和時間不同而變化，上述LIVAC語料庫有系統地蒐集六地五年的語料，是研究地名縱向（longitudinal）變化的重要資料。

先分析整體地名詞彙變化。

群體對各地消息的關注程度一般都有時間性，地名隨著事件發生或過去而有所增加或減少。例如選舉、天災、恐怖襲擊等較觸目的新聞都會令某區域的地名見報率暫時提高。語料庫每年都蒐集到不少新的地名，同時也有不少消失。據統計，過去五年澳門語料庫共有一萬一千二百一十一個不重複的地名，但僅有七百六十五個在五年內持續出現。事實上，大部分（71%）的地名都只是在其中一年出現。見表6.24。

表6.24　地名詞持續見報年數

出現年數	數量	百分比
五年	765	7%
四年或以上	1,202	11%
三年或以上	1,899	17%
兩年或以上	3,286	29%

　　仔細分析連續兩年之間的地名的轉變，發現每年均約有60%地名詞種未在上一年出現。換句話說，每年有60%新的地名詞出現。新地名見報率一般較低，約占每年8%至10%。新增地名的現象在各地都相當一致，見表6.25。

表6.25　歷年新增地名百分比（%）

年份	96-97	97-98	98-99	99-00
詞種	59	59	60	63
詞頻	8	8	9	10

　　除了整體的變化外，更有研究價值的是某些地名見報率的變化。下面分析回歸前後有關中國、葡國和澳門等地名見報率變化。雖然澳門1999年回歸涉及中國、葡國和澳門三方，但澳門回歸前，「中葡／葡中」的見報率遠高於「中澳／澳中」和「澳葡／葡澳」。回歸後，「中葡／葡中」見報率很快下降，由1998至1999年0.65%急跌至2000至2001年0.13%。這說明了中葡關係在澳門回歸前是社會關注的重大事項，但回歸後中葡關係的重要性大為減退。見表6.26。

表6.26　「中葡」、「中澳」、「澳葡」等詞歷年所占比例（澳門語料庫所見）%

年份	中葡／葡中	澳葡／葡澳	中澳／澳中
95-96	0.50	0.04	0.05
96-97	0.60	0.02	0.04
97-98	0.69	0.16	0.06
98-99	0.65	0.21	0.02
99-00	0.49	0.38	0.03
00-01	0.13	0.27	0.01
總計	0.55	0.16	0.04

　　相似的現象在香港回歸前後也曾出現。1997年前，中英關係成為香港報章焦點，「中英／英中」一詞占香港語料所有地名0.2%至0.3%左右。當英國撤出後，「中英／英中」一詞見報率逐年（97-01）下跌。「中港／港中」則在回歸後仍保持穩定。見表6.27。

表6.27　「中英」、「中港」、「港英」等詞歷年所占比例（香港語料庫所見）%

年份	中英／英中	港英／英港	中港／港中
95-96	0.37	0.07	0.10
96-97	0.29	0.06	0.21
97-98	0.08	0.01	0.07
98-99	0.04	0.02	0.11
99-00	0.04	0.03	0.16
00-01	0.02	0.03	0.14

年份	中英／英中	港英／英港	中港／港中
總計	0.13	0.04	0.13

　　上述的情況說明了澳門和香港在回歸後，葡國和英國的影響力已下降，兩國和中港澳的消息已不再像以前受人關注。

　　若再比較一下跟中國、葡國和英國有關的地名，中國在港澳的重要性較葡國和英國高得多。為方便統計，我們把以下地名歸納為三類，並加以統計。

- 跟中國有關：中國、中、大陸、中國大陸、中華人民共和國
- 跟葡國有關：葡、葡國、葡萄牙、葡萄牙共和國
- 跟英國有關：英、英國、大不列顛、大不列顛及北愛爾蘭聯合王國、大不列顛島、大不列顛聯合王國

　　在澳門，中國地名見報率平均是葡國地名見報率的7.6倍；在香港，中國地名見報率平均大概是英國地名見報率的7.5倍。港澳兩地社會早已較認同中國。過去六年，中國地名見報率穩占兩地9%至12%的地名詞標。見表6.28和表6.29。

表6.28　與中國和葡國有關的地名歷年增減比較（%）

地名 （澳門語料庫）	95-96	96-97	97-98	98-99	99-00	00-01	總計
跟中國有關	11.3	10.4	12.6	9.8	9.9	8.4	10.7
跟葡國有關	1.3	1.2	1.5	2.2	1.2	0.7	1.4
						相差：	7.6倍

表6.29　與中國和英國有關的地名歷年增減比較（%）

地名 （香港語料庫）	95-96	96-97	97-98	98-99	99-00	00-01	總計
跟中國有關	12.1	11.7	10.6	12.5	10.2	10.5	11.2
跟英國有關	1.9	1.8	1.5	1.1	1.5	1.4	1.5
						相差：	7.5倍

　　有關葡國詞標在1998至1999年則在回歸後急速下滑，由2.2%跌至0.7%。相反，葡國撤離澳門後，政治地位已消失，從前澳葡間的聯繫已迅速減弱。英國地名詞在香港回歸後也開始減少，但比較之下，減幅並沒有葡國地名詞標在澳門的那麼大。

三、複合地名的演變

　　複合地名也是很有研究價值的。複合地名是指以兩個或以上的地名簡縮而成的地名詞，例如「港澳」、「中美」、「粵港澳」等等。這些簡縮詞的出現某種程度上反映出地區之間的交往頻繁。從六地五年語料抽出所有和當地有關的複合地名[2]，結果發現澳門的複合地名特別多，而且使用的頻率也特別高，其中大部分都是周邊城市，如香港、珠海和臺灣，這顯示澳門和周邊地區的關係的密切性。見表6.30。

表6.30　各地複合地名的種類和頻率

	澳門	香港	臺灣	北京
種類	26	18	11	13
詞頻	2402	1424	900	390

此外，若比較複合地名中的地區關係（見表6.31），我們發現「滬」和「京」只和城市名結合成複合地名；但「澳」、「港」和「臺」可以與城市名或國家名結合成複合地名，例如「澳葡」、「港英」和「美臺」。這都反映內地城市和港澳臺地區間對其他地區認知上的差別。

表6.31　高見報率複合地名

次序	澳門	香港	臺灣	上海	北京
1	港澳	港澳	臺港	滬深	京九
2	澳葡	港臺	港臺	京滬	京滬
3	港澳臺	中港	臺港澳	滬寧	京廣
4	中澳	港英	臺澳	滬港	京津
5	粵澳	臺港	閩臺	滬杭	京珠
6	澳臺	港澳臺	臺閩	淞滬	京港
7	粵港澳	深港	美臺	滬青平	京津塘
8	珠澳	粵港	臺馬	滬嘉	京哈
9	臺港澳	滬港	臺美	江浙滬	京津滬
10	澳珠	臺港澳	港澳臺	滬臺	京通

四、結語

利用「共時視窗」方法，能較客觀地、較有系統地分析過去數年地名在報章語料的變化，以及比較港澳與其他華人地區的差異。港澳傳媒在回歸後有以下幾個特點：

(1) 港澳傳媒在報導國際新聞方面與臺京一樣，注重國際大事，顯示港澳與國際社會有緊密關係，體現港澳兩地國際都市的

定位。

(2) 港澳回歸後雖然分別與英國、葡萄牙仍有藕斷絲連的關係，但相對於回歸前關注度已日見減弱。

(3) 在兩岸四地的關係上港澳兩地起到了橋樑作用。

(4) 澳門與香港港、臺灣的關係顯得較爲薄弱，尤其是與香港的政治關係更見疏遠。

綜上所述，港澳自回歸後社會區域意識認同的定位正在轉變，英、葡的重要性已漸見下降，港澳社會正逐步走向與中國內地認同。

練習與思考

1. 「視窗」式語言研究方法有什麼優越性？

2. 試從社會的角度分析各大華人社區含「車」字詞語的異同。

3. 試從社會的角度分析港澳報刊所見地名詞的演變。

4 舉例說明當代漢語新詞始生階段有什麼特點？

第七章
語言接觸

　　語言是文化的代碼，語言的背後是文化，不同的語言代表不同的文化。當不同的語言互相接觸的時候，不同的文化也隨之產生交流。在中國歷史上的各個時期，語言接觸都是非常頻繁的。在漢語內部、方言間的互相接觸和地方文化間的互相接觸比較隱密，不易覺察，而漢語和外族語言的互相接觸，以及漢文化和外族文化的互相接觸，就非常明顯，引人注目了。

　　例如北方少數民族入主中原，先後建立北朝、金、元、清，長達近八百年，他們的阿勒泰語和阿勒泰文化跟漢語以及漢文化的接觸和交流是不可避免的。日本學者橋本萬太郎力主「北方漢語阿勒泰語化」之說。他認爲在各朝代的早期，阿勒泰族的移民和漢族居民中間流行一種洋涇浜語，其詞彙和部分句法是漢語的，而語音結構和另一部分句法是阿勒泰語的。清代早期宮廷語言和書面語言是滿語，但是民間滿人卻是說一種洋涇浜語，即高度滿語化的漢語或高度漢語化的滿語，這種語言的現存標本是《子弟書》。雖然此說的確鑿證據尙嫌不足，但是當時的社會環境確實有利於語言交融。例如清代有供漢人學習滿語的教科書，如乾隆二十六年刊刻的《兼滿漢語滿洲套話清文啓蒙》，此書將滿語句子和當時北方漢語口語對照編排，便於學習。在阿勒泰族建立的朝代，曾有漢人主動教學胡語，以求仕進，如北朝顏之推《顏氏家訓・教子篇》載：「齊朝有一士大夫嘗謂吾曰，我有一兒子，年十七，頗曉書疏，教其鮮卑語，及彈琵琶，稍欲通解，以此伏事公卿，無不寵愛，亦要事也。吾時俛而不答，異哉此

人之教子也。若由此業，自致卿相，亦不願汝曹爲之。」

　　語言接觸大致有四種結果：一是語言的同化；二是語言的借用，以詞彙的輸入和輸出爲主；三是語言的融合，即產生洋涇浜語和混合語；四是雙語或雙言現象的產生。第四項「雙語現象」已在第三章討論，以下詳細討論其餘三項。

第一節　語言同化和文化同化

　　本節主要討論使用雙語（bilingual）及多語（multilingual）的社會，在歷史發展過程中所經歷的各個階段，並討論移民語言的演變過程，進而研究此類語言行爲（language behavior）的演變與某些文化同化現象的相互關係，並且用社會語言學觀點，探究同類黏聚問題。

一、語言同化的五個階段

　　語言同化可以分爲以下五個階段。
1.語言移借
　　語言的形成，離不開它的文化背景。在一個社會裏，如果有兩種文化同時存在，這兩種文化可以從各自的語言中反映出來。當不同的文化互相交流的時候，不同的語言亦互相影響。互相影響的語言，可以分爲施惠語言和受惠語言兩類，施惠語言影響受惠語言。受惠語言承用或模擬施惠語言的詞語謂之「語言移借」。此種承用，多在受惠語言中沒有對應詞語的情形下發生。一般來說，施惠語言的確比受惠語言在文化上占有優勢。但是，有時問題並非如此簡單。英語承用法語一些烹飪用語是符合上述的一般趨勢，例如casserole（有柄瓦鍋）和salad（沙拉）；而英語承用漢語的雜碎（chop suey）和炒麵

（chow mien）則不能等量齊觀。表7.1是一些旅美華人粵語「語言移借」的例子。

表7.1　北美華人粵語「語言移借」例詞

	英語	粵語口語	粵語書面語	普通話
1.	apartment	paat-man	柏文	公寓
2.	(super) market	ma-kit	孖結	超級市場
3.	order	o-da	柯打	（食物）份
4.	insurance	yin-so	燕梳	保險
5.	film	fei-lam	菲林	膠捲、膠片
6.	motor	mo-da	摩打	馬達、發動機
7.	modern	mo-dang	摩登	時髦、摩登
8.	shirt	seut (-saam)	恤衫	襯衫
9.	hot dog	yiht-gau	熱狗	熱狗
10.	fail	feih-lou	肥佬	失敗

　　以上的借詞是百分之一百的粵語詞彙，語音結構和語法特點與其他粵語詞彙無異。例如在數量詞組中，數詞和名詞中間要加一個正確的量詞，而英語加s構成複數的語法規則，則不適用。如（詞語前的星號表示此詞語不合語法、不通，實際上不用）：

英語	粵語	
three apartments	saam kaaan paatman	三間柏文
	*saam kaaan paatman-s	三間柏文s
	*saam paatman-s	三柏文s
three oders	saam go oda	三個柯打
	*saam go oda-s	三個柯打s
	*saam oder-s	三柯打s
three rolls of film	saam gyun feilam	三卷菲林
	*saam gyun feilams	三卷菲林s
	*saam feilams	三菲林s

英語beer一詞更能證明通過移借來承用外來語的過程。beer本來已經是指一種含有酒精的飲品，然而，按照常用的粵語複合詞構詞法（如「黃酒」）變成啤酒。這說明這個借詞的造成是據「名」而非據「實」。以上的語料清楚地顯示出兩種語詞移借方法：㈠取音捨義，㈡捨音取義。⒂雞尾酒和⒃熱狗就是捨音取義的例子，而⑴至⒁卻是取音捨義。⑴至⒁都是現代生活所常見的事物，所以，這些詞比較容易接受下來。雞尾酒和熱狗在文化顯然需要較長時間的適應才會普遍接受和使用。借詞「肥佬」是個動詞，使用時服從漢語語法規律，而不受制於英語語法：

Keuih feihlou jo saam chi	渠肥佬沖三次
*keuih feihlou-ed saam chi	渠肥佬-ed三次

馬來西亞粵籍華僑有一個很特別的語言移借例子：食風，是呼吸清新空氣的意思（馬來語makan=食，anging=風）。這也是詞語移借中捨音取義的佳例。

語言移借可能在一個需要調整文化差距的外籍居民社團中發生，也可能在一個易於接受外來文化及物質文明的本地居民社團中出現。語言移借可以在這兩種情形下發生正說明一個外籍居民或群

體，從他們移居的社會中移借語言，與他們在家鄉時接觸外來文化而移借語言是沒有分別的。我們這項研究說明，語言移借在存有「做客心理」的外籍居民中是一種極爲普遍的特徵。他們都有暫時寄居異域，將來榮歸故里的信念。一個外籍居民的群體剛好和一個當地居民的社會相反，後者通常停留在語言移借階段，而前者則有進入語言同化另一階段的傾向。

2.語言替代

語言替代是指用施惠語言的詞語代替受惠語言的詞語。可以認爲語言替代有文化增補的功能，而語言移借則有文化減損的功能，兩者有很大的分別，見表7.2。

表7.2　英語詞替代粵詞舉例

	粵語原有詞		替代詞		英語	普通話
1.	se-jih-lauh	寫字樓	→ o-feih-si		office	辦公樓
	baahn-gung-sat	辦公室				辦公室
2.	sih-tau	事頭	→ bi-si	波士	boss	老闆
3.	deui	對	→ pe	披	pair	雙、對
4.	kauh	球	→ bo	波	ball	球
5.	houh-sou	號數	→ lam-ba	林吧	number	號碼
6.	sin-sang	先生	→ a-seuh	阿 sir	sir	先生

這些詞語同樣可以接受上述句法測驗，而所得結果也是一樣。

這些測驗證明上列詞語已經成爲粵語。現在要問，這種替代的動機和原因是什麼呢？答案就在導致此種替代的社會環境中。粵語裏的基本詞語，食、去、睇等都是永遠不會用相對應的英語詞來替代。事實上，被替代的詞很明顯在文化上是有局限性的。用相應的英語詞替

代中文詞表明文化壓力演變成爲語言壓力，以求語言和文化一致。此種情形亦見於兒童語言學習中。美國和馬來西亞的粵籍兒童在很短的時間內，便積極地選擇英語（或馬來語）詞語，而最多只不過消極地保留一點對中文的認識而已，最主要的原因是來自同齡夥伴的壓力（peer group pressure）很大。

除了語言移借以外，語言替代在一般聚居的粵籍移民中也可以觀察得到。語言替代現象陸續出現，可以視爲由做客心理階段開始發展至聚合階段的標誌。所以，雖然心理上他們可能還自以爲是做客暫居，而事實上開始被文化和語言上占優勢的社會同化。即使生活在一個與社會相當隔離的較小社區裏，也難免發生同樣的情況。

語言移借與語言替代相互間的關係很明顯，語言移借可以視爲文化替代的開端，而語言替代又是語言移借穩定發展的結果。

3.語碼轉換（code switching）

到目前爲止，我們討論的還只是因爲移民還沒有熟悉移居地的語言，而引起語言運用上的小問題。正如上面所述，外來詞與土語語詞一樣受土語語法支配。這種詞語替代可以視爲語言訊號系統交替使用的開始。移民在並未完全融入所移居的社會的時期，雖然對當地語言沒有充分的把握，但是逐漸能夠在一個句子裏，或者句子與句子之間交替使用不同的語言訊號系統。

⑴ngoh yiu saam order chow mien.（我要三份炒麵。）
　　我要三order of chow mien.

這是一個在句子內部語碼轉換的例子，出現在造句層面上，而不是在較低的構詞層面。我們稱之爲句中語碼轉換。如果這個例子只是簡單的詞語替代，那麼數詞「三」後應當有一個量詞，而英語介詞「of」也不應出現。又，如果order of three chow mien整個名詞結構要像一

個單詞一樣代入的話，order便要以複數形式orders出現。這裏的語碼轉換是屬於語法層面的。

　⑵ ngoh yiu maaih ga meih gwok heiche. Ford cars are very nice.
　　（我要買輛美國汽車。福特汽車很好。）
　　我要買架美國汽車。Ford cars are very nice.

例句⑵的語碼轉換出現在句子與句子之間。

　　句子與句子間的語碼轉換很容易闡明，但是句中語碼轉換則須花些力氣探究。例句⑴和⑵顯然代表造句層面的語碼轉換，而又各自代表移民在語言行為上顯著不同的階段。我們應當注意句中語碼轉換的出現比句間語碼轉換早。但更應注意的是，在句間語碼轉換之前，通常還出現諸如單句語碼轉換的現象。例如，兩人用粵語交談時偶然說出「no」或「Are you sure？」都是可能的。不過這些句子都可以視為詞語替代的特例，因為這種情形並沒有能產性（productivity），所以我們並沒有發現諸如「Is he sure？」「Is Mr. Wang sure？」之類推導出來的例子。這種現象對於研究某些自然而無規律的語言學習過程，很有啓發性。

　　從語言替代到句中語碼轉換，到句間語碼轉換，在這一系列過程中，除了語言方面的變化外，一個移民事實上也從移居地漸漸接受更廣更深的文化影響。他不再局限於使用少量文化詞語，也開始接受而且夾雜使用支配這些詞語的語法系統。在穩定或半穩定的移民社會中，這種情形極為普遍，尤以兒童為最。語碼轉換在一個社會中發展的速度和頻率，決定於外來壓力和內在凝聚力的大小的對比。一個慣用語碼轉換的人，事實上已經進入「過渡期」。客居心理已經隱而不顯，榮歸故鄉不再是實際的目標，而只是虛幻的期盼。雖然他仍然生活在聚合的社會環境中，但是由於慣用語碼轉換，他與當地的其他社

會成員交際更爲方便。這樣，他便可以在社交上或精神上自由選擇是否脫離移民的群體，而成爲參與當地社會的一個邊緣人物。參與社會的程度，受很多因素影響，而是否已經眞正成爲雙重語言使用者，則是其中最主要的因素。在能夠與當地社會交際以前，他只能在一個與當地社會隔離的環境下生活。而一旦能夠流利地與當地社會人士交談，在新的價值觀念衝擊下，他原有的價值觀念便可能退居次要地位。如果沒有其他社會因素干擾，通常都會出現這種趨向。整個群體是否也會進入過渡期，則要看該群體中處於過渡期的移民所占比例。可以根據語碼轉換能力的分佈狀況，來說明一個社團所處的時期的特徵。

　　移民群體的凝聚和組合是減慢同化過程的主要因素，一個組合穩定而循規則行事的群體，比不穩定不規則的群體更易於改變它的雙重語言狀態。麥加倫法案（McMarren act）阻止粵籍華人不斷移入美國，結果很多第二和第三代的美國土生粵籍華裔很快便渡過雙重語言階段。另一方面，南洋一帶由於不斷有新一代華僑移居，很多粵人社會仍然停留在語碼轉換階段的過渡期。在美國加利福尼亞州和馬來西亞Negri Sembilan的被隔離在農村裏的粵人社會，比不斷有大量移民湧入的舊金山和吉隆坡（或香港）的市區粵人社會，更快地渡過過渡期。整體上說，由於政治局勢、地理環境和人數多寡的不同，在馬來西亞的華人社會比在美國的更能維持過渡期的狀態。在馬來西亞的三個主要市區中心地帶，作爲當地最通用的中國方言粵語，與英語和馬來語鼎足而三。可是，粵語在美國卻沒有同樣的地位。外省人在香港也有同樣的語言同化問題，例如移居香港的第二或第三代上海人，大多數已經不懂鄉音了。

4.雙重語言

　　一個兼通兩種語言（或兩種以上）的人謂之雙重語言使用者（以下簡稱雙語通）。如果對某兩種語言都同樣流利，他可以稱爲一

個真正的雙語通。對這個雙語概念需要加以補充說明，因為沒有人在
社會交際中會不加選擇地使用任何一種語言，更不可能同時並用兩
種語言。選擇使用哪一種語言或其不同的層次，都會受社會環境支
配，所以討論雙語情況的時候，必須考慮社會因素。

　　一個只能做句中語碼轉換的人算不上是雙語通，一個能做句間
語碼轉換的人，或者能隨環境，選擇適當語言的才是雙語通。導致語
碼轉換的原因很多，包括各式各樣的詞語替代所引起的作用和私下單
獨交談的需要。一個英語及粵語的雙語通，在改變話題的時候，例如
從討論舊金山的堂會問題，轉而談到教育廳用校車把華裔學童送到各
白人及黑人學校等有關種族問題時，使用的語言亦往往從英語改為粵
語，為的是要傳達不願意公開的意見。就是沒有第三者的環境下，也
會發生同樣的情形。在私人交談中，語訊經常交替，這跟工作時用英
語，在家時改用中文的現象不同。後者比前者更能導致增加雙語能
力，因為後者只可以用一種語言作為主要交談媒介。

　　社會環境與使用頻率都能引起雙語形態不穩定，較少用的語言
漸次減弱，而較常用的語言則乘機加強。從這個角度來看，真正的
雙語形態只可能在某一片段的時間裏出現。因此，從宏觀上看，雙
語通的社會似乎存在，但是從微觀上看，雙語形態並非一種穩定的現
象。絕對雙語形態是不可能長期存在的，因為其中一種語言會轉而占
優勢。這種不平衡的趨向是可以從社會環境預測到的，就是同聲口譯
人員也不能例外。縱使不是全部也有大部分同聲口譯人員承認，對譯
兩種語言時，把甲語言譯成乙語言比把乙語言譯為甲語言容易。這一
點，也可以從他個人偏愛翻譯哪一種語言看得出來。

　　成人雙語形態發展有下列的特徵。

$$AB \rightarrow aB \rightarrow a'B \rightarrow B$$
$$A \rightarrow Ab$$
$$AB' \quad aB' \rightarrow a'B' \rightarrow B'$$
$$1 \rightarrow 2 \quad 3 \quad 4 \quad 5 \quad 6$$

　　（小寫a和b代表語言，而大寫字母表示對小寫字母所代表的語言有使用能力。）

　　理論上一個成人可以在第三期發展成爲雙語通，但事實上這種情形並不多見。通常是在過了語碼轉換階段以後，會出現對b語言有穩定但不完滿的運用能力，這裏用B'代之，代表一種不純正的「洋涇浜」語言。如果b語言在他的生活中繼續維持重要的地位，a語言一般都會退化，並受A語言的干擾（變成a'），直到最後全都消失爲止。許多在戰爭年代與異國情人結婚的年輕新娘，本來只能說本國語言，但是後來隨夫歸國，在完全不同的文化中生活，她們及後代在語言上發展到B這個階段，也足以支持這個假設。

　　當一個人接近或者已經成爲雙語通時，他正從過渡期轉入混同期，他在學習第二語言時所做出的努力正說明他的學習欲望和動機。個人學習的成績也足以作爲對他的文化混同程度的衡量準則，一般人在這種情形下開始拋棄他那已經是十分淡薄的客居心理。

　　也許可以辯稱雙語形態與文化混同不一定可以相提並論，因爲一個文化上經已混同的人不一定是個雙語通。我們需要用客觀的事實來說明這個問題。試比較一個從未學好僑居地語言的粵籍祖母和她那些略語粵語的孫兒，後者混同的程度很可能比前者深。反過來說，以任何一個已經混同美國的語言和文化的粵籍華僑爲例，不管懂不懂粵語，他一定使用流利的英語。在這裏，我們必須考慮兩種可能性：如果他對粵語有完全的使用能力，他便是雙語通，正如上文假設所料；如果對粵語一無所知，他便是處於第五期或第六期。如果他是美國土生粵籍華裔，那麼很可能在早年便放棄粵語，甚至根本從未聽到過粵語。這樣的話，他就不算是接受文化混同的人，而理應視爲當地社會中的一個成員。現在很多美國土生粵籍華裔學生雲集在中文班裏學中文，主要原因就是希望藉學習語言而重新吸收中國文化。他們不是受文化混同的人，而是受同化或混同的少數民族當中的一員。他們

可能循著上文所述的相反方向發展。一個戰時與異國情人結婚的新娘，只可能自認為是受文化混同，而非具有雙重文化。所以，雙語形態不能離開社會環境孤立討論，同時又要區別於層次更多的多語形態。語言發展的方向對雙語形態及文化混同的研究甚為重要。以上的例子也說明，如果真的有雙重文化期的話，也只不過可能是與語碼轉換相關的過渡期而已。

5.殘餘干擾

我們已經論述過雙重語言的第五期通常包括成人對b語言學習得不完全，在這一時期他已經超過文化混同的飽和點。如果他對本國語言與文化也同時忘得一乾二淨，我們可以把他視為受同化的少數民族的一員。如果他對本國語言還保留消極的認識，那麼他還不算是完全被同化。從比較廣的角度看來，要是只是維持本國文化的殘餘形式，那麼早期移民的後裔可以視為已被同化，但是如果本國語言依然維持有效程度的使用，他們只可以算是受異國文化混同而已。

一個人或一個群體經過整個語言與文化同化程序後，他們通常停留在同化狀態中。最有趣的是從過去演變階段這留下來的殘餘干擾，如幽魂不散。在已經同化而只會說英語的美籍日本人中，倒流式的詞語替代經常產生。雖然日本語便所benjo是指茅廁，與美國現代衛生設備中的廁所完全不同，但是便所benjo還是用作一般廁所的通稱。殘餘的日本語詞同樣仍用於猥褻語及其些與性有關的事上，在已經同化的粵藉華僑當中，粵語仍然用於猥褻語言和藐視當地人的言談。

二、海外華人社會的語言和文化同化

我們的假設是基於下述兩點認識：一是語言乃人類文化不可缺少的一部分，二是語言行為也可以作為文化演變的指標。我們要討論的是語言發展在文化接觸下的進程，以及各種語言行為與各期文化同化

彼此之間的相互關係。

　　如果這些資料能證實上文提出的社會語言學上的假設，那麼這個假設將有助於文化同化的探討，因為研究語言行為的資料比各期文化同化的資料容易蒐集和比較，我們的假設也可以作為探討和評價文化同化理論的鑰匙。語言行為和文化同化的進程及其相互關係的簡要情況見表7.3。

表7.3　語言行為和文化同化進程的關係

語言行為進程	a.語言移借	b.語言替代	c.語碼轉換	d.雙重語言	e.殘餘干擾
文化同化進程	a.客居期	b.聚合期	c.過渡期	d.混同期	e.同化期

1.美國粵語研究資料

　　在美國調查研究粵語所得資料可以證實這項從社會語言學角度對文化同化的假設。

　　我們挑選、會見為數不多的粵籍華僑，根據會見調查所得，把語料提供人按照文化同化程度分類，然後按上述類型分析他們的語言，其結果如表7.4所示。

表7.4　文化同化各階段的語言同化表現

語料提供人		1	2	3	4	5	6	7	8	9	10	11	12
文化同化狀況		a	a	a	b	b	c	c	d	e	e	e	e
語言同化	語言移借	4.3	3.0	5.0	8.0	5.0	8.5	7.0		7.0	2.0	2.5	2.6
	語言替代	0.6			2.0	2.6	8.0	15.0	13.0	21.0			8.5
	語碼轉換					2.5	5.0	10.0	45.0	40.0			5.0
	B'或B語言								30.0	27.0	100	100	100

　　表中語言移借及語言替代的百分比是以詞為單位，例如第二號語

料提供人在每一百個詞中便有三個借詞。語碼轉換的百分比是以句子為單位，例如第六號語料提供人在每一百個句子有五句是涉及語法層面的英語句子，其餘是粵語句子。但第十二號語料提供人則相反，他主要用英語，一百句中只有五句夾用粵語（句中語碼轉換）。一個句子如果出現句中語碼轉換，便根據該句子的主要成分來決定是英語句還是粵語句。第十二號語料提供人有五次句中語碼轉換出現於以英語為主要成分的英語句中，所以他的語料裏沒有一句是粵語句。因此，這兩項總和不是一百。第八號和第九號語料提供人在雙語形態發展上只到達第三或第四階段，通常對B語言還沒有充分的使用能力。所以，確切地說，末項的百分比是B'的百分比，有別於第十、十一和十二號語料提供人。這個表雖然沒有指出與文化同化相對應的語言同化絕對百分比，但是兩者之間平行持續發展的關係是一望而知的。還處在客居期的第一號語料提供人沒有語碼轉換現象。已經完全同化的第十一號和第十二號語料提供人還有少量的語言移借，那是粵語的殘餘遺留，亦即殘餘干擾的現象。過了過渡期的移民，如第八和第九號，才開始以移居地的語言（B'或B）作為句子主要成分。

　　這些資料顯示了粵籍華僑社會的一個定態橫切面，並且清楚地顯示出語言行為的進程是連貫不斷的，而語言行為和文化同化之間存在著一種普遍的相互關係。詳細的縱切面研究結果現在還沒有，不過據作者自己對與作者過從甚密的人的觀察所得，也有足夠的證據支持這個假說。

2.南洋粵語研究資料

　　初步的比較研究結果表明，在南洋的粵籍華僑社會比在美國的較為不一致，南洋華僑在五期語言同化的分佈上比在美國的較為平均。這種差異也許是出於移民的歷史不同，不過還有一些其他重要的因素，如方言教學、方言電影等尚待詳加研究。

　　在馬來西亞或新加坡，粵籍華僑的方言教學已經被普通話或英

語教學取代，而美國大部分的中文學校仍沿用粵語作爲主要教學語言。直到近年，美國中文學校才在課程中增列普通語一科，其地位等於外國語。粵語電影被普通話電影不同程度地取代也是有關原因之一。在南洋，普通話電影凌駕粵語（或其他方言）電影比在美國來得早，普通話也就因此更爲得勢。

3.香港粵語和美國粵語的一些比較

我們也可以從多語社會結構的角度，繼而比較美國粵籍華僑和長期以來受外來文化影響香港粵籍居民在文化上的差異。上文所舉粵語借詞，除了「柏文」和「孖結」在香港粵語沒有出現以外，其餘的對香港讀者一定不會陌生。反過來說，以下的粵語借詞，則僅用於香港而已，見表7.5。

表7.5　香港粵語外來詞舉例

英語原詞	粵語注音	粵語用字	詞義
fit	fit	弗	適合
smart	sih-maak	士麥	聰明
kid	kit-jai	咭子／女	小孩
fashion	fa-san	花臣	時髦
cheque	jik-ji	仄（紙）	支票
major	me-ja	咩者	大多數
sergeant	sa-jin	沙展	警官
file	faai-lou	快勞	文件
spanner	sih-ba-la	士巴拿	扳手
store	sih-do	士多	商店
size	saai-si	曬士	尺寸

英語原詞	粵語注音	粵語用字	詞義
tips	tip-si	貼士	小費
spare	sih-be	士啤	備用（物）

apartment一般譯爲公寓，爲什麼旅美華僑不用「公寓」一詞而另譯作「柏文」呢？因爲美國「柏文」與香港公寓涵義完全不同。公寓在香港人和一般海外華人的心目中總引起色情的聯想，而且住公寓的多是不舉炊的單身男客。美國的柏文是一個完整的居住單位，所以廚房、浴室和客廳都齊備，正當人家買不起四面有花園的洋房，或者付不起昂貴租金的都住在柏文裏。從經濟的觀點來看，在美國住洋房與住柏文的分別，跟香港人住一層樓與住一間房的分別差不多。在香港，各種居住樓宇都已有固定的名稱，不必借用「柏文」這個詞。但是，如果我們追溯早期華僑在移居前後所居住的是完全不同形式的屋宇，從中國農村的古老大屋到美國城市的雙層（或多層）柏文，他們需要一個新（借）詞來表達這種新事物，這是可以理解的。supermarket近年來在香港甚爲流行，在美國叫「孖結」，在香港卻稱「超級市場」，其中亦有原因。狹義的「市場」本來指街市攤檔，以賣瓜菜魚肉雞鴨等爲主，這種市場在美國大城市已經很難找到，至於罐頭米油鹽等則屬雜貨店的經營範圍。美國孖結不獨合二者爲一，其規模大者更兼營日用品、衣著、電器用具，甚至汽車輪胎。初到美國的華僑自然不能以市場或街市一詞強套在如此龐雜的機構上，所以直稱「孖結」以示有別於中國的市場。此乃從事物的實質來命名。supermaket在形式上的特點是自助，目前香港一般超級市場的營業範圍和規模似仍未能眞正配稱supermarket，但其自助購物的方式則與supermarket相符。同時香港還保留「傳統」的市場和街邊的擺販，所以「超級市場」這個詞的移借是基於事物的形式而已。

現代中文詞以雙音節爲多，外來詞亦受這一語音規律約制。上文beer譯爲「啤」，本已意足，加「酒」字於「啤」後成爲「啤酒」，雖有蛇足之嫌，但實則更合乎中文構詞法則。所以kid音譯爲「咭仔、咭女」。cheque也有人譯作「仄紙」，其譯法從「銀紙」一詞類推而來。

香港粵語外來詞媲美國粵語外來詞多，基本上用於美國的，大部分也用於香港。兩地借詞在數量上雖然很懸殊，但是外來詞所代表的事物對個別的社會都是與日常生活或工作有密切關係的。在一個社會裏，屬於不同經濟階層的人用不同的詞彙，各行業的人也有自己的行業語。同樣，外來詞不一定與每一個社會成員日常生活都有密切關係。例如「士巴拿」（spanner扳手）只有常常接觸機器的人才會熟悉，一個主婦或在寫字樓工作的文員也許覺得很陌生；我們並不因爲缺乏絕對普遍性，便否定這個詞屬於移借的假設。其實與每一個社會成員都發生關係的外來詞，如巴士、的士、士多等，在整個外來詞詞彙中所占的百分比並不大。個別行業的行業外來詞也會因爲其他因素逐漸普遍化，而爲一般社會成員接受，成爲日常基本詞彙，如士啤（spare備用物）、泵（pump）等。

爲什麼美國粵語借詞屬於香港粵語借詞的下位層次呢？雖然可以用美國粵籍華僑移民的歷史來解釋兩地借詞密切的關係，但是這樣的解釋並不能說明美國粵詞借詞不繼續擴展的原因。旅居美國的華僑，從他們的語言同化進程來看，大概可以分爲兩類：一類是居住在唐人街的移民，他們自我封閉，與當地社會隔離，不僅鮮少與人交往，而且一切生活習慣都因循守舊，與當地新事物除了與日常生活不可分割的，如柏文、孖結等外，少有接觸，因此沒有創造借詞用以表達新事物的必要。這些人包括不懂英語而又不必爲謀生而工作的家庭主婦，或只在爲唐人店從事內勤工作，無須與外界接觸的工人。另一類包括一般年輕移民及第二、三代的土生華裔，由於工作的關係和社

交的需要，他們頻頻與當地社會接觸，結果，他們比第一類移民吸收更多當地文化。不過這種文化的吸收並不間接反映在借詞上，而直接演變爲語碼轉換，進而發展爲雙重語言，因爲這樣做更適應客觀語言環境的要求。反過來看香港，情況大不相同：外來文化平均地與幾乎社會每一個成員接觸，每一行業都創造反映外來新事物的借詞。這種創造是對語言橫截面的開拓，有別於美國華僑語言直線式的發展。同樣在外來文化衝擊下的社會，產生兩條不同的語言發展途徑，其決定性因素是客觀語言環境的要求。殖民地的社會組織是以外來民族統治本土民族，外來民族語言雖然是當然的官方語言，但是社會上應用哪一種語言是與人口成正比的。如果本土民族占人口總數99%，外來民族語言肯定不能替代本土語言而成爲社會上一般應用的主要語言；它只是一種應用於高層統治階層的官方語言，或藉以表示身份的上流語言（prestige language）。雖然學習英語在香港是有可能產生經濟價值的，但眞正需要用英語與外籍人士交談的語言環境並不多。試比較香港和美國兩地語言環境的差異，見表7.6。

表7.6　美國華人社會和香港語言環境比較

場　合		應用語言	
		美國華人社會	香港
工作場所		英語	粵語爲主，英語爲副
家　庭		粵語爲主	粵語
社交場所		英語	粵語
大眾傳媒		英語	粵語爲主，英語爲副
學 校	課本	英語	中文或英語
	教學	英語	中文或英語
	同伴	英語	粵語

　　表7.6上的比較還是比較粗略的，實際情況要複雜得多。譬如香港的政府機關的公務員，與同事在公事或非公事上的交談，以及日常與市民的接觸都以粵語為主，只有為數甚少的高層主管間或對其下屬才用英語。社會場合也有非用英語不可的，例如一個中國人和一個外籍朋友或客戶聚晤等，不過這只是個別特例而沒有代表性。至於電臺、電視及報紙等大眾傳播的媒介，雖然有中英兩種語言隨意選擇，但是懂英語的中國人大部分還是不願意放棄母語作為閱讀媒介。香港雖有中文教學及英語教學雙軌並存的制度，但英文學校也並不一定以英語作為教學媒介。縱使教師上課時用英語教授，但下課時仍多以粵語與學生交談。從港美兩地語言環境的比較，可以理解為什麼美國華僑在語言同化上不能停留在語言移借、語言替代或語碼轉換這幾個階段，而一定要進入後期的語言發展，以適應環境要求。反之，香港在缺乏絕對需要英語的環境下，語言同化一般只停留在前二、三期中；同時為了適當地反映所吸收的外來文化，在沒有條件直線發展的情況下，只有做橫向的開拓，大量增加外來詞。

　　語言移借和語言替代都屬詞彙範疇，但是也可以反映出不同程度的文化同化。一個完全沒有接觸過英語的人是不大會用「語言替代」的。例如，他不會說：「你有幾多個咕仔呀？」只會說：「你有幾多仔呀？」（你有幾個小孩？）也不會說：「你件衫幾弗番！」只會說：「你件衫幾合身番！」（你的衣服多合身啊！）也許會有人提出相反的例證，如「士嘜」（smart）一詞婦孺皆知，不說：「渠好醒目」，而說「渠好士嘜」（他很漂亮）。這究竟是語言移借還是語言替代呢？要是我們認為是語言替代，那麼為什麼沒有學過英語的人也懂呢？其實這是個別「語言替代」的借詞，被「語言移借」所吸收，而成為地位同等的基本借詞。其他如「波士」（boss）也是一個很好的例子。語言替代可以說是一種不必要的累贅，間接反映使用者文化同化的深度，而語言移借則直接反映新事物的輸入。

　　一般說來，語言只不過是文化的一個組成部分，但是文化其他成分的擴散、傳播，往往離不開語言。我們提出以語言現象作爲文化演變的指標，並沒有排除思想、信仰、道德、法律、禮俗等在文化中所扮演的重要地位。從微觀來看，凡是語言程度已經到達與當地人無異的移民或其後代，並不一定在文化上已經完全被同化，但是凡是在文化上已經完全同化的移民或其後裔，其語言必定會達到與當地人無異的流利程度。不過語言是有機體，它隨著社會文化的發展而做相應的調整、增減，這是絕對可以斷言的。文化演變在語言上的反映首先是詞彙變化。從歷時（diachronic）的觀點來看，農業社會在走向工業社會的道路中，不僅家庭制度發生變化，人與人之間的關係也從密切變爲冷漠，用作溝通思想主要工具之一的語言同樣也會發生變化，以適應時代特徵。從共時（synchronic）的觀點來看，兩個社會接觸時，文化交流在語言上的表現更爲顯著，而不同程度的語言替代和交配，亦足以反映文化影響的深淺。我們不想把借詞研究僅僅限於語言學的範圍內，僅僅視爲詞彙的增減損益，那只是詞典編纂的工作範圍。我們也無意把語言現象作爲唯一解釋文化演變的緣由和程序，因爲這樣做會把文化的綜合性過分簡單化了。我們只是要指出語言和文化不可脫離的關係在其演變過程中會產生平行對應，而這種平行對應可以作爲客觀的尺度，來衡量文化的演變。

　　雙重語言的不對稱性也足以影響和干擾使用者對一種語言的熱愛程度。我們希望通過研究及比較華僑在歐美移居地和南洋前殖民地的不同語言行爲，去認識文化同化過程，並提供語言學的方法來研究社會學以及雙重語言教學等問題。

三、方言趨同

　　「方言趨同」（dialect leveling）是指下述現象：同一地區的兩種或多種方言互相接觸、交融，各自在語音或語法上的特點數量減

少，方言之間的差異變得越來越少，而共同點越來越多。從言語交際的角度來看，方言趨同的原因是，會話雙方都希望對方能聽懂自己的話，也希望能聽懂對方的話，這樣在語言表達上就自然互相盡可能靠近，達到互相適應的目的，這在社會語言學上稱爲「言語適應理論」（speech accommodation theory）。

「方言趨同」的結果導致方言差別縮小，進一步有可能形成新的混合型方言。

混合型方言有三大特點：

⑴ 縮減（reduction）：不同方言中具有標誌性的功能範疇減少。

⑵ 多元化（multiplication）：詞彙和表達方式多元化。

⑶ 同質化（identification）：規則性加強，標誌性減弱，音系穩定，形成同質的方言，成爲當地居民的母語。

例如現代閩南的中心城市是廈門，但是近代閩南地區的中心城市卻是漳州和泉州。鴉片戰爭後廈門成了「五口通商」的口岸之一，漳州和泉州等閩南人士大量移居，他們帶來的泉州話和漳州話與本地的廈門話互相趨同，融合成混合型的現代廈門方言。在當代閩南話內部，泉州音和漳州音的差別較大，而廈門音介乎兩者之間。從聲母和韻母系統來看，廈門音比較接近泉州音，而在聲調系統方面，廈門音和漳州音差別很少。臺灣閩語稱爲「漳泉腔」，情況類似。

四、柯因內語

柯因內語（Koine）本是西元前四至六世紀希臘的通用語，Koine的希臘文涵義是「普通」。社會語言學上的所謂柯因內語「是一種穩定的交際變體，是一些較爲相似、可互相通話的地域方言和社會方言之間融合和趨同的產物。這種現象發生的背景是這些變體的說話人之間越來越多的互動和融合」（Siegel 1985）。柯因內語是「方

言趨同」的結果，趨同導致方言差別縮小，進一步形成在同一個地區的同質的通用語。

柯因內語有兩大類型：1.地區型柯因內語：如古代希臘的柯因內語、中國的地方普通話，特點是沒有替代原有方言；2.移民型柯因內語：不同方言母語的移民聚居在同一地區，他們的方言趨同而形成混合型方言。這種新的混合型方言取代移民原有的方言，成為地區共同語，例如現代上海話、臺灣閩語、杭州話。

Siegel認為，柯因內語的主要特點是「縮減（reduction）和簡化（simplification）」。「縮減」是指原有語言變體中具有標誌性的功能範疇減少，「簡化」要麼表現為規則性的加強，要麼表現為標誌性的減弱（Siegel[1] 1985）。

上海話是一種柯因內語，或者說混合型的城市方言，它是由互相接近的基礎方言松江話、以蘇州話為代表的蘇南吳語和以寧波話為代表的浙北吳語趨同的基礎上混合而成的。其區別於周邊吳語的最明顯的特點是：只有五個單字調、前字調型決定連調調型。作為混合型方言，在結構上的特點是：音系混合、音系簡化、音變規律多不規則現象、同義異形結構並存並用。例如聲母dz來自寧波、韻母ø來自蘇州、單字調和入聲韻減少、一字多音現象較多、反覆問句有多種等義的句式。與上海話類似的是廈門話，它是泉州話和漳州話趨同，最後形成的混合性方言。

柯因內語和地區共同語（Lingua franca）都是一個地區通用的語言，但後者不一定是混合而成的語言，可能本來就是本地區的權威方言，如廣州話在廣東。

---

1 Siegal, J. Koines and Koineization, *Language in Society*, 1985, 14:357-378.

第二節　語言接觸和詞彙傳播

一、詞彙的借用和文化的散播

　　不同的語言互相接觸，不管是個人之間的直接接觸，或是通過媒體的間接接觸，都有一個共同的結果，就是文化跨越語言的地理疆界進行擴散。文化擴散的一個明顯的表現是受惠語言裏出現新的詞彙案例。這些新的詞彙案例是從施惠語言複製出來的，它們是借詞或譯詞，借用的是語音或語義。「借詞」所要研究的就是詞彙在語言學意義上的借用的全過程。傳統的借詞研究主要關心的是借什麼、如何借，而不是爲什麼要借這些詞。在考查這些問題以前，先討論一下漢語借詞研究的兩種傾向。

　　一種傾向強烈地主張借詞只是指語音上借用的詞彙，而不是指語義上借用的詞彙，語義上借用的詞彙是受外語影響而產生的新詞彙。這種主張可以看作是對借詞的狹義理解。另一種傾向則主張以更廣闊的視野來看待借詞，不僅以語言學的視野，而且也以社會和文化的視野來研究來自外語的詞彙，不管它是語音上的借用或是語義上的借用。從這個觀點出發就不必考慮借詞與外語原詞在語音上是否相同或相似，這樣做有利於研究語言與文化更廣泛的關係。我們採用這一觀點，下文所要討論的正是這種廣義的借詞。

　　狹義的觀點不能忍受廣義的觀點，是因爲狹義的觀點是從結構主義語言學理論出發，認爲語言是嚴格地按層級系統構成的。所以，他們認爲不僅分析音位時不允許考慮語素或語法層面，而且研究借詞也不能涉及非詞彙因素，如社會和文化及其影響。他們在分析借詞時嚴守這一原則。按照這一原則，他們對這一類借詞從語言結構和來源的角度進行了很好的分類，從中可以推論一些中外文化交流現象。

　　廣義的觀點則允許盡可能分析文化在語言接觸中的地位和影

響，如果肯花力氣深入探討，有可能為研究中外文化交流的許多方面及其性質提供具體的線索，在中國文明的研究中難以找出別的標準，來具體衡量中外文化交流的廣度和深度。廣義的觀點還有助於對不同地區的外來詞進行比較研究，因為有的外來詞在甲地區是音譯的，在乙地區則可能是意譯的，如上海的「膠捲」，香港稱為「菲林」。

　　一般都認為音譯借詞的產生是文化接觸和擴散的結果，這句話如果倒過來說就不對了。文化擴散並不僅僅限於或表現為產生音譯外來詞。為了探究因語言接觸引起的文化擴散的全貌，不必把借詞研究局限於音譯詞，而可以引進「詞彙的輸入」（lexical importation）這個概念。

　　從歷時的觀點來看，「詞彙的輸入」是見於語言接觸初始階段的現象，如果繼續發展，有可能導致雙語現象，甚至語言和文化的變化。一般人不大會察覺這種發展變化，因為在任何社會裏通常只有處於社會邊緣的群體，例如移民，才會經歷變化的全過程。這種變化發展在世界其他地方比在美洲更為明顯，有更多的實例。滿語和其他通古斯語言如契丹語、女眞語被漢語同化，愛爾蘭和蘇格蘭的凱爾特人的語言變化，這些都是全球性的語言大規模變化的實證。在美洲，也許除了Navaho語和Guarani語之外，沒有重要的土著語言會保留下來。克里奧爾語（例如在海地和牙買加的克里奧爾語）也許是不完全過渡的唯一例子。

　　不同語言和文化接觸的結果是占強勢的一方取勝，雖然強勢和弱勢的關係並不一定涉及社會和語言的每一個方面。在甲和乙兩個社會和文化接觸的時候，甲可能在除烹飪外的絕大部分領域都占優勢，而乙在烹飪上占優勢。結果文化擴散的方向在絕大部分領域是從甲到乙，只是烹飪方面的方向是從乙到甲。中國和西方文化近代以來的接觸也許是最明顯不過的例子。語言和文化的擴散會從「輸入」（importation）開始，而繼之以「替換」（substitution）。例如兩種文化接觸，其中一種文化中的食品和烹飪方法及其名稱會進入另一種文化，最終其中一部分詞彙會替代本地固有的詞彙，即發生「替換」現象，這樣一來，就在某種程度上改變了接受新詞的文化。顯然在語言和文化的緊密關係上，詞彙的輸入是文化的增加，詞彙的替換是文化的減損。

可以以中日語言和文化接觸為例。語言接觸的結果是日語輸入了大量詞彙和其他語言成分，最後也導致詞彙替換。先看一看日語數詞以及與之相搭配的名詞類別，見表7.7。

表7.7　日語數詞系統

		單用	數物	數人
1	ひと	hi (to)	hitotsu	hitori
2	ふた	fu (ta)	futatsu	futari
3	み	mi	mittsu	sannin
4	よ	yottari	yoyottsu	yonin, yottari
5	ソつ	i (tsu)	itsutsu	gonin
6	む	mu	muttsu	rokunin
7	な（な）	na (na)	nanatsu	nananin, shichinin
8	ソめ	ia	yattsu	hachinin
9	ここ	koko	kokotsu	kyunin, kanin
10	と	to	to	junin

數人時十個基本數詞中有五個（3，5，6，8，10）用漢語詞替換。另增加三個日語固有數詞（4，7，9），中日數詞並存並用。幫

助計數的語素或數詞也是日語的-tari和漢語的-nin並存並用。而-tsu是日語固有的量詞，這樣的量詞還有十幾個：-ashi步、–ban夜、–fukuro整袋、–hako整箱、-heya房間、-kire片、-kumi（相匹配）的一群或一套、-ma房間、-sara-整盤、sako湯匙、-sorol/soroi一組或一套、-taba束或球、-tsuki（月）。

　　這個系統裏的量詞在語義上的分類，與從中文輸入的是很不相同的。日語裏的中文量詞的語義分類超出了詞彙輸入的範疇，因為它涉及抽象的語義上的類別，跟日語固有的量詞系統大不相同。採用這樣的系統對文化和認知的其他領域也產生影響，並且與日語裏中－日語素底層的建立相關。例如表7.7上的有些中－日語素代替了日語固有的語素。同化的全過程還有待研究，不過同化的階段很容易推測。中－日語素先是與固有語素交替使用，然後在相當大的範圍裏取代原有的系統。中文書寫系統的輸入在工具上加快了「詞彙（書面語素）輸入」擴散的進程。在朝鮮語裏也可以看到同樣的情況，在朝鮮語裏有一個龐大的中－朝語素底層，雖然在數量詞方面的替換沒有日語多。越南語也有一個龐大的中－越語素底層。朝鮮、日本和歷史上的越南採用中文書寫系統，並沒有加快「詞彙輸入」和「詞彙替換」的進程。中國西南地區的少數民族語言在數量詞方面，不同程度地被漢語的語素所替代，可以與日語、朝鮮語和越南語類比。但是這些語言並沒有真正試圖採用中文書寫系統。中國的許多藏緬語也採用漢語的數詞。因語言接觸的廣度和深度不同，「詞彙輸入」和「詞彙替換」的程度也各不相同，常見的情況是只保留很少一部分固有的數量詞。例如臺語只保留數詞「一」（如壯語deu）和一些常用的基本量詞。

二、文化對「詞彙輸入」的相容和制約

　　有一種普遍的成見，認為在詞彙擴散方面，最沒有規律的是借詞

在語義上的分類系統。結構語言學有一條原則是，詞彙借用是語言演變三個允許有例外的領域之一。Gleason（1961）對這一原則的解釋是最好的，他認爲借用多少是任意的不成系統的過程。借用所涉及的是個別的詞，很少是成組的詞彙。

　　表7.8提供一些有趣的實例，作爲討論「詞彙輸入沒有預見性」假說的起點。表上的十六個詞彙代表受惠語言中新的或曾經是新的文化詞。語音和語義借入的例子都不少，不過在官話和粵語中這兩種借詞的數量不同。在十六個例子中，音譯借詞粵語有九個，官話只有五個。粵語的音譯借詞，除了例14外，都是在文化上可以相容的事物，而意譯借詞文化相容性較差。文化「相容性」（compatibility）包含親近（accessibility）、投合（agreeability）、熟悉（familiarity）三層意思。表7.8上的（5）「泵」、（6）「公（共汽）車」、（7）「計程車」比（11）「錄影機」、（12）「洗衣機」，在使用者的心目中覺得更加親近。（1）「咖啡」或（3）「馬達」比（8）「熱狗」或（14）「裸跑」更加投合。（2）「底片」和（4）「打」比（9）「雞尾酒」或（16）「長頸鹿」更加熟悉。綜上所述，（5）「泵」、（6）「公（共汽）車」、（7）「計程車」、（1）「咖啡」或（3）「馬達」、（2）「底片」和（4）「打」比（11）「錄影機」、（12）「洗衣機」、（8）「熱狗」、（14）「裸跑」、（9）「雞尾酒」、（16）「長頸鹿」有更強的文化相容性。簡而言之，這些借詞已經自然分爲兩類。

　　如果將粵語的情況跟官話比較，文化的相容性和詞彙輸入方式的關係也是很明顯的。粵語區比處於內地的官話區較早接觸西方文化，接觸的規模也較大。香港是粵語文化區的中心，香港人生活在現代的城市裏，生活的城市化程度比內地人高。這可以用來解釋爲什麼「照相機」（2）、「交通工具」（6、7）和「影印機」（10）對粵語區和官話區的文化相容性不同。

表7.8 官話和粵語詞彙輸入方式比較

	施惠語言	受惠語言		
	英語	官話	粵語	
1	Coffee	咖啡	咖啡	ka-fe
2	film	底片	菲林	feilum
3	motor	摩托、馬達 機器	摩打	moda
4	dozen	打	打	da
5	pump	泵、抽（水）機	泵	bam
6	bus	公（共汽）車	巴士	basi
7	taxi	計程車、小汽車、 的士／德士	的士	dik-si
8	hot-dog	熱狗	熱狗	yiht gau
9	cocktail	雞尾酒	雞尾酒	gai-meih-jau
10	photo-copier (xerox)	影印機	斯洛士	si-lok-sih
			影印機	yin-yan-gei
11	video-recorder	錄映機、錄影機	錄映機	lok-ying-gei
12	washing machine	洗衣機	洗衣機	sai-yi-gei
13	refrigerator	冰箱	雪櫃	syut-gwaih
14	streaking	裸跑	裸跑	lo-paau
15	hippy	頹廢派、嬉皮士	嬉皮士	hei-peih-sih
16	giraffe	長頸鹿	長頸鹿	cheung-gen-luk

表7.11提供比較中日詞彙輸入的資料。例（1）至（10）是用

中一日語素意譯的借詞，在中國和日本都常見。這些詞是日本先引進的，然後為中國所吸收。這十個詞所代表的是文化上的新事物，與例（11）至（20）比較，它們的親近性和熟悉程度較低。例（11）至（20）在日文裏是音譯的，在中文裏除了例（12）「高爾夫」和例（20）「嬉皮」外都是意譯的。中日兩種語言之間的差異，是因為日本人對來自外國的事物或觀念，在文化上有更大的相容性。這種差異與中日兩國社會歷史不同有關。當十九世紀中日兩國都與西方接觸的時候，日本最初的反應比中國積極得多。伴隨積極態度而來的是更加寬泛的文化上的相容性，反映在詞彙輸入上就是大量音譯詞的產生。這與中國的情況形成鮮明的對照，中國只是近幾十年來才更加積極地與西方接觸。

　　漢語裏音譯詞不僅比日語要少得多，並且有些詞開頭是音譯的，後來漸漸改為意譯。例見表7.9。

表7.9　漢語外來詞從音譯變為意譯的例子

英語原詞	音譯形式		意譯形式
piano	披霞娜	⟶⟶	鋼琴
violin	懷啞鈴	⟶⟶	小提琴
telephone	德律風	⟶⟶	電話
comprador	剛白度	⟶⟶	買辦
ultimatum	哀的美頓書	⟶⟶	最後通牒
bourgeois	布爾喬亞	⟶⟶	資產階級
penicillin	盤尼西林	⟶⟶	青　素
vitamin	維他命	⟶⟶	維生素

　　日語中有些音譯的外來詞，在日語固有常用詞中很容易找到等義

詞，就表達的需要來說，是多此一舉的，例見表7.10。

表7.10　日語外來詞與固有同義詞的比較

英語詞	音譯形式	日語固有詞	漢語對應詞
nap	ナップ	居眠	打盹兒
switch	スイッチ	開閉器	開關
pond	ポン	池	池塘
coal	コール	石炭	煤
rice	ティス	飯	飯
door	ドァ	門、戶	門
game	ゲーム	遊戲	遊戲
button	ボタン	鈕	按鈕
ban	バン	禁止	禁止

　　總而言之，因爲中國的文化相容性比日本弱，所以漢語裏的意譯詞比日語要多得多，中國內地和沿海城市在詞彙輸入方式上的差異原因也相同。

　　表7.8例（1）至（10）這十個借詞中日相同，這說明書寫系統相同的兩種語言，從第三種語言輸入詞彙後，容易互相借用。不過還要指出，並不是成批地借用。同一個外語詞在中日兩種語言裏譯法不同的例子也不少，例如logic在中國曾譯爲「邏輯」。曾有人認爲中文用意譯，日文用音譯，是因爲音譯對日文更方便。表7.8和表7.11上的例子說明這個觀點不對，音譯或意譯對中文和日文同樣都不難。

表7.11　日語和漢語外來詞輸入方式比較

	施惠語言	受惠語言		
	英語	日語		官話
1	recession	不景氣	fukeiki	不景氣
2	police station	派出所	hashutsujo	派出所
3	authority	權威	ken-i	權威
4	experience	經驗	keiken	經驗
5	procedure	手續	tetsuzuki	手續
6	esthetics	美學	bigaku	美學
7	beautify	美化	bika	美化
8	court	法庭	houtei	法庭
9	statutory	法定	houtei	法定
10	degree	學位	gakui	學位
11	ski	スキー	suki	滑雪
12	golf	ゴルフ	gorufu	高爾夫球
13	piano	ピァノ	piano	鋼琴
14	television	ラレビジヨン	terebijion	電視
15	tape-recorder	ラープレコーダー	tepurekoda	答錄機
16	radio	ラジオ	rajio	無線電
17	violin	バイオリン	baiorin	小提琴
18	typewriter	タイプライター	taiburaita	打字機
19	supermarket	スーパー（マケフト）	supa (maketto)	超級市場
20	hippie	ヒフピー	hippi	嬉皮

　　相反，有人認爲，中文的音韻和語素結構，以及與之相應的語素文字，使中文比日文更傾向於意譯（高和劉、Novotna）。必須指出，音譯時對忠實於原有語音的標準不得不降低要求，除非施惠語言和受惠語言的語音系統非常接近。就漢語和中國的一些少數民族語言而言，當需要容納新的音位時，有很大程度的靈活性，爲了容納它們，甚至會創造新的字，表7.12及有些實例。聲母通常讀舌面音的字用於外來詞，則改讀舌根音，例如「咖哩」（2）、「咖啡」（3）、「卡片」（5）、「卡路里」（5）、「卡車」（5）。也可能創造新的字來表示新的語音，例如泵（11）和呔（12）。附表上的化學元素名詞，除了十二個常用的普通名詞，如金、銀、碳外，都是新造的用來譯音的字。這些新造的字充分利用部首系統進行語義分類，這樣，這些元素的化學性質可以從部首得到反映，例如氣態元素從「氣」旁，金屬元素從「金」旁。

表7.12　普通借詞的特殊用字[2]

	漢字		例詞	詞義
1	叻	le^4	叻幣	Singapore Currency
2	咖哩	$ga^l i^4$		curry
3	咖啡	$ka^l fei^1$		coffee
4	加侖	$jia^1 lun^2$		gallon

2　a) 在「關卡」中讀qia^{214}。
　　b) 廣州話讀tai^{55}或toi^{21}。
　　c) 原來用於粵語和閩語。粵語也用「呔」指領帶。
　　d) 最早用於粵語，近年來爲現代漢語詞典所採納。

	漢字		例詞	詞義
5	卡[a]	ka[3]	卡片	card
			卡路里	calorie
			卡車	lorry (car)
6		ka[3]	咔嘰（kǎjī）	khaki
7	佧佤	ka[3]wa[3]		A minority group in China
8	喀	ka[1]	喀布爾	kabul
9	仫	mu[4]	仫佬（mùlǎo）	A minority group
10	臺[b]	tai[2]	颱風	typhoon
11	泵[c]	beng[4]		pump
12	呔[d]、軑	tai[1]		tyre

我們接著討論語言的內部結構會不會影響詞彙輸入？

三、音義混譯詞和音譯義注詞的結構制約

音譯對語音的準確度不得不降低要求，詳盡的例子請見高名凱和劉正炎及Novotna的著作。探討語言的內部結構對借詞方式的影響，對於社會語言學是很有價值的。

如果用意譯，漢語傾向於採用雙音節詞。到目前為止，我們所提出的假設是，借詞的方式是音譯和意譯二分的。然而也有兼用音譯和意譯而處於中間狀態的類型，即音譯義注詞（hybrid forms）和音義兼譯詞（loan blends），用上文提到的理論還難以解釋這一中間類型。

表7.13所列除了（2）波蘭、（3）愛爾蘭、（6）關島、（7）瑞

士和老撾之外，都是音譯義注詞。第一個音節是音譯的，第二個音節是義譯的。這些都是線性地或一前一後地既顧及語音又顧及意義的借詞，這樣的例子還有雞尾酒、坦克車、卡片、啤酒等。

表7.13　雙音節的漢語國名

Thai-land	Po-land	Ireland	Ice-land	guam	Switzer-land	Laos
Taiguo	Bolan	Ai`erland	Bing-dao	Guan-dao	Ruishi	Liaoguo、Laowo
泰國	波蘭	愛爾蘭	冰島	關島	瑞士	遼國、老撾

　　每一個詞的最後一個音節所代表的語素，並不見於外語原詞，在大多數情況下是羨餘的。

　　可以看出漢語轉譯國家名稱一般都用音譯的方法。除了上述是的音譯義注的國名外，外語原有的地名由兩個以上語素構成的不多。例如Ivory Coast（黃金海岸）、Central Africa（中非）、South Africa（南非）、Iceland（冰島）。加勒比海地區的Virgin Island（維爾京群島）的Virgin造詞之初只是取音而已，與有實義的virgin（處女）只不過是偶合。另有些同類的國名用例，紐西蘭（New Zealand）、紐幾內亞（New Guinea），近年才改爲音譯義注詞：新西蘭、新幾內亞。這一方式也沿用於新近出現的政治實體：新赫布里底斯（New Hebredies）、新加里東尼亞（New Caldeonia）。值得注意的是新加坡獨立後中國稱它爲「新加坡」，代替海外沿用至今的「星加坡」。這是一個「超詞彙重整」（hyper-relexification）的例子。

　　爲什麼Thailand（泰國）、Poland（波蘭）、Ireland（愛爾蘭）、Iceland（冰島）、Switzerland（瑞士）的最後一個音節land，會有這麼多不同的譯法？Switzerland如果音譯的話，可能要四個音

節，根據中文借詞雙音節的趨勢，縮減爲兩個音節。America（美國）、英國（Britain/England）、法國（France）、德國（Germany）的情況也一樣，這些國名的第一個音節都是基本涵義，後面加上描寫性的詞「國」。這種方式是能產的，可以爲其他地名翻譯所採用，泰國（Thailand）和寮國（Laos）就是如此。冰島因其孤懸海外的自然地理環境而被譯爲「冰島」（Island）。關島（Guam）也是孤懸海外的，即添加語素「島」以湊成雙音節。

我們已經看到兩種傾向，一是將多音節縮減爲雙音節，下面兩個詞也是這樣縮減的：花生油→生油、芝麻油→芝麻。二是在通常是音譯的單音節詞後面加上一個描寫性的標誌：啤酒（beer）、卡片（card）、寮國（Laos）、關島（Guam）。

這兩種傾向可以用圖7.1示意。

多音節詞 → → → 雙音節詞 ← ← ← 單音節詞

音譯或意譯 → → → 音義混譯 ← ← ← 音譯

圖7.1 雙音節傾向的詞彙重整

有一批多音節的音譯義注外來詞也有音節趨簡的發展趨勢，即用來「義注」的語素失落，大部分是從三音節變成雙音節。例如：

champagne香檳酒→→香檳；coffee咖啡茶→→咖啡；cigar雪茄煙→→雪茄；

tango探戈舞→→探戈；ping pong乒乓球→→乒乓；sofa沙發椅→→沙發；

tank坦克車→→坦克；brandy白蘭地酒→→白蘭地；golf高爾夫球→→高爾夫

「義注」失落的原因是：這些外來的事物漸漸爲人們所熟悉，

不必義注也完全可以接受，毫無問題。這些詞大都原來是三音節，義注失落後變成雙音節。義注失落只限於原來是多音節的詞，如果原來是雙音節的，就不再失落。這說明義注失落與音節結構也相關，例如：啤酒beer、芒果mango、輪胎tire。

現在來討論意譯的兩種類型：逐字翻譯（calque or translation loan）和添加描寫性的標誌（descriptive labelling）。見表7.14。

表7.14　意譯的兩種方式比較

	A 逐字翻譯		B 描寫性標誌	
1	答錄機	recorder	裸跑	streaking
2	牛津	Oxford	長頸鹿	giraffe
3	無線電	wireless (radio)	袋鼠	kangaroo
4	洗衣機	washer	來福槍	rifle
5	影印機	photocopy	浪漫史	romance
6	拖拉機	tractor	郵票	stamp
7	愛人	lover	鴨嘴獸	platypus

表7.14 A欄是字譯的例子，漢語借詞裏的每一個語素都可以追溯到施惠語言裏的相應語素，這些借詞都是多音節的。B是添加描寫性標誌的例子，在施惠語言裏它們都是單音節的。漢語的轉譯通常是描寫性的，包含原詞詞義的外延和內涵，如B 2 giraffe就譯為「長頸鹿」。從文化的角度思考，此種動物應屬鹿類，而突出的特點是頭頸很長，這個特點就用描寫性的標誌添加在「鹿」的前面表示。B 3 kangaroos譯為「袋鼠」的情況也一樣，看起來牠屬於齧鼠類，體形大似乎並不重要，重要的是帶有有袋類動物的袋。platypus也同樣被加上標誌，譯為「鴨嘴獸」。riffle（來福槍）聲光驚人，用「槍」

後置。streaking（裸跑）光著身子跑步，搶人眼目，用「裸」前置。

　　多語素的詞逐字音譯，當需要表意時，就添加描寫性的標誌，這是很合理的。另有一種情況值得研究，就是施惠語言裏的多音節詞的語素的直接成分，有一部分或全部恰好在受惠語言裏有相對應的語素。上文已述，音譯的單音節語素詞所代表的是文化上不能相容的事物。這就是說，當沒有相應的語素時，添加描寫性的標誌就成爲可供選擇的好方法。

　　最成功的意譯也許就是音義兼譯（loan blends），它最大限度地把音譯和意譯兩者結合起來。一般都認爲這種譯法比音譯、意譯或音譯義注都好，音譯義注雖然已經包含音譯和意譯，但是音譯和意譯是線性地或一前一後地排列的。表7.15所列是音義兼譯詞。

表7.15　音義兼譯詞舉例

1	站	tsam (Mongolian)	12	安琪兒	angel
2	佃農	tenant	13	嬉皮（士）	hippie (s)
3	雷達	radar	14	靠背輪	coupler (Clutch)
4	體素	tissue	15	蓋世太保	Gestapo
5	維他命	vitamin	16	納粹	Nazi
6	幽默	humour	17	可口可樂	Coca Cola
7	邏輯	logic	18	百事可樂	Pepsi Cola
8	霓虹（燈）	neon (light)	19	富豪	Volvo (car)
9	引得	index	20	席夢思	Simmons (bed)
10	抬頭	title	21	喜來登	Hilton (Hotel)
11	模特兒	model	22	思高潔	Scotch (guard)

　　每一個詞漢語和外語在語音上的相似程度都是非常高的：包括音節數、第一個輔音、第二個輔音和母音的很大一部分的有規則對應。意譯絕大部分是採用添加描寫性標誌的方法，這種標誌包含原詞詞義的外延和內涵。例1「站」來自蒙古語，原義是「路、通道」，在元代輸入漢語，當時驛傳制度很發達。用漢語動詞「站」來譯「站在」路邊的驛館是很合適的，這種驛館後來發展爲車站。例2「佃農」反映農場租佃制度的特點。例3「雷達」形容像雷到達那樣快地在空間傳遞信息。例4「體素」字面的意思是「構成身體的成分」。例5「維他命」字面的意思是「維持生命」。例6「幽默」意謂「隱含著的很有意思的信息」。例7「邏輯」字面的意思是「搜羅和編輯」。例8「霓虹（燈）」是「彩虹」。例9「引得」是「引導和獲得」。例10「抬頭」是「抬起頭」。例11「模特兒」是「提供範型的人」。例12「安琪兒」是「能帶來平安的品質如玉的人」。例13「嬉皮（士）」表達了這類人貪玩、頑皮和不負責任的形象。例14「靠背輪」指一種倚靠於他物的輪子，是對離合器的很好的描摹。例15「蓋世太保」意謂無所不在的歹徒，也是很好的描摹。例16「納粹」的譯法也相似，意謂「集合精粹」。

　　例17至22是大眾化的商品名，爲了達到廣告宣傳的效果，費盡心思翻譯而成，也許可以說是音義兼譯的登峰造極之作。例17「可口可樂」意謂「可口而令人愉快」，此種飲料在今天的華人社會也極爲普遍，以至可以用最後兩個音節略稱爲「可樂」。例18「百事可樂」意謂「凡事皆可取樂」。例19「富豪」意謂「富有、豪爽、慷慨」。例20「席夢思」意謂在此種床上容易入夢安睡。例21「喜來登」有兩可的解釋：「喜事來臨」和「歡迎入住」，給客人下意識的吉利之兆。此譯名始用於香港喜來登酒店。例22「思高潔」是Scotch製造商的新產品，也有給顧客下意識的吉利之兆的效果。

　　這些譯名是有意識地利用語言效果的佳例。密合的音譯和妥貼的

意譯兩豐收。如果新事物在文化上尚未被容納，那麼借助建立在妥貼義譯基礎上的音譯，可能較容易最終被容納。

　　國外產品廣告的效果可以說明其中的道理。Citizen鐘錶在國外銷售一直很好，僅次於「精工」（Seiko）牌，其商品名在香港譯為「星辰」（粵語音sing-san），其內涵「計時」已包含其中。然而為了超過「精工」，這個商品名在中國大陸改譯為「西鐵辰」，附加了「來自西方」和「像鐵那樣堅固」這兩個內涵，這個譯名改得很好。中國是一個龐大的潛在市場，為了現代化，中國需要吸收西方技術，而人民很節省，希望產品牢固。新的音譯和意譯相結合的商品名稱，將有利於它在中國銷售成功。

四、詞彙輸入的原因

　　詞彙輸入的首要原因是出於表達外來新概念的需要。當一種語言沒有現成的方式表達外來的新概念時，就有可能吸收外來的成分。絕大多數外來詞的產生都是出於這個基本原因，這是顯而易見的。

　　但是並非所有語言借用現象都可以用這個原因來解釋。有時候一種語言並不缺少相應的成分，但是寧可借用外來的語言成分，並且最終用它取代固有的相應成分。例如「兄」和「哥」在今天是等義詞，但魏晉以前，漢語沒有以「哥」稱「兄」的。「哥」字在辭書類的古代文獻裏初見於《廣韻》歌韻古俄切：「哥，古作歌字，今呼為兄也。」「哥」是北方阿勒泰語言來源的外來詞。「哥」蒙古語族作aka，土耳其語族作axa，通古斯語族作aga。這個詞是北魏鮮卑人入華後帶來的，大約先流行於宮廷，如《舊唐書・舒王元名傳》載高社十八子元名語：「此我二哥家婢也，何用拜？」又《舊唐書・讓帝憲傳》引李隆基悼李憲書，四次稱大哥，以後又為民間所仿效，在口語中逐漸取代了兄。但閩語至今仍用「兄」稱elder brother，而不用外來詞「哥」，有的吳語則「兄」、「哥」並用，「兄」仍保留在某

些詞彙裏，如「兄嫂」（哥哥的妻子），或用合璧詞「兄哥」稱el-
der brother。類似的例子還有上海話中的第一人稱複數，本來是「我
伲」，但近幾十年來被等義的「阿拉」所代替。「阿拉」是寧波方言
來源的外來詞。五十年代之前寧波人在上海的商業勢力較強，經濟地
位較高，寧波方言常爲上海人所仿效，「阿拉」一詞也就進入了上
海方言，並逐漸取代了「我伲」的地位。這兩個例子說明，語言的借
用，有時並不是出於表達新事物的需要，而是出於仿效時髦的趨新心
理，這種文化心理與人們在民俗上追求時髦可以類比。

五、外來詞的本土化

外來詞一旦輸入就會本土化，即受到受惠語言的語音結構、語
義結構和社會文化背景的制約，變成受惠語言的詞彙。外來詞的本土
化，表現在以下四方面：

第一，外來詞的讀音納入受惠語言的語音系統，不再讀外語的
原音，而是經本地語言的語音結構改造，用本地語言現成的音節來
讀，或使它的讀法符合本地語言語音系統的要求。例如漢語外來詞
「沙發」和英語原詞sofa兩者讀音異同見表7.16。

表7.16　「沙發」和sofa讀音異同比較表

	詞	讀音	音節數	首音節輔音	首音節母音	次音節輔音	次音節母音	重音	聲調
英語	sofa	soufə	2	s	ou	f	ə	有	無
漢語	沙發	sha¹fa¹	2	sh	a	f	a	無	有

因爲英語和漢語語音結構不同，所以兩者的元音讀法不同。此詞

最初用上海話翻譯，上海話原讀[so^{1}faʔ^7]，第一音節因上海話無[sou]音節，故用[so]對應，第二音節因無[fə]音節，故用[faʔ^7]對應。進入普通話後「沙發」的字音變成[sa^{1}fa^1]。並且sofa的第一音節為重讀音節，而無聲調，但「沙發」前後兩個音節都有聲調。

第二，與外語原詞相比，詞義縮小或擴大。例如英語詞engine有三個義項：發動機、機車和火車頭，但是來源於英語engine的漢語外來詞「引擎」，卻只有其中第一義「發動機」。又如「菲林」只取英語詞film的膠捲、膠片義，而無影片義，更無「拍電影」等動詞用法。

第三，外來詞演變為構成新詞的語素。例如英語詞bar最初輸入漢語時，只有「酒吧」一詞、一義，近年來以「吧」為構詞的語素，構成許多新詞，如網吧、氧吧、陶吧、書吧等，詞義也擴大為一切對外營業的小型休閒場所。類似的還有「秀」（show）：作秀、走秀、時裝秀、談話秀、模仿秀等；「的」（taxi）：打的、的哥、的姐、麵的、殘的等；巴士（bus）：大巴、中巴、小巴、村巴（來往於居民社區和市中心的公共汽車，用於香港）等。

第四，與外語原詞比較，詞性類別減少或增加。例如英語詞model原有名詞和動詞兩種用法，名詞義為樣式、型、模範、典型、模型、原型、模特兒，動詞義為模仿、模擬。但漢語「模特兒」只取名詞義，並且只取其中「模特兒」這一個義項，而無動詞用法。

六、結語

本節開頭曾假設語言和文化有互相依賴的關係，語言和社會結構也一樣，並且主張研究語言接觸以及由此而來的跨過語言疆域的詞彙擴散，不能局限於音譯的詞彙，也應該包括意譯的詞彙。文化的相容性是制約詞彙輸入採用音譯或意譯方式的主要因素。文化上的相容性對詞彙輸入而言，主要包括三方面：親近、投合、熟悉。要證實上述

觀點還要進一步研究對這些文化上的新事物的認知過程，包括「熟悉」和「容受（即投合）」的認知過程，而實用和經濟是容受與否的決定因素。對不同程度的文化同化要做定量的比較分析，本節比較了中文和日文的差異；沿海地區漢語和內地漢語的差異。本節還探討了書寫系統在同化過程中的特殊作用。此外，我們認為，在低一層次的語言內部的結構制約，例如漢語詞彙的雙音節傾向，也對詞彙重整產生重要影響。本節用這一制約的觀點分析了音譯義注詞的分化，分析了作為商品名稱的音義兼譯詞。

第三節　語言融合

　　語言接觸不僅可能產生雙語現象、造成詞彙的輸入或輸出，並且有可能達到語言融合的境界。語言融合現象可以從微觀和宏觀兩方面來觀察。

　　微觀的語言融合是指兩種不同語言的成分交配成一個新的語言單位——詞或較固定的詞組，在其中一種語言裏使用。這樣的詞可以稱為「合璧詞」（hybrid word）。從宏觀的角度考察，語言融合的結果是產生洋涇浜語、混合語和混合方言。從宏觀方面考察，兩種不同語言的交融，有可能產生第三種新的語言。曾有一派語言學家認為不同語言交融的結果不可能產生第三種語言，而只可能是其中某一種語言戰而勝之，另一種語言以消亡告終；但是後來的大量調查研究表明，事實上世界上有許多這樣的第三種語言，包括已經廢棄的和正在使用的。這種交配而成的語言又可以分成兩大類：洋涇浜語（pidgin）和混合語（Creole）。不過從嚴格意義上講，洋涇浜不能算語言，因為它沒有語言的全部功能，也沒有成為任何人的母語。

一、合璧詞

合璧詞分成兩大類：

一類是異義複詞，即兩種不同語言的成分，語義不同，結合成一個新詞。例如下列三個壯語龍州方言中的合璧詞，都是由壯語和漢語交配而成的：日子van^{21}tɕi^{34}（壯語＋漢語官話方言）、竹竿tɕu^{21}θa:u^{34}（漢語官話＋壯語）、不用mi^{35}çai^{35}（壯語＋漢語粵方言）。漢語「新西蘭」也是合璧詞：新（漢語）＋西蘭（英語Zealand）。

另一類同是義複詞，即兩種不同語言的成分，語義相同，疊床架屋組合成一個新詞，例如在西雙版納著名的傣文長詩《召樹屯》中有巴厘語和傣語的合璧詞：母親mada mɛ、生育phasut kɤt、池塘slanɐ等。這些詞的前一音節是巴厘語，後一音節是傣語。這些合璧詞說明印度文化通過宗教傳播對傣族文化影響之深。

二、洋涇浜語

洋涇浜語（pidgin），又稱作「比京語」或「皮欽語」。「洋涇浜」一詞的來源可能與老上海的蘇州河的一條支流——洋涇浜有關。1845年英租界在上海建立以後，洋涇浜成為租界和華界的分界線，沿岸也成了上海最繁華的地段，也是英語和漢語接觸最頻繁的地方。上海的洋涇浜英語就是在這裏誕生的。「洋涇浜英語」英語稱為pidgin English。而英語pidgin與pigeon讀音和拼法都相近，又被誤為pigeon English，譯成中文，就變成「鴿子英語」。

洋涇浜語是指兩種或多種不同語言頻繁接觸的地區，由這些語言雜揉而成的語言。洋涇浜語言在一個社會中通行的範圍是有限的，大致只使用於使用洋涇浜語是不同語言的人有必要相互交際的場合，而不用於同屬一種語言的社團內部。不過，洋涇浜語是因實際需要產生的，在某些場合也是非常實用的。1912年上海出版的《上海旅遊

指南》（英文本）說：「你千萬不要認爲鴿子英語讀音可笑、語法錯誤，但它確實是上海最爲實用的英文，否則你一定會鬧出許多笑話。」

目前瞭解比較多的洋涇浜語言，大都是哥倫布發現新大陸之後，歐洲人在世界各地通商和擴大勢力的結果。歐洲人和當地居民交際時，爲了互相聽懂交談的內容，誰也不講究華麗的詞藻或嚴密的語法，而都希望有一種簡便的工具。這樣，土著語言中逐漸混入歐洲語言的因素，形成一種語法結構和詞彙用法都十分簡便的語言。

洋涇浜語言是殖民地和半殖民地文化的產物，它的形成過程是單向的，即在土著學習歐洲語言的過程中形成，其底層是土著語言，絕沒有以歐洲語言爲底層的洋涇浜語。例如上海的洋涇浜英語，將「三本書」說成three piece book，其漢語底層表現是：有量詞piece；名詞無複數，book不用複數形式；沒[pi:s]這樣的音節，所以piece讀成[pisi]。

中國的洋涇浜語言，比較引人注目的有洋涇浜英語和洋涇浜協和語兩種，而又以洋涇浜英語較典型。

洋涇浜英語是十八世紀初期形成的，其使用的地點主要是廣州、香港、上海，也使用於其他通商口岸，如寧波、海口、漢口、蕪湖、北京、南京等地。使用者主要是英美人和他們在中國的雇員或傭人，以及與他們接觸的中國商人。開頭用於業務上的聯繫和買賣交易，如用於供外國人購物的零售商店，後來也用於中外人士互相接觸的別的場合，除了傭人和商人之外，較高階層也有使用洋涇浜英語的。

洋涇浜英語的歷史可以分成四個時期：誕生期1715至1748年，誕生於廣州和澳門；早期1748年至1842年，使用至廣州；擴展鼎盛期1842年至1890年，使用於香港和各地通商口岸；衰落期1890年至今。衰落的原因除了英語教學逐漸普及，一般人寧可使用較純正的英

語外，還有別的社會文化方面的關係。

　　不過在本世紀前半期的上海，在與外國人接觸的華人中間，洋涇浜英語還是相當活躍的。當時上海的洋涇浜英語內部並沒有嚴格的規範，往往因使用的場合不同而不同，因人而異，只是以滿足最低限度的交際需要為目的。共同的特點是語音、詞彙和語法的全面簡化和雜糅。例如社會下層的車夫、小販、搬運工等，甚至只能說個別必需的詞彙，如也司（yes，是的）、溫大拉（one dollar，一塊錢）、銅生斯（一分錢的銅幣。「生斯」是cent的譯音）、哈夫哈夫（half half，利益均分）、生髮油抹來抹去（Thank you very much，非常感謝）、long time no see（長久不見）等。有一種以說洋涇浜英語為職業者，稱為「露天通事」，大致是由轉業的西崽、馬夫等組成，專在馬路或遊覽場所，為初到上海的水手、遊客等外國人，充任臨時譯員和嚮導。

　　在《華英初階》之類學習英語的教科書出版前，上海曾流行《洋涇浜英語實用手冊》之類書，民間還流行便於記憶的歌訣。下面一首著名的歌訣見於汪仲賢所著《上海俗話圖說》（上海社會出版社，1935年），開頭四句如下：

　　　來是「康姆」（come），去是「穀」（go），廿四銅鈿「吞的福」（twenty four），
　　　是叫「也司」（yes），勿叫「拿」（no），如此如此「沙鹹魚沙」（so and so）。

此類歌訣多是寧波人所作，所以最好用寧波話誦讀。

　　下面舉兩個典型的洋涇浜英語用例，先寫出洋涇浜英語，次寫標準英語，再用漢語翻譯。

例1　My go topside. He have go bottomside.

　　　I am going upstair. He has gone downstair.

　　　我到樓上去。他到樓下去了。

洋涇浜英語的兩個句子從標準英語的立場看，動詞時態用錯，代詞未用主格，並且出現了英語中根本沒有的topside（漢語「上邊」的字譯）和bottomside（漢語「下邊」的字譯，英語無此詞）這兩個詞。但是從漢語的立場來看，這兩個句子似乎沒有錯誤，完全可以理解，因為漢語沒有時態和格的問題，並且用「上邊」表示樓上，譯為topside，用「下邊」表示樓下，譯為bottomside，也說得通，聽得懂的。

例2　Afternoon my come.

　　　I'll come in the afternoon.

　　　我今天下午來。

從標準英語的立場來看，頭一個句子的時態、格、詞序、句子成分（afternoon不能直接做狀語）方面都有錯誤；但是從漢語的立場來看，時態和格固然不必顧及，詞序也沒有錯，「下午我來」是很正常的詞序，並且時間詞「下午」也可以直接做狀語的。

　　　這兩個例子說明，洋涇浜英語的造句思想是從漢語出發的，或者說洋涇浜英語的骨頭是漢語的，肉是英語的。

　　　在上海開埠後不久還流行一「洋涇浜字」。華人和洋人接觸交往初期尚無英文教育，華人對英文二十六個字母頗能學舌，但是因為拉丁字母字形與漢字迥異，難以描摹，所以選用二十六個漢字部首，如、丨丿凵等來代表二十六個字母，用於拼寫。這種文字清道光末年盛行於下層社會。咸豐時劉麗川領導小刀會起義，為對清政府官吏保

密，曾以此種洋涇浜字與洋人通信。

洋涇浜協和語是日軍侵占東北期間（1905-1945年）在東北產生的一種漢語和日語雜交的語言，其特點是不少詞彙和語法結構，尤其是詞序用日語（賓語前置於動詞）。例如「優秀大型貨物船熱田山丸大連著……」其中「著」是日語詞「到達」的意思，這是個動詞，卻用在賓語後。類似的例子還有「日小鐵工業滿洲移駐」、「日郵便業務協定修正」等。協和語主要使用於東北鐵路沿線，尤以大連為最。協和語只使用於漢族人之間，這與洋涇浜英語使用於英美人和中國人之間不同。因為協和語是由學校強迫教學日語引起的，所以文化程度較高的人和城鎮居民用得較多，並且也用於報紙的新聞報導、教科書等出版物上。本世紀五十年代協和語仍可在口語中聽到，六十年代以後已趨於消亡。

舊時代上海的洋涇浜英語雖然早已不用，但是其中的某些詞彙仍然一直沿用至今，例如上述歌訣裏的癟三（「畢的生司」的縮減形式）、那摩溫、麥克麥克。「剛白度」（即「江擺渡」）也用於早期的現代漢語書面語。那麼洋涇浜語裏的外來詞與普通的外來詞有什麼區別呢？洋涇浜語只用於口頭的語言接觸，普通的外來詞大都是通過書面翻譯產生的。洋涇浜語裏的外來詞的使用範圍一旦擴張到本地人之間日常交際的領域，或進入書面語，也就成了普通的外來詞。

三、混合語和混合型方言

混合語（creole），又稱克里奧爾語，是兩種不同的語言長期接觸、交融，最後交配而成的第三種新的語言。如加勒比海的現代海地語是法語和當地土著語言交配而成的，青海同仁縣的五屯話是由藏語和當地漢語方言交配而成的。

海南島回輝話是中國境內最典型的混合語。回輝人信仰伊斯蘭教，是我國唯一有獨立語言的回族（其他回族人都已改說漢語）。

回輝人是宋元以來從越南的占城遷移而來的，說回輝話的人口約三千七百。說回輝話的人的祖先是在宋代和明代因受交趾所逼，從越南的占城遷至海南島的。據《宋史》（卷四百八十九）載，雍熙三年（986）「儋州上言，占城人蒲羅遏爲交趾所逼，率其族百口來附」。「端拱元年（988），廣州又言，占城夷人忽宣等族三百一人來附。」又據《明憲宗實錄》（卷二八四）載，成化二十二年（1486）十一月「癸丑，巡按廣東察御史徐同愛等奏：占城國王子古來……，率王妃王孫及部落千餘人，載方物至廣東崖州，欲訴於朝。」

今天的回輝人自稱u^{11} tsa:n^{21}，其中第二個音節與「占」音近。回輝人的祖先說的是古代的占語，這是南島語系（Malayo-Polinesian language family）占語群的一種語言。一直到一千年後的今天，還可以在回輝話和南島語（如印尼語）之間，找出許多同源詞和語音對應規律。現代的回輝話和越南中部的拉德話（屬南島語系）同源詞還有39%，例如：回輝話的母音ai和印尼語的i相對應；「繩」回輝話作lai^{23}，印尼語作tali；「腳」回輝話作kai，印尼語作kaki。但是由於回輝人長期留居中國，與當地中國人頻繁接觸，其語言也與漢藏語相交融，所以今天的回輝話又有一些重要特點與漢藏語相同，而與南島語大相逕庭，例如回輝話的語素是單音節的，並且有五個聲調；而語素單音節和有聲調正是漢藏語的重要特徵，南島語的語素是多音節的，沒有聲調。回輝話是一種非驢非馬的混合語。

此外，在中國境內還有五屯話和艾努話。甘肅的五屯話本來是一種漢語方言，因受當地藏語和土語的影響，失去聲調，同時產生許多表示形態的詞尾。新疆的艾努人的祖先是從伊朗遷來的，本來是說波斯語的。因長期與維吾爾語接觸，艾努話失去了原有的屈折語類型的語法特徵，所有詞類都採用與維吾爾語一樣的黏著語類型的附加成分，但仍保留一套完整的基本與波斯語相同的數詞系統。

在海外，典型的混合語有海地法語和牙買加英語。

混合語和洋涇浜語至少有以下幾點不同：

第一，混合語使用於整個社會，也使用於家庭內部。洋涇浜語不是全民的語言，僅使用於若干有必要使用的交際場合，在家庭內部只使用於母語不同的主僕之間。

第二，混合語可以是一個人的母語，洋涇浜語是在母語以外，在社會交際中學會的第二語言。

第三，洋涇浜語是殖民地和半殖民地文化的產物，而混合語則不一定，如五屯話是漢藏人民雜居和文化交流的結果。

第四，混合語內部有完整的語音、詞彙和語法規範，洋涇浜語則不然。

第五，有的混合語是從洋涇浜語發展而來的，如海地語起初就只是一種洋涇浜語；但不是所有洋涇浜語都會發展成為混合語，洋涇浜語常因殖民地、半殖民地文化的中止或衰微而消亡，如中國的洋涇浜英語。

方言與方言也有可能發生雜交，而產生一種新的混合型方言。「混合型方言」這個概念相當於混合語或稱為克里奧爾語（Creole），只是層次不同。在哪些地方有可能產生混合型方言及混合型方言的特點第二章第三節已述及。

語言的借用和語言的雜交沒有截然的界線。大致語言雜交背後的文化交流更深刻，並且大都有操不同語言的居民雜居的背景。語言的雜交大致是從語言的借用發其端的，從語言的借用發展到語言的雜交，其中有一個從量變到質變的過程。但是甲乙兩種語言互相借用，不一定會發展到雜交的階段，而有可能僅僅停留在借用階段，不再前進，例如漢語和日語有互相借用詞彙的歷史，但是這兩種語言並沒有發生雜交。甲乙兩種語言（或方言）雜交之後，也有可能進一步發展，進入同化階段，即由其中一種語言戰而勝之，同化了另一種語

言。例如現代蘇北揚州一帶至遲在隋代以前應該是使用吳語的，因爲隋代曹憲《博雅音》反映出吳語的語音特徵。現代的蘇北的江淮官話，應該是古吳語經過借用北方話階段，進一步與北方話雜交，最後才被北方話同化的。這個過程的殘跡還遺留在江淮官話的若干地點方言中，例如在現代方言分類學上，靖江話屬吳語，因爲它保留濁塞音和塞擦音聲母，但是其詞彙已爲北方話所同化。

　　語言借用會不會向語言雜交和語言同化發展，這是受文化背景制約的。蘇北吳語被北方話逐漸同化，在秦漢以來北方文化不斷南移的大文化背景之下，是必然的結果。一直到今天這種趨勢還在繼續發展中，據實地調查，今天只有靖江人學泰興話，而沒有泰興人學靖江話的。泰興與靖江相鄰，泰興話屬江淮官話，靖江話屬吳語。皖南也有類似情況，蕪湖市的四山原來是說吳語宣州話的，但是現在男人已改說市區的江淮官話，當地原來的「土話」被認爲是婦女話，這種婦女話也正在向江淮官話演變。

四、語言接觸和句法結構的輸入

　　語言的借用在語音、詞彙和語法在三個層面都可能發生，其中最常見的是詞彙。就漢語輸入西方語言成分而言，除了詞彙爲最大宗外，還有句法結構，語音則不受影響。

　　西方語言對漢語句法結構的影響，是從五四運動以後開始的。五四運動以前翻譯西方著作是用文言文的。文言文已有數千年歷史，它的結構非常穩定，而譯者對文言文的運用也都是十分嫻熟的，所以西方語言對文言文的譯本，如嚴復《天演論》等，並不產生影響。

　　五四運動以後提倡白話文。白話文是一種新興的文體，在五四時期，它的結構還不是十分穩定，不像文言文那麼成熟。雖然白話文力圖接近口語，但是書面語和口語畢竟不同。況且方言區的譯者並不

都諳熟標準語，因此白話文的譯本極易受到西方語言原文的影響，而將西方的語言結構輸入漢語。新輸入的結構，又由翻譯作品傳播到一般白話文作品。輸入的結構到後來有的被揚棄了，有的則保留了下來；也有的不僅保留在書面語中，而且進入日常口語。那些在漢語口語中獲得生命力的結構，才是真正在漢語裏扎了根。

以下略述因受西方語言影響，五四以後漢語語法的新發展，它又可分已經進入口語的新結構和只進入書面語的新結構兩大類。

已經進入口語的結構：

(1) 動賓結構的詞大量產生，如「動員」、「保險」、「罷工」。此類詞起初從日文引入，後來也自造新詞，如「脫產」、「轉業」、「定點」。

(2) 部分構詞成分的詞綴化，後綴如「手」、「者」、「師」、「化」、「主義」；前綴如「非」、「反」、「超」、「泛」。這類詞綴起初是用以對譯西方語言中相應的詞綴，多半從日譯本轉駁。

(3) 名詞和代詞數範疇的最後確立。用「他」（前身是「每」）表示複數，元代白話碑已屢見不鮮，但到近代漢語，仍是不完善、不穩定的。許多南方方言根本沒有名詞和代詞的數範疇，而是以詞彙手段表示複數的。

(4) 一些連詞的普遍使用，如「因為……所以……」、「如果……那麼……」。

(5) 被動句的普遍使用。本來漢語慣常不用「被」字句，如用，則帶有不願意、不愉快的感情色彩；因受西方語言的影響，被動句現在變成中性的了，所以普遍使用。

只進入書面語而未進入口語的結構：

(1) 連詞「和」在多項並列結構中的位置放在末兩項之間。

(2) 第三人稱代詞的「性」分化，即分為「他」和「她」。

⑶ 「的」、「地」分用。

⑷ 定語複雜化。如「香港是一個充滿活力的現代化的動感之都」。

⑸ 人稱代詞帶定語。如「在雨夜裏我遇見病中的她。」

⑹ 多個動詞管一個賓語，如「創造和改進了工具」。

⑺ 多個助詞共管一個動詞，如「他不願也不能參加會議」。

　　能夠在口語中扎根的外來成分，大致限於詞彙和詞法結構，句法結構的影響大致限於書面語。

五、底層語言、上層語言和傍層語言

　　底層語言的產生可以說是一種特殊的語言借用現象，底層成分和一般的所謂借詞（loan word）都是指從一種語言滲透到另一種語言的成分。但是借詞的產生不必以底層民族作為前提；底層成分的滲透更深入、更隱密、更不易覺察；底層成分可以包括語音、詞彙和語法結構。

　　底層語言理論（substratum theory）認為在一種上層語言裏有可能殘留底層語言的成分；底層語言以多種不同的形式對上層語言產生影響；上層語言的演變與底層語言的影響有關；如果一個地區的語言被另一種語言所替代，那麼前者就有可能成為後者的底層。所謂底層語言（substratum）是指兩種不同的語言互相接觸、競爭的結果，戰勝的語言所吸收的戰敗的語言成分。戰勝的語言即是上層語言，戰敗的語言即是底層語言。

　　語言底層須有民族底層作為前提。外來民族在征服土著民族或移居到土著民族的住地的時候，同時帶來一種新的語言。新的語言如果在文化、經濟或使用人口上占優勢，那麼就可能成為上層語言。土著民族不得不放棄土著語言，改而使用新的語言。他們在使用新的語言的時候，一方面受到原有的語言習慣的制約和影響，造成有規律的

錯誤；另一方面有時候在新的語言裏找不到相應的表達方式（多是詞彙），就保留原來語言中那些有用的成分。這些有規律的錯誤和保留下來的有用的成分，即是底層語言成分的兩大源流。底層語言成分可以包括語音、詞彙和語法三方面，但是以詞彙為最常見。

底層語言證據舉例如下：

西班牙語的音位系統接近巴斯克語（Basque），也就是說西班牙語有巴斯克語的音位系統底層。巴斯克語是黏著語，印歐語是分析語或綜合語。一般認為巴斯克語是印歐人到來之前，歐洲大陸的土著語言。現代使用於法國和西班牙交界處，使用人口二百五十萬左右。

Russia（俄羅斯）其地為使用斯拉夫語的民族所居，但是地名Russia卻是斯堪的納維亞語。Rus是斯堪的納維亞語的一個部落名。Leipzig（萊比錫）其地在使用日耳曼語的德國，但是其名卻是斯拉夫語。英國、愛爾蘭有些古冰島語的地名。

在愛爾蘭使用的英語中有許多結構不見於不列顛英語，這些結構很明顯是在愛爾蘭語的語法影響下產生的。愛爾蘭語屬於哥德語支（Goidelic branch）凱爾特語群（Celt group）。例如凱爾特語有一種特殊的結構，即將現在時單數第三人稱置於居首，後接其他相應的結構，在愛爾蘭使用的英語也是如此。底層語言研究有較特殊的對象和方法。

在羅馬帝國時代，高盧語（Gaulish）或伊比利亞語（Iberian）被拉丁語所代替。常有人認為這些語言的使用者將某些語音或其他方面的特徵帶進拉丁語，這些特徵在現代羅曼語方言裏仍然可以見到。

英格蘭曾於1066年被說法語的諾曼人征服，法語詞彙因此對英語產生影響。一方面說法語的人後來學英語的時候，把許多法語詞彙帶到英語中，另一方面，有些當地的英語使用者希望通過模仿上層階

層的言語，也會輸入這些法語詞彙。英語中法語來源的外來詞，分佈在許多領域。舉例見表7.17。

表7.17　法語中來自英語的外來詞舉例

政府	tax, revenue, royal, state, parliament, government
宗教	prayer, sermon, religion, chaplain, friar
法律	judge, defendant, jury, jail, verdict, crime
科學	medicine, physician
文化	art, sculpture, fashion, satin, fur, ruby
戰爭	army, navy, battle, soldier, enemy, captain

　　有些法語來源的外來詞和英語固有詞往往表達事物的不同種類，例如用英語詞theft指小偷，用法語詞larcency指大盜。用英語詞指家畜，用法語詞指家畜的肉，例如sheep（羊）、mutton（羊）；cow（母牛）、beef（牛肉）。對於作為底層語言的英語來說，法語即是上層語言。

　　漢語南方方言區的民族底層應該是百越，今南方方言中仍保留古越語的底層詞彙，下面舉一個例子。《廣韻》宵韻符宵切載：「《方言》云：江東謂浮萍為薸。」現代的一些吳語和閩語仍稱浮萍為薸。例如

溫州	建甌	建陽	政和	潮州
bie^{31}	phiau^{33}	phyo^{334}	phio^{334}	phio^{55}

　　「薸」這個字的上古音可以擬為*bjiaw，中古音可以擬為*biqu。現代一些臺語裏稱「浮萍」的詞的語音，可以與上述方言語音和古音相證合。

　　壯語 piu^2　　水語 pi:ŋ^{6}pieu^2　　毛難語 puk^{8}pjeu^2　　臨高話 fiu^2

浙閩一帶在漢代以前是古越族所居地，在漢族進入浙閩一帶之後，在當地的漢語方言裏留下這個表示南方事物的底層詞應該是很自然的。浮萍尤其在是用作豬和家禽的飼料，元代王禎《農書・畜養篇・第十四》載：「嘗謂江南水地多湖泊，取萍藻及近水諸物，可以飼之。」江南在新石器時代就開始養豬，浙江河姆渡遺址有豬骨骼出土。浮萍是豬的主要飼料，在古代農業社會裏應占重要地位，「薸」這個字的產生也應該是很早的。

除了「上層語言」和「底層語言」外，還有所謂「傍層語言」（adstratum）。底層語言和上層語言在互相交融時或交融後，另有第三種語言對它產生影響。這第三種語言就稱為傍層語言，它可以沒有民族學的前提，即在地理上並沒有侵占過底層語言。「傍層語言」這個概念是Edwin Bryant在研究吠陀語（Vedic，即後來的梵語Sanskrit）詞彙輸入達羅毗荼語（Dravidian）問題時提出來的。日語從西方語言輸入大量外來詞，西方語言對於日語來說就是「傍層語言」。

思考與練習

1. 海外華人的語言同化一般要經過哪些階段？
2. 舉例說明漢語外來詞的類型。
3. 舉例說明音譯義注詞在結構上的發展趨勢，並分析其中的原因。
4. 漢語與日語吸收外來詞的方式有何異同？
5. 舉例說明洋涇浜語和混合語的異同？
6. 對於英國的英語來說，為什麼法語是上層語言？請寫出本章中沒有提到的五個英語裏來源於法語的外來詞。

第八章
社會發展與語言競爭

　　不同的語言或方言互相接觸，有可能在三方面相互競爭：一是語言的使用功能，即競爭用作高層語言或頂層語言的地位；二是語言的使用領域，如課堂教學、新聞報導、公共交通；三是借貸關係，即甲方輸入乙方的成分多，或反之。

　　使用兩種不同語言的民系生活在同一個社會或社區的情況下，會發生語言競爭，如香港的粵語和客家話。在他們不處在同一個社會或社區的情況下，也可能有語言競爭問題，如上海話和廣東話。

　　語言競爭勝負的決定因素是各方的語言競爭力。語言競爭力可以分爲以下幾種：

⑴ 政治競爭力，主要指政府的語言計畫或語言政策有利於哪一種語言。例如在中國普通話的政治競爭力最強。

⑵ 文化競爭力，指語言背後的文化是強勢或弱勢；例如在香港粵語文化相對於其他文化是強勢文化。廣義的文化競爭力也包括教育競爭力，即某一種語言是否被採用爲學校教學語言，例如在新加坡教學語言是英語。

⑶ 經濟競爭力，指民系經濟地位的高低；例如在舊上海蘇北人的經濟地位很低，所以其方言的地位也很低。

⑷ 人口競爭力，指民系人口的多寡。在不同民系雜居的情況下，人口競爭力才會發生明顯的作用；如臺灣的客家人比閩南人少，是客家話萎縮的中重要原因之一。

⑸ 文字競爭力，指某一種語言有無文字，或文字化的程度如何；粵語的文字化程度較高，所以有可能用於報紙、雜誌的

部分版面,特別是娛樂版、通俗文藝版和廣告版,從而取代頂層語言——普通話的部分功能。

(6) 宗教競爭力,指一種宗教是否有統一的常用語言,以及教徒對這種語言的忠誠度;例如新加坡的馬來人信仰回教,回教的常用語言是馬來語,所以新加坡的馬來語將會長期保存,不像漢語方言很可能消失。

在以上六種競爭力中以政治競爭力最爲重要,例如:新加坡的人口(1994年),華人占78.5%,馬來人占14.2%,印度人占8.1%,華人的人口占絕大多數,並且在文化、經濟和文字方面的競爭力也是明顯占優勢,雖然英語、華語、馬來語和泰米爾語都是官方語言,但是新加坡卻以馬來語爲國語,國歌也是用馬來語演唱的,這是馬來語強勁的政治競爭力帶來的結果。

第一節　香港的語言競爭

一、香港語言歷史背景述略

香港缺少自然資源,她今日的經濟成就與國際地位不僅有利於當地社會,也有利於中國現代化建設,這些成就有賴於居民謀生致富的能力,其中包括多方面擔當西方與中國的橋樑的能力。而語言能力是一個基本條件。香港今天多種語言或方言並存的局面是歷史發展的結果,今後的語言政策和語言教育也可以從近一百多年的歷史裏汲取不少教訓。

根據幾個不平等的中英條約,香港主權爲英國所侵占,其中包括1858年簽訂的《天津條約》。該條約中有兩項條款,對香港後來的社會與語言的發展有重大的影響。現在把有關條款中英文版本做一比較,就更加可以看出它的關鍵作用。

第五十款

一、嗣後英國文書俱用英字書寫，暫時仍以漢文配送，俟中國選派學生學習英文、英語熟習，即不用配送漢文。自今以後，凡有文詞辯論之處，總以英文作爲正義。此次定約，漢、英文字詳細較對無訛，亦照此例。

Article 50 :

All official communications, addressed by the Diplomat and Consular Agents of Her Majesty the Queen to the Chinese authorities, shall, henceforth, be written in English. They will for the present be accompanied by a Chinese version, but it is understood that, in the event of there being any difference of meaning between the English and Chinese text, the English Government will hold the sense as expressed in the English text to be the correct sense. This provision is to apply to the Treaty now negotiated, the Chinese text of which has been carefully corrected by the English original.

第五十一款

一、嗣後各式公文，無論京外，內敘大英國官民，自不得提書夷字。

Article 51 :

It is agreed, henceforward the character 夷「I」（barbarian）shall not be applied to the Government or subjects of Her Britannic Majesty, in any Chinese official document issued by the Chinese authorities, either in the capital or in the provinces.

《天津條約》第五十一款，從外交史上來看是很獨特的，因爲在兩國簽訂的條約中，史無前例地訂明，英方不容許中方在國內各類公文中繼續使用「夷」這個表示藐視的字眼，這反映出當時中英雙方

彼此之間都有鄙視的心理狀態。這種現象不難理解，因為雙方接觸不久，互相瞭解不深。當時英國有兩類人對中國「情有獨鍾」，一類是商賈，他們熱衷於將印度出產的鴉片銷往中國，再換取中國貨品銷售到歐洲，從中漁利，出發點是為財；另一類是傳教士，他們競相來華，出發點是為了所謂「拯救中國人的靈魂」。

中英兩種語言在香港的不平等地位，可從條約的第五十款中看出來。此款也為日後香港長期只以英語為唯一的官方語言奠定了基礎，直至十多年前才稍有改變。值得注意的是，條約的中英文版本在條款上存有重大的差異，在外交史上是罕見的。條約的中文版上有這樣的一段：「俟中國選派學生學習英文、英語熟習，即不用配送漢文。」但在英文版本上則未見此段。第五十款末尾還有一句：「此次定約，漢、英文字樣詳細較對無訛」，實屬荒誕無稽。這反映出當時清廷的翻譯官員或有私心，或另有圖謀，試圖今後藉此強化英語學習。這種玩弄言詞的手法在第五十一款中也可看到。該條款英文版開頭有這樣一句：「It is agreed」意即「達成協定」，但在中文版中卻未見提及這一點，這使該條款變成帶有強制性質，即由英方強制中方執行。由於少了這一關鍵性的字眼，中方負責談判的官員就不必承擔有關條款寫明的責任，而使有關條款變成只是英方可以利用的強制令。條約的中文版與英文版文字增減有很大的不同，這不是無心失誤，而是故意之作。

另一方面，英方的政策制定者也弄詞取巧。當時清朝的官制：省級地方首長稱為「巡撫」；省級以上長官稱為「總督」，慣常統轄兩省，如「兩廣總督」；每省在巡撫之下再設「布政司」，主管稅務和其他官員升遷及地方具體事務。當時廣東省人口遠遠超過香港，可是香港英國殖民地的政府長官中文官名不稱「巡撫」，而稱為「總督」，副手稱為「布政司」。有意思的是，雖然中國自清朝以後已停止使用這些稱謂，但在香港卻一直沿用到回歸前夕。由於這種取巧的

語言處理，使小小的英國殖民地領導班子成員，在與清廷官員談判時超越了其應有的官職，而輕易與巧妙地取得了與清朝官員平起平坐的優越地位。

由英廷與清廷制定的「兩語」即英語、漢語之間的不平等關係，只代表社會語言的一個層面，即作爲書面語言的英文和中文。在清代社會裏，官話就是朝廷在首都使用的語言。中國歷代都以在首都官場使用的語言爲標準語，即使是外族統治者如蒙古族與滿族最後也接受這種語言政策。對官話與地方方言的關係，朝廷也有定論，例如1722年雍正皇帝就下詔明令，以後的地方官不可只講本人的方言，而要熟習和推廣朝廷的官話：

《東華錄》雍正六年（1728）

　　七月甲申諭內閣，官員有蒞民之責，其語言必使人人共曉，然後可以通達民情，而辦理無誤。是以古者六書之例，必使諧聲會意，嫻習語音，所以成遵道之風，著同文之治也。朕每引見大小臣工，凡陳奏履歷之時，惟有福建、廣東兩省之人，仍係鄉音，不可通曉。夫伊等以見登仕籍之人，經赴部演禮之後，其敷奏對揚，尚有不可通曉之語，則赴任他省，又安能於宣讀訓諭、審斷詞訟，皆歷歷清楚，使小民共知而共解乎？官民上下，語言不通，必致吏胥中代爲傳述，於是添飾假借，百弊叢生，而事理之貽誤者多矣。且此兩省之人，其語言既皆不可通曉，不但伊等歷任他省，不能深悉下民之情，即伊等身爲編氓，亦必不能明白官長之意。是上下之情，扞格不通，其爲不便實甚。但語言自幼習成，驟難改易，必徐加訓導，庶幾歷久可通。應令福建、廣東兩省督撫，轉飭所屬各府州縣及教官，遍爲傳示，多方教導，務期語言明白，使人通曉，不得仍前習爲鄉言。則伊等將來引見，

殿陛奏對，可得鮮明，而出仕他方，民情亦易於通曉矣。

　　由此可見，當時朝廷的想法是要以北京朝廷裏使用的方言作為官方口語，並不要求分派到各地的官吏學習當地的方言或語言。實際上，當時朝廷的語言政策是出於地方官吏使用的口頭語言要向中央官話靠近的構思。從詔諭中也可以看出，由於科舉的最高一級考試是殿試，當著皇帝的面，以面試形式進行，方言會造成語言不通而令面試有溝通上的實際困難。中國的語言和方言十分複雜，幾千年各地溝通主要依靠全國統一的用漢字記錄的書面語，而書面語則以超方言的文言文為主。也就是說，居住於不同方言區的人，藉書面語互相交流，並無大礙。一個書生雖然不生長在京城，也可以在當地寒窗苦讀，飽讀詩書，金榜題名。雖然從春秋戰國時代開始，已形成在官場使用的共同口語，當時稱為雅言，明清時代稱為「官話」，但是到了清代雍正年間，皇帝還要重申地方官員要學講官話，可見推廣共同的口語並不容易。

　　香港社會今天的「多語」（multilingualism）環境是與上述諸多複雜的歷史因素分不開的。「多語」是指「三言」、「兩語」，「三言」即口語層面有英語、地方方言（粵語）和官話，「兩語」即兩種書面語言系統：英文和中文。

二、語言轉移和身份認同

　　香港今天的繁榮是由各種內在和外在的因素互相配合取得的，社會語言因素是其中之一。香港的「三言兩語」經過了長期的平衡與協調，推動著社會的進步。香港的各民系來自不同的地區，語言背景本來不同，但是在多語環境裏達到了某種程度的融合，都能順利融入香港這個現代社會，成為社會發展新的活力。

　　香港人口從1946年的一百五十萬增加到1966年的三百六十萬，

大多數是中國內戰時期與1949年前後移居香港的。當時香港華籍居民分別屬於五個不同的民系，即廣府人、四邑人、外省人、客家人、潮州人，至少有五種不同的語言背景。據人口統計資料，香港的人口自1961年以來一直是增加的，到1981年已超過五百萬（近年已超過六百萬了）。在同一時期，香港本土出生的人口數目也是一直上升的，由十多萬上升到二十多萬。但是香港人對香港的認同，卻有不斷下降的趨勢，這是根據香港人口統計的資料發現的。在1961年，有二十幾萬人認為自己的籍貫是香港，到1981年，這個數目已下降到十二至十三萬左右。從這個數字可以看出，香港人對香港的認同有下降的趨勢。這是人口和籍貫認同方面的情況。

　　現在審察一下香港人在家庭中所使用的語言的情形。先看表8.1和表8.2。這兩張表是根據1966和1977年香港人口統計的資料製成的。表上端的「福佬話」即閩南話，表心的短橫表示「無」，表下端一行是平均數。

表8.1　香港各民系家庭語言比較表（1966年）

家庭語言	英語	廣州話	客家話	福佬話	四邑話	其他方言	其他語言	聾啞
籍貫								
香港	0.98	81.65	14.80	2.17	0.04	0.16	0.12	0.080
廣州澳門一帶	0.01	94.42	3.79	1.44	0.17	0.11	-	0.080
四邑	0.01	83.78	0.04	0.08	15.48	0.09	0.06	0.060
潮州	-	43.37	1.97	54.47	0.03	0.03	0.03	0.100
兩廣其他地區	0.05	94.27	4.35	0.46	0.14	0.46	0.23	0.004

家庭語言	英語	廣州話	客家話	福佬話	四邑話	其他方言	其他語言	聾啞
中國其他地區	0.25	48.92	0.11	16.22	-	34.32	0.18	-
世界其他地區	56.39	15.86	1.98	1.76	-	2.86	21.15	-
不詳	8.80	91.20	-	-	-	-	-	-
總計	0.80	81.43	3.33	8.19	3.08	2.79	0.31	0.070

表8.2　香港各民系家庭語言比較表（1977年）

家庭語言	英語	廣州話	客家話	福佬話	四邑話	其他方言	其他語言	聾啞
籍貫								
香港	0.2	85.5	12.8	0.8	0.1	0.3	-	0.2
廣州澳門一帶	0.1	95.7	3.0	0.6	0.1	0.4	-	0.1
四邑	-	92.3	0.3	0.5	6.2	0.6	-	0.1
潮州	-	68.1	1.3	28.6	0.3	3.5	-	0.2
中國其他地區	0.2	78.4	2.0	8.4	0.2	11.7	0.1	0.1
世界其他地區	58.9	15.8	0.5	0.5	0.1	0.9	23.2	0.1
總計	1.0	88.1	2.7	4.2	1.2	2.3	0.4	0.1

　　表8.1和表8.2所示是香港一般居民所認同的籍貫和在家裏所使用的語言。由這兩張表可以看出香港一般家庭所使用的語言轉移的

方向。例如自認籍貫是四邑的居民，在1964年有15.48%在家裏使用四邑方言。從表8.1.1的統計可知潮州人對自己所用的方言是最保守的，仍在用的有54.47%，其次是外省人（兩廣除外），有34.32%，再次是四邑人，有15.8%。如果將這三個數字跟1971年比較，可以發現非廣州原籍方言的使用人數一般都是下降的。潮州人由54.47%降至28.6%，外省人由34.32%降至11.7%，四邑人由15.48%降至6.27%。非廣州話使用人數下降，正意味著使用廣州話的人數增加，也就是說家庭語言朝廣州話的方向同化。從廣州話一欄我們可以看出，在家庭中使用廣州話的人數比率1961年是81.43%，而1971年已上升到88.1%。這種趨勢發展到1981年更增加到約98%。可以說港人的家庭語言就是廣州話。

香港的人口是增加的，土生長的人數也是增加的，語言同化的現象也是向上升的，但對香港有認同感覺的人數卻是逐漸減少，是下降的。

要解釋這種現象不是很容易的。在試圖解釋之前讓我們從社會語言學角度，看看香港人在不同場合使用語言的一些情況。鄒嘉彥在1977年曾做過一次調查研究。調查的對象是是當時收入較高（每月超過八千元）的公務員，包括大學教師。將語言分成英語、粵語和漢語三類，這裏的漢語是指普通話或書面白話。將使用語言的場合分成三十種，然後詢問被調查者在不同場合使用上述三類語言的慣常性。0表示不用，1表示少用，2表示有時候用，3表示常用。調查的結果見表8.3所示。

表8.3 香港中產階層家庭用語比較表（1977年）

用語場合			粵語	其他方言或普通話	英語
家庭	1	與配偶	3.0		1.2
	2	與子女	3.0		0.6
	3	與父母	3.0		0.2
	4	與兄弟姐妹	3.0		1.0
	5	與鄰居	3.0		1.0
	6	看報		2.5	2.8
	7	看消閒刊物		2.7	2.4
	8	電視電視	3.0	0.4	1.3
	9	電影	1.0	2.0	3.0
	10	私人廣告		0.5	2.7
	合計		19.0	8.1	16.2
工作	11	公務會議	1.0		3.0
	12	與同事交談	3.0		1.1
	13	書信			3.0
	14	報告			3.0
	15	參考資料		1.0	3.0
	16	正式議事	0.7		3.0
	17	非正式交談	3.0		0.7
	18	公務訪客			3.0
	19	給下屬便條		1.8	2.6
	20	給工人便條	0.5	3.0	
	合計		8.2	5.8	22.4

用語場合			粵語	其他方言或普通話	英語
其他	21	法庭			3.0
	22	電話公司	2.3		2.8
	23	稅務局			3.0
	24	投訴政府			3.0
	25	警察	3.0		
	26	公共交通	3.0		
	27	購物	3.0		
	28	酒樓餐室	3.0		
	29	流行歌曲	1.1	2.1	2.8
	30	外地旅行	0.6	0.7	3.0
		合計	16.0	2.8	18.6
總計			43.2	16.7	56.2

　　據表8.3統計，這些收入高的階層的家庭用語總指數是：粵語19，英語16.2，漢語8.1；工作用語總指數是：英語22.4，粵語8.2，漢語5.8；其他場合用語的總指數是：英語18.6，粵語16，漢語2.8。三十個用語場合的總指數是：英語56.2，粵語43.2，漢語16.7。這些被調查者所提供的資料顯示，對香港收入較高的階層，例如高薪的公務員，英語和粵語在不同的場合使用的頻率大不相同。

　　「語言轉移」（language shift）是指社會成員因為某些因素的影響，使他們沒有繼承上一代的母語，反而轉而使用另一種語言。這種情況屬於「個人」語言轉移。一般來說，如果他們除了繼承上一代母語以外，又學會另一種語言，就不應屬「語言轉移」，而只是通過附加語言而發展成為具備雙語或多語能力的社會成員。如果某些場合

的原有慣用語言或法定正式語言被另一種語言代替，這是「功能」性的語言轉移。與語言轉移互相制約的是「語言忠誠」（language loyalty），這兩種相對的現象會受到相反的因素支配，當相反的因素得不到平衡的時候，這兩種現象就會發生轉化。要防止或減緩語言轉移，就要推行有效的「語言維護」（language maintenance）政策，許多國家制定雙語教育政策都以此為出發點。

第三章第四節曾述及香港四個民系語言轉移的幅度由高到低的排列為：⑴四邑人、⑵外省人、⑶客家人、⑷潮州人。

四邑人語言轉移幅度最高是可以理解的，因為從社會文化關係看，他們是屬於粵語的旁系。他們早已接受廣府話為他們的「高層」語言，所以向「高層」文化靠近是完全可以理解的。外省人從中國內地不同地方移居到香港，時間不長，特別是與其他三個民系比較，他們之中有很多成功的工商界和文藝界傑出人士。由於歷史原因，這批人預料不易重歸故里，於是便積極適應當地的新環境，留在香港或其他地方謀生致富，開花結果。雖然他們是新的外來者，並且仍保留「寄居的心態」（sojourner mentality），視香港為「借居地」，但他們儘量通過各種手段包括語言來適應當地文化，進而融入當地文化。客家人有務農的背景，歷代聚居新界地區，他們意識到通過粵語可以提供條件以提升社會地位，所以也酌量適應粵語，並於近年開始大量移居市區，參與城市發展，分享繁榮。潮州人是最保守的民系。他們與海外地區，特別是東南亞的關係比較密切；而在內地，潮州人與廣府人之間在文化認同上歷來也有隔閡，以致有助於保留他們自己的語言。不過他們的語言也有所轉移，到1971年保留潮州話為家庭語言的人數已不足一半。

語言的同化如果有異於個人身份的認同，會引起心理上和社會上的矛盾。一方面，向一種優勢語言靠近是有好處的，因為如果掌握了這種主流語言，可以免除主流社會排外心理的不利影響，但是另一方

面，保留自己原有的身份包括祖籍的語言，對個人的歸屬感和自尊心往往也是必不可少的。可是兩者不可兼得，矛盾不可避免。大多數香港居民的心態是追求更高的社會地位和發財致富，所以很自然地願意實現語言轉移，以適應新的社會和語言環境。這種語言轉移的方向在海外華人社區甚為明顯。從香港或其他華語地區移民到北美或其他地方的人不少，有意思的是，這些移民到了他們的第二、第三代，大多數已經放棄了祖宗的語言，也就是經歷了全面的語言轉移，而他們對身份的認同方面也漸趨模糊，甚至只能指出香港或中國是父母早期祖居的地方。這種語言與身份認同的轉移是很常見的。

在香港社會定型的主要時期，即五六十年代，居民的語言大幅度向當地的粵語轉移，這種現象與其他華人社會不同。例如臺灣光復後，當局推行的語言政策就是以國語代替日語作為教育語言和官方口語，而當地有85%的人口的家庭用語，不是官話而是扎根當地的閩南話、客家話或原住民（高山族或山地人）的高山語，這種語言政策所造成的語言環境的變化是很大的。因為在此之前半個世紀，日語是教育語言，也是官方語言。臺灣當局在過去半世紀用上不少時間與資源推行新的語言政策，結果成功地普及了官話，掃除了文盲。一直到近年，鼓吹和推動提高「臺語」（閩南話）地位的主張才逐漸出現。在中國大陸，在五十年代制定的語言文字政策的指導下，在很多地方成功地推廣了以官話為基礎的普通話，並且全面實現了以普通話為政府官員語言的政策。在其他華語地區，華語的地位也相應的受到重視，並且普遍成為華僑學校的教學語言。

香港的情況大不相同，在關鍵的社會定型期，由於歷史的原因，香港與中國大陸的接觸，除了經貿以外，各方面都受到很大的限制。當港英政府在語言方面採取了「沒有政策」的政策時，前述的歷史因素就繼續發揮作用，加上經濟上的價值，因此很自然地，英語順利地演變為唯一有地位的官方語言。同時，對港英政府來說，如果香

港人對大陸的認同逐漸疏遠，就會更方便地形成一種獨特的自我認同，對港英政府來說是有利的。因此香港人一方面要適應對高層英語的需求壓力，同時又與中國文化的主流脫節，促使香港發展自己的一套獨特的文化。換而言之，新到香港的移民主要的語言學習目標是英語，每一個人都抱著少數服從多數的心態，不抗拒接受以粵語為華人大眾的共同語言。同時，值得注意的是，自1919年的五四運動以來，從文言文轉到現代漢語的語體文，香港官方書面語言比其他地區來得晚。一直到六十年代還可以看到「沿步路過」、「如要落車，乃可在此」的通告。

　　由於上述背景，香港社會特別是近年來往往受到其他華人社會成員的批評，把它看作是一個頑固的「方言島」和使用方言過熱的「方言文化區」。提出這種批評的人，有些是來自使用單一語言的華人社會，或沒有廣府人的背景，另一些沒有在以漢語以外的語言作為官方語言的社會謀生的經驗，只是單方面肯定普通話對學習改善中文程度的好處。他們往往沒有考慮到英語在香港已廣泛地滲透到社會的許多關鍵領域，不瞭解英語的使用和地位對香港過去與將來經濟發展的重要性。不瞭解在這種情況下，要求達到「三言」、「兩語」的全面能力是不容易的。也就是說，這些人只是從單一語言系統的漢語社會出發立論，最多只接受「雙方言社會」現象，而不理會「雙語社會」的結構與真正意義。他們只接受「雙語」觀念上的好處，而忽略了「三言」的功能與實際情況。以中國其他大城市為例，移入的外地人，往往向當地語言轉移。比如，上海的廣東人、潮州人與福建人的第二、三代都放棄祖籍語言而轉移到上海話；到北京定居的「移民」，包括上海人，到了第二代，也都會只說當地的北京話。

　　這種語言轉移的情況不是完全依照自然規律的，例如新疆石河子的滬籍家庭，雖然生長在新疆，可是到了第二、三代，大多數還是不會說當地語言，並且「寄居」心態特強，一有機會就設法回上海。上

文提到的抗拒或靠近這兩個因素的平衡與否，很顯然對在香港與在石河子的滬籍移民有相反的結果。移居少數民族地區的漢人，其第二、三代也很少能掌握當地少數民族的語言。

　　比較臺灣殖民地地位改變前後五十年的語言環境是很有意思的。五十年的日本統治造成日語普遍使用，並深入民間，同時閩南語作為母語的主流也變得根深柢固。擺脫殖民地後的五十年，當局成功地推廣國語與中文，同時在功能上也取代了日語，使日語變得日漸式微。這種功能性的語言轉移與個人語言轉移是出自有心的政策。相比之下，英語在香港使用了接近三倍長的時間，大家公認擺脫殖民地後香港尚須維持英語的重要性。是否可以同時維持英語的地位，並在短期內積極推行提高普通話的地位？這是一個關鍵性的課題，值得深入研究。

三、英語的社會地位

　　對香港中上層人士在不同環境使用語言的調查結果（表8.3）表明，在工作環境裏，英語的使用遠遠超過粵語，而書面中文用處不多；在家庭環境裏，粵語雖然使用率最高，但比起英語差別不太多，書面上的漢語就比工作場合略多。如果從被調查人與其同輩人（即兄弟姐妹或鄰居）交往為出發點來比較，就可以看到他們雖然都是以粵語為主，但在某種程度上也使用英語；可是他們與下一代使用的英語遠遠比他們與上一代多，這顯示他們鼓勵下一代使用英語。在他們的私人通信方面，用英語也遠遠多於用中文。從這個詳細的調查結果可以看到，英語在中上階層的滲入程度有多深，而中上階層通常是一般居民追求上進的典範。英語取這種地位的原因可以從幾方面理解：⑴因為香港是一個國際化城市，掌權者來自外國，並且一百多年一直以英語為官方語言，在政治、法律上都用英語。⑵同時英語也演變成國際間經濟和文化交往的首位語言，可以在語言上適應英語環境

的人，有更多的上進機會。這兩個條件結合在一起，發揮了重大的作用。⑶接受英語教育機會多了。到了七十年代，香港的教育系統已以英文學校稱霸，華文學校收生逐漸減少。⑷社會內在溝通功能。香港華籍居民首選粵語為內部溝通的語言，英語與普通話都沒有這個功能上的優勢，以致有一些來自英國的公務員都要學會粵語才可以在某些工作上留任。這四個關鍵因素可以提供一個有用的比較架構。表8.4嘗試做一個初步的比較分析。

表8.4　各地語言功能與地位比較

	香港			澳門		印度		新加坡			臺灣		
	英	粵	普	葡	英	英	印	英	華語	方言	日	國語	臺
1.政治要求	+	?	?	+	-	?	+	+	?	-	-	+	?
2.經濟價值	+	?	+	-	+	+	+	+	+	?	?	+	+
3.教育條件	+	+	-	+	?	+	+	+	+			+	-
4.社會功能內在溝通	-	+	-			+	+	+	?	+	+	+	+

　　如果與澳門比較，可以看出其中個別因素的重要性，葡語是澳門的官方語言，但是促使其成為語言轉移目標的因素不多，因為除了政治要求以外，它對其他三個因素不起作用。相比之下，英語在澳門的經濟上與教育上都有其重要性，因此實力就強多了。在印度，雖然英語在政治與教育上都不重要，但它在經濟上有價值，同時社會內在溝通功能很高，所以英語在印度的實力還是可觀的。從表8.4可以看到，新加坡的英語與華語實力上主要差別是社會內在溝通功能，當地政府近年來一直積極鼓勵加強華語的實力，讓它在各方面與英語的距離可以拉近，目前政府以英語為主要的官方工作語言，大專教育方面

英語還是占首位。但是與二十年前相比，華語在新加坡的地位確實提高了很多，不過實力上與英語尚有一段差距。新加坡華語地位與實力的成功提高是有多種因素促成的，其中的三個因素是：(1)當地沒有一種漢語方言發展到有像香港粵語那樣的地位；(2)英語是傳統的個人語言轉移目標，並成爲主要的社會內在溝通工具；(3)多語現象和能力是新加坡傳統社會的特點，因加強華語學習而產生的負擔比香港少。

　　表8.5提供近年來各地的英語「托福」考試成績比較，五個地區的考生都是以華籍爲主。最明顯的是新加坡考生平均一直上升；而中國大陸考生，雖然經濟條件不同，並且已經過自然挑選，也是一直上升；相比之下馬來西亞的考生已從可以跟新加坡媲美的高峰下降，這與政府推行馬來文爲主要官方語言大有關係；香港考生的成績本來可與新加坡考生媲美，可是自七十年代以來，已經下降到與臺灣考生差不多，其中原因固然複雜，主要是教育失策。不過英語每況愈下的情況是否有利於學習別的語言呢？如果成功的話，當然很好。如果不成功，後果影響深遠，可能助長「語言迷惘」（anomie）和「文化太監」現象。

表8.5　華人考生英語「托福」考試成績比較（1964-1991年）

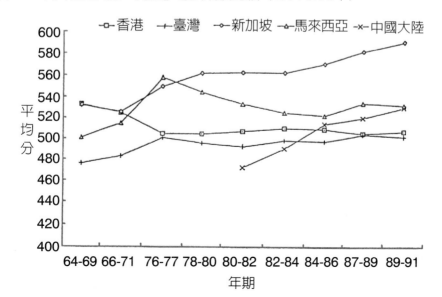

四、結語

香港的「三言」、「兩語」問題，並非三言兩語可以說清楚。尚有多方面因素需要瞭解、分析，如法律與司法方面的「三言」、「兩語」問題、政府工作語言、長遠教育語言政策的議定。香港的《基本法》，只有兩處提到語言，其中主要的精神是「除了中文以外英語也可以使用」，與《天津條約》相比，中國語言應有的地位，的確得到了糾正，可是只解決了歷史性的「兩語」問題，而「三言」問題尚大部分存在，特別是方言與官話或普通話的法定關係。

第二節　臺灣的語言競爭

一、臺灣各民系和方言

臺灣總人口爲二千一百五十萬七千（1995年），其中漢族占98.8%，高山族占2%，其餘爲回族、蒙古族、藏族等。臺灣共有二十九種語言，其中有七種已死亡。臺灣的漢族有三個民系：閩南人、客家人和外省人。這三個民系和高山族占人口總數的比率如下（黃宣範1993）：閩南人73.3%，客家人12%，外省人13%，高山族1.7%。各種語言和方言使用人口比率如下（鄭良偉1990）：閩南話75%，客家話11%，國語13%，高山語1%。

1.閩南人和閩南話

明永曆十五年（1662年），鄭成功從荷蘭人手中光復臺灣，此後大量閩南地區的人民移居臺灣，距今已有三百多年的歷史。早期移民的原籍以泉州府爲多，這顯然與鄭成功是泉州府南安縣人有關。鄭成功敗亡以後，清政府禁止大陸人民移居臺灣。其後開禁，乾隆、嘉慶以後再次掀起移民臺灣的浪潮。移民原籍以泉州府和漳州府爲

多，也有閩東福州一帶人和廣東潮州的鶴佬人。因爲鄭成功的軍政中心在臺南，所以移民初期集中在臺灣島的南部，後來向北開拓發展。閩南人移居臺灣比客家人早，他們定居的地方多是平原地帶、淺山地帶、河流下游和海濱，地理環境相對較好。所謂閩南人來自泉州、漳州、廈門、興化（莆田）、潮汕等地，方言本來不同，有泉州腔、漳州腔、潮州腔等之分。據1926年臺灣總督府「臺灣在籍漢民族鄉貫別調查」的統計，當時臺灣各種閩語的使用人數見表8.6。閩人入臺以後因交往頻繁，方言漸至混化，以致今天臺灣的閩語是不漳不泉、亦漳亦泉的一種閩南話，而福州話、興化話、潮汕話已不見蹤影，它們被閩南話同化了。閩南話在臺灣又稱爲「鶴佬話」。

表8.6　臺灣各種閩語的使用人數及百分比比較（1926）

閩南語爲主		
泉州腔爲主		
泉州府	1,681,400人	44.8%
永春府	20,500人	0.6%
漳州腔爲主		
漳州府	1,319,500人	35.2%
龍巖州	16,000人	0.4%
潮州腔爲主		
潮州府	134,800人	3.6%
其他閩語爲主		
福州府	27,200人	0.7%
興化州	9300人	0.3%
總計	3,208,700人	85.6%

2.客家人

臺灣客家人的原籍大都在廣東東部的嘉應州和惠州，所使用的方言爲四縣方言和海陸方言。四縣是指嘉應州的興寧、五華、平遠和

蕉嶺。今梅縣所在地爲嘉應州州治。海陸是指惠州府的海豐和陸豐兩
縣。此外有少量來自閩西汀州府。客家人移居臺灣比閩南人晚，灌溉
便利的河口或平原地帶已爲閩南人先行開墾，他們只好遠涉河流上
游、山區或丘陵地帶建立新的家園。據1926年臺灣總督府「臺灣在
籍漢民族鄉貫別調查」的統計，當時臺灣客家人的原籍人數比較見表
8.7。今天的客家人和客家話主要分佈在臺北至彰化之間，以新竹和
苗栗爲最多，此外在東部的花蓮和臺東、南部的高雄和屏東也有少量
分佈（參見丁邦新《臺灣語言源流》，臺灣學生書局，1985年）

表8.7　臺灣客家人的原籍及百分比比較（1926）

客家話爲主		
嘉應州	586,300人	8.9%
惠州府	154,600人	4.1%
汀州府	42,500人	1.1%
總計	783,400人	13.1%

3.外省人

　　據1926年的調查，不使用閩語和客家話的漢族人口爲四萬
八千六百人，只占人口總數的1.3%。據1946年的調查，「其他省
籍」人口爲三萬一千七百人，只占當年總人口（六百零九萬）的
0.52%，大都爲日據時期的「華工」。

　　在臺灣「外省人」是指1949年至1950年之間從大陸遷移臺灣的
軍民及其後代，他們在語言上的特點是「說國語」，與以閩語或客家
話爲母語的臺灣原有居民明顯不同，這個民系及其名稱是五十年代以
後形成的。據估計，1956年外省人的人口高達一百二十一萬；1988
年增至二百六十五萬七千四百人，占總人口數的13.35%。關於他們
的原籍分佈並無資料可以查考，不過從他們的語言特徵來看，江浙人

應占很大的比率，這些人多是軍政要員或公司白領，這些人的江浙腔藍青官話當然具有較大的影響力。所以臺灣一般人所說的國語帶有明顯的江浙腔，不像北京話，而更像三四十年代上海電影演員所說的國語。在臺灣國語裏不難發現上海方言詞彙，例如「打烊」（商店結束一天營業）、「穿幫」（露餡）、「擺平」（平衡各方面的關係）、「靈光」（精巧、管用）、「篤定」（形容很有把握）。

4.山地人

　　山地人並不是漢族的一個民系，而是一個獨立的民族，即「高山族」。「高山族」舊時也稱作「高砂族」，今或稱爲「山地人」、「山胞」、「原住民」。在荷蘭侵占臺灣時期（1624-1662年），人口爲十五至二十萬，1995年增至三十四萬九千一百二十人。高山族的語言屬南島語系（Austronesian），與漢語所屬的漢藏語系大不相同。臺灣的高山族語言有二十幾種，按費羅禮的意見，可分爲三個語群：泰雅語群、鄒語群和排灣語群。這些語言互相不能通話，其中有七種已經死亡。高山族又有「熟番」和「生番」之分，這兩個民系的名稱初見於清代，帶有大漢族主義的色彩。「熟番」是指居於平原，願意接受漢化或已被漢化的民系，又稱爲「平埔人」或「平埔番」；「生番」是指居於山地，不願意接受漢化或未被漢化的民系，即今高山族。除了花蓮和臺東之外，「平埔人」固有的語言幾乎已消失殆盡，不再使用。凡與閩南人雜居的平埔人轉而使用閩南話，與客家人雜居的，則改而使用客家話。

　　方言是民系最重要的特徵，也是民系自我認同意識的最重要的組成部分。以上四個民系中有三個屬於漢族，即閩南人、客家人和外省人。黃宣範（1993）曾對這三個民系的自我認同意識進行調查和比較，結果發現自我認同意識以外省人最強，閩南人其次，客家人最弱。調查所用的問卷上有以下六個問題，要求被調查人回答。

　　A. 一般來說，你比較習慣與下列哪一種人在一起？客家人／外

省人 / 閩南人 / 其他

　　B. 如果不管省籍問題，你覺得自己比較像什麼人？客家人 / 外省人 / 閩南人 / 其他

　　C. 假如你自己選擇，你希望你是哪一種人？客家人 / 外省人 / 閩南人 / 其他

　　D. 你覺得自己是不是道地的客家人？

　　E. 你覺得自己是不是道地的閩南人？

　　F. 你覺得自己是不是道地的外省人？

　　根據各人的答卷打分，結果如表8.8所示。表中民系意識指數最高為11，最低是1。

表8.8　臺灣民系意識指數

民系意識指數	閩南人		外省人		客家人	
	人數	%	人數	%	人數	%
1.	2	0.5	0	0	0	0
2.	1	0.2	0	0	0	0
3.	7	1.7	0	0	3	5.6
4.	8	1.9	0	0	0	0
5.	16	3.8	2	3.8	5	9.3
6.	15	3.6	1	1.9	2	3.7
7.	34	8.1	2	3.8	7	13.0
8.	24	5.7	1	1.9	6	11.1
9.	48	11.4	8	15.1	3	5.6
10.	75	18.8	13	24.5	14	25.9
11.	191	45.4	26	49.1	14	25.9

從表8.8可知，外省人的民系自我認同意識指數最高，客家人最低。指數額超過9的人數，外省人有88.7%，閩南人有74.6%，而客家人只有58.4%。

二、高層語言之間的競爭

在荷蘭侵占臺灣時期高山族相對於漢族是強勢民族，人口為十五至二十萬，當時漢人只有五千至二萬五千人，而白人不到三千人。荷蘭人治臺所用的高層語言是高山族的西拉亞語（Siraiya），這種語言曾使用於臺灣西南部今臺南一帶，入侵的荷蘭人當年正是聚居在這一帶。荷蘭人為西拉亞語設計羅馬字，用作行政、傳教和貿易的工具，稱為「新港文字」。這種文字一直使用到清嘉慶年間始廢。1661年曾出版以這種文字翻譯的《聖經》單篇，這是用中國少數民族語言翻譯的最古老的《聖經》單篇。總之，在荷據時期，漢語及中文是一種低層語言。

鄭成功治臺期間（1662-1683年），臺灣的高層語言、書面語應該是中文，口語是官話或是閩南話不得而知。鄭成功是泉州南安人，並非朝廷命官，手下又多泉州人，所以當時的官場語言用泉州話是有可能的。

清政府管治臺灣時期（1683-1895年）高層語言可能是官話。按易地為官的慣例，派往臺灣的朝廷命官，不大可能是閩南人，所以高層語言很可能是官話。低層語言是閩南話、客家話和山地話。

日本侵占臺灣先後五十年（1895-1945年），當局的語言政策不僅以日語為高層語言，而且將日語強行推廣到原來屬於中文或低層語言的領域，例如報章雜誌、學校教育，甚至家庭生活。

據洪惟仁（1992年）的研究，日本在臺期間實施語言政策，可以分為三個時期：

⑴ 懷柔期（1895-1912年）。日本教師和官員學習閩南話，學校

　　用閩南話教授日語，並且每週有五小時用閩南話教中文。

(2) 收縮期（1913-1936年）。中文課減至兩小時，高年級改以日文教中文。日語課改以日文教日文的直接教學法。

(3) 嚴厲期（1937-1945年）。停辦報紙的中文欄，禁絕中文私塾。學校停開中文課，嚴禁學生在學校說閩南話，否則處罰。公家單位禁止說閩南話。獎勵「國語常用家庭」。

　　日語與漢語競爭的結果，一方面會說日語的中國人比率大爲提高，1941年達到57%，1944年更達到71%。漢語的使用功能因受限制，而有所萎縮；另一方面，漢語方言極力維護原有的使用領域，抵制日語。例如雖然日本當局實行皇民化運動，禁止中文課程和中文私塾，但是中文教育一直在民間延續。雖然會講日語的人越來越多，但是「國語常用家庭」只占0.9%。漢語方言仍然沒有放棄「家庭」這一領域。

　　1945年，日本戰敗，臺灣光復。國民政府推行國語運動，臺灣人這時才第一次接觸中國的國語。苦心經營五十年的日語在所有領域敗退，國語取而代之，成爲臺灣的高層語言。

　　1950年左右，來自大陸的一百二十萬軍民湧入臺灣。他們的母語是大陸各地的方言，不過他們多少會說一些蘭青官話。這種蘭青官話即是臺灣國語運動的基礎。這些新移民的第二三代，放棄了祖輩的母語，改以國語爲母語，從此國語在臺灣扎根。並且臺灣當局實行在全社會全面推廣國語的政策，開展「說國語運動」，規定各級機關和各種公共場所一律使用國語，取締羅馬字方言《聖經》，要求改用方言傳教，從1950年至1987年甚至禁止在學校說方言，從而迅速地在全社會普及國語。在當今的臺灣國語不僅是高層語言，用於政界、教育、電視、電臺等領域，可以說也是低層語言，用於日常生活和社會交往，外省人更將它用作家庭語言。國語的功能在臺灣比在大陸南方方言區任何一個城市都大。

　　在臺北市有99.2%居民會說國語，這樣高的比率是任何一個大陸南方方言區城市所不敢奢望的。臺北市的外省籍人口只占26.7%（1986年）。有50%的客家人和43%的閩南人在上學以前就學會國語。在臺北母語不同的居民互相交際主要是依靠國語進行，國語的溝通指數幾乎是1，即用國語交流毫無問題，各語言的溝通指數（communicative index）詳見表8.9（黃1993）。表上「民系」一欄中的數字涵義如下：

#1外省人，父母皆外省籍

#2客家人，父母皆客家籍

#3閩南人，父母皆閩南籍

#4父母混合通婚，國語為母語

表8.9　臺北市三種主要語言的溝通指數（據黃宣範1993）

民系　　　語種	國語	客家話	閩南話
#1-#2	1.000	0.030	0.356
#1-#3	0.985	0.001	0.459
#1-#4	1.000	0.004	0.420
#2-#3	0.985	0.025	0.720

　　從表8.9可知在各民系間國語的溝通度幾乎達到100%，閩語的溝通度平均約為50%，客家話幾乎沒有溝通度。閩語的溝通度雖然也有一半左右，但是在各使用語言的領域，閩語在臺灣的地位與廣州話在香港的地位還是遠遠不能相比的，甚至不能與上海話在上海的地位相比，見表8.10。表上各領域各地使用的語言，「國」指「國語」，「粵」指「粵語」，「閩」指「閩南話」，右肩有星號者為以此種語言為主。在香港後四個人收入領域也用英語，表上未列。

表8.10　臺滬港各領域所使用的語言比較表

	家庭	社交	電臺電視	教育	政界	書面
臺灣	閩*	國*	國*	國	國	國
上海	滬	滬	國*	國	國	國
香港	粵	粵	粵	粵	粵	國*

　　閩南話在當代臺灣的使用功能比五十年代以前要小，那時候閩南語是社交、教育和電臺的主要語言。由於國語的成功推廣，閩南話不得不退出某些領域，而青少年一代的閩南語能力也有所減弱。電視臺的閩南話節目的時間比率最高曾達到20%左右（六十年代初），到1978年降至5%至7%。不過近年來閩南語的使用功能似又有增強的趨勢，電視臺方言節目的時數限制已經取消，閩南話節目時間大為增加。閩南話甚至進入政治領域，例如用於立法院和競選發言。閩南話社會功能的擴大在臺灣南部更為明顯。並且步粵語的後塵，有文字化的傾向，例如重印傳教士的閩南話詞典、重新翻譯出版閩南方言《聖經》、出版閩南話刊物。將來它在臺灣能不能成為用作地區共同語的高層語言，而國語升為頂層語言？我們拭目以待。

　　臺灣的高層語言歷經多次更迭，從西拉亞語變為泉州話（？），再變為官話，再變為日語，最後又變成國語，每一次更迭都是出於政治上的原因，即依靠語言的政治競爭力。不過需要說明的是，各個時期的高層語言，其使用的功能和範圍並不相同。例如清政府管治時期的官話的社會功能，與今日的國語，不可同日而語。

三、低層語言之間的競爭

　　除了明鄭時代短暫的二十年以外，閩南話和客家話在臺灣一直處於低層語言的地位。

　　如將這兩種語言相比較，則閩南話是強勢方言，客家話是弱勢方言。閩南話先入臺，占平地，客家話後入臺，占山地。兩種語言分處兩個不同的地區，接觸不多，自然無競爭之可言。但是，在閩南人和客家人雜居的環境下，兩種語言就難免互相競爭，而多以閩南話取勝。所謂「閩南話取勝」有兩方面的含義：

　　一方面是指語言轉移，即客家人放棄母語，改用閩南話。這種趨勢早在一百年前就已形成，馬偕（George MacKay）在所著《臺灣遙記》（*From Far Formosa*, 1895）說：「客家的年輕一代學鶴佬話，將來客家人可能會消失。」彰化縣的員林、埔心、永靖本來是客家人聚居之地，但現在客家話已完全絕跡。

　　另一方面是指單向的雙語現象增加，即越來越多的客家人學會閩南話，而學說客家話的閩南人較少。桃園縣是閩客人口平分秋色的地方，客家人占本省籍人口的48.2%。據1990年的一個調查報告，當地客家人的閩南話能力比閩南人的客家話能力要強得多，調查對象為三百一十七個客家人和一百零二個閩南人，要求被調查人自行評估聽和說國語、客家話和閩南話的能力，結果見表8.11。客家人會說閩南話的占78.3%，閩南人會說客家話的只占28.4%。

表8.11　桃園縣客家人和閩南人語言能力比較

	國語		客家話		閩語	
	人數	百分比	人數	百分比	人數	百分比
客家人	316	99.7	316	99.7	245	78.3
閩南人	97	95.1	29	28.4	101	99.0

　　雲林縣的客家人和閩南人交往已有二百多年的歷史，近年來，客家人99%會說閩南話，而全縣只有65.9%的人能說客家話。在臺北客

家人有72%學會說閩語，而閩南人只有2.5%學會說客家話。

　　以上這兩種現象不斷發展的，造成客家話在方言地理上越來越萎縮。臺灣中部地區自清雍正、乾隆以來，有爲數不少的客家人聚居屯墾，本來是客家話的地盤，但是近代以來受閩南話的嚴重侵蝕，只剩下一些方言島，其中有些方言島已經消失。閩語和客家話在臺灣的分佈，客家話只是在東北部的新竹和苗栗一帶連成較大的一片，閩語的地理分佈占絕對優勢。在閩客競爭中客家話取勝主要靠語言背後的文化和經濟競爭力[1]。

第三節　大陸的語言競爭

　　本節所謂「語言競爭」是指漢語及其方言內部的競爭，不涉及少數民族地區的語言競爭。從社會語言學的角度來看，漢語可分爲頂層語言、高層語言和低層語言三種：頂層語言爲普通話；高層語言因地區不同而不同，例如廣州話在兩廣地區是高層語言；低層語言即是各地方言。

一、頂層語言

　　對於中國的語言或方言分歧，先秦文獻已有明確記載，而標準語早在《詩經》時代也就已經形成，那時候稱爲「雅言」，我們在第一章已述及。「雅言」的代表作品是《詩經》和《易傳》、《論語》等其他先秦文獻。「雅言」是以周代的主體民族周民族的語言爲基礎的，它形成的文化背景是當時國內語言或方言分歧異出，妨礙交

1　關於臺灣的語言競爭參見以下三種著作：丁邦新，《臺灣語言源流》（臺灣學生書局，1985年）；黃宣範，《語言、社會與族群意識》（臺北，文鶴出版有限公司，1993）；洪惟仁，〈臺灣的語言戰爭及戰略分析〉，載《第一屆臺灣本土文化學術研論會論文集》，1994年。

際，不利全國統一。從《詩經》的韻腳和上古漢字的諧聲系統可以研究雅言的語音系統。漢代揚雄在所撰《方言》一書中將通行於全國的詞語稱爲「通語、凡語、凡通語、通名」，雅言的詞彙系統於此可見一斑。這種雅言發展到明代開始稱爲「官話」，見於張位所撰《問奇集》。一直到清末民初都通行官話這個名稱。官話除了用於官場外，也用於來自不同方言區的平民互相交際的場合和對外漢語教學。因爲官話是以北方方言爲基礎形成的，所以也常常用「官話」泛指北方方言。本世紀二三十年代以後由於「國語運動」的成功，「官話」一名才漸趨隱退，而爲「國語」所代替。中國大陸從五十年代開始將通行全國的標準語改稱爲普通話。目前港臺及大部分海外華人仍使用「國語」一名。大陸雖然早已改稱「普通話」，但近年來「國語」一名又從港臺折返大陸，用於某些場合，如「國語歌曲」。所以「雅言」、「官話」、「國語」、「普通話」是先後有繼承關係的漢語標準語，它已有二千五百年歷史，可以說是世界上歷史最悠久的民族共同語或國家標準語。

　　官話作爲國家標準語或頂層語言，其地位雖然曾受到嚴重的挑戰，但是在漫長歲月裏最終沒有動搖，依然故我。嚴重的挑戰至少有四次，即北方阿勒泰民族入主中原，先後建立北朝、金、元、清四個朝代。在每一朝代的初年，統治者都是指望他們的阿勒泰語能成爲國家標準語或頂層語言。可是曾幾何時，鮮卑語、契丹語和滿語都被漢語所同化。元代雖然創制八思巴字，用於「譯寫一切文字」，但是一般公文還是用漢語、漢字寫的，如現存的白話碑。而西遼政府更把漢語當作官方語言，公文通用漢語。

　　漢語各種南方方言不是官話的競爭對手，也從來沒有嘗試向官話挑戰，競爭頂層語言的地位。以北方方言爲基礎的官話，其至高無上的地位自有其下述深刻的社會文化背景。

　　第一，中國歷代王朝，除了南宋遷都杭州等少數例外，大都建都

北方方言區。東晉的首都在江南的建康（今南京），但建康成為首都後即因容納大量北方移民而淪為北方方言區。中國的文物典章制度都是在北方形成的，即文化詞彙都是出於北方方言，漢語的書面語歷來是以北方方言為基礎的。

第二，官話最初稱為雅言，從一開始就是官方語言。清代的制度還規定，舉人、生員、貢生、監生和童生不會說官話的不能送試。

第三，唐宋元明清各個朝代都出版官韻，意在為全國各地規定讀書、寫詩和科舉的標準字音。這些官修的韻書是以北方話為標準的。

第四，唐代開始興盛的科舉制度，延續到清末，有一千二百年的歷史。它使各地讀書人普遍重視和推廣方言裏的文讀音，而文讀音是比較接近北方方言的。

第五，從唐宋的白話小說，到元曲，到明清的傳奇和小說，近一千年，文學作品的語言是以北方話為基礎的。

第六，五四時代開始推行的白話文或現代漢語書面語都是以北方話為底子的。

第七，北方方言的人口占漢語總人口的70%左右，其人口競爭力是任何一種別的方言所望塵莫及的。

第八，近幾十年來，作為國家的語文政策，以北方話為基礎的國語和普通話又以前所未有的磅礴氣勢在方言區推廣。

因此在漢語各大方言中，無論是政治競爭力、人口競爭力、文化競爭力和文字競爭力，北方方言作為國語或普通話的基礎方言都是占絕對優勢，它是最強勢的漢語方言。幾十年來由於推廣普通話工作的前所未有的極大成功，在方言接觸和競爭中，北方方言對其他方言可以說是節節勝利，影響越來越大，而其他方言則節節敗退，越來越接近北方方言。

二、粵語、吳語和閩語的競爭力比較

　　就最近二十年的情況來看，除了官話之外，漢語各大方言以粵語的競爭力最強。政治競爭力和人口競爭力並無變化，大大提高的是文化和經濟競爭力。當今以廣州話為代表的粵語，相對於其他方言是強勢方言，這主要表現在五方面：一是以別的方言為母語的人學習粵語越來越多，特別是在兩廣的非粵語地區，例如粵北各市縣的城裏人，不管母語是什麼方言，都樂於學一些廣州話。二是廣州話在地理上的使用範圍越來越廣，例如廣東的韶關本來不說廣州話，近年來改說廣州話；廣西南寧的白話近年來越來越接近廣州話；三是近年來普通話所吸收的現代生活常用詞彙，來自粵語的比其他方言多，如的士、巴士、飲茶、髮廊、麥當勞、肯德基、必勝客、牛仔褲、大哥大。四是有較多的社會功能，例如用於教學、新聞報導、公共交通等，粵語歌曲和錄影帶流行全國和海外華人社會。五是粵語是最時髦的方言，為其他方言區部分人士，特別是青少年看重、羨慕或模仿。

　　但是從更久遠的近代和現代的歷史來看，情況就不一樣了。

　　粵語、閩語和吳語有共同的歷史來源，因此有許多共同的成分，不過在現代它們相互間不能通話，在地理上各處一個地區，除交界地區外，甚少直接的接觸。大量的間接接觸是通過普通話或書面語（即狹義的「現代漢語」）進行的，所以可以從它們對現代漢語的影響的大小，來比較它們的競爭力。

　　中國各地區的平民百姓接觸西方文化以粵語區為最早，十八世紀在廣州一帶開始產生洋涇浜英語。鴉片戰爭以後有一批新事物和新詞從粵語區輸入全國各地和漢語書面語。例如各地方言有一批以「廣」字開頭的詞，表示從廣州輸入的舶來品或仿造的舶來品：

廣貨，指百貨。用於用於吳語區、西南官話區。

廣針，指別針。用於雲南。

廣線，指線軸兒。用於武漢。

廣瘡，指梅毒類性病，由外國傳入，先流行於廣州。用於西南官話區。

廣鎖，指片簧鎖。用於西南官話區。

五十年前中國只有上海有股票交易所，當年產生的一批股票市場用語，在九十年代重新起用，通行於包括北京、深圳、臺灣等全國各地的股民，重新進入現代漢語。例如：

套牢，股票的價格下降至低於入股時的價格（「牢」用作動詞的後補成分是上海方言的特點）。

一隻股票（「隻」在上海話裏是泛用個體量詞。「只」用於股票對普通話來說是不合常例的）。

跳水，股票指數急劇下降。

有時候僅根據書面形式很難判斷某一個詞是在哪一種方言產生的，例如「自助餐、飛碟、自選市場」，也可能一開始就是書面語。比較容易判斷的是音譯的外來詞。因為方言的音系不同，所以可以從外來詞的書面形式及其讀音，並對照外語原詞的有關音節，來判定它是通過哪一種方言吸收的。例如英語cookie[`ku：ki]譯作「曲奇」，符合廣州話音系，「曲」音[khut⁷]，「奇」音[kei²]，與英語原音相合。「曲奇」上海話讀作[tɕhyəʔ⁷dʑi²]，與英語原音大相逕庭。又如英語sofa[`souf]譯作「沙發」，符合上海音系，「沙」音[so1]，與英語原詞第一音節相合。此字廣州音作[sa¹]，與英語原音相差懸殊。根據上述原則，表8.12和表8.13分別列出從粵語和上海話進入現

代漢語的外來詞。

表8.12 現代漢語裏來自粵語的外來詞舉例

廣州話	英語
卡曲 [kha¹khut⁷]（皮外套）	car coat
比基尼 [pei³ki¹nɐi²]（女式游泳衣）	bikinis
T恤 （衫）[ti¹sœt⁷]	T-shirt
快巴 [fai⁵pa¹]（一種紡織品）	fiber
的確良（靚）[tik⁷khɔt⁷lɛŋ²]（一種織物，挺刮不皺）	Dacron
曲奇餅 [khut⁷kei²]（小甜餅）	cookie
克力架 [hak⁷lek⁷ka⁵]（薄而脆的餅乾）	cracker
者厘 [tsɛ¹lei²]（果子凍）	jelly
威士卡 [uɐi¹si⁴kei⁵]（洋酒）	whisky
麥當勞 [mɐk⁷tɔŋ¹lou²]	Macdonald
肯德基 [hɐŋ³tɐk⁷kɐi¹]	Kentucky chicken
的士 [tik⁷si⁴]	taxi
巴士 [pa¹si⁴]	bus
泵 [pɐm¹]	pump
鴉片 [a¹phin⁵]	opium
結（吉）他 [kit⁷ta¹]	guitar

表8.13　現代漢語裏來自上海話的外來詞舉例

上海話	英語
沙發 [so¹faʔ⁷]	sofa
引擎 [ɦiŋ⁶dʑiŋ²]	engine
馬達 [mo⁶daʔ⁸]	motor
太妃糖 [tha⁵fi¹dã⁶]	toffee
白蘭地 [baʔ⁸lɛ⁶di⁶]	brandy
香檳酒 [ɕiã¹piŋˀtɕiɤ⁵]	champion
加拿大 [ka¹na⁶da⁶]	Canada
卡片 [kha⁵pi⁵]	card
卡車 [kha⁵tsho¹]	car
加倫 [ka¹ləŋ⁶]	gallon
拷貝 [kɔ¹pe⁵]	copy
模特兒 [mo⁶dəʔ⁸əl⁶]	model
安琪兒 [ø¹dʑi⁶əl⁶]	angel
茄克（衫）[dʑia⁶khəʔ⁷sɛ¹]	jacket
高爾夫球 [kɔˀə1⁶fu¹dʑiɤ⁶]	golf

　　有的外來詞在上海的寫法與在廣州或香港不同，現代漢語採用的是上海的寫法。見表8.14。

表8.14　上海和香港外來詞寫法比較

上海寫法	廣州或香港寫法	英文
沙拉	沙律	salad
巧克力	朱古力	chocolate
三明治	三文治	sandwich
白蘭地	拔蘭地	brandy
輪胎	車呔	tire
迪斯可	迪士高	disco
開司米	茄士咩	cashmere
盎司	安司	ounce
馬達	摩打	motor
卡片	咭片	car
霜淇淋	忌廉	cream
沙發	梳發	sofa
高爾夫球	哥爾夫球	golf

　　廣州或香港的寫法與上海不同，而現代漢語採用的是廣州或香港的寫法，這樣的外來詞寥寥無幾：

廣州或香港寫法	上海寫法	英文
泵	幫浦	pump

　　在上海、廣州或香港及一些沿海城市還有許多外來詞只在民間流行，尚未進入現代漢語書面語。這樣的外來詞在香港更多，其中有許

多是常用詞彙，略舉數例，見表8.15。

表8.15　香港流行的外來詞

外來詞	詞義	英語原詞
爹地	爸爸	daddy
媽咪	媽媽	mammy
貝貝	嬰兒	baby
拜拜	再會	bye-bye
曬士	尺寸	size
士多	雜貨店	store
麥	牌子	mark
（一個）骨	（一刻）鐘	quarter
花臣	花樣	fashion
菲林	膠片、膠印	film

　　本世紀三四十年代在上海流行的外來詞，《上海通俗語及洋涇浜》（上海通編輯部，1945年）收錄二百多條，仍未稱完備，如蘋果攀（蘋果餡餅apple pie）、羅松帽（俄式呢帽Russian hat）等大量外來詞未收。其中有些詞的寫法與現在不同，這些詞多半早已不用，這是1949年以後英語的政治競爭力衰頹的結果。這些上海久已不用的外來詞其中有一些仍見於今香港，例見表8.16。

表8.16　上海久已不用香港仍用的外來詞

舊上海	今香港	詞義	英語原詞
反身	花臣	花樣	fashion

舊上海	今香港	詞義	英語原詞
法依爾	快老	卷宗	file
開麥拉	開麥拉	照相機	camera
配生	巴仙	百分比	percent
一瓜得	一個骨	四分之一	quarter
三道頭	沙展	警長	sergeant
佩佩	貝貝	嬰兒	baby
大令	打令	親愛的人	darling
普魯	普羅大眾	平民	proletarian
白司	巴士	公共汽車	bus

　　值得注意的是，當年吸收外來詞，上海和香港各行其是，寫法也各不相同，但是近年來上海吸收外來詞多從香港轉駁，如巴士（用於「巴士公司」。此詞舊上海寫作「白司」，久已不用）、麥當勞、牛仔褲、T恤衫，這是上海方言的文化競爭力減弱的表現。

　　近年來從上海話進入書面語的外來詞，就筆者所見似乎只有「手機」一個。「手機」近六年在上海的出現頻率是五百七十九次，遠高於其他各地。在六地出現的總頻率是一千四百九十一次，占各種同義詞出現頻率的38.75%，出現頻率最高。它在各地的出現頻率也是逐年提高，以至目前在四地都已高居首位，在香港為次常用詞，在澳門的使用頻率僅比次常用詞「手提電話」少一次，見表8.17。但是「手機」的取勝也可以用語言內部結構因素來解釋。

表8.17 手機（mobile phone）

年份		香港	澳門	臺灣	新加坡	上海	北京
95-96	最常用	流動電話	手提電話	行動電話	隨身電話	移動電話	移動電話
	次常用	無線電話	移動電話	大哥大	手提電話	大哥大	大哥大
96-97	最常用	流動電話	手提電話	行動電話	隨身電話	大哥大	移動電話
	次常用	手提電話	流動電話	大哥大	流動電話	手機	大哥大
97-98	最常用	手提電話	流動電話	大哥大／行動電話	隨身電話	手機	移動電話
	次常用	無線電話	手提電話	流動電話	流動電話	移動電話	大哥大
98-99	最常用	手提電話	流動電話	行動電話	流動電話	手機	移動電話
	次常用	流動電話	手提電話	大哥大	手機	移動電話	手機
99-00	最常用	流動電話	手機	行動電話	手機	手機	手機
	次常用	手機	手提電話	手機	隨身電話	移動電話	移動電話
00-01	最常用	流動電話	流動電話	手機	手機	手機	手機
	次常用	手機	手提電話	行動電話	流動電話	移動電話	移動電話

　　閩語地區有些外來詞來源於馬來語，顯然是東南亞的華僑帶回來

的，例如廈門話和潮汕話（最後兩例只用於潮汕），見表8.18。

表8.18 廈門話和潮汕話裏的外來詞

外來詞	雪文	洞葛	亞鉛	五腳忌	加步棉	ba11u^{53}	ku^{33}li^{53}
詞義	肥皂	手杖	洋鐵	街廊	木棉	氣味	夥計
馬來語	sabon	tongket	ayan	gokhaki	kapok	bau	kuli

　　UFO（空中不明飛行物）臺灣譯為「幽浮」，大陸當初有人移用，但很快被意譯詞「飛碟」所取代。閩語地區產生的外來詞沒有一個進入普通話。不過近年來臺灣的新詞新語也有一些進入普通話，例如「族」本來在現代漢語裏是一個不能產的構詞後綴，只用於「民族、種族、水族館」等幾個舊有的詞，近年變成能產的構詞後綴，構成下列詞語：上班族、打工族、追星族、工薪族、電腦族、電視族等，顯然是受臺灣華語文的影響。下列這些詞見於臺灣的報章雜誌：愛書族、拼圖族、電玩族、模仿族、上班族。

　　從外來詞進入現代漢語的比率來看，上海話的競爭力比廣州話要強些，閩語更不在話下。就文字競爭力而言，以粵語為最強，其次為閩語。粵語、閩語和吳語的方言字在十九世紀後半葉到二十世紀初年，曾大量地用於方言《聖經》，以及西洋傳教士的方言學著作。吳語的文字化在清末明初曾有過一次高潮，蘇州話小說曾流行一時，但是現代吳語在文字化方面幾無競爭力可言。在香港和臺灣的粵語和閩語目前都有文字化的傾向，即用通行的方塊漢字、方言字或另行創造的方言字記錄方言口語，造成方言書面語，並且見於出版物。另行創造的方言字也以粵語為最多，香港政府在網際網路上公佈的方言字三千多個。不過這些方言文字只是有限地通行於方言區內部，對別的方言區或漢語書面語幾無影響可言。

三、地區性強勢方言的競爭

1.長江三角洲地區

　　在現代的長江三角洲地區強勢方言是上海（市區）話，這是無可爭辯的，但是將歷史上溯一百多年，強勢方言卻是蘇州話。清嘉慶《松江府志》載：「府城視上海爲輕，視蘇州爲重。」那時候的上海屬蘇州府，方言自然會向府城蘇州靠近。據明代嘉靖《松江府志》載：「方言語音視華亭爲重。」華亭是後來的松江府治。那時候的上海屬松江府，當地居民自然以府城方言爲時髦。再上溯到五百年以前，則嘉興話是強勢方言，明代正德年間的《松江府志》述及方言時說：「府城視上海爲輕，視嘉興爲重。」上海地區宋代隸屬於嘉興府，自宋代以來，這一帶的強勢方言三易其主。不過在明清兩代甚至民國初年，蘇州話的文化競爭力一直是非常強勁的。南曲向來將蘇州話用於淨丑（花面）念白、打諢。李漁《閒情偶記‧詞曲部下‧賓白第四‧少用方言》說：「近代塡詞家見花面登場，悉作姑蘇口吻，遂以此爲成律，每作淨丑之白，即用方言。」

　　上海是一個鴉片戰爭後才蓬勃興起的移民城市。據上海的人口統計資料，1934年原籍外地的居民占75%，其中江蘇籍占四分之一，浙江籍占五分之一，此外安徽籍、廣東籍、山東籍和湖北籍占十分之一；到1950年，原籍外地的人口增至80%。本地居民的母語是舊上海縣城裏的方言，這種老上海話是以府治松江方言爲底子的，單字調有六個或七個是其特點之一。外地移民的母語主要是蘇南和浙北的吳語。蘇南吳語以蘇州話最有權威，浙北吳語以寧波話最重要。江蘇籍中有相當一部分是蘇北人，上海人稱他們爲「江北人」。江北人大都來自揚州一帶，說揚州腔的江淮官話，被稱爲「江北閒話」。他們在舊上海屬藍領階層，大都以苦力勞工、剃頭、湯屋雜務爲業。他們的經濟地位很低，所以，他們的方言也毫無競爭力可言。這樣就由舊上

海話、以蘇州話爲代表的蘇南吳語和以寧波話爲代表的浙北吳語這三種方言，互相競爭高層語言。老上海話的文化和經濟競爭力較弱，只是人口競爭力可以與蘇州話或寧波話相當；蘇州話文化競爭力最強，而文化競爭力不如寧波話；寧波話經濟競爭力最強，而文化競爭力不如蘇州話。誰也不占明顯的優勢；結果是這三種差異不算大的方言互相雜交，形成一種新的混雜性的方言，大家將它作爲共通的高層語言。

　　這種混雜型的方言經過近百年的融合、發展，到六十年代才最終形成，因受戶口制度的限制，六十年代上海才不再有大批移民遷入。雜交而成的上海話，有兩個明顯的特點：一是兼有蘇南和浙北吳語的特點，如第一人稱複數採用寧波話的「阿拉」，反覆問句可以用蘇州話的形式，即以發問詞「阿」開頭，如：「儂阿去？」（你去嗎？）或者用蘇州話和本地話混和的形式，如：「儂阿去伐？」二是語言系統簡化，例如只有五個單字調，在吳語裏是最少的，連讀變調的規律也是最簡單的。近年來因實行開放政策，外地人移居上海又日見增多。但上海話已經穩定，新移民及其後代一般都會努力學習上海話，成爲雙語人，其情況與廣州話在香港一樣（〈當代上海的語言競爭〉，載鄭培凱、鄢秀主編《文化認同與語言焦慮》，頁311-340；廣西師範大學出版社，2009年）。

2.閩南地區

　　閩南地區當今的強勢方言是廈門話，但是在一百五十年前卻是泉州話。泉州是廈門地區開發最早的地方，唐開元時人口已有五萬多戶，隋唐後成爲全國重要海路對外交通中心之一。清嘉慶年間出版的《匯音妙悟》就是以泉州音爲標準的。梨園戲是閩南最古老的劇種，至今仍以泉州音爲標準音。一般來說戲劇語言是比較保守的。漳州話在閩南的地位，曾因漳州月港成爲閩南外貿中心，一度有所提高，但到清末仍未能取代泉州話的強勢地位。鴉片戰爭後廈門成爲對

外通商口岸，它在閩南的地位急劇上升。廈門話也因語言的文化和經濟競爭力大為增強，而取代泉州話，成為閩南地區的強勢方言。

3.東北地區

東北是清代中期之後形成的移民社會，移民來自北方各地，而以山東人和河北人占絕大多數，其中又以山東人為多。「闖關東」的山東人原籍主要是青州府、登州府和萊州府；他們多從海路在大連和營口登陸，先進入遼東半島和遼河流域，再移殖遼寧的東南部、東部和北滿；他們聚族而居，以務農為主要職業。河北人則由陸路先就近移居錦州地區，再擴散到遼寧的北部和其他地區；他們除了務農之外，也有不少人經商，特別是在各地開酒坊；有的當年酒坊的名稱還保留在今天的地名裏，如伏隆泉、永盛泉等。在語言的競爭力上，河北人的經濟競爭力較強，而山東人的人口競爭力較強，兩種競爭力互相抵消，雙方都無強勢可言；他們的原籍方言也都不是強勢方言，最終他們選擇北京官話作為通用的高層語言，形成今天的東北官話，在官話區內這是一種與北京話最接近的方言。

第四節　新加坡的語言競爭

一、新加坡社會發展和語言使用概況

新加坡原是柔佛管轄下的小漁村，1819年英國人把它開闢為自由港，從此新加坡成為英國殖民地。新加坡由一個較大的島和五十個小島組成，總面積約六百二十平方公里，只有香港的一半大小。近兩百年來人口急劇增長，從一個小漁村發展成為國際大都市，不過人口還不到香港的一半。成為自由港後，新加坡主要從中國、印尼和印度大量輸入勞工。印尼人和當地土著同屬馬來人，至今新加坡的人口仍以華人、馬來人和印度人為主。據1990年的統計，新加坡全國人口

總數及三大民族所占比率見表8.19。

表8.19　新加坡三大民族人口比較

	總人口	華人	馬來人	印度人	其他
人數	2,705,115	2,102,795	382,656	190,907	28,575
百分比	100	77.7	14.1	7.1	1.1

資料來源：Saw, *Population Control for Zero Growth in Singapore.* Singapore: Oxford University Press, 1980。

　　三大民族的人口以華人最多，印度人最少，自1839年以來一直如此。

　　華人的母語主要是各種漢語方言和華語，馬來人的母語是馬來語，印度人的母語是泰米爾語。新加坡獨立後以馬來語爲國語，而官方語言有四種，即英語、華語、馬來語和泰米爾語。據1990年的統計，各民族十歲以上的人使用這四種官方語言所占百分比見表8.20。

表8.20　各族人使用四種官方語言的百分比（1990年）

	英語	華語	馬來語	泰米爾語
華　人	62.2	79.2	1.5	-
馬來人	73.8	0.5	95.7	0.1
印度人	81.6	1.1	28.4	50.0
其他人	92.6	6.5	31.3	0.2
全國人口	65.5	62.2	16.2	3.6

資料來源：Lau, Kak En, *Singapore Census of Population 1990: Religion, Child Cared, Leisure Activity.* Singapore: Department of Statistics, 1993.

　　華人只有79.2%會華語，而馬來人會馬來話的仍高達95.7%。華

語人口的萎縮，是由多方面的原因造成的，語言的宗教競爭力較弱是原因之一。十歲以上馬來人和華人的宗教人口百分比見表8.20。馬來人的宗教意識很強烈，幾乎全體都是回教徒，並且不與非回教徒通婚。新加坡回教的語言即是馬來語，可蘭經是用馬來文寫的。宗教對於民族及其語言的凝成具有極強的內聚力，三者可以說是相輔相成。

　　華人的宗教意識比馬來人淡薄。華人不信神占18%，馬來人只占0.2%。華人的宗教以佛教和道教為主，共占人口總數的68.7%，見表8.21。

表8.21　馬來人和華人的宗教人口百分比（1990年）

	佛教	道教	基督教	回教	其他	無神
華人	39.3	28.4	14.0	-	0.3	18.0
馬來人	-	-	-	99.6	0.2	0.2

資料來源：同表8.20。

　　佛教和道教的宗教活動不及回教頻繁而有嚴密的組織，信徒也沒有回教那樣虔誠，許多人只是遇事拜神，所謂「無事不登三寶殿」，或者只是供奉財神，指望發財而已。佛教和道教在華人社會的語言競爭力是非常有限的，華人中有18%是無任何宗教信仰的。另有14%是基督徒，在華人社會裏這個比例是很高的。基督徒在香港只占人口總數的5%左右。新加坡基督教的通用語言是英語，華人中的基督徒較易放棄華語，轉而使用英語。

　　華人的方言母語有十幾種之多（參見表8.25），至今仍界限分明，並不混雜。華人南遷新加坡至少已有近兩百年的歷史，而新加坡又是一個很小的城市國家，按常理方言早已混化，但是實際上方言一直是各民系自我認同的最重要的標誌，其中的原因與各民系早期移民

的聚落形態關係甚大。

　　在星馬各民系早期移民所從事的職業各有所側重，例如腳夫、泥
水匠、碼頭工人、魚販、五金店主、銀行業者以福建人爲多；出入口
商人、木炭商人、打石工人、屠夫以潮州人爲多；酒樓東主、當鋪東
主、麵包師傅、木匠、打金匠以廣東人爲多；打鐵匠、中式牙醫、藥
材店以客家人爲多。對於早期勞務密集型職業，工友、同事或同行之
間的配合是至關重要的，而良好配合的前提是語言的互相溝通。因此
方言相同的民系易於聚集從事相同的職業，這種聚集導致某一民系在
某一地區占有人口上的優勢，見圖8.1。圖上的A、B、C、E、K表示
新加坡的市政分區。民系的聚居又反過來有利於方言的延續（麥留芳
1985）。

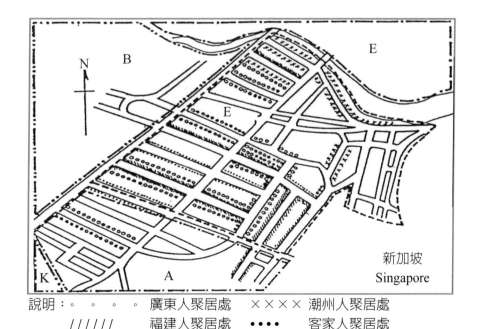

說明：∘ ∘ ∘ ∘　廣東人聚居處　××××　潮州人聚居處
　　　//////　福建人聚居處　••••　客家人聚居處

圖8.1　新加坡各華人民系聚落分佈圖（1891-1901年）

＊資料來源：據1891年及1901年人口普查

二、頂層語言的競爭

　　二次世界大戰後，新加坡擺脫了英國的殖民統治，成為馬來西亞的一部分。新加坡1965年脫離馬來西亞，成為獨立的共和國。在殖民統治時期，頂層語言自然是英語。在獨立之後的新加坡，就國家的語言政策而言，英語失去了政治競爭力，當然不能作為國語。就人口數量而言，華人占絕對多數，但是如果以華語為國語，則有可能發生民族問題，影響國家穩定。況且華人各民系各有自己的方言，華語並不是華人的母語，華語在新加坡的歷史上是後來的語言。在華人移居新加坡之前，當地的土著是馬來人。1959年新加坡成為馬來西亞的一個自治邦，同年的自治邦憲法宣佈馬來語為國語。馬來語在名義上被當作國語，但實際上，可以說是徒有虛名。

　　就國家的語言政策而言，英語、華語、馬來語和泰米爾語是四種地位相等的官方語言。但是作為官方語言，英語是最常用的，英語是實際上的行政、外交、法律、金融的工作語言（working language）。華語、馬來語和泰米爾語只不過是名義上的官方語言。

　　英語實際上在新加坡取得了至高無上的地位，具有「國語」的實際地位（de facto national language），究其原因有以下幾方面：

第一，人口競爭力占優勢。

　　雖然以英語為母語的人口，包括歐洲同化民並不多，但是會英語的人卻占總人口的65.5%，而會漢語各種方言的人只占62.2%。所以這裏所謂人口競爭力占優勢是就會英語的人口而言的。

　　新加坡的人口中有所謂歐洲同化民，即放棄本民族的語言、文化、宗教、生活習慣，改從西方的人。在三大民族中，馬來族的宗教忠誠度最強烈，他們篤信回教，而馬來語是回教的常用語言，所以馬來族幾乎沒有歐洲同化民。歐洲同化民主要來自華族和印度族，但也只占極小的比率。見表8.22。

表8.22 華族和馬來族同化民人口和百分比（1957年）

	本族人	馬來同化民	歐洲同化民
華族	1,091,596 (100%)	11,364 (1%)	2,287 (0.2%)
印度族	129,500 (100%)	9,255 (8.1%)	1,004 (2.2%)

*資料來源：Chua, S.C., *Report on the Census of Population 1957*, Singapore: Department of Statistics, 155-156

　　雖然會華語的人口占全國人口的百分比只比會英語的低三個百分比，但是華語使用的範圍幾乎只限於華族，馬來族和印度族很少人會華語，所以華語並不是族際語言。馬來語或印度語更沒有條件成為族際語言。英語的情況就大不一樣了，它在人口分佈上更均衡，三個民族都有很多人會英語，所以英語是實際上的族際共同語。與此相似的是英文日報也是實際上的族際共同報，見表8.23。

表8.23 各族人口日常閱報百分比（1993年）

	華族	馬來族	印度族	占全國人口百分比
華文日報	59	0	1	46
英文日報	47	43	59	49

*資料來源：SRS Media Index, 1993

　　從表8.23來看，三大民族各自閱讀本民族語文的報紙，不讀或幾乎不讀別的民族語文報紙，同時三個民族都有一半左右人讀英文報紙。全國有49%人口閱讀英文報紙，讀者比華文報紙高出二個百分點，這與英語用於族際共同語的現象是相平行的[2]。

　　英語還有所謂「外援人口競爭力」的優勢。新加坡是東南亞的金

---

2 泰米爾文報紙（Tamil Murasu）資料不全。

融、貿易和交通中心之一，周邊國家和地區都曾以英語為官方語言或實際上的族際共同語，許多人通曉英語。英語實際上也是流動人口的常用語言。

第二，經濟競爭力占優勢。

英語不僅是行政和法律語言，而且也是金融和高級商務語言。在人才市場上應聘高薪職位，英語是必備的條件。據統計，在1966年，英文學校出身的人士收入比非英文學校出身的人士高出20.3%至81.8%，英語的「含金量」顯然要高得多。在1980年，月薪超出三千元的高薪人士，英文學校出身的占66.1%，華文學校出身的只占20.5%[3]。

第三，教育競爭力占優勢。

新加坡將英語用作教學語言始於十九世紀三十年代，最早的英文學校是佛萊士書院。那時的學校以中文學校占大多數，中文學校也開始教初級英語。此後英校逐漸增加，英語在華校的地位也逐漸提高。從1871年開始，註冊學童和社會上會英語的人口同時逐年攀升，兩者顯然有因果關係，見圖8.2。英校學童的人數占全國學童的比率從1960年的51.81%增至1976年的86.02%（關汪昭1998）。

---

3 轉引自關汪昭，〈英語在新加坡的傳播和演變〉，載雲惟利編《新加坡社會和語言》（南洋理工大學中華語言文化中心，1988年）。

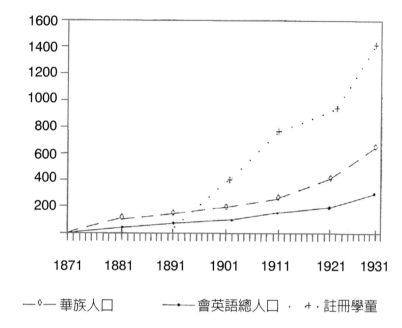

—◦— 華族人口　　　—•— 會英語總人口　·+· 註冊學童

圖8.2　註冊學童和會英語人數遞增關係圖

*資料來源：關汪昭1998。

三、華人社會高層語言的競爭

　　新加坡華人社會是由使用不同方言母語的民系構成的，據1957年的調查，各民系、人口及其所占百分比見表8.24。

表8.24　新加坡華人的民系和方言（1957年）

	人口	占華人%	占全國人口%
福建	443,707	40.6	30.6
潮州	245,190	22.5	16.9
廣東	205,773	18.9	14.5
海南	78,081	7.2	5.4

	人口	占華人%	占全國人口%
客家	73,072	6.7	5.0
福州	16,828	1.5	1.1
上海	11,034	1.0	0.7
興化	8,757	0.8	0.6
福清	7,614	0.7	0.5
廣西	292	---	---
其他	1,248	0.1	---
合計	1,091,596	100	75.4

* 資料來源：同表8.22.155-161

　　表8.24上的十一個華人民系是以人口多寡為序排列的，如果以方言的類別劃分，可以分為五大類，見表8.25。

表8.25　新加坡漢語方言類別

一	閩語
	閩南話：福建、潮州
	海南話
	閩東話：福州、福清
	莆田話：興化
二	粵語：廣東、廣西
三	吳語：上海
四	客家話
五	官話等：其他

所謂「上海話」不限於僅在上海一地使用的方言，實指江浙話，即吳語，其概念大致與香港人的所謂「上海話」相同。「廣西話」是指廣西的白話，即粵語的一種次方言。興化是今福建莆田的舊稱。以上幾種方言差別較大，互相不能通話。華人社會需要有一種通用的高層語言，在各種方言中，閩語的人口競爭力最強，似乎最有可能成為高層語言。但是閩語作為高層語言並不理想，主要有三方面的原因：

第一，人口競爭力不很強。

就人口數量而言，廈門一帶的閩南話雖然占有優勢，但是所占比率也不足三分之一，其人口競爭力跟香港的粵語或臺灣的閩南話不可同日而語；香港以粵語為母語的人口占人口總數的80%以上，臺灣以閩南話為母語的人口占人口總數的70%以上。

第二，經濟競爭力很低。

就在國際上的經濟價值而言，英語當然是最高的，近年來華語也有所提高。但閩語幾無價值可言，除了與大陸的閩南地區和臺灣的民間商業往來。

第三，文化競爭力平平。

閩南地區的文化中心自古以來是泉州，強勢方言也是泉州話，鴉片戰爭之後其地位才漸漸被廈門和廈門話所代替，強勢所及的範圍只是鄰近的廈門、泉州和漳州一帶，並不包括福州和潮汕，其情況與廣州大不相同；廣州自古至今一直是兩廣地區的政治、經濟和文化中心，其方言也一直在兩廣地區享有權威地位。所以廈門一帶的閩南話在新加坡各民系之中的文化競爭力平平，不像粵語在香港非常強勁。

當然，如果沒有後來的華語運動，一種混雜的閩語也許會緩慢地成長為華人各民系的高層語言。華語運動不僅使這種演變的趨勢不再發展，而且使方言的社會功能大大萎縮。

　　從開埠到獨立建國的一百多年來，新加坡華人的家庭語言一直是各民系原有的方言。據1980年的統計，華人以方言母語為家庭語言的仍然占81.4%：其中以廈門話最多，占38.5%；潮州話其次，占18.5%；廣府話再次，占16.1%。

　　由政府發起的「推廣華語運動」是在1979年9月揭開序幕的，政府除了普遍宣傳、編輯出版課本外，還採取了一些行政措施鼓勵華人多用華語，例如：以兼通華語的職員替換只懂英語的勞務員工；華人計程車司機必須能聽會說華語；逐步取消電視臺和電臺的方言節目；地名和人名用中文拼音方案拼寫等（詳見張楚浩〈華語運動：前因後果〉，載雲惟利《新加坡社會和語言》，南洋理工大學中華語言文化中心，1988年）。

　　「推廣華語運動」在短短的二十來年裏取得了很大的成功，無論是社會生活或家庭生活，華語的使用人數和使用頻率都大為增加。據統計，華人小學一年級學生1980年有64.4%在家裏常用方言，只有9.3%常用華語；到了1989年，常用方言的比率降至8.2%，而常用華語的比率升至23.3%。見表8.26。

表8.26　華人小學一年級學生常用家庭語言比率變化表（1980-1989年）

年度	方言	華語	英語	其他
1980	64.4	9.3	25.9	0.3
1981	52.9	10.7	35.9	0.4
1982	42.7	12.0	44.7	0.5
1983	31.9	13.4	54.4	0.5
1984	26.9	13.9	58.7	0.4
1985	16.1	16.9	66.7	0.2
1986	16.1	16.5	68.1	0.3

年度	方言	華語	英語	其他
1987	12.5	19.1	68.0	0.4
1988	9.5	21.0	69.0	0.5
1989	8.2	23.3	69.1	0.4

資料來源：新加坡教育部

　　與公眾接觸的華人公務員說華語的能力也有所提高，即從1979年到1985年提高八個百分點。

　　華語之所以取得高層語言的地位，主要有三方面的原因：

第一，強勁的政治競爭力。

　　在華人各民系中推廣華語，這是國家語言計畫（language planning）的組成部分，是一種政府行爲。相對於其他方言，華語具有至高無上的地位，這種地位是靠政治競爭力確立的。

第二，獨一無二的文字競爭力。

　　華人各民系方言口語雖然各不相同，但是書面語言卻是統一的。例如華文報紙的文字用現代漢語書面語，不像香港的報紙雜用方言文字，而華人日常閱讀華文報紙的人數，據1993年的統計，占華人總數的59%。

第三，背後的文化競爭力。

　　中華文化是華人各民系共同的母文化。中華文化，特別是其中的精英文化，例如道教儒學、唐詩宋詞，都是用華語的書面語記錄的。削弱華語或華文，即是削弱中華文化。新加坡華人社會面臨英語和西方文化的猛烈競爭，加強華語和華文是維護中華文化和華人民族尊嚴的關鍵所在。

練習與思考

1. 語言競爭力有哪幾種？決定語言競爭勝負的關鍵因素是什麼？請舉例說明。
2. 請比較漢語方言在香港和新加坡的社會地位。
3. 英語的社會地位在香港和新加坡有什麼不同？
4. 請從外來詞的角度談談吳語和粵語競爭力的消長情況。
5. 舉例說明當代漢語新詞始生階段有什麼特點？

第九章
語言與文化

第一節　語言與文化共生、共存

一、語言與文化共生

語言是人類區別於動物的重要標識。動物固然也會發出簡單的聲音，但是這些聲音還不是語音，因爲它們的音節邊界是不清晰的，意義是含糊的。人類的祖先大約在四百萬年以前開始直立行走。直立行走是猿向人進化的里程碑，它使猿人的嘴、喉有可能發出清晰的語音，嘴的功能由飲食和爭鬥變爲飲食和發音，爭鬥的功能改由前肢去完成。直立行走又使視野開闊，使大腦發達。前肢從爬行中得到解放之後才有可能製造工具，而製造工具也促使大腦發達。大腦的發達、發出較複雜的語音的可能和生存鬥爭的需要這些因素綜合作用的結果，便是語言的誕生。

人類的語言是什麼時候產生的？這是一個至今仍然沒有確切答案的問題，因爲沒有任何可以斷代的直接證據。語言和文化應該是共生的，它們的產生和發展是一個漫長的、漸進的、相輔相成的過程。人類的石器時代可以追溯到二百萬年前，那時候應該已經產生一些意義明確的語音符號。洞穴繪畫和原始雕刻之類原始文化大約可以追溯到五萬年前，那時候人類應該已經有相當發達的語言。而人類語言的充分發達至遲應該在距今一萬年前，那時候農耕文化和最初的文字已經在西亞萌芽。

語言的誕生是人類脫離動物界的最重要的標誌，也爲燦爛多姿

的人類文明揭開了序幕。如果我們把「文化」定義為人類在歷史上為了自身的生存和發展而從事的積極創造，那麼語言應該是文化的一部分，而且是非常重要的一部分。語言的誕生一方面意味著人類文化的誕生，另一方面又極大地促進了其他文化現象的誕生和發展。

　　語言和音樂是共生的，這裏所說的音樂主要指聲樂。語言和音樂的一個最根本的共同點就是都必須發音。大約距今四百萬年以前，人類開始直立行走。人類的直立使發音器官有可能發出清晰的語音信號，不過這時候的發音還不是語言或音樂，而只是兼有表達感情和傳遞信息作用的意義含混的有聲信號。例如當一個原始人看到野獸的時候，他可能驚呼，這種驚呼既表達驚恐的情緒，也是警告同伴的信號。

　　這些原始的混沌的語音即是語言和音樂的最初的出發點，所以我們說語言和音樂是同根共生的，不過後來分成不同的枝杈，各自發展而日趨完善。

　　音樂和語言雖然很早以前就走上獨立發展的道路，但是兩者的關係還是非常明顯的。上文提到的原始的混沌的語音混有表達感情和傳遞信息的雙重作用，在此基礎上發展起來的語言，其作用以傳遞信息為主，表達感情為輔。語言最後發展成為一種結構嚴密的符號系統。而在此基礎上發展起來的音樂，其作用則以表達感情為主，以傳遞信息為副。所以有些難以言傳的感情可以用音樂來表達，而作為傳遞信息的工具，音樂遠沒有語言明確、細密。

　　語言與音樂的親緣關係還表現在兩者語音結構上的相似。語言和音樂都有民族性，同一個民族的語言和音樂在語音結構上有某種一致性。例如捷克語的詞重音落在第一個音節上，而聲樂或弦樂作品中的樂句重音也落在首音上。漢語有聲調的特點也反映在傳統音樂上，它的旋律的進行是以字調的升降作為基礎的，這與西方音樂以輕重音為基礎大不相同。中國音樂和西方音樂的上述特點是與各自的語言的特

點相適應的。

　　古人很早就注意到音樂和語言的密切關係，並且有意識地把兩者結合起來，以達到聲情並茂、流傳久遠的效果。《禮記·樂記》說：「詩，言其志也；歌，詠其聲也；舞，動其容也。三者本於心。」這是說詩歌、音樂和舞蹈都是發自內心，表達情感的。孔子更有意於把詩三百篇與音樂結合起來，據《史記·孔子世家》說：「三百五篇，孔子皆弦歌之，以求合韶、武、雅、頌之音。」

　　在人類的各種文化現象中語言占有特殊的地位，語言是高一層次的文化現象。所以人們常常把語言從文化中離析出來，討論它與文化的關係。語言在文化現象中的特殊關係，表現在以下四個方面：

　　第一，語言（這裏指母語）的習得是無意識的，如果沒有生理上的缺陷，對所有人都是平等的，而其他文化行爲都要經過後天的艱苦訓練才能獲得，且其結果會因人而異，絕不會是平等的，例如音樂、體育、繪畫。

　　第二，語言是人類文化成長的契機和關鍵，其他文化現象的產生和存在都以語言爲基礎。如果人類文化是一個由各種文化現象編織在一起的網絡，那麼，語言就是這個網絡的總結。例如，體育如果沒有規則，就不能形成，更不能存在，而規則必須由語言來表達。語言可以說是人類文化成長樹上的樹根。

　　第三，語言，包括記錄語言的文字是文化現象流傳廣遠和悠久的最重要的工具。繪畫、雕刻、音樂等也可以傳播文化，但是其內涵和重要性都遠不及語言文字。

　　第四，語言是文化的代碼，特別是詞彙尤其明顯。每一種語言都有它的文化背景，漢語的背景即是中國文化。例如漢語造詞法上的某些詞序反映中國人的某些傳統思想，「男女老少、父母兄弟、師生員工、夫妻、姐妹」這類詞語的詞序不能顛倒，它們的背景是「男尊女卑、長幼有序、敬老孝悌」的傳統觀念。

以上所說的語言和文化是指一般的語言與文化，而不是指個別的語言和文化，即某一種語言和跟這種語言相匹配的文化，如漢語與中華文化、粵語與粵文化等。就個別的語言與文化而言，兩者雖然關係密切，但是並不一定是相互依存的。例如中國的回族雖然屬伊斯蘭文化，但是早已脫離阿拉伯語，而改用漢語。

關於種族、語言和文化這三者的互相關係，美國人類學家鮑阿斯（Franz Boas）的見解值得參考[1]。

二、語言與文化共存

語言是文化的代碼，一個特定的社會或社團雖然解體了，但是只要文化特徵或文化心理沒有消亡，這種語言或它的某些成分可以依然存在。

在使用某一種語言的社團瓦解的時候，這種語言並不是立即消失的，而往往要經過一個雙語（bilingualism）的過渡階段，即在某些場合（如日常與本社團人交談時）使用本社團話，在另一些場合中（如與非本社團人交往時）則使用另一種新學會的語言。雙語現象的產生和維持，不僅是出於方便交際的目的，同時也是為了滿足文化心理上的需要。

即使在雙語階段結束以後，本族語或本地語也不會立即死亡，而是與它背後的文化相應地緩慢地萎縮。萎縮的情形可以有以下幾種：

一是退縮到宗教領域，如中國歷史上的猶太移民在放棄母語之後，掌教的神職人員仍使用希伯來語誦讀和講解猶太經文。

二是退縮到家庭生活中，即這種語言只是在家庭生活中使用，在

---

1 Hymes, D. 1964, *Language in Culture and Society: a Reader in Linguistics and Anthropology*, New York, Harper and Row, 1964.

社會生活中已不再使用。例如四川省許多人數較少的瀕臨消亡的客家方言島上的客家話。

三是退縮到個人內部語言，即思考問題、心算、自言自語等情況下使用母語。

四是退縮到語言底層中，例如漢語南方方言中殘留的古臺語底層成分。

五是退縮到個別文化詞彙中。例如在中國的各大城市多少都有些滿族居民，雖然滿語作為口語早已不再使用，但是滿語詞「薩其馬」（一種滿族傳統糕點）仍然在各大城市流行。

六是保存在文字裏。即使一種語言完全停止使用，這種語言還可能保存在它的文字裏，而語言背後的文化將和它的文獻共存。例如，西夏文是中國古代記錄西夏黨項羌族的文字，創制於十一世紀，是當時西夏國的官方文字，與漢文並用。隨著西夏國在十三世紀滅亡，西夏黨項羌族的語言也漸漸不再使用。但是從保存至今的西夏文獻，如《音同》、《番漢合時掌中珠》等，仍然可以瞭解西夏語言及其文化。

語言與文化共存的最典型的例子可以說是拉丁語和拉丁文化。拉丁語作為日常生活中的口語，在文藝復興以後，已被歐洲各民族的語言所代替，但是一直到現代它仍然活躍在學術領域。歐洲語言中的醫學、藥學、動物學、植物學、化學、天文學等學科的新術語，仍然使用拉丁語的詞根作為構詞的基礎。西方社會的法律和行政用語中仍保留了許多拉丁語的措詞和表達方式。一直到二十世紀六十年代，現代天主教教堂還在使用拉丁語。世界上許多語言都採用拉丁字母作為拼寫字母，漢語的拼音方案也是採用拉丁字母的。拉丁語和拉丁文不僅曾是記錄、傳播和發展西洋文化的工具，而且也是西洋文化的一部分，拉丁語和拉丁文將與西洋文化共存。

三、語言發展滯後於文化

　　語言的發展比文化史的發展要緩慢一些，某些文化現象消失了，反映這種文化現象的詞彙有可能隨之消失，如帝制結束後，「朕」一詞也廢棄不用了；也可能舊詞轉而表示與舊詞的詞義有聯繫的新事物，因此追尋這些詞的詞源有助於瞭解某些已經消失的文化現象和某些文化現象的演進過程。

　　從某些詞的詞義的演變可以看到某些文化現象演進的蹤跡。下面舉三個例：

　　鐘，在現代是計時的工具。在古代最初卻只是祭祀或宴享時用的樂器，銅製而中空，用木槌擊之使發聲。《詩經·周南·關雎》載：「窈窕淑女，鐘鼓樂之。」後指佛寺中懸掛的鐘。佛寺中的鐘雖然不是專用的樂器，但是形制相似，同樣有音響效果，所以與上古時代的鐘有相通之處。佛寺中的鐘起報時的作用，所以現代的計時工具舶來後，即以「鐘」命名。不過這種鐘不必擊而發聲，故稱「自鳴鐘」，後又稱時鐘。

　　床，《說文》曰：「床，安身之几坐也。」段玉裁注：「床之制略同几而庳於几，可坐，故曰安身之几坐。床制同几，故有足有木兌。」所以，「床」古時指坐榻，如胡床，亦稱交椅。陶穀《清異錄·陳設門》載：「胡床施轉交以交足，穿便絛以容坐，轉縮須臾，重不數斤。」「床」的另一古義是安放器物的架子，如琴床。漢文化中出現供睡覺用的傢俱，「床」一詞的意義也發生演變，不再指椅，而指供臥之具。「床」的另一古義「置物之具」仍保留在現代一些吳方言中，如浙江富陽、諸暨、紹興稱桌為「桌床」，其中「床」即存古義；又稱供睡之床為「眠床」，以與「置物之具」的「桌床」相區別。

　　「車」在古漢語裏的本義是「輪輿」，後來發展出「交通工

具」和「用輪子轉動的機械」兩大引申義。在現代漢語標準語裏，「車」多用於第一個引申義，第二個引申義已少用，如風車、水車，但在方言裏「輪子」一義或第二個引申義仍常用，例如：

以「輪子」或「像輪子那樣轉動」為基本詞義的方言詞有：

車巾子——涎布。用於福建邵武贛語。

車轉——轉過來、倒過來。用於四川邛崍和貴州桐梓的西南官話。

車臉——回頭、轉臉。用於湖北紅安江淮官話、貴州大方、赫章西南官話。

車背——轉背。用於貴州大方西南官話。

車反——翻騰、勆翻。用於廈門閩語。

指「用輪子轉動的機械」的方言詞有：

車衣——縫紉機。用於廣州話、深圳客話。

洋車——縫紉機。用於吳語杭州、金華巖下、蒼南金鄉。

車俚——用腳踏的紡車。用於江西高安贛語。

車葉——螺旋槳。用於廣州粵語、廈門閩語。

車箬——螺旋槳。用於廈門閩語。

英語裏的pen一詞也是很好的例子，它的本義是「羽毛」，來自拉丁文penna；在近代它還只能指鵝毛筆，在現代卻可以用來指帶金屬筆尖的鋼筆了。

四、語言結構與文學體裁

不同的民族文學體裁也可能不同，原因之一就是一個民族的文學

形式受到它的語言結構的制約。這一點平時似乎不易覺察,但是一經把一種語言的文學作品(特別是詩歌)譯成另一種語言,就會體會到這一點。文學作品譯成另一種語言,不能不損失部分原意,即使是最優秀的翻譯家也不能保證百分之百地傳神。當然這裏所說的翻譯作品損失原意,不是指因譯者誤解、誤譯所帶來的結果,而是指的由於兩種語言的差異帶來的不可避免的損失。

可以說明這個問題的實例很多。如古今漢語,特別是近體詩,常不舉主語,但是英語口語,甚至詩歌亦須標舉主語,所以英譯漢詩常不能與原意密合。下面舉兩首唐詩的英譯,加以說明[2]。李白〈靜夜思〉:「床前明月光,疑是地上霜。」有兩種不同的譯法:

⑴I wake, and moonbeams play around my bed, Glittering like hoar-frost to my wandering eyes.

⑵I saw the moonlight before my couch, And wandered if it were not the frost on the ground.

例⑴的譯法因補出主語I(我),不得不添上wake(醒)。就原意來說,I wake是畫蛇添足。

例⑵的譯法因補出主語,不得不用I saw(我看見)。反而破壞了原詩的意境。

⑶Her candle-light is on her chill bright screen, Her little silk fan is for fireflies.

例⑶所譯是杜牧〈秋夕〉:「銀燭秋光冷畫屏,輕羅小扇撲流

---

2 引自呂叔湘《中詩英譯比錄》(上海教育出版社,1980年)。

螢。」原詩未舉主語，動作的執行者沒有明言。英譯不得不舉主語，並且不得不決定主語屬第幾人稱，結果使原詩意境大受損失。

以上三例都不是誤譯，而是語法結構的不同影響原意的表達。

一種語言的文學作品，尤其是韻文，如詩歌，它在形式上的特點會受到語言特點的牽制，或者說是跟語言的特點相協調的。這種協調一致，對於本族語的使用者往往是不自覺的，但是，如果跟別種語言的文學作品比較一番，就可以覺察。例如英語詩歌的特點是音強（即重音對比），法語詩歌的特點是音節數目、押韻與同位母音的協調，漢語舊體詩詞的特點是字數的限制、聲調對比、對偶和押韻。這三種詩歌的特點是分別與這三種語言的特點密切相關的。

漢語的舊體詩詞講整齊、重對偶、詞序靈活、富於音樂美感等特點，是與漢語單音節語素和有聲調這兩大特點有關的。

漢語是單音節語素語，一個語素是由一個音節構成。所謂語素，包括詞、構詞成分或構形成分。古漢語中的詞是單音節占多數，雖然後來有雙音節化的趨勢，但是即使在現代漢語裏，最常用的詞還是以單音節占絕大多數。據《現代漢語頻率詞典》（北京語言學院出版社，1986年），前三百個出現頻率最高的詞中，只有五十五個是雙音節詞，其餘都是單音節詞，單音節詞占81%強。即使是雙音節詞，很多也是由兩個在語義上可以獨立的單音節語素併合的，或者由核心語素加以詞頭或後綴聯綴而成。前者如「看見、敵人」，後者如「人們、孩子」。這跟印歐語言中的雙音節詞大不相同。以英語的雙音節詞爲例，除了部分合成詞外，一經拆開，語義就不可解，或者跟併合時的語義毫不相干。前者如paper（紙）拆爲pa和per，各自毫無意義；後者如scarlet（鮮紅色）拆開後變成scar（疤）和let（讓）。

單音節語素可以說是構成舊體詩詞的基本積木。這種基本積木小巧玲瓏，可併可拆，變化萬千。漢語的這一特點爲舊體詩詞講整齊

（字數或音節數的整齊）、重對偶、組詞和詞序的靈活性提供了必要的條件。

　　為求整齊，寫作時必須時時增減字數。漢語詞單音的可以衍爲雙音，雙音又可以縮爲單音，所以增減字數極爲方便。例如《楚辭・九章・悲回風》：「登石巒以遠望兮，路眇眇之默默。」顏延年〈還至梁城作〉：「眇默軌路長，憔悴征戍勤。」「眇眇」縮爲「眇」，「默默」縮爲「默」。即使換用別的詞也不難，因爲基本單位都是單音節的，不必爲音節長短費心。如「僧推月下門」改爲「僧敲月下門」，只要在詩意上想得到，換字並不難。

　　大量的單音節基本積木爲對偶的運用提供了極大限度的可能性。漢詩的對偶講究音節長短整齊，因爲字都是單音節的，所以對字的選擇有極大的餘地。例如，漢語的數詞和量詞都是單音節的，所以將數量詞用於對偶句也易如反掌。正因爲如此，含數量詞的對偶句頗常見，如辛棄疾〈西江月〉：「七八個星天外，兩三點雨山前。」在舊時代，對偶的技巧是兒童時代就可以掌握的，舊時代兒童啓蒙教育中有「對對子」這一門課，要求學會「來鴻對去燕，宿鳥對鳴蟲」之類，各地民歌中也普遍運用這種技巧。西洋文學也有所謂對偶，所指是詞、短語的對照和均衡。因爲印歐語不像漢語那樣是單音節語素語，所以互成對偶的成分，音節的長短不求整齊，只是語意求匹配而已。漢語韻文的對偶不僅求意對，而且求音對（音節數和平仄對稱），所以特別富於語言美學價值。

　　漢語中大量雙音節並列式複合詞，因爲是由單音節的語素合成的，前後兩個語素或疊義或近義或反義，在詩詞寫作中，可併可拆，以滿足節律和整齊的需要。此類複合詞甚多，如「巷陌、賓客；煙霧、風雨；朝暮、明滅」。這類詞在詩詞中拆拆並並是很常見的。例如，「楊柳」在柳永〈雨霖鈴〉中是並用的：「楊柳岸，曉風殘月。」但是在朱淑眞〈蝶戀花〉中是拆開用的：「樓外垂楊

千萬縷，欲繫青春，少住春還去。猶自風前飄柳絮，隨春且看歸何處？」

　　單音節語素還為舊體詩詞詞序的靈活性提供了條件，詞序的變換不會破壞整齊，甚至不會影響對偶。例如杜甫的名句「香稻啄餘鸚鵡粒，碧梧棲老鳳凰枝」，按一般的詞序，「香稻」和「鸚鵡」應對換，「碧梧」和「鳳凰」應對換。《詩經・小雅・魚藻》首章：「王在在鎬，豈樂飲酒。」次章作「飲酒豈樂」，詞序變了，而意思、節律未變。

　　回文詩（詞、曲）是中國文學特有的，語素單音節是這種詩體得以成立的必要前提。清代朱存孝《回文類聚・序》說：「詩體不一，而回文尤異。自蘇伯玉妻〈盤中詩〉為肇端，竇滔妻作〈璇璣圖〉而大備。」晉代的〈璇璣圖〉是最著名的回文詩，全詩共八百四十一字，排成縱橫各二十九字的方陣，回環反覆閱讀，可得詩三千七百五十二首。宋代秦觀有五首七絕是用回文體寫的，其中一首是：「紅窗小泣低聲怨，永夕春風斗帳空。中酒落花飛絮亂，曉鶯啼破夢匆匆。」從最後一字倒讀上去，可以另成一詩，而絕不牽強，即：「匆匆夢破啼曉鶯，亂絮飛花落酒中。空帳斗風春夕永，怨聲低泣小窗紅。」

　　舊體詩詞調平仄、講四聲的特點，是漢語有聲調和語素單音節這兩大特點綜合作用的結果。無聲調則無平仄和四聲可言，而只有語素是單音節才便於調配和安排平仄、四聲。聲調的主要特色是音高變化，這一點與音調一致，所以古代的韻文跟音樂有著天然的聯繫。更何況中國的韻文，除了駢文和律詩之外，論其淵源都與音樂有關。風雅頌和古體詩都來源於民歌；唐詩的源頭與六朝民歌有關；詞是配譜的，所以寫詞稱為「填詞」；後來的元曲更不必說。再加上韻文的作者講究調平仄和四聲，所以舊體詩詞有特別強烈的音樂美，可以吟誦並譜曲。

　　舊體詩詞易於記誦，現代白話詩不便記誦，其中一個重要原因是：舊體詩詞的形式能注意漢語的特點，並且使其更富於音樂性。音樂的性質跟語言有所不同。一段配上樂曲的歌詞，比一段不配樂曲的話語，容易記憶和回想。新詩的起源與音樂無關，並且創作時完全置字調的音樂性於不顧。新詩如果不從漢語有聲調、語素單音節出發，造成自己的格律，那麼它的生命力不會是強大的。而由於北方話聲調趨簡，南方方言聲調的調類和調值也有演變，詩詞如果仍按舊格律來寫，也是不現實的。如果要使舊體詩詞作為中國文學的一個品種繼續發展，那麼，它的格律也應隨著漢語聲調的發展而發展。

五、漢語和漢字文化

　　記錄漢語的漢字，如果從甲骨文算起的話，已經有三四千年的歷史。漢字是古代中國特有的文化背景中誕生、成長的，它不僅僅是漢語的符號而已，而且也是中國文化的載體和象徵，在幾萬個方塊漢字中蘊藏著中國古代燦爛的文化。怪不得英國語言學家帕默爾（L. R. Palmer）說：「漢字是中國文化的脊樑。」瑞典漢學家高本漢（B. Karlgren）說得更徹底：「中國人拋棄漢字之日，就是放棄他們的文化基礎之時。」

　　從方塊漢字透視古文化，過去的研究已經比較多，這裏再舉一個例。漢代許慎《說文解字》糸部當中有三十來個字與色彩有關，下面先抄出其中一部分字：「緋：帛，赤色也」；「素：白緻繒也」；「紅：帛，青赤色」；「緇：帛，黑色」；「紫：帛，青赤色」；「縞：鮮色也」；「繡：五采備也」；「綠：帛，青黃色也」；「絳：大赤也」；「纂：如組而赤」；「紬：絳也」；「緹：帛，赤色也」；「絑：純赤也」。這些詞可以分成兩大類：一類是指某種顏色的帛，另一類是指某種顏色本身。從這些有關顏色的詞皆從絲字旁來看，絲織品的染色技術在漢代應該已經非常發達。在現代漢語

裏，「緋、紅、緇、紫、綠、絳、素、縞素」這些詞都是從古漢語繼承下來的，都還是絲字旁的，不過「緋、紅、緇、紫、綠、素」這幾個字在漢代只是指帶某種色彩的絲織品，而不是指色彩本身。從這些詞彙的造詞、繼承和演變，可知絲織品在中國文化史上的顯著地位。

　　在古代的東亞，漢字的地位是至高無上的。漢字相繼傳入文化相對後進的鄰近民族，形成了歷史悠久的漢字文化圈。漢字在秦漢之際輸入越南、漢初輸入朝鮮、晉初輸入日本。而輸入初期，漢字實際上是這三個國家的書面語，後來才漸漸分別被字喃、諺文和假名代替或部分代替。漢字還爲國內少數民族所效法，各自創制漢字類型的文字，其中歷史較悠久，與漢字關係較明確的有契丹文、女眞文和西夏文。最初的契丹文創制於遼太祖神冊五年（920年），稱爲契丹大字。1949年以前曾在熱河西林塔子遼代陵墓中發掘出契丹文碑，碑文上的字的形體大部分是模仿漢字的，由兩個漢字湊成一個契丹字。女眞字創制於十二世紀初年（1119年頒行），正當金代開國初年。女眞字的字體仿照漢字和契丹字，增減筆劃而成，一個字代表一個詞。西夏文創制於西夏國（1038-1227年）開國之前。西夏文是用於記錄黨項羌族語言的，是一種表意文字，文字結構取法於漢字，筆劃更加繁複。漢字是古代東亞文化交流極其重要的媒介。

六、簡評「薩丕爾—沃爾夫假說」

　　關於語言與思維的關係，有一個著名的假說，即薩丕爾—沃爾夫假說。這個假說是由美國學者薩丕爾（Edward Sapir）及其弟子沃爾夫（Benjamin Lee Whorf）提出的，他們認爲，所有高層次的思維都倚賴於語言，也就是說語言決定思維，即所謂「語言決定論」。由於不同的語言在很多方面都有不同，沃爾夫還認爲，使用不同語言的人對世界的感受和體驗也不同，也就是說人們的世界觀與他們的語言背

景有關，這就是「語言相對論」。

　　大多數學者對這一學說持懷疑和批判的態度，反對的理由主要有以下四條：第一，語法結構與語言使用者的思維並沒有互相依賴關係，許多語法特徵只是語言結構的表層現象。第二，不同的語言可以互相翻譯，用一種語言可以解釋另一種語言所表達的觀念。第三，人們可以學會第二語言，成為雙語人。如果不同的語言有不同的概念系統，那麼由於缺乏第二語言的概念系統，第二語言是學不會的。第四，使用同一種語言的人世界觀可能不同，而使用不同語言的人世界觀也可能相同。

　　「語言相對論」也有它合理的成分。

　　漢語語法上與印歐語言不同的若干特點，是跟中國古代的哲學思維方式的特點相平行的。

　　古代中國人不善於抽象的理論思維，而善於憑經驗直覺行事。「知其然而不知其所以然」的情況比比皆是，常滿足於「會心於忘言之境」（莊子語）。中國古代的許多科技成就多憑經驗而獲得，如針灸，很少抽象成理論，用以指導未來。這種文化傳統在漢語的表達法和詞法上都有所反映。

　　在口語中一些較抽象的概念常常用具體的詞來表達，例如面積——大小，長度——長短，深度——深淺，高度——高低或高矮，重量——輕重，厚度——厚薄，亮度——明暗，味道——鹹淡等等。在日常生活中，一般人更愛用形象的詞彙，而不用或少用抽象的詞彙。例如許多吳方言將「右手」稱為「順手」，「左手」稱為「借手」，因為一般人用右手操作比左手順便，左手只是在右手不敷用時才「借」來一用的。浙江的永康吳語將「左邊」稱為「碗邊」，「右邊」稱為「箸邊」，因為一般人都是左手捧碗、右手握筷子的。這些表達法都是基於生活經驗和直覺的。

　　如果從詞序來考察，漢語是一種「繪畫型」或「臨摹型」的語

言。即漢語詞序的先後反映實際生活經驗的時間順序，凡先發生的事件或事物在句子中先出現，後發生的後出現。

當兩個分句由表示時間的副詞「再、就、才」等相連接時，先發生的事總是出現在第一個分句中，後發生的出現在第二個分句中。如「我吃過飯，你再打電話來」，「吃飯」在前，「打電話」在後，不能顛倒。譯成英語也可以是：「Call me after I have finished the dinner.」在這個英語句子裏後發生的事（call me）則是先出現的。漢語連動句、比較句、含各種狀語的句子的詞序也一樣。各舉一個例：

> 他騎車走了。（先騎車，後才能走。）
> 你比我高。（先比較，後才知高低如何。）
> 他從上海乘火車經南京到北京。（先在上海，後乘火車，最後到北京。）
> 張三朝北看。（先面向北方，後才看。）
> 他用筷子吃飯。（先用筷子，後才吃飯。）
> 他來了三天了。（先來，再過三天。）

以上這些漢語句子均不可倒置，但是如果譯成英語，詞序都可以倒置。漢語的詞序是感性的，與生活中的直接經驗有關；英語的詞序是理性的，詞序與事件經歷的先後無關，理解詞序需要抽象的理性分析。

第二節　親屬稱謂的文化背景

一、親屬稱謂的分類

漢語的親屬稱謂，從五個不同的角度分析，可以有五種分類

法：

　　第一，從語體來分析，有書面語稱謂和口語稱謂兩大類。書面語稱謂全國一致，口語稱謂因方言不同有可能不同。如父親，北京話叫「爸爸」，上海話叫「爹爹」（面稱）、「爺」（敍稱），廣州話叫「老豆」。

　　第二，從聽話對象分析，有面稱、敍稱之分。「面稱」又叫「直稱」或「對稱」，用於聽話人和被稱呼人為同一個人時。「敍稱」又叫「背稱」或「旁稱」，用於被稱呼人是說話人之外的第三個人時。例如對丈夫的母親，北京話面稱是「媽」，敍稱是「婆婆」。在大多數情況下，用敍稱時，被稱呼人不在場。當要將第三者當面介紹給聽話人時，也用敍稱。這樣看來「敍稱」這個術語比「背稱」更確切。在某些漢語南方方言裏，是用變調的手段區別面稱和敍稱的。如在浙江永康吳語裏，「哥哥」面稱是kuə^{24}，敍稱是kuə^{44}；「姐姐」，面稱是tɕi^{53}，敍稱是tɕi^{35}；「叔叔」面稱是a^{44}su^{53}，敍稱是su^{35}；「嬸嬸」面稱是a^{44}səŋ^{53}，敍稱是səŋ^{35}。

　　第三，從稱呼對象來分析，有自稱和他稱之別。自稱只用於上輩對下輩說話時，所用稱謂一般與下輩對上輩的稱謂相同。如父親對兒子自稱「爸爸」。

　　第四，從修辭的角度分析，有尊稱和謙稱之分。舊時常用，如尊稱：令尊、令堂、令公子、令愛、令千金等；謙稱：賤內、拙夫、犬子、小兒等。當代仍常用的似乎只有「千金」、「公子」兩詞。有的地方親屬稱謂還有暱稱和一般稱呼之別，例如浙江平陽溫州話，年輕人稱「母親」為「阿奶」，表示親暱，長大後改用「姆媽」這個一般稱呼。

　　第五，從心理的角度分析，有常稱和諱稱之分。諱稱是出於民間忌諱心理，不用通常的稱謂，而換用別的稱謂所造成的。例如浙江樂清溫州話，對「母親」的通常面稱是「阿媽」或「阿奶」，但有

人卻改稱「阿嬸」；「父親」通常面稱「阿伯」，但有人改稱「阿叔」。

二、親屬稱謂與民間忌諱心理

民間的忌諱心理在親屬稱謂上的反映有兩方面：

1.改常稱爲諱稱

由於忌諱的原因，不使用正常的稱謂，故意換用別的稱謂，這種忌諱現象舊時在方言區是常見的。在當代忌諱的心理雖然已經淡化或消失，但是諱稱卻習慣成自然，在有些方言區仍然沿用。

福建大田的諱稱是很典型的。如稱父親爲「阿叔」、「阿兄」或「阿哥」，稱母親爲「阿嬸」或「阿嫂」。諱稱只與父母的稱謂有關，實際上是反映父母的忌諱心理，擔心如果用常稱，會導致某種隱密的力量使孩子夭折；有的是擔心父母太年輕，叫重了，孩子不好養；有的是父母自認命不好，擔心把厄運傳給孩子；有的是擔心父母和孩子命中相剋，所以不好用常稱，只好用諱稱，反而命孩子叫某親戚或朋友爲「父母」。諱稱實際上是被當作避邪的方法。這種起源於迷信觀念的諱稱，目前自覺流行的地方已大爲減少，只流行於相對落後的農村地區。不過也有在歷史上形成的諱稱，迷信成分逐漸淡化、消失，以至到現代被當作常稱來使用。例如浙江平陽蕭江的溫州話，稱父親爲「阿伯」、「阿爸」、「阿叔」或「阿季」，稱「阿叔」或「阿季」並沒有忌諱的心理因素。被稱爲「阿叔」的父親常常沒有兄弟。「季」是「伯仲叔季」的「季」，排行最小，「二叔、三叔」可稱爲「二季、三季」。

在歷史文獻中也有用下輩的稱謂稱父輩的記載。如《北齊書・南陽王綽傳》載，綽兄弟皆呼父爲兄兄；又，同書〈文宣皇后李氏傳〉：「太原王紹德至閤不得見，慍曰：『兒忌不知耶，姊姊腹大不見兒。』」這裏兒稱母爲姊姊。《廣雅・釋親》：「姐，母也。」

《南史・齊宗室傳》：「衡陽王鈞五歲時，所生母區貴人病，便悲戚，左右以飯飴之，不肯食，曰：『須待姨瘥。』」這裏兒稱母為姨。這些稱謂的移借是否出於忌諱心理，尚待研究。

2.稱謂中某些序數字的忌諱

某些數字和某些被認為是不吉利的字同音，因此迴避，而改用別的稱呼。因各地語音系統和忌諱心理不同，所以迴避什麼數字及如何改稱也不一定相同，例如吳語區普遍忌「四」和「死」音同或音近，因此稱謂詞中的「四」皆用「小」代替，如稱「四叔、四嬸」為「小叔、小嬸」；又如上海因忌「二哥」和「尼姑」同音，改稱「二阿哥」。

三、親屬稱謂與婚姻制度

一般說來名稱是代表概念的，名稱的實質可以說是概念。親屬關係是從婚姻關係產生的，從婚姻關係產生的種種概念會反映到親屬稱謂上，所以西方的人類學家和民族學家早在上個世紀就從事研究親屬稱謂和婚姻制度的關係。國內的學者如芮逸夫、馮漢驥、傅懋勣等人也研究過漢族和少數民族的親屬稱謂和婚姻制度問題。在此之前，從《爾雅・釋親》到清代梁章鉅《稱謂錄》，古代中國學者記錄了大量親屬稱謂的材料，但欠研究、分析。

以下以土家族的親屬稱謂和婚姻制度為例，說明這兩者的關係。

土家族生活的湘西北，自治州首府在吉首。跟漢族的親屬稱謂比較，土家族的親屬稱謂有三個特點：

第一，上兩輩的男性親屬或女性親屬、下三輩的女性親屬或男性親屬，專稱沒有漢族多，見表9.1。

表9.1　土家族母系系屬關係和親屬稱謂

親屬關系	親屬稱謂
祖母和外祖母及其姐妹妯娌	母思阿涅
母親	阿涅
姑母；岳母及其姐妹	你可阿涅
伯母及其姐姐、大姨母	巴也阿涅
嬸母、伯母的妹妹和小姨母	巴也阿涅
姐、叔伯姐、舅表姐、姑表姐、妻姐	阿打
妹、叔伯妹、舅表妹、姑表妹、妻妹	安矮
女、侄女、內侄女、外甥女、姨表侄女	必郁

　　第二，沒有內親外戚的稱謂分別，如「安矮」可以指妹妹，也可以指妻妹；「必郁」可指女兒，也可指外甥女。

　　第三，對姑母、岳母或夫母這類女性長輩，曾叫做「姑」或ma^{11}ma^{55}；對姑父、岳父或夫父這類男性長輩通稱「舅」或ka^{11}ki^{11}。

　　以上這些親屬稱謂的特點是土家族歷史上群婚制的遺跡。上述第三個特點也是土家族歷史上曾實行「扁擔親」婚姻制度的證據，這種制度要求姑家之女嫁給舅家之子，姑家之子則娶舅家之女，所以舅父、姑父、岳父、夫父同稱，舅母、姑母、岳母和夫母同稱。

四、親屬稱謂與宗法觀念

　　漢族親屬稱謂的下述特點與漢族的傳統宗法觀念有關：

　　第一，行輩之別。親屬稱謂是分輩份的，輩份不同，稱謂也不同。據馮漢驥的研究，中國現代的祖、孫、子、母、女、兄、弟、姐妹、伯、叔、侄、甥、姑、舅、姨、岳、婿、夫、妻、嫂、婦二十三

個核心稱謂，都是分輩份的。其中伯、叔、姨、舅、姑五個稱謂古代分行輩，近代不分行輩，另有原因。行輩之別還反映在長輩可以直呼晚輩名字，反之則不允許。

第二，同輩、長幼之別。同輩親屬長幼不同則稱謂有別。古代妻稱夫之兄爲「兄公」或「公」、「兄伯」或「伯」，稱夫弟爲「叔」，稱夫姊爲「女公」，稱夫妹爲「女叔」。現代稱父之兄爲「伯」，父之弟爲「叔」。哥哥和弟弟、姐姐和妹妹、兄嫂和弟媳皆有分別。在印歐語言的親屬稱謂中，同輩是不分長幼的，例如英語brother、sister、uncle、aunt皆不分長幼。同輩長幼之別還表現在年長者可以直呼年幼者的名字，反之則不允許。

第三，父系、母系之別。同輩親屬因父系、母系不同，親屬稱謂也有嚴格區別，如侄—甥；姑—姨；伯（或叔）—舅；父—岳父（丈人）；母—岳母（丈母娘）；堂兄—表兄。英語的親屬稱謂不分血親和姻親，如nephew、aunt、uncle、cousin皆不分父系或母系親屬。

第四，血親、姻親之別。姻親指因婚姻而結成的親戚。同輩親戚因血親、姻親不同，稱謂也不同，如現代稱謂：哥哥—姐夫，叔叔—姑父，弟弟—小舅子，姐姐—嫂嫂。

第五，直系、旁系之別。同輩親屬因直系、旁系不同，稱謂也不同，例如父—叔叔，母—姨，子—侄、甥，女—侄女、甥女。但是「姐妹」和「表姐妹」，「兄弟」和「表兄弟」，其核心詞「姐妹」和「兄弟」卻是一樣的，這是古制的遺留，古制不重直系、旁系之分，父之兄弟稱爲從父，母之姊妹稱爲從母，從父又有伯父、叔父之稱。核心詞仍是「父」和「母」。

在漢族的親屬稱謂裏，我們看不到像土家族和納西族那樣的群婚制的遺跡。這一套親屬稱謂是遠離群婚制以後產生的，它所反映的是一夫一妻制，以及中國古代社會特有的宗法觀念：長幼有別、親疏有

別、尊卑有別、男女有別等。

五、親屬稱謂的演變及其文化原因

對同一稱呼對象，因時代不同，稱謂也可能不同。

親屬稱謂演變的原因，大致有以下幾種：

第一，婚姻制度的變化。例如雲南麗江地區的納西族舊時實行「阿注」婚姻制度，有一套與之相應的親屬稱謂，新一代實行一夫一妻制，舊的一套稱謂自然失去生命力。

第二，借用別的語言或方言。第三章曾述及漢語從北方阿勒泰語借入「哥哥」這個稱謂。再如浙江平陽蕭江的溫州話稱父親為「阿伯、阿爸、阿季、阿叔、阿tse⁵⁴，其中的「阿季」和「阿叔」是諱稱，「阿tse⁵⁴」是「福建叫」，即福建人的叫法。另一個「福建叫」是稱祖母為mæ⁵⁴。使用「福建叫」的家庭往往祖輩有一方是說閩語的。

第三，父母從子女稱。「舅、姑」原來是稱尊輩親屬的，後來夫稱妻之兄弟為舅，妻稱夫之姊妹為姑，這是父母從子女稱的結果。現代的「公公、婆婆」也是從子稱的結果，試比較：子稱「公公」為「外公」，稱「婆婆」為「外婆」。

第四，子女從父母稱。「伯、叔、姨」原是稱平輩親屬的，後來用於稱尊輩，是子女從父母稱的結果，如子女習聞父稱母之姐妹為姨，便跟著稱姨，「伯、叔」的演變也一樣。漢代之後「伯、叔」已不再稱兄弟，但用來稱父之兄弟和夫之兄弟。「姨、舅、姑、公、婆」也是兩輩並用。

第五，稱謂對象擴大。例如「太太」古代只用於稱官員的夫人。明代士大夫之妻，年未三十，可以稱「太太」，直至清末，無官職的人的妻子一般不能稱為太太。民國時代「太太」氾濫，除官太太外，教授太太、經理太太、校長太太等不一而足。再如「兄」本是同

輩直系親屬年長者的稱呼，後來泛用於年相若、道相似者，甚至後輩和一般朋友。

親屬稱謂的變化一般從直稱開始，再波及敘稱，書面語稱謂最保守，如「父」在口語中已發展爲「爸」，但在書面語中仍是「父」。

當一種方言受到別種方言的強烈影響而發生巨變時，這種方言中的親屬稱謂變化較慢，如皖南寧國近代以後已改說官話，但是親屬稱謂「叔叔」仍叫「爺爺」，還保留原有方言特點。有些古代的親屬稱謂在現代的書面語或標準語中，已不再用作親屬稱謂，或所稱對象有所變化，但仍有可能殘留在方言裏。如《廣雅・釋親》載：「媼，母也。」在北方話中，「媼」字早已失去母義，只存老婦義，但是在今吳語溫州話裏稱「老婆」爲「老媼」（敘稱），仍保留親屬稱謂的用法。

第三節　語言與民間心理

一、語言禁忌

與語言巫術比較，語言禁忌是消極的，目的是免於招致於己不利的後果。語言禁忌至遲在漢代已流行於民間，《說文》：「膿，益州鄙言人盛，諱其肥，謂之膿。從肉，襄聲。」語言禁忌可以分成以下幾大類：

1.稱謂禁忌

關於親屬稱謂的禁忌已見本章第二節，這裏再舉一個在現代漢語裏習以爲常的例子。普通話或書面語中的「神甫」或「師傅」兩詞，是因爲忌「父」字造成的。「神父」shén fù後字變讀輕聲，成爲「神甫」shénfǔ；「師父」：shī fù後字變讀輕聲，成爲「師傅」

shīfù。

親屬稱謂中的諱稱是一種特殊的忌諱詞。諱稱相對於常稱而言，因出於民間的忌諱心理，不用通常的稱呼，而改用別的稱呼，如浙江樂清有人稱「父親」為「阿叔」，稱「母親」為「阿嬸」。浙南和福建許多地方都有類似的諱稱，其背後的忌諱心理是，父母較年輕，怕叫重了，孩子不好養；有的是父母自認命不好，擔心把厄運傳給孩子；有的是擔心父母和孩子命中相剋，所以不能用常稱，只好用諱稱。諱稱實際上被當作避邪的方法。

2.姓名禁忌

姓名禁忌的產生是由於人們誤認為姓名與指甲、毛髮、牙齒等一樣是身體的一部分，靈魂附在姓名上，如果輕易暴露，容易被人利用於巫術，加害自身。據《禮記·內則》記載，古人命名頗鄭重其事，嬰兒出生第三個月月底擇日命名：「妻抱子出自房，當楣立東面。」「父執子之右手，咳而名之。」古人在朋輩之間或對尊輩長者是禁忌直呼其名的。故年長後另取「字」，以替代「名」。《禮記·冠義》載：「已冠而字之，成人之道也。」古人二十歲始行成年禮。姓名禁忌在現代社會生活中的殘餘表現是：不能直呼長輩或兄長的名字，不能直呼師長的名字。

姓名禁忌登峰造極的表現是封建時代避帝王之諱，在這方面稍有不慎甚至會招來殺身之禍。如清代曾有一科舉試題〈維民所止〉，被認為主考官寓意要殺「雍正」的頭。避諱的方法種類繁多，陳垣《史諱舉例》一書舉出改字、改名、改干支、改地名等十七種。

3.私隱詞禁忌

這裏的「私隱詞」指有關人體的私處，以及有關性交和排泄的詞。這類詞因為已有專用，所以在日常口語中盡可能迴避使用與之同音或諧音的詞。例如「體操」的「操」字，原讀去聲，因與指「進行性交」的「操」cào 同音，改讀平聲cāo 。又如山西方言中的「透」

字是「性交」的意思，日常使用的「透」字常常讀成不送氣。另一種
情況是在日常談話中迴避私隱詞本身，改用委婉的喻詞，如四川官話
把男陰稱爲「錘子」。

4.不吉利諧音詞禁忌

這類語言禁忌又可分成三小類：

第一，年節語言禁忌，如逢年過節忌「死」、「殺」兩字，
「死魚」、「死鴨」改稱「文魚」、「文鴨」，「殺豬」、「殺
雞」改稱「伏豬」、「伏雞」。

第二，日常生活用語禁忌。下面是浙江吳語中常見的忌諱詞
用例：嘉興一帶農村養蠶避「僵」字，忌「醬」和「僵」同音，
稱「醬油」爲「顏色」；海寧忌「醋」與「錯」同音，稱「醋」
爲「人仙」；松陽忌「虎」，稱「老虎」爲「大貓」；平陽忌
「瘦」，「人瘦了」改說「巧爻」；樂清忌「死」字，把「死了」說
成「歲大爻，做佛去」。

第三，社會分層用語禁忌。因所屬社會階層或職業不同，語言
禁忌也有差異，如婦女忌用男人常用的粗話。徐州話「揍」是打的
意思，是個常用詞，但婦女一般不說，因「揍」義同「操」。再如
船家忌「沉」，「盛飯」改稱「添飯」。語言禁忌也有累及行爲禁忌
的，如船家忌「翻」，故煎魚或食魚時也忌翻魚。此類語言禁忌在舊
時代更爲盛行，例如明代陸容《菽園雜記》說：「民間俗諱，各處有
之，而吳中爲甚。如舟行諱住諱翻，以箸爲筷兒，幡布爲抹布；諱離
散，以梨爲圓果，傘爲豎笠；諱狼藉，以榔槌爲興哥；諱惱躁，以謝
灶爲謝喜歡。」這些忌諱詞目前在吳語區仍流行並且已經穩定的只有
「筷」和「抹布」兩個，這兩個詞已經完全徹底地替代了它們的前身
「箸」和「幡布」。可見職業忌諱詞有可能被全社會所採納，而成爲
方言的常用詞。

因爲各地方言的語音結構和民間心理不同，各地禁忌的詞語

也不甚相同。例如北京口語忌用「蛋」字，在以下幾個詞裏都避用「蛋」字：雞子兒（雞蛋）、炒木樨肉（炒雞蛋）、松花（皮蛋）、木樨湯（雞蛋湯）。「蛋」字只用作貶義：渾蛋、壞蛋、搗蛋、滾蛋、王八蛋。上海口語卻不忌用「蛋」字，而忌用「卵」字。「豬肝」的「肝」字跟「乾」字同音，因此廣州話、陽江話改用「乾」的反義詞，稱「豬肝」爲「豬潤」、「豬濕」。豬舌的「舌」字跟「折本」的「折」字音同，所以不少地方改用「折」的反義詞，如豬利錢（梅縣）、豬利（廣州）、招財（南昌）、豬口賺（溫州）。吳語區北部「死」字口語的「洗」字同音，所以不用「洗」這個詞，改用「淨」或「汰」，但是在吳語區南部卻沒有這種忌諱，這是語音結構不同的原因。又如「絲」字和「輸」字在溫州和廣州皆同音，但是廣州話稱「絲瓜」爲「勝瓜」，忌「輸」字，而溫州話卻沒有這一禁忌，這是民間心理不同的原因。

　　與忌諱詞相反的是吉利詞。各地民間多有利用諧音而取吉利的風俗。如北方民間舊式風俗，由年長的女方親屬向洞房寢帳撒棗栗，並唱〈撒帳歌〉：「一把栗子，一把棗，小的跟著大的跑。」這是利用「棗」諧「早」，「栗子」諧「立子」而取「早立子」的吉意。

　　忌諱詞和吉利詞在各地並不完全相同，其中的原因除了跟各地心理、文化差異有關外，跟各地方言的語音和詞彙系統不同也顯然是有關的。在上海話裏，忌「鵝」字與「我」字同音，所以將「鵝」改稱「白鳥龜」。在這兩個字不同音的方言裏，就不會有這個忌諱詞。廈門話「棗、早」不同音，所以在洞房撒帳時並不用「棗子」，而用花生，諧「生育」之意。在閩南話中稱「蘿蔔」爲「菜頭」，所以閩南人年夜飯要吃「菜頭」以與「彩頭」相諧。

　　調查和研究忌諱詞和吉利詞，不僅需要熟悉當地方言的語音系統和詞彙系統，而且需要瞭解當地的民間心理和文化背景。

二、語言巫術

語言巫術是巫術之一種。巫術可以分成感致巫術、染觸巫術和語言巫術三大類。

感致巫術誤用人腦聯想的能力，假想某兩相似之物爲同一物，以達到心理上的安慰或滿足。例如舊時北京不能生育的婦女常去偷摸東嶽廟銅驢的「雀兒」（雄性生殖器官），以爲銅驢的神力可以幫助生育；又如算命先生說，某人的孩子要犯關（即命中要遭什麼劫），就要採取預防措施，將它衝破，以使命運之神誤以爲這人已過劫或過關了。比如孩子所犯的是火關，便可以讓他自行穿火而過，算是預先過了火關。

染觸巫術企圖憑藉接觸使巫術奏效，以達到臆想的目的。如將敵人身上任何脫落的東西，如頭髮、指甲、唾液，置於敵人的偶像裏，再毀損這一偶像，臆想使敵人受損傷；自己的手受刀傷，在刀上敷膏，臆想傷口即可痊癒；如果敵人的手受刀傷就將刀放在火上烤，臆想敵人的手會痛得更厲害。

《萬法統宗》和《奇門遁甲》兩書載有很多感致巫術和染觸巫術的例子。

語言巫術是企圖憑藉語言、文字或圖畫而施行的巫術，以達到臆想的目的。語言巫術和語言禁忌的不同在於語言巫術是積極的，希望能得到預想的結果。語言巫術可分以下幾種：

1.詛咒

詛咒的特殊形式是巫師念咒語，企圖呼風喚雨，使作物豐收，或使情人回心轉意、使病人康復、使敵人死亡等。日常生活中的詛咒則表現爲以惡語罵人和賭咒發誓。

2.吉利詞語、吉利字畫

在日常生活中人們往往希望說吉利的話，在過年過節或喜慶日子

裏更是如此。許多地方舊時辦喜事的時候更有討口彩的習俗，即向主人說些吉利話，藉以討賞錢。舊時上海富裕人家在陽曆正月初一還有討路名口彩的習俗，稱爲「兜喜神方」；出城要出小東門，寓意支出少一點；進城則進大東門，寓意收入多一點；在城裏則過吉慶橋，走如意橋，意思是吉慶如意；穿過太平弄，再到長興館，以期太平無事，興隆發達；但是絕不走倒川弄、梅家弄，以免倒楣。

　　舊時過年，在紅紙上畫上神像或寫上吉祥語，貼在門外，這就是門符。門符是由古代的桃符演變而來的。《荊楚歲時記》說：「門傍設二榜，以桃木爲之，而畫神荼、鬱壘像以壓邪，謂之桃符。」後來只是印神荼和鬱壘像在紙上，甚至只寫這兩個神的名字在紙上，以代替桃符。

　　門符今天已罕見，春聯卻仍然很常見。本來門符是貼在門上的，春聯是貼在門兩邊的門柱上的，門符廢棄以後，春聯大都直接貼在門上。今天的春聯是一種淡化了的語言巫術，春聯上大都寫吉利語，如「發福生財地，堆金積玉門」。臺灣的許多農村家庭，新春佳節有用大紅紙書寫「福」字倒貼在家門上的習俗，「倒」和「到」諧音，倒貼「福」字是祈望「福到」。

　　諧音吉利年畫也是淡化了的語言巫術，這類年畫以畫面上的事物的名稱的諧音來取吉利。如「金魚（餘）滿堂」、「蝠（福）自天來」、「竹（祝）報平安」、「榴開百子」。

3.經卷

　　各種宗教的教徒念經，是以爲經卷有一種神力能消災滅禍。如佛教徒口念「阿彌陀佛」，藏族喇嘛教手持轉經筒口誦「唵嘛呢叭咪吽」六字真言。善男信女還有抄經書奉獻佛寺或善自珍藏的，以爲也能達到同樣的目的。有的經文字面內容已不可解，如水陸法會上念的「大悲咒」，也照念無妨。

4.靈符

　　靈符是一種圖畫文字，由巫師代神書寫，貼在家中可以避邪，帶在身上可以自收，或用以解釋吉凶。一般人不是巫師，不會畫靈符，也有自寫些文字以代靈符的。如小孩子夜裏啼哭不止，就在字條上寫上：「天皇皇，地皇皇，我家有個夜哭郎，行路君子念三遍，一覺睡到大天光。」把字條貼在街上，以爲就可以使孩子不再啼哭。掛在門前的八卦也有靈符性質。

5.敬惜字紙

　　中國人對文字歷來有一種神祕感，認爲文字是古代聖人所作。《淮南子‧本經訓》說：「倉頡作書而天雨粟，鬼夜哭。」所以舊時認爲對字紙不能隨便棄置、任意污染或移作他用，而應該收集在學堂或廟宇焚毀。

三、語言迷信

　　語言迷信是語言靈物崇拜的表現之一。言和行本來並不一定一致，但是「語言迷信」卻誤以爲言必行，行必果。《闕史》中有一段隋煬帝語言迷信的故事：「煬帝時有獻巨鯉者，帝問漁者何姓，曰『姓解』。乃丹書『解生』二字於額，縱之池中。後見此魚益大，出於波瀾，『解』字已不全，唯存『角生』兩字。帝惡之，欲射，而魚沒。竭池索之，不獲。蓋鯉而角生，乃李唐將興之兆也。」煬帝之所以「惡之」，是因爲「鯉」和「李」諧音，「李」乃唐代開國皇帝李淵之「李」。

　　拆字算命是典型的語言（或文字）迷信活動。拆字又稱測字、相字、破字。拆字是把一個漢字的各個部件分拆開來，由拆字者加以解釋和聯想，以卜吉凶。拆字至遲在宋代已經在民間盛行。宋代洪邁的筆記小說《夷堅志》載：「謝石既以相著名，嘗遊丹陽，見道姑行市中，執巨扇，其上大書拆字如神。」（引自「蓬州樵夫」條）《夷堅

志》載有謝石拆字的例子，茲引其中一例：「蜀人謝石紹興八年來臨安，一時石驗尤異……同邸一選人病，書申字以問，中帶燥筆，石對之伸舌，但云亦好。客退，謂坐者云：『丹田既燥，其人必死。』或曰：『應在幾日？』曰：『不過明日申時。』果然。」

四、語言和民俗

語言和民俗作為人類的文化行為，有不少共同特徵：

第一，歷史傳承性。

語言和民俗都是歷史的產物，兩者都有世代傳承的特點。例如現代漢語的基本詞彙和語法結構是從上古時代傳承而來的，而生肖習俗從漢代一直傳承到現代。

第二，變異性。

語言和民俗具有傳承性，但是傳承並不意味著千古不變，並不是說某一種語言或民俗現象一旦形成之後就永遠不會消失，永遠不會被新的現象所替代。所以，另一方面，語言和民俗又都具有歷史變異性。兩者相比之下，語言比民俗要顯得穩定得多。民俗容易隨社會的劇烈變革而發生劇烈的變化，例如在明末之前，漢族的男人沒有留辮的風俗，但是清初之後變為留辮，並且一直傳承到清末。語言的變化是漸變的，不易為人們所覺察。民俗的變異可以是非強制性的，如端午食粽；也可能是強制性的，如上述留辮；或規定性的，如某國家規定一個新的節日。語言的變異則都是非強制性、非規定性的。

第三，地域性。

語言和民俗除了全民族一致的共性以外，都有明顯的地方特徵。「十里不同風，百里不同俗」，自古皆然。方言和民俗在地理上都是可以分區的，兩者的分區都是有層級性的。拿方言來說，可以分成「區─片─小片─點」等層次，民俗也可以有類似的地理層次。方言和民俗都是地方文化的重要標誌，方言一致的地方，民俗也易於取

得一致，所以方言的區劃和民俗的區劃有時候會大致相合。例如吳語區有春節敬元寶茶的習俗，即待客時在茶杯中置兩枚青果或金橘，寓意新春吉祥如意。而與口頭語言有關的民俗，如民歌、地方戲曲、曲藝、吉利詞、忌諱詞等，其地理分佈與方言區劃有更密切的關係，例如評彈只流行於吳語太湖片。不過方言區劃和口承語言民俗的區劃往往只是大致重合，方言的地域特徵比民俗更明顯、更嚴格，所以早就有方言分區圖問世，但至今未見民俗分區圖。

第四，趨新性。

方言和民俗都有追求時髦的傾向，而又以民俗爲甚。大都市和年輕人比較講究時髦，所以大都市和年輕人的方言和民俗往往代表了發展的方向。某一地區中心都市的方言或民俗可以稱爲優勢方言或優勢民俗，它們往往是本地區其他地點的方言和民俗仿效的對象，例如現代廣州的方言和服飾等民俗是粵語區居民的模仿對象。鄉下和老年人的方言和民俗都較保守。各地的方言和民俗似乎都有新派的老派的差異。新派的傾向不易爲老派所接受。在方言上，老派更保守。對新派方言，老派往往不用，並且聽不慣。如蘇州方言新派不分尖團，「西」字本讀si^{44}，新派變成團音：tɕ i^{44}；「姐」字本讀tsia^{52}，變讀成tɕi^{52}。老派認爲這是青年人「刁嘴篤舌頭」，認爲不標準。趨新性是方言和民俗發展的主要原因之一。

第五，可傳播性。

方言和民俗都是可以傳播的，傳播的方式可以分移民導致和非移民導致兩種。方言和民俗都很容易由移民從甲地傳播到乙地，例如華僑把漢語方言和僑鄉的年節習俗傳播到東南亞。非移民導致的傳播大都是由大都市傳播到鄉下。非移民導致的傳播，民俗比方言容易，如有些地方戲曲是跨方言區的，例如無錫的錫劇也常在蘇南其他地方演出。如果沒有移民的背景，一種方言擴散到別的方言區並不是輕而易舉的。

　　除了少數詞語以外，某一種方言現象的產生和形成與當地的自然條件無關，而民俗的產生和形成與自然條件有關。如生肖文化印度和中國都有，但所用動物不同。印度產獅，故有獅屬肖；中國古代不產貓，所以沒有貓屬肖。第二章曾述及方言演變的初始原因往往與社會文化背景無關，但民俗演變卻是社會生活變革和演進的直接結果。例如元宵觀燈，即是經漢、唐、宋諸多帝王極力提倡、身體力行，民間相沿成習的。

　　方言學和民俗學研究可以互相促進，這裏以民俗詞彙爲例，略加討論。從方言學歷史文獻中記錄的民俗詞彙，可以瞭解歷史上的民俗。例如，明代李實所著《蜀語》，是我國最早研究地區方言詞語的著作，全書收六百多條明代四川方言詞語，一一釋義，對有關民俗詞語解說尤詳。如：「箚酒：亦曰呃嘛酒。以粳米或麥粟、粱、黍釀成酒。熟時以滾湯灌罎中，用細竹箚通節入罎內呃飲之。呃去一杯，別去一杯熱湯添之，罎口是水，酒不上浮，至味淡乃止。」這條所記明代四川飲酒習俗甚詳。別的風俗詞語還有「豆粥、罎神、火穀、端公、笮橋、猥玀、馬船」等。民俗學的知識對於追溯有關方言詞的詞源，也是必不可少的。例如吳語浙江鎮海話「娶妻」叫「抬新婦」，奉化話「出嫁」叫「抬去」，嘉興話「出嫁」叫「出門」，淳安話「出嫁」叫「起身」。這些詞的造詞理據是當地妻落夫家、花轎迎親的婚俗。

第四節　人名和地名的文化內涵

一、人名的民族文化特徵和時代特徵

1.人名的民族文化特徵

　　由於語言和文化背景不同，不同民族的人名命名原則自有不同的

特徵。

漢族姓氏的功能是用以續血統、別婚姻的。「姓」字從女,可見姓制度產生於母系氏族社會。姓制度在上古以女子為中心,即子女從母姓。古姓有姬、姚、姜、嬴、姞、嬛、姒,皆從女。周文王姓姬,上古以姬姓最為尊榮,故「姬」字後世有「美女」義。顧炎武《日知錄》稱:「言姓者,本於五帝,見於春秋者,得二十有二……自戰國以下之人,以氏為姓,而五帝以來之姓亡矣。」可見先有姓,後有氏。戰國時代以自己所擁有的封建領土的地名為氏。《史記》時代姓和氏的界限開始泯滅。

漢族的宗法觀念歷來重行輩之別和長幼之分,這不僅反映到親屬稱謂上,也反映在人名命名上。同輩的兄弟在名字中要用同一個輩份用字,同輩的姐妹的名字中也要用同一個輩份用字,這是一條十分普遍的命名原則。輩份用字是宗族內部按一定的次序排列的,並不是父母或本人可以隨便選用的。輩份用字在同族中通用,使用輩份用字不僅便於在同族人中排行輩、認輩份,也便於修宗譜。同輩的兄弟可稱為「某字輩」,如巴金《家》中的三兄弟覺新、覺民、覺慧即是「覺」字輩。也有同胞兄弟命名不用行輩用字,而使各人的名字在意義和結構上互相有一定的聯繫,例如《水滸傳》人物解珍、解寶,「珍」、「寶」同類;《紅樓夢》人物賈珍、賈璉,名皆從玉,賈蓉、賈芹,名皆從草。

與漢族姓氏「續血統、別婚姻」的功能不同,涼山彝族奴隸社會產生的姓氏,是用來分等級、別貴賤的。涼山彝族奴隸社會實行一種種姓制度,階級關係和等級關係是以種姓作為基礎的。古代彝族社會有$ndz\gamma^{33}$、mo^{21}、pi^{33}、$k\partial^{55}$、$dz\underset{.}{o}^{21}$等等級。$ndz\gamma^{33}$是古代社會的部落首領;mo^{21}相當於「牧民」,後來發展為兼管軍事的一個等級;pi^{33}是從事祭祀的祭司;$k\partial^{55}$是工匠或工匠的管理者;$dz\underset{.}{o}^{21}$是奴隸。這五個等級名稱中的前四個,同時又是姓氏。《新唐書·南蠻列傳》載:

「詔封苴那時爲順正郡王，苴夢沖爲懷化郡王。」「及苴驃離長，乃命爲大鬼主。」「貞元中，復通款，以勿鄧大鬼主苴嵩兼邛部團練使，封長川郡公。」其中幾輩郡王（下加黑點者）的姓「苴」，很可能即是ndzɿ^{33}的古音漢譯。

羅常培曾研究過藏緬族的父子連名制。這種連名制表現爲：子名的前一字或兩字與父名的後一字或兩字相同，如父名是「一尊老勺」，子名爲「老勺濱在」，孫名爲「濱的阿宗」……父子連名制是父權社會裏，尊父卑母觀念的反映，也是出於追溯父系血統和繼承遺產的需要。

父子連名制是以父名作爲子名的一部分，也有將子名作爲其父稱謂一部分的習俗。據宋代吳處厚《青箱雜記》卷三載：「嶺南風俗，相呼不以行弟，唯以各人所生男女小名呼其父母。元豐中，余任大理丞，繼賓州奏案。有民韋超男名首，即呼韋超作父首。韋邈，男名滿，即呼韋邈作父滿。韋全女名插娘，即呼韋全作父插。韋庶女名睡娘，即呼作父睡，妻作嬭睡。」這種風俗不可能流行於漢族之中，因爲「父首」之類的內部結構是限定成分後置於中心詞，漢語沒有這樣的詞序。雲南大理一帶古今都是白族聚居區，這似乎應是白族的風俗，但是今白語的詞序，限定成分是前置於中心詞的，這種風俗的民族歸屬只好暫時存疑。

從一些西南少數民族的命名制度還可以透視古代母系氏族社會制度的殘餘，例如布朗族、拉祜族、傣族的母子連名制。以布朗語人名爲例，男名通常冠「岩」字，女名通常冠「玉」字，以母名的第二音節綴於子名之後。若母名「玉英」，則其子名可以是「岩洛英」，其女名可以是「玉光英」。怒族的舅甥連名制，則是子名和舅名相連。如人名「充付標」，其中「充」是舅名，「付標」是本名。西雙版納的老木人的「子隨父姓，女隨母姓」的命名法，則是母系氏族社會向父系氏族社會過渡時期的產物。

2.人名的地方文化特徵

在同一個民族內部，人名又有地方特徵。造成人名的地方文化特徵的原因大致有以下三方面：一是居民來源不同，即移民背景不同；二是方言不同；三是民俗不同。第一方面的原因只是造成姓氏在地理分佈上的特徵，即某些姓集中在某些地區。第二、三方面的原因造成口語中的名字，尤其是小名的地方特徵。

現代中國漢人的姓一共有一千多個，研究這些姓氏在地理分佈上的區域特徵，能對移民史和人種學研究有所貢獻，但是迄今研究的成果還很少。

方言不同，不僅會造成人名用字不同，而且也可能引起人名的結構類型不同。例如吳語區口語，慣常在人名前冠以「阿」字。某人姓A，名BC，可稱為阿B，阿C，阿BC。稱阿A較少，以阿C最為普遍。如稱呼王福根，可以是：阿根、阿福、阿福根、阿王。「阿」字也可以前置於排行用字：阿大、阿二、阿三，主要用於吳語區北部。

在吳語區內部，由於各地土語不同，小名的結構也可能不同。吳語甌江片小孩子的小名的一種命名法是取姓名的最後一個字，後加一個「姆」字：如「周國堯」的小名可以是「堯姆」，「姆」是「小孩」的意思。另一種命名法是取姓名最後一字，前加「阿」字，後加「兒」字；如「王文良」的小名可以是「阿良兒」。這兩種小名也有人一直叫到老的，不過只限於在口語中使用。

因民間心理和風俗不同有可能造成人名用字的差異。例如上海郊區金山、松江等地小名有叫「阿貓、阿狗」的。這種命名法因為與當地的一個民間傳說有關：一對年輕夫婦第一次有了孩子，取名叫「金寶」，但沒養活；第二次生了一個孩子，取名為「銀寶」，但又夭折了；生下第三個孩子的時候，他們看到家裏的貓很活潑健康，就索性取名叫「阿貓」，結果「阿貓」長得又高又大。

3.人名的時代特徵

因為不同的時代文化背景不同，人名的用字和命名方法也會有不同，從不同時代產生的人名可以透視不同時代的文化特徵。以下略述歷代的人名特徵。

天干地支本來是用來記年月的，但先秦時代也將其用於人名，如秦白丙，字乙；楚公子午，字子庚。這種命名法早在甲骨文時代就產生了，如殷帝王有帝乙、盤庚、武丁等。

周秦排行用「伯仲叔季」等字。《白虎通》載：「嫡長曰伯，庶長曰孟。」漢以後增加排行字：元、長、次、幼、稚、少等。漢人喜用尊老排行命字，例如司馬相如字長卿、王章字仲卿、嚴延年字次卿。此風至唐代尤盛，但改用數字，如韓愈《昌黎集》中與友朋酬唱贈答之作，大都稱行第或官銜，或官銜省略僅稱行第，如李二十六員外、王二十補闕。

東漢和三國時代，盛行單名，《後漢書》和《三國志》中單名占90%以上。這種風氣的形成和持續跟王莽宣導有關。《漢書·王莽傳》載：「匈奴單于，順製作，去二名。」又「宗本名會宗，以製作去二名，今複名會宗。」宗是王莽長孫，與其舅合謀企圖承繼祖父大業，事發，宗自殺。王莽下令要恢復他的雙名，以示貶辱。

南北朝時代佛教大盛，人名也瀰漫佛教氣氛。烏丸王氏有僧辯、僧智、僧愔、僧修。「梵童、法護、菩提、普賢、金剛、力士」也皆成世俗人名。魏晉六朝的另一個特點是人名前加「阿」字，表示喜愛。梁武帝稱臨川王為阿六，王右軍稱王臨之為我家阿林，王恭稱王忱為阿大。《三國志·呂蒙傳》載：「魯肅拍呂蒙背曰：『非復吳下阿蒙。』」

古人尊「麟、鳳、龜、龍」為「四靈」，雖然早見於《禮記·禮運》，但是到唐代「龜」字才普遍入人名，如李龜年、陸龜蒙。後世用烏龜喻指妻子有外遇的丈夫，「龜」字遂不再入人名；但在日本仍

沿用至今，如龜田。

宋人喜用五行序輩，即依五行相生之義，用以序輩。五行是金水木火土。金生水，則父金子水；水生木，則父水子木。如朱熹（從火）；父名朱松（從木），子名朱在（從土）；尹火享（從火），父名尹林（從木），祖父名尹源（從水）。宋元時代民間還有以行第或數目字命名的風俗，尤以吳語區爲盛。陸游《老學庵筆記》載：「今吳人子弟稍長，便不欲呼其小名。雖尊者，亦以行第呼之。」俞風園《春在堂隨筆》說：「吾邑蔡氏家譜有前輩書小字一行云：『元制庶民無識者，不許取名，止以行第，及父母年齒合計爲名……』如夫年二十四，婦年二十二，合爲四十六，生子即名四六。」

元代漢人多作蒙古語名，如賈塔爾琿，「賈」是漢姓，「塔爾琿」是蒙古語人名。清代趙翼《二十二史箚記》有「漢人多作蒙古名」條。這種風氣可能相當普遍，所以明政府曾下詔禁止。

歷史上，漢族和少數民族的語言與文化接觸的結果之一是互相改用對方的姓名，不過互相間的影響是不平衡的，大致以少數民族改用漢族姓名的爲多，反向的較少，其情況跟語言的互相影響的不平衡性是相一致的。下面舉出女真族、蒙族和高山族改用漢語姓名的例子。

趙翼《二十二史箚記》載：「金未來之前，其名皆本其國語，乃入中原通漢文義，遂又用漢字製名，如太祖本名阿骨打，而又名旻也。太宗本名烏奇邁，而又名晟也。熙宗本名哈喇，而又名亶也……」金朝的女真語和漢語接觸，造成女真族姓名的漢化。

東北和內蒙的蒙漢雜居地區，有大量蒙古人改用漢姓。這種改姓的風氣始於清末，當時清政府實行「開禁」政策，允許漢族移民遷入滿蒙的原住地，從此語言與文化的交流日見頻繁，蒙古人開始學習漢語、漢字。開頭，蒙古人各取一個音譯或意譯的漢字作爲兼姓，後來不再使用原有的蒙古姓。例如黑龍江省肇源縣郭爾羅斯後旗的蒙古

族，有姓孛爾濟格的，取「孛爾」的音，寫成漢字「包」；姓查喀羅特的，義譯成漢姓「白」。大致以音譯的居多，如瑪郭特改姓馬、倭亮霍特改姓魏、布庫綽特改姓鮑。

　　臺灣的高山族改用漢姓已有二百多年的歷史。清乾隆二十三年，臺灣道楊景素諭令高山族土著薙髮辮，並令部分高山族改姓漢語的潘姓。此後改姓者多相仿，所以現代高山族潘姓特別多。起初改姓者多不改名，以漢姓和高山族名並用，如岸裏大社頭目潘敦仔、潘阿穆、潘阿四老，都是沿用高山語名字。現代高山族有漢姓七十五個，大都是抗戰勝利，收復臺灣後改的。其中也有些很奇怪的姓，可能只是高山語姓氏的音譯而已，如蠻、絲、斛、風、豆、日、機、蟹等。

二、地名的文化特徵

地名與古文化

　　大量的地名都是當地居民在社會生活中給地理實體所起的名稱。每個地區的居民生活在相同的文化圈之內，他們所起用的地名往往反映當地的文化特徵和居民的心理特徵。所以從沿用至今的地名，可以透視古代的文化。中國的地名及其文化內涵是極其豐富多彩的，本節只能舉例討論其中幾個方面。

1.地名與古代農耕文化

　　壯語地名用字中最常見的是「那」字，「那」[na²]壯語中是「水田」的意思。在現代的地圖上，這些含「那」字地名多至成千上萬，散佈於我國西南地區和東南亞。就筆者所掌握的材料而言，其北界是雲南宣威的那樂沖，北緯二十六度；其南界是老撾沙拉灣省的那魯，北緯十六度；東界是廣東珠海的那洲，東經一一三・五度；西界是緬甸撣邦的那龍，東經九十七・五度。這些地名90%以上集中在北緯二十一度至二十四度，並且大都處於河谷平地，就廣西而言，70%

集中在左、右江流域。這些地方的土壤、雨量、氣溫、日照都宜於稻作。含「那」字地名的歷史是非常悠久的，最早見於文獻記載的是唐代的那州。唐代以後見於文獻的那字地名屢見不鮮。

現代壯族聚居區以外的那字地名，是在壯族撤離這些地方以前就存在的，而據史籍記載，別族進入這些地方至少也應有二三千年的歷史。這些地名頗多相重的，例如「那坡」這個地名在廣西的巴馬、平果、田林、田東、上思、武鳴，雲南的曲靖和越南都有。再如那良、那龍、那扶、那排、那馬、那孟等亦頗多重複之例。這反映古代各地壯族命名習慣的相同。

古代壯族居民習慣將「那」（水田）用於地名，說明稻作文化在古代壯族生活中的極端重要性。「那」字地名的分佈也說明古代栽培稻在華南和東南亞的分佈，這些地名的歷史也為栽培稻的歷史提供了間接的證據，而這些地名的繁複表明古代壯人稻作文明的發達。

西周時代曾經有過井田制，這種古代社會的農村公社制度的痕跡殘留在後世的地名中。井田制的村社組織單位是邑、丘、縣、都、里等。這些字差不多都成了後世常見的地名用字。

「邑」是農村公社最基本的結構單位，後來泛指有人群居住之處，甚至連偏旁從「邑」的字，也都用來指人群聚居的都市，這些字進而又成為邦國的稱呼，如鄒、鄧、邢、邦、郡、郭等。

「丘」本來是指農村公社祭神的社壇的所在地，後來成了居住單位的通稱。春秋時代含丘字地名甚多，如齊有營丘、葵丘、貝丘等，魯有中丘、祝丘、梁丘等。

「里」是農村公社居住單位的專稱，後來用作居民聚居地的通稱，相當於現代的村。例如春秋魯國有廣里、商代有羑里。到了秦漢時代井田制徹底崩潰，「里」完全演變成鄉村的通稱。漢代里字地名俯拾皆是，如中陽里（劉邦故居地）、槐里（李廣將軍祖居地）等。隋唐以後的「里」字地名多表示城裏的區劃。在現代地圖上仍

殘留用於鄉村的「里」字地名，如廣州的三元里，江蘇吳江縣的同里、黎里。

2.地名所見移民史

在魏晉南北朝的歷史地圖上，不難發現有些州郡的地名南北是一致的，不過南邊的往往冠以「南」字，北邊的則不冠方位詞，或有少數冠以「北」字。如兗州—南兗州、豫州—南豫州、北東海郡—南東海郡等。原來這些南邊的州郡名是北方的移民帶來的。不只是州郡名，縣名也有一大批。這些僑置的州郡縣在《宋書·州郡志》、《南齊書·州郡志》和《晉書·地理志》中都有詳細記載。

西晉末年，北方戰禍頻仍，中原人民不堪其苦，相率南渡。抵達南方後，大都聚居在一起，不受當地政府管轄，他們懷念故土，就拿故鄉的舊名，來命名遷居的僑地，漸漸形成以舊籍貫僑置州郡縣的制度。例如蘭陵郡和東莞郡本來都在今山東境內，後來因為居民遷居今江蘇常州一帶，於是在該地僑置南蘭陵郡和南東莞郡。部分中原人民遷入福建，所以福州被改名為晉安，泉州被改名為晉江。由此也可見當時入閩的北方人相當多。

歷史上這一次規模宏大的民族大遷徙，因為是民間自發的遷移，跟朝廷的法令無關，所以正史很少詳細記載。要瞭解這次民族大遷徙的情況，一個有效的方法是從當時僑置的州郡縣名去找線索。把他們的祖籍和僑居的所在地以及僑置的年代整齊地排比起來，再經過一番考證，當時的遷徙大勢就不難明瞭了。從僑置郡縣的分佈可以尋覓中原人民南遷的途徑和目的地。例如甘肅和陝西北部的人民遷移至四川及陝西的漢中，四川境內的僑置縣皆在金牛道（即南棧道）附近，所以金牛道應是陝甘人南下的通道。從僑置年代的先後，也可略知移民南遷的次數和時代。南遷大致分四次，例如第二次是成帝初年江淮大亂，淮南及已在淮南僑居的北方人，更南走渡江，南豫州、淮南郡及諸縣皆在這一時期僑置。

3.地名所見古代民族地理

　　現代的羌族分佈在四川阿壩藏族自治州。古代常將氐、羌兩族並提，這兩個民族關係很密切。從秦漢時代的氐羌族族稱地名，可以窺測這兩個民族在秦漢時代或更早些時候的分佈地區。秦和西漢時代含「氐」字地名如下：氐（秦‧今西寧北）、氐池（西漢‧涼州‧張掖郡）、氐道（西漢‧涼州‧隴西郡）、氐置水（西漢‧涼州‧敦煌郡）、剛氐（西漢‧益州‧廣漢郡）、甸氐（西漢‧益州‧廣漢郡）。西漢含羌字地名有：羌谷水（涼州‧張掖郡）、羌道（涼州‧隴西郡）、羌水（涼州‧隴西郡）。這些族稱地名分佈的地區相當現代的甘肅西部和南部、青海東北部和四川北部，看來古代氐羌族比現代羌族分佈的地區要廣闊得多。

　　　底層地名能反映古代的底層民族的地理分佈。南方有很多底層地名因為是用漢字譯寫流傳的，所以頗難追尋其語源，很值得進一步發掘和研究。這裏舉兩個例子。浙江古地名朱餘的語源是古越語，《越絕書‧卷八‧外傳記‧地傳》：「朱餘者，越鹽官也。越人謂鹽曰餘。」「餘」是鹽，「朱餘」是鹽官，則「朱」是官的意思。現代傣語「官」讀tsau[3]，其讀音可以與漢語的「朱」比證。「朱餘」不改變詞序直譯是「官鹽」，修飾語後置，現代壯侗語言（古越語的後裔）地名也如此。現代浙江海寧還有鹽官和海鹽兩個地名。浙江另有三個「餘」字冠首的地名：餘暨、餘姚、餘杭（後兩個地名沿用至今），這三地古時皆產鹽。這樣看來這三個地名也應是古越語底層地名。清代李慈銘《越縵堂日記》說：「蓋餘姚如餘暨、餘杭之比，皆越之方言，猶稱於越、句吳也。姚暨、虞、剡亦不過以方言名縣，其義無得而知。」其說甚有見地。其中「虞」（上虞）、「剡」（剡縣、剡溪）是否底層地名有待進一步論證。雲南的思茅縣，有人說因諸葛亮南征至此，想起他的茅廬，故名。其實諸葛亮從未南征至此地，正確的解釋應是：思茅，南詔時稱思麼，或作思摩，大理時代稱

為思摩部，到明代才寫作思茅，顯然是古藏緬語的底層地名。四川的打箭爐，有人說因諸葛亮曾命匠人在此安爐打箭，故名，亦是大錯。其實此地是達水和折水交匯處，藏語叫「達折渚」，漢字記作「打箭爐」。這也是一個底層地名。

4.地名與經濟史

我國的礦冶業歷史悠久，許多歷史地名往往是因當地發現或開採某種礦物而得名。這些地名可以分成五類：第一類，金屬名稱地名，如陝西的銅川、江西弋陽的鐵沙街、遼寧西豐的金山等。金字地名中的「金」字不一定指金子，也可能指色如金的黃銅礦。第二類，色彩詞地名，即以金屬的色彩取名，如湖南桂陽的綠紫坳、湖北陽新的赤馬山、雲南巧家的湯丹。地名中的「丹」字也有可能指水銀，古代的煉丹之術，所煉的金丹以水銀為主。第三類，「井」字地名，天然氣在古代稱為火井，西漢揚雄〈蜀都賦〉稱火井為四川重要名勝之一。井火煮鹽在漢代已相當發達，因此四川的「井」字地名往往跟天然氣有關，如貢井、自流井、鄧井關等。第四類，「冶」字地名，如湖北大冶、河北欒縣的古冶、山西聞喜的劉莊冶等。「冶」字地名的得名均與當地銅、鐵冶煉業有關，如大冶唐宋時已置爐煉鐵。第五類，地貌地名。由於礦床抗風化侵蝕的能力強於附近的岩石，因而形成特殊的地形，地名又因地貌得名，如福建閩侯的和尚山（含銅黃鐵礦，以和尚光頭狀地貌得名）、湖北陽新的雞冠山（鐵礦）。

5.地名與軍事史

漢唐之際曾在今甘肅、新疆一帶設置供軍事瞭望之用的堠亭。這些堠亭的殘址大都是隆起的廢阜，現代考古學工作者屢有發現。現代天山南路有不少含「亭」字地名，正是堠亭制度的遺跡。唐代《通典》所錄的地名赤亭，顯然也是此類地名。但是這個赤亭在後出的《侍行記》卻寫作「七克騰」，《識略》寫作「齊克騰木」，《西域

同文志》寫作「齊克塔木」，這些都是赤亭的維吾爾語讀音chiktam
的輾轉異譯。「赤亭」維吾爾語譯作chiktam，這說明這個地名是唐
宋時代產生並被譯成維語的，因為「赤」字屬昔韻昌母，中古音收-k
尾。

三、地名演變的文化原因

地名是地理實體或區域的一種語言文字代號，這種代號一旦確定
以後，往往世代相傳，在使用中逐漸取得習慣性和穩定性。但是地名
的穩定性並不是絕對的，而是相對的。地理區域本來並無名稱，名稱
是人們主觀賦予的。不論客觀現象或主觀意圖，隨著時代的發展，都
會發生變化，所以地名在穩定性的大背景下，又有變易性。地名演變
的原因大致有以下幾方面：

1.語言文字的發展

地名既然是一種語言文字代號，那麼，語言文字的發展勢必會
引起地名的變化。河北省歷史上有許多含「家」字的地名，如王家
莊、李家莊之類，到近代變成王各莊、李各莊。這是因為「家」字
古音屬見母，讀*k-，到近代顎化了，變成tɕ-，但是地名卻仍按傳
統習慣在口語中讀見母。這樣口語和文字的讀音就不符合了，於是
人們乾脆把地名中的「家」字，改寫作「各」字，以順應語音的演
變。「各」字地名在文獻上出現是比較晚近的事，清代的直隸有胡
各莊、劉各莊、柏各莊等地名，打開一本舊地圖，會發現有不少地
名難認難讀。這些難認難讀的字，除了部分方言字外，大都是古代使
用，現代已廢棄或罕用的漢字。如陝西的葭縣，葭，音佳，是一種水
草，見於《詩經衛風·考槃》：「蒹葭蒼蒼」，今改為佳縣；又如新
疆的和闐，闐，音田，鼓聲，見於《詩經小雅·采芑》：「振旅闐
闐」，現改為和田；又如江西的新淦，淦，音幹，意為水入船中，今
改為新幹。這些字都是現代不用或罕用的，漢字發展，地名用字也跟

著演變。

2.國家和民族的盛衰

　　國家的興衰、民族的衝突和朝代的更替，都可能使地名變動。全國縣市一級地名歷史上各朝代的更改面一般是百1%至2%，而隋朝的更改面最大，達到3%至4%，可以想見五胡十六國的政治局面造成地名使用和行政管理的混亂，隋朝開國後不得不大加整頓，以適應全國重新統一的迫切需要。雲南的南澗縣，史稱「南澗蠻名」，元代改名為定遠縣。廣西的那州，「那」字本來是壯語「水田」的意思。那州古時為壯侗族居民所居地，宋時納土，置地、那二州，明初併那州入地州。「地」即是漢語詞。

3.避諱

　　歷史上因避帝王的名諱，而更改地名的例子很多，例如漢文帝名恆，改恆山為常山；晉簡文帝鄭太后曰春，改富春縣為富陽縣；宋太祖之祖父名敬，改敬州為梅州；明成祖名棣，改滄州的無棣為廣雲。清儒錢大昕曾舉出歷代因避諱改地名近兩百例（見《十駕齋養新錄》卷十一），實際上遠不止此數。有些避諱改地名的例，不一定是避某個人之諱。如明代曾在今山西北部置平虜衛，明代稱沿邊少數民族為「虜」，故名「平虜」；清代改為「平魯縣」，因為清代統治者本是滿族，也是少數民族，故諱「虜」字。沿長城一帶的雁北地區，凡今地名中的「魯」字，在明代均係「虜」字。也有民間避諱改地名的例，如杭州別名本為虎林，諱虎，改稱武林。

4.傳訛

　　地名常因音近、形近或其他原因，在流傳中發生訛誤。因為地名只是一種代號，人們一旦對訛誤的代號習以為常之後，也就以誤為正了。

　　音近而誤，如《水經注》所載，把賈復城誤為寡婦城，韓侯城誤為寒號城，公路澗誤為光祿澗，又如顏注《漢書·地理注》所

載，把江夏的沙羨誤爲沙夷，山陰的方輿誤爲房豫，遼東的番汗誤爲盤汗。小地名很少見於文字，在民間的口頭流傳中也容易音近而訛誤，例如浙江富陽縣的虎嘯林誤爲火燒梁，下馬橋誤爲蝦蟆橋，小寺弄誤爲小慈弄。

形近而誤，如顏注《漢書·地理志》所載，把濟陰的宛句誤爲宛朐，廣漢的汁方誤爲十方，淮陽的陽夏誤爲陽賈。

5.避免異地同名

地名相重是歷代都存在的，例如《漢書·地理志》所載有四十七對，唐代有十九對，宋代有三十對，明代有四十二對。歷代避免同級地名相重的方式有二：一是用方位詞上、下、東、西等冠首，以資區別，例如西漢地名：上蔡、下蔡、艾縣、上艾，雉縣、下雉，東平陽、南平陽、平陽等；二是其中之一改用別的字，如民國初年江西和山西都有樂平縣，遂改山西的樂平縣爲昔陽縣。

6.行政轄區變化

地方行政區劃在歷史上常有變動，地名也跟著變動。政區變動的方式主要有二：一是析置，即從一個或幾個政區中分割出一部分，成立一個獨立的新政區，例如隋代從松陽縣析置括蒼縣。析置新區一般是給新地名，與舊地名無關。二是政區合併，即將兩個或多個政區合而爲一。合併後的新地名常與舊地名有關，常從每個舊地名中各取一個字合併成新地名，例如山西省的萬泉縣和茶河縣合併爲萬茶縣，又如明正統十四年將山西玉林衛併入大同右衛，合稱右玉林衛。

與一般詞彙的演變相比較，地名的演變帶有強烈的人爲強制性。一般詞彙的演變往往自有規律，它的演變方向往往不能事先人爲規定。一個新的詞彙或一種新的用法出現之後，要得到全社會的承認，才能逐漸穩定和通行。但是地名卻可以人爲強制更改，更改後的新地名也是全社會必須接受的。地名的強制更改是地名標準化工作的特點之一。地名標準化工作包括種種複雜的內容，這裏不再討論。

思考與練習

1. 你認為語言與文化的關係如何？
2. 舉例說明漢語與英語親屬稱謂的不同之處及其文化原因。
3. 就你所熟悉的語言或方言談談語言禁忌現象。
4. 就你所熟悉的地名，談談地名與文化的關係。

第十章
社會語言學的應用

　　社會語言學的應用範圍是非常廣泛的，可以包括語言計畫、雙語教育、第二語言習得、國際輔助語問題、廣告語言、法律語言、病理語言學、刑事偵查等。本節選擇討論其中兩大宗：語言計畫和雙語教育。

第一節　語言計畫

　　各國政府對本國語言的使用和規範所採取的政策稱為語言計畫（language planning）。語言計畫包括兩大部分內容：語言的地位計畫（language status planning）和語言的本體計畫（language corpus planning）。

一、語言地位計畫

　　世界上很少有單一民族、單一語言的國家。一個國家如果有兩種以上語言存在，就有語言地位問題，即應該以哪種語言為國語（national language）？以哪種語言為官方語言？是否要實行雙語制或多語制？以哪種語言為地區官方語言（official language）？甚至哪種語言應該禁止使用？

　　制定語言地位政策事關國家大局，非同小可。許多國家都用立法的手段，制定「語言法」，來確立語言地位。例如加拿大在1969年通過了《官方語言法》，規定法語和英語的地位平等，承認這兩種語言都是官方語言。香港的《基本法》，也規定「除了中文以外英語也

可以使用」，中文和英語都是官方語言。

　　語言關乎國家利益，關乎政治，關乎民族感情，也關乎基本人權，因語言衝突造成社會矛盾、動亂，甚至戰爭在古今世界都是屢見不鮮的。

　　語言計畫中最重要的是確定哪一種語言爲國語，即全民的共同語。就理論而言，所謂「國語」應通用於社會生活中最重要的一些領域：國歌、政府部門的公務和公文、教育、電視電臺、公共交通、外交、軍事等。

　　確立國語的決定因素有三方面：政治因素、人口因素、通用程度、經濟和文化（包括教育、文字、宗教）因素。

　　在這四大因素中，最重要的是政治因素。以臺灣爲例，日據時期，頂層語言是日語，會國語（普通話）的人極爲罕見。1945年臺灣光復，國民政府推行國語運動。1950年左右，多達一百二十萬大陸軍民移入臺灣，臺灣當局更在全社會實行全面推廣國語的運動。國語迅速在臺灣取得高層語言和頂層語言的地位。詳見第九章。

　　除了政治因素外，人口因素顯得非常重要，許多國家的國語也就是使用人口最多的語言，例如日語是日本的國語。說日語的大和族占全國人口99.5%。

　　語言人口有時候與族屬人口相一致，例如上述日語人口和大和民族人口。不過語言人口和族屬人口有時並不一致。坦桑尼亞全國有一百二十六個民族，人口爲2317.4萬，國語是斯瓦希里語，但以斯瓦希里語爲母語的斯瓦希里族人口（二百二十八萬）僅居全國第三位。不過因爲斯瓦希里語在整個東非地區，千百年來一直是使用人口最多的最通用的權威語言。在坦桑尼亞，不管哪個民族，人人都會說斯瓦希里話，其熟練程度甚至超過母語。因此將它定爲國語是不足爲怪的。在印尼爪哇語的人口最多，但是最通用的語言卻是馬來語，因此定國語爲馬來語言。

　　十九世紀之前歐洲人在世界各地建立的殖民地國家，都以歐洲宗主國的語言爲官方語言，這固然與政治因素有關，也與經濟和文化因素相關。例如自西班牙人1533年征服祕魯以後，祕魯就改以西班牙語爲官方語言，雖然在早期蓋丘亞語（一種印第安語言）的使用人口要多得多。印度雖然早已獨立，但是至今英語仍是官方語言之一。

　　有的較大的國家，不僅有全國通用的國語或官方語言，而且有地區官方語言，即高層語言。西班牙以西班牙語爲國語，另有三種地區官方語言：巴斯克語、加利西亞語和加泰羅尼亞語。不過地區官方語言日漸式微。南非各省也有確定本省「官方語言」的權利。在中國香港行政區，中文和英語都是官方語言。在中國的澳門特別行政區，官方語言則是中文和葡萄牙語。

　　語言地位計畫有時也會弄巧成拙，產生副作用。加拿大的魁北克省1977年制定了「101法案」，即《法語憲章》，規定「法語是魁北克的官方語言」，是法律、民政事務、商務和教學語言，提出企業公司都要實現法語化。這些措施提高了法語的地位，但同時大量說英語的商業人員離開了加拿大當時人口最多的城市蒙特利爾。結果多倫多取而代之，成爲加拿大人口最多的城市。

　　語言地位計畫也有可能被利用，通過「語言擴張」，以達到民族復興的目的，而帶來社會動盪的客觀後果。「語言擴張」是指將某一種語言確立爲國語，從而迫使說其他語言的人在其職務範圍內使用這種語言。前蘇聯各加盟共和國的語言政策都有語言擴張的傾向。如愛沙尼亞，本來是俄語和愛沙尼亞語並用，但其語言法規定愛沙尼亞語爲國語，不懂愛沙尼亞語的人不能成爲愛沙尼亞公民，將失去財產權和其他公民權利。這對俄語居民的語言生活造成困難，而且對他們的生存也帶來很大威脅。許多俄語居民不得不離別這些國家，移居俄羅斯。而他們大都是技術人員和管理人員，他們的離別也使這些國家蒙受損失。

　　語言問題常常與民族感情聯繫在一起，在第一次世界大戰後，美國的愛荷華、俄亥俄等州禁止在私立和公立學校教學德語，甚至禁止公開使用德語。第二次世界大戰後，臺灣也曾在大學裏禁止教學日語。墨西哥在二十世紀二十年代，禁止在學校使用土著語言，學生使用母語，會因觸犯校規而受處罰。

　　一個國家、一個地區或一個社區的雙語現象或多語現象本來是自然形成的。但是兩種或多種語言長期並存，勢必互相競爭，甚至互相衝突，在國家層面尤其如此。這時候就需要政府出面制定實行單語、雙語或多語政策，以協調語言之間的關係。

　　雙語政策實行得比較成功的國家，可以以比利時為典型。據1993年的統計，比利時全國人口為1010.1萬，其中荷蘭語人口609.4萬，約占全國人口總數62%，法語人口394.7萬，約占全國人口總數38%。另有德語人口6.9萬人。比利時語言政策的首要內容是按語言區劃來劃分行政區劃，法語區、荷蘭語區、法荷雙語區（首都布魯塞爾）和 語區，全國的每一個市鎮都分屬於四個語區之一。按語言劃分地區的法律是1963年頒佈的。官方語言是法語和荷蘭語。這兩種官方語言在下述領域並行使用，效力同等。

⑴ 在議會各種法規的表決、批准、頒佈和出版。

⑵ 最高法院和布魯塞爾的上訴法院的上訴、審判和裁決等法庭程式。

⑶ 中央政府及其所屬部門和布魯塞爾區政府的工作語言。

⑷ 軍隊官兵、教育、指揮、行政和管理語言。

⑸ 通訊社、廣播電視、絕大多數報紙。

⑹ 貨幣、郵票、商標、路標。

⑺ 宗教上的佈道、講經和禮拜。

⑻ 從小學到大學的教學系統。布魯塞爾區實行法荷雙語教學；法語區用法語授課，第二語言為荷蘭語；荷蘭語區用荷蘭語

授課，第二語言爲法語；德語區用德語授課，第二語言爲法語。

　　實行多語制的國家可以以瑞士爲例。瑞士總人口據1997年的統計爲701.9萬，使用四種語言，　語人口占73.4%，法語人口占20.5%義大利語人口占4.1%，羅曼什語占0.7%。全國有二十三個州，其中十四個爲德語州、四個爲法語州、三個爲雙語州、一個爲三語州。早在1848年瑞士的憲法就規定「瑞士以德語、法語、義大利語爲國語；德語、法語和義大利語爲聯邦的官方語言」雖然羅什曼語人口占全國人口總數不足1%，但是通過全民公決和各州投票表決，1938年頒佈的憲法還把羅什曼語添列爲國語，這樣一來瑞士就有了四種國語和三種官方語言。瑞士的多語政策和制度一直爲各語區居民所擁護，對社會和諧起到了積極的作用。近年來瑞士政府重新強調，今後的奮鬥目標是「以卓有成效的辦法捍衛我們的四語制度」，並重申以下原則：

⑴ 保證個人語言自由。

⑵ 堅持四種國語權利平等。

⑶ 保證語區領土完整和語區界限穩定。

⑷ 通過語言上的相互尊重，捍衛語言和平。

⑸ 加強四大語區間的理解與交流。

　　鼓勵、捍衛瀕危的羅什曼語和受到威脅的瑞士義大利語；保護語言環境，積極使用這些語言，並在全國弘揚這些語言的燦爛文化①。

　　新加坡也是多語制國家，據1996年的人口統計，在全國人口中，華人占77.3%，馬來人只占14.2%，在1965年新加坡建國時也是華人占絕大多數。雖然馬來語在人口、經濟和教育方面都處於劣勢，但是從馬來西亞聯邦分離出來，建立獨立國家之初，新加坡仍然把馬來語定爲國語，至今未變。但實際上除了國歌之外，馬來語在

其他領域並無國語地位。究其原因，定馬來語爲國語是出於政治目的，即企圖保持一種政治姿態，顯示出不放棄與馬來西亞重新結合的願望，同時也表示對本地區的多數民族的尊重。這一語言政策有利於國家的穩定和未來。

實際上多語制度實行起來會有問題，很難做到眞正平等。例如政府文件用多語印刷、法庭用多語審判等都會大大增加財政支出。再者，有多語制度的國家，即使有法律保證和政府提倡，久而久之，因語言競爭關係，最後都可能只有一二種語言取勝，占領大部分重要的領域。至此多語制度可以說是名存實亡了。例如比利時雖然有四語制度，但是其中人口最少的羅什曼語已經進入瀕危時期，而人口占全國4%的義大利語也已成爲「受到威脅的語言」，即義大利語居民常常忘記自己的語言是官方語言之一。只有四種國語的比利時尚且如此，更何況有十一種官方語言（英語和阿非利坎語等十種非洲語言）的南非。

二、語言本體計畫

語言的本體計畫是指對國語或官方語言及其文字的規範化工作。許多國家對本國的標準語（standard language）都會進行規範，茲以中國對現代漢語的規範化工作爲例，按歷史進程[11]，加以說明。

1.現代漢語標準語的確立

現代漢語標準音經過三個階段的發展，最後才得以確立。

第一，清末「京音國語」階段（1903-1912年）。

清末的官話運動是和當時的漢字拼音運動相輔相成的。清政府於1903年頒佈《學堂章程》，規定以北京的官話爲標準音：「茲以官音統一天下之語言，故自師範以及高等小學，均於國文一科內，附入

1　①周慶生主編，《國家、民族和語言》（語文出版社，2003年）。

官話一門。」當時漢字拼音化的鼓吹者王照、盧戇章等人也贊同以京音官話作爲國語的標準。

第二，民國初年「老國音」階段（1913-1925年）。

1913年教育部召開「讀音統一會」，會上北方各省和南方各省的代表，就國語應以北方音或南方音爲標準，展開激烈的辯論，最後綜合南北方音的特點，定下官話發音的標準，叫做「國音」，後人稱爲「老國音」。當時北京話地位不夠高，它無入聲，無濁音，不分尖團，有規律的語音演變消失，如「容易」的「易」和「交易」的「易」變得同音（今廣東話仍不同音）。這些都爲當時南方代表所不齒。「老國音」是一個綜合的語音系統，四聲參照北京音，再加上短而不促的入聲，共有五種聲調。母音則有o和e，而聲母分尖團。1919年出版《國音字典》，即是這種老國音定標準的。趙元任曾給這種標準音灌製《國語留聲機片》，但是這種標準的國音除了趙元任，誰也不說。

第三，「新國音」階段（1926-）。

1926年教育部國語統一籌備會國音詞典增修委員會對舊國音進行修正，議決「凡字音概以北京的普通讀法爲標準」。至此北京話才取而代之，成爲國音的標準。此後的國音即稱爲「新國音」。教育部於1932年公佈的《國語常用字彙》，就是爲「新國音」定標準的。

2.現代漢語標準書面語的確立

在1919年的五四運動之前，漢語的書面語是文言文。文言文是一種古典語言，是一種純粹的書面語，是超方言的，類似於歐洲的拉丁文，並不用於口語，只有少數人會讀、會寫。雖然在鴉片戰爭之後，早就有西洋傳教士用各地的口語翻譯出版方言《聖經》，或用方言口語寫作、出版其他著作，但是這些作品基本上只用於基督教教徒，流傳面很窄，並沒有得到知識界的重視和社會的認可。十九世紀末變法維新派人士也曾大力提倡「言文合一」，並且出版白話報，其

中最早的一種是《無錫白話報》，創刊於己1898年。這一時期還出版了大量白話小說。但是知識界依然故我，還是用文言文寫作。

文言文和口頭語言之間有十分大的距離，一般人要經過若干年的學習，才能用文言文寫作。文言文不僅落後於時代，不便記錄新事物和新思想，也不利普及教育和提高大眾的文化水準，弊端甚爲明顯。改革文言文，而使「言文統一」，可以說勢在必行。

除了白話文之外另有一種民間流行的書面語是「白話」，「白話」是比較接近口語的。明清時代有許多小說是用白話寫作的，稱爲白話文學。但是白話文學向來只有俗文化的地位，而爲一般知識份子所蔑視。

「五四」白話文運動肇始於1917年，這個運動並不是政府行爲，而是幾位知識精英發起的，其中最重要的幾位是胡適、陳獨秀、魯迅、錢玄同、劉半農。在白話文運動之初，反對者不乏其人，如林琴南將白話文斥爲「引車賣漿之徒所操之語」，爭論十分激烈。二十世紀二十年代初，教育部規定在小學一、二年級教白話，白話從此有了法定地位。因爲白話文符合時代和社會發展的要求，很快就以勢不可擋之勢，在二十世紀三十年代全面取代文言文，成爲現代漢語標準書面語。

不過文言在現代漢語書面語中仍扮演重要角色，文言詞彙、來自文言的成語和熟語都是不可或缺的。在某些領域或文體，文言依然發揮重要作用，例如公函、邀請函、電報、報紙新聞標題、紀念碑上的銘文、簡短的告示、訃告、合同等。在海外使用的華文中會有更多的文言成分，例如：「在離開本局櫃位之前，請當面將郵票及找贖點收清楚，方可離去；事後追討，恕不受理，希爲留意。」（香港九龍塘郵政局2004年1月張貼的告示）「辱承親臨執紼，惠賜厚賻，高誼隆情，歿存均感。」（澳門訃告）

3.三大語文政策

　　在二十世紀五十年代，中國政府大力加強語言調查和語言計畫工作。在1955年全國文字改革和現代漢語規範化學術會議上提出三大語文政策：一是簡化漢字，二是推廣普通話，三是推行中文拼音方案。語言調查可以說是語言計畫的基礎，語言調查分爲兩大塊：漢語方言調查和少數民族語言調查。

第一，語言調查。

　　1956年3月高等教育部和教育部發佈〈關於漢語方言普查工作的通知〉。同年國務院發佈了關於在全國推廣普通話的指示，提出要在1956年至1957年內完成全國每個縣的方言的初步調查任務，並要求各省教育廳在1956年內根據各省方言的特點，編寫出指導本省人學習普通話的手冊。

　　1957年全國各省市先後開展了對本省市方言的普查工作，經過將近兩年時間，完成原來計畫要調查的二千二百九十八個方言點中的一千八百四十九個點（占80%以上）的普查工作。普查以語音爲重點，各地只記錄少量詞彙和語法例句。在普查的基礎上編寫了一千一百九十五種調查報告和某地人學習普通話手冊之類小冊子三百多種（已出版七十二種）。普查工作後期編出的方言概況一類著作有河北、河南、陝西、福建、山東、甘肅、江蘇、浙江、湖北、湖南、四川、廣西、貴州、廣東等十八種。大都僅油印或鉛印成冊，公開出版的只有《江蘇省和上海市方言概況》、《河北方言概況》、《安徽方言概況》、《四川方言音系》等幾種。

　　二十世紀五十年代還出版了一批指導方言調查工作的工具書刊，其中最重要的有《方言調查字表》（1955）、《漢語方言調查簡表》（1956）、《方言詞彙調查手冊》（1956）、《漢語方言調查手冊》（1957）。此外，1958年開始出版的《方言與普通話集刊》（共出八本）和《方言和普通話叢刊》（共分兩本），對普查工

作也有指導意義和參考價值。叢刊和集刊中的文章大都是描寫地點方言語音的，並注重方言和普通話的對應關係的研究。

　　爲了配合推廣普通話和方言普查工作，1956年中國科學院語言研究所和中央教育部在北京聯合舉辦「普通話語音研究班」。這個班的前三期招收各地部分高等學校漢語教研室的中青年教師，由語言研究所的專家授課，學習普通話語音和調查記錄漢語方言工作。自1956年至1961年共舉辦九期，先後培訓了一千六百六十六名學員。這個班的學員在方言普查和後來的方言研究工作中起到了骨幹作用。

　　二十世紀五十年代制定了發展少數民族語言研究的十二年遠景規劃和五年計畫。爲了給民族識別工作提供依據，以及幫助少數民族創制和改進文字，1956年組織了有七百多人參加的七個工作隊分赴全國十六個省區調查少數民族語言。調查之前在中央民族學院爲各工作隊舉辦了語言調查培訓班，這批工作隊的成員後來多成少數民族語言調查研究的骨幹力量。

　　二十世紀五十年代新創制的少數民族文字有壯文、布依文、彝文、黔東苗文、湘西苗文、川黔滇苗文、哈雅哈尼文、碧卡哈尼文、汕傈文、納西文、侗文、佤文、黎文、載瓦文等十五種拉丁字母形式的文字；只對原有文字字元加以改進的民族文字有德宏傣文、西雙版納傣文、拉祜文、景頗文等四種文字；改革原有文字字元體系的民族文字有滇東北苗文和新維吾爾文、新哈薩克文。八十年代又創制了土族文字，羌文拼音方案、土家文拼音方案、白文拼音方案、瑤文拼音方案、獨龍文拼音方案、達斡爾文拼音方案等，在傳統彝文的基礎上規範了四川彝文。

第二，推廣普通話和推行中文拼音方案。

　　1956年國務院發出〈關於推廣普通話的指示〉。「普通話」這個名稱是1906年朱文熊率先提出的，他並將普通話定義爲「各省通

行之話」，相當於當時的「國語」。不過在五十年代以前民間較流行
的名稱還有「官話」、「藍青官話」和「大眾語」。「藍青官話」指
帶有方言口音的，不標準的普通話，是普通話的變體，方言區的大多
數人所說的普通話其實都是這種普通話的變體。「大眾語」是指大眾
說得出、聽得懂、看得明白的語言文字。1934年開始在上海報章上
曾討論「大眾語」。1955年全國文字改革和現代漢語規範化學術會
議制定了普通話的標準是「以北京音為標準音，以北方方言詞彙為基
礎詞彙，以典範的白話文著作為語法典範」。

　　為了推廣普通話，除了上述編寫某地學習普通話手冊外，最有效
的措施有三個：一是將普通話用於傳媒，二是推行中文拼音，三是將
普通話用於學校教學。推行中文拼音的目的不僅僅是為了幫助教學普
通話，不過因為「中文拼音」是用於拼寫普通話的，所以通過中文拼
音學習普通話，是一條捷徑。

　　現行的《中文拼音方案》是用於記錄普通話語音系統的法定拼音
方案，是在1958年由全國人民代表大會第一屆第五次會議批准並公
佈的。

　　將近半個世紀以來，推廣普通話和推行中文拼音這兩項工作
取得了很大的成功。普通話在全國各大、中、小城市通行無阻，也
是大、中、小學首要的教學語言。中文拼音成功地普遍用於下述領
域：電腦的文字輸入、各種檢索系統、拼寫人名和地名、初級漢語教
學、產品型號等代碼等。中文拼音方案推廣至今最大的不成功之處
是：字母讀音推行失敗。按規定a、b、c、d等應讀作[a、pe、tshe、
te]等。但是人們沒有按照原定的讀音來讀字母，而是按照英文字母
的讀音來讀，或者避而不讀。原因是這些字母讀音的音節為普通話所
無，即不符合普通話音節讀音規律。

第三，現代漢字規範化。

　　簡化漢字是「現代漢字規範化」工作最重要的內容。中國政府在

1956年公佈《漢字簡化方案》，經數年試用，於1964年編印成《簡化字總表》，用作漢字簡化的規範。1986年重新公佈《簡化字總表》，共收二千二百三十五個簡化字。除了簡化漢字外，「現代漢字規範化」還包括以下工作：

精簡字數：通過整理異體字、廢除生僻地名字、淘汰一些繁體字，共精減了一千一百八十九個漢字。

精簡筆劃：大批簡體字都是從繁體字精簡筆劃而來的，如膠—胶、盧—庐。「簡體字」舊稱「簡筆」，「繁體字」舊稱「正體」。

定形：對同音同義異形字，只採用其中一個爲正體，例如：閑（閒）、闊（濶）

定音：對同義同形異音字，只採用其中一個爲正音，例如：法國的「法」有陽平和去聲兩讀，只取陽平一讀。

定序：筆順不同的字，只取其中一種爲標準，例如：「这」，先寫「文」，後寫「走之」旁。

4.關於漢字拼音化運動

漢字本是表意文字，最初是西洋傳教士試圖改用拼音的辦法，以拉丁字母來拼寫漢語的音節。

成系統的中文拼音方案始於1605年刊行的利瑪竇（Mattreo Ricci, 1552-1610）所著《西字奇蹟》。利瑪竇是義大利人，來華傳教的天主教耶穌會士。1626年又有法國耶穌會士金尼閣（Nicolas Trigault, 1577-1628）出版《西儒耳目資》，書中提出的方案對利瑪竇方案有所修正。此後又有英國傳教士馬禮遜設計的官話拼音方案（制定於十九世紀初葉）等。這些拼音方案對漢語的書寫系統均無大影響，影響最大最深的是所謂威妥瑪式。

威妥瑪（Thomas F·Wade, 1818-1895）是英國外交官，鴉片戰爭時隨英軍入華。他擬制了一套漢語拼寫方法，即所謂威妥瑪式，並

在1867年出版京音官話讀本《語言自邇集》，試圖用這一套拼寫方
法教英國人學漢語。翟理斯（H·A·Giles）在1912年出版的《中英詞
典》採用威妥瑪式而略作修改。威妥瑪式在二十世紀五十年代以前普
遍用於中國的郵政和鐵路系統，用於拼寫地名等。

　　此外基督教傳教士爲了傳教的需要，從十九世紀中期就開始醉心
於用他們所制定的中文拼音方案把《聖經》翻譯成各地漢語方言，
並且正式出版銷售。1890至1920年三十年間售出的羅馬字拼音《聖
經》和《舊約全書》有一千八百零五十五冊，《新約全書》有五萬
七千六百九十三冊。但是這個《聖經》拼音翻譯活動實際上在二十世
紀二十年代就宣告失敗了，這從《聖經》的羅馬字拼音譯本的銷售量
銳減可知。表10.1是各地方言拼音《聖經》（包括《聖經》和《舊約
全書》、《新約全書》、《聖經》單卷本）1890年至1915年間年平
均銷售量和1916年至1920年間年平均銷售量的比較。由表10.1中的數
字可知，除廈門話外，其餘七種方言的拼音譯本銷售量在1916年至
1920年間均已銳減，而逞強弩之末之勢。隨著拼音譯本的衰頹，取
而代之的是用方塊漢字翻譯的方言口語譯本。這種方言口語的《聖
經》譯本一直到本世紀七十年代還在出版，如香港聖書公會代印的
《聖經》白話本。

表10.1　《聖經》方言譯本銷售量比較

地區	廈門	廣州	福州	海南	寧波	汕頭	臺州	溫州
1890-1915	2276	988	1031	297	994	783	59	147
1916-1920	5836	105	286	88	281	335	17	39

　　上述傳教士的拼音化工作，可以稱爲漢字拼音化運動的「教會羅
馬字」階段。教會羅馬字的使用範圍大致局限於教會和教友之間。

　　中國學者的漢字拼音化運動，在現行的《中文拼音方案》之前，經歷過四個階段：

第一，清末的切音字運動。

　　清末的中國學者也有為方言創制用拉丁字母及其變體或別的符號拼音的文字的，他們志在向社會推廣，並不局限於教會。他們的工作被稱為「切音字運動」。切音字運動的肇始者是盧戇章，他為廈門話、漳州話、泉州話等閩語創制的方案見於所著《一目了然初階》（《中國切音新字初階》，1892年）。盧戇章也是中國第一位為漢語創制拼音方案的學者，但是影響及於全國的卻是後出的官話拼音方案：王照方案（1900年）和勞乃宣方案（1905年）。

第二，注音字母階段。

　　「注音字母」後改稱「注音符號」，是1918年由教育部正式公佈的。這一套拼音方案從公佈之日起一直到1958年具有法定地位，也是全國最通行的拼音方案。目前在臺灣和海外華人社會拼音字母仍有它的生命力。民國的注音字母和清末的各種切音字一樣，其形體都是來源於漢字筆劃，而沒有採用拉丁字母，便於寫慣漢字的人學習和使用。它以單一的字母代表聲母和韻母，所依據的是聲韻調音位歸納原理，例見表10.2。

表10.2　注音符號、拼音方案、方塊漢字比較示例

注音符號	ㄕㄜ	ㄏㄨㄟ	ㄩ	ㄧㄢ	ㄒㄩㄝ
中文拼音	she	huì	yǔ	yán	xué
方塊漢字	社	會	語	言	學

第三，國語羅馬字階段。

　　教育部所屬的「國語羅馬字拼音研究委員會」（別名「數人會」）於1923年成立，經反覆討論研究，於1926年制定「國語羅馬

字拼音法式」，後來簡稱「國羅」。1928年教育部大學院正式公佈
「國羅」，「作爲國音字母第二式，以便一切注音之用」。國羅的實
際應用和影響都遠不及注音字母，不過國羅的法定地位說明中國學者
開始認可用拉丁字母拼寫漢語。目前國羅在臺灣仍然用於某些檢索系
統。

第四，拉丁化新文字。

　　1929年瞿秋白在蘇聯出版《中國拉丁化新文字》，回國後他與
吳玉章等人在蘇聯漢學家的協助下制定了《中國的拉丁化新文字方
案》。這個方案最初是爲蘇聯遠東地區的以山東人爲主的十萬華工制
定的，用於拼寫以山東話爲標準的北方話，所以簡稱「北拉」。北拉
沒有法定地位，推廣的成績也不理想。

　　二十世紀五十年代的「中文拼音方案」是在總結拼音字母、國羅
和北拉的優缺點的基礎上制定的。

4.漢字拼音化有無必要？

　　「中文拼音」和「漢字拼音化」是兩個不同的概念。「中文拼
音」只是用作教學漢語和漢字的輔助工具，用於拼寫人名地名、檢
索系統等有限的領域，並不是要代替漢字的主要功能。「漢字拼音
化」是指廢除現行的漢字，用拉丁字母全面代替方塊漢字的全部功
能。主張漢字拼音化的可以以北拉派爲代表，他們認爲「要根本廢除
象形文字，以純粹的拼音文字代替它，並反對用象形文字的筆劃來拼
音或注音。如日本的假名、高麗的拼音、中國的注音字母等等的改良
辦法。」（《中國漢字拉丁化的原則》，1931年在符拉迪沃斯托克
通過）上世紀五十年代也曾有過漢字要走世界「拼音化的道路」的主
張，理由之一是漢字難寫難學，改用拼音文字可以提高掃盲率。

　　以下討論漢字拼音化有無必要和可能。

　　實際上西洋傳教士早已在民間做過規模頗大的推行拼音讀物的試
驗，而以失敗告終。民間喜歡漢字，不喜歡拼音。究其原因，答案是

明確的：拼音不適用於漢語，方塊漢字適用於漢語。

　　爲什麼方塊漢字比任何拼音文字更適用於漢語？這是一個需要專門深入研究的問題。這裏提出若干最基本的理由：

　　第一，漢語是單音節語素語，漢字是語素文字，兩者自然相匹配。口語中的每一個語素在語音和聽覺上幾乎都是獨立的，一個語素自成一個清晰的音節，不像印歐語言那樣，音節之間有許多連讀現象，所以漢語的一個個語素很容易從口語中分辨出來。而在音節內部，韻尾只表示發音趨勢，其發音部位並不明確，所以漢語音節不必像印歐語那樣做音素分析。因此用一個符號代表一個語素是最合理不過的。

　　第二，漢語是無形態變化的孤立語，漢語的詞或語素沒有屈折變化，在句子中不必因語法關係的變化而時時添加音節或音素作爲語法手段。這與印歐語大異其趣，印歐語多形態變化，必須有表示形態變化的語音符號來記錄一個詞中沒有詞彙意義的形態。如「know（知道）」這個詞在「He knows.」（他知道。）這個句子中，要後添s[z]，表示主語是第三人稱單數。所以印歐語採用音素分析的拼音文字是勢所必然。

　　第三，從漢語的語音結構來看，也是方塊漢字勝過拼音文字。漢語的音節總數很少，只有一千二百多個，包括聲調不同的音節。在自然口語中同音的音節（語素）很多，不過口語中的同音問題有時可以用口頭解釋字形來分辨，例如介紹「張」姓時，可以補充解釋說：「弓長張，不是立早章。」在書面語中則是靠方塊字的不同形體分辨同音的不同語素。如果改用拼音文字，則同音字會太多，特別是人名、店名、地名的同形將會是災難性的。只是常用的同音詞，也已多達約四百組（據劉振鐸主編《現代漢語多功能詞典》，延邊教育出版社，2001年）。

　　有一種意見認爲現代漢語中雙音節詞大量增加，而拼音文字是

分詞連寫的，所以可以解決同音問題。且不論詞和非詞的界限難以劃定，至少有兩大困難，分詞連寫仍然不能解決。一是漢語是單音節語素語，用單音節的語素構成合成詞或片語是極其靈活的，許多詞或片語，包括縮略語，是臨時搭配的。這些詞語詞典一般不會收錄，但是在實際口語中卻很多，並且將來的能產性是不可限量的。因爲其字形有分別，所以造詞時往往不必顧及同音問題。如果採用拼音文字，勢必要大爲減弱漢語的造詞能力。例如下列幾組詞語詞典裏不一定收錄，但在口語和書面語中並不見罕見的：事故－世故，即食－即時，雞場－機場，面試－面市，致癌－治癌。其間區別，寫成漢字，一目了然，改用拼音，就混同一律了。二是現代漢語口語中雖然有較多的雙音節詞彙，但是許多雙音節詞到了書面語中往往變成單音節，例如「老虎」在書面語中寫成「虎」，是任何讀者都可以明白的。況且書面語又有各種文體的區別，不少文體與口語的距離較遠，而慣用比較經濟或文雅的單音節詞，例如電報、日記、請柬等。如果採用拼音文字，爲避免同音問題，結果勢必放棄所有與口語有距離的文體。這顯然會削弱漢語的社會交際能力和漢字文化的多樣性。

　　第四，漢語是世界上方言分歧最突出的語言之一。漢語方言歧異最重要的是語音差別。因爲方塊漢字只代表語義，不代表語音，所以方塊漢字是超地域或超方言的。因爲不受語音歷史音變的影響，所以它又是超時代的。漢語在漫長的發展史上，之所以沒有像歐洲語言那樣分化成各種不同的語言，只是分化成方言而已，就是因爲它有方塊漢字這個中流砥柱支撐著。特別是漢字的文讀音，是維繫漢語內部一致性的極重要的向心力。拼音文字顯然不利於南方方言區的居民學習和掌握，而北方基礎方言區的居民也會因爲當地方言與標準語仍有差異，而發生困難。如漢語標準語聲母分平舌音和翹舌音，即z、c、s和zh、ch、sh有分別。東北和北京同屬基礎方言區，但是在東北方言

裏平舌音字和翹舌音字卻多混淆不清。

　　除上述這些基本理由外，與拼音文字比較，漢字還有許多別的優點，例如，因有表意的偏旁，提供的信息量較多；因語素表意，縮略語的信息量較多；閱讀速度較快；在書面上所占空間較小、較經濟等。

　　自明末利瑪竇出版《西字奇蹟》以來，與西洋文化接踵而來的拼音文字衝擊方塊漢字已有三百多年的歷史。不過，拼音文字對日常使用的方塊漢字的重大影響，至今還只有一項，即書寫順序的改變。漢字直排左行的書寫順序自甲骨文以後即穩定下來，一直到清末沒有變化。清末西洋出版的書籍大量入華，因為西洋的算術、幾何、代數、物理等教科書上的算式、公式、阿拉伯數碼都是橫排右行的，所以譯本也不得不採用橫排右行的格式，從而打破了直排左行的傳統。從直排到橫排，只是書寫順序的變化，並不構成對漢字前途的影響。

　　有人提出所謂「漢字的前途」，意思是指方塊漢字將來會不會被某一種拼音文字所代替，這也是可以討論的。

　　文字的起源比語言晚得多，人類大約在二百萬年前的舊石器時代就獲得了語言的能力，但是已知最古老的記錄語言的系統卻只有一萬一千年歷史。文字是在人類語言發展到十分精微的階段以後，在少數文明程度較高的地區首先誕生的，人類語言的種類比文字要多得多。在人類文化史上，文字的借用是非常普遍的現象。不同的語言使用同一種文字是很常見的，如德語和法語都用拉丁字母；或者甲、乙兩種文字表面上不同，但是追根究柢，其中一種文字是從另一種文字脫胎而來的，如藏文字母源出梵文字母。借來的文字並不一定完全適用本族語言，借用的原因可能只是因為當初這種文字的文化地位較高。例如古代日本借用漢字，但是因為漢字並不十分適用於日語，所以後來又有假名的發明，以補充方塊漢字的不足。

　　雖然文字的借用是很普遍的現象，但是漢語卻大可不必借用西方的拼音文字，放棄方塊漢字，因為方塊漢字比拼音文字更適用於漢

語。這是上文已經討論過的。有一種意見認為人類文字的發展是分階段的、有規律的，即圖畫文字→象形文字→表意文字→音節文字→音素文字。按照這種文字發展階段論，漢字作為表意文字還是相當落後的，而最先進的則是西方的拼音文字，而且漢字的未來必然是採用音素拼音的文字。文字發展階段論起源於十九世紀，當時有些語言學家受達爾文生物進化論的影響，以為語言也是進化的，並且認定孤立語（如漢語）是落後的語言，屈折語（如德語）是先進的語言等；同時也有人認為文字也是進化的。語言發展的進化論在本世紀結構主義語言學誕生之後就漸漸銷聲匿跡了，但是文字發展進化論至今仍有人信奉。我們認為僅從下述兩點理由來看，文字發展的進化論或階段論是難能成立的。

第一，按文字發展階段論的說法，文字最初是從圖畫演變而來的，最原始的文字即是圖畫文字或象形文字，例如古埃及的聖書體和中國納西族的象形文字。但是德國考古學家1929年以來在西亞發現的一種距今一萬一千年的古代記錄系統，證明已知最古老的文字是從記錄數目和物件的籌碼發展而來的，最原始的文字並不是象形的，而是代表實物和數目的抽象的線條或圖形。例如菱形代表「甜」，當中有+字的圓圈表示「羊」等等。這種原始文字的創制者是善於貿易和經商的西亞人，他們為了防止貨物在運輸中丟失，就製作了各種形狀的黏土籌碼，密封在泥泡裏，代表各種貨物。收貨人在貨到時可以打破泥泡，取出籌碼，核對貨物。後來為方便計，他們把籌碼的形狀刻劃在泥泡的表面，以代表原來的放在泥泡中的籌碼。西亞後來的文字正是從這些籌碼及其圖形發展而成的。古代中國人、瑪雅人和埃及人是因宗教儀式的需要而創制文字，所以傾向於象形造字。各民族最初創造什麼樣的文字，與他們當時所處的文化背景有關。文字的產生和發展不能跟生物的演化類比，不同的文字適用於不同的語言。

第二，近代以來大量產生的「科技語言」，如數學、物理、化

學公式都是表意，而不是表音的，例如$(a + b)^2 = a^2 + 2ab + b^2$。科技語言全世界通用，它是超語言、超時代的。現代社會生活中越來越多的符號也是超語言的，例如在電梯裏，頂尖朝上的三角形「Δ」表示上樓，頂尖朝下的三角形「▽」表示下樓。至於各種科技和商業領域裏的符號更是越來越多了。表意的方塊漢字是超方言、超時代的，其性質最接近越來越發達的科技語言和現代符號。其實西方語言中越來越多的縮略語也距離表音性質越來越遠，而接近表意性質。例如用a.m.表示上午，p.m.表示下午，UN表示「聯合國」；OPEC表示「石油輸出國組織」。臨時使用的縮略語也越來越多，如報紙廣告中用lg.rm.表示「大房間」（large room）。

不過方塊漢字與拼音文字比較，不便檢索，不便用於電腦，這也是不爭的事實。除了研製新的方法之外，目前的一個最普通的補救措施是借助於「中文拼音」。

第二節　語言教育和教育語言

一、語言教育

在古代的宗教教育系統裏，一般都是通過教學宗教經典，來學習標準語文，例如猶太人學習希伯來語，穆斯林學習經典阿拉伯語，印度人學習梵文等。

近代以來，幾乎每一個國家都會在中小學階段教學本國的標準語，即國語。例如在中國大陸，中小學歷來都設有「國文」課或「語文」課。二十世紀五十年代開始語文課率先用普通話作爲教學語言，然後推廣到所有課程。通過這種途徑學習普通話，已經取得很大的成功。

如果一個國家通行兩種以上語言，則會教學另一種語言，例如在

芬蘭，芬蘭人要學瑞典語，而瑞典人要學芬蘭語，在以色列，阿拉伯學童要學希伯來語，而猶太人一定要學阿拉伯語。

　　上述常規語言教育模式近代以來被「語言擴散」（language diffusion）或「語言帝國主義」（linguistic imperialism）攪亂，而陷於迷惘。語言帝國主義主要來自兩個方面：一是西方國家在世界各地建立殖民地，在其殖民地大力推行宗主國語言教學；二是近幾十年來英語因其背後巨大的政治、經濟、文化影響力，在全世界大行其是，英語已爲世界各國學生必須學習的語言。世界範圍內的英語霸權是現代化和全球化進程的一個組成部分，方興未艾，也難以人爲阻擋。值得社會語言學家注意的是，英語霸權會造成世界上其他主要語言使用功能的萎縮，甚至語言轉用。

二、雙語教育

　　雙語教育在雙語國家或地區是很普遍的現象，在中國少數民族地區也是常見的，近年來中國大陸沿海城市還興辦英語和漢語的雙語中小學。下面以香港爲例，討論雙語教育有哪些類型？雙語教育和提高語文能力有什麼關係？應採取什麼政策來推行雙語教育？

　　傳統上將香港看作是海外，對於海外的華語文教學來說，香港是一個很特別的地方。　香港是一個使用多種語言或方言的地區，雙語現象和雙語教學是香港社會語言生活的突出特點。

　　面對雙語並存現象，應採取什麼政策來解決教學語言問題呢？香港政府目前很注意這個問題，尋求各種有效途徑，語文教育學院就是針對這些問題而設立的，不過問題不僅僅在於在課程上提高中文或英文的水準。在香港這個社會，我們不宜把中文和英文分隔開來看，而要看到中英兩種語文相互的關係，以及在應用上的發展前途，從而探討最佳方案。也就是說，要全面瞭解語言與社會的關係，而不是單純考慮教學的方式和提高語文能力的問題。

　　與雙語現象相配合的是雙語教育。先介紹一下國外已有的雙語教育的各種類型和所引起的後果。所謂雙語教育當然要涉及兩種語言，在語言的應用上，可以叫做「母語和外語」。從教育的觀點出發，可以稱爲「基礎語言（base language）和目的語言（target language）」。所謂雙語教育就是使受教育者在基礎語言的基礎上，經過學習逐漸使他使用目的語言的水準達到一定程度。一般往往以爲用雙語教育就可以解決很多問題，其實不然。

　　雙語教育有很多方式，請見圖10.1（分六幅小圖）所示。

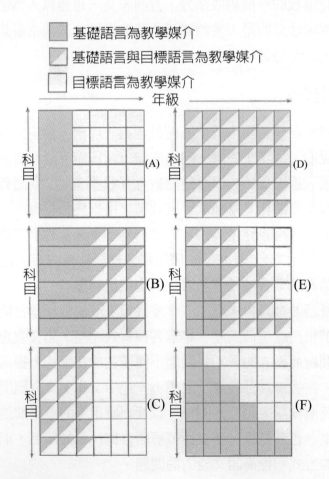

圖10.1　雙語教育的方式

圖10.1 上的縱坐標表示科目的數目,六個或更多都可以。橫坐標表示年數,六年或者更長時間都可以。黑色方格表示教學上全用基礎語言(在香港是中文),白色方格表示全用目的語言(在香港是英語),半黑半白表示兩種語言交替應用。

模式A:頭兩年用基礎語言教所有科目,以後四年完全用目的語言做教學的媒介。香港的中學目前不是用這個方式。

模式B:頭三年所有科目都用基礎語言做教學媒介,後三年則同時並用基礎語言和目的語言教各科。但同時並用是有很多種方式的。在外國,曾嘗試過同一課書,由兩位教師用兩種語言教,或者聘用同時具備雙語能力的教師用兩種語言交替的方式來教。這些不同的嘗試引起不少問題。例如用兩個教師教同一課書就需要更多的人力和經費,而且這是不是最好的方式也是一個問題。

模式C:最初三年用兩種語言交替、對換或同時教所有的科目,其餘三年則用目的語言作為教學媒介。這一模式學生在頭三年不易接受,同時會使學生在基礎語言方面的基礎較差。此模式最終目的是要使學生使用目的語言的能力全面提高,而沒有兼顧他們在基礎語言方面的發展。

模式D:所有科目在不同級別都是用同一方式教學。在德國,有一所紀念甘迺迪總統的學校,它是政府辦的,花了很多經費。在這所學校,同樣的課程上下午用不同的語言教,例如上午完全用英語做教學媒介,而下午卻完全用德語。另一種交替的方式是隔日進行,例如今日用基礎語言教,明天使用目的語言。「甘迺迪」是世界上知名度很高的學府,因為它的教學品質很高;但也有人批評說,能入學的是家庭背景很好的學生,學生在家庭中已經有多種語言的環境,父母已懂得不止一種語言,家庭環境自然會影響學生的成績。

模式E:開始時多數的科目採用基礎語言,少數科目用兩種語言教學,到高年級時慢慢轉向目的語言。

　　模式F：開始時全用基礎語言，年級越高目的語言用得越多，造成一梯狀圖形。這種模式跟模式E的分別是，後者在中間有一個兩種語言並用的過渡期，前者則是從一種語言完全轉為另一種語言。

　　香港的情形是比較接近模式B。不過也並非清一色的用某一模式，多種方式都可能出現。香港有些學校在轉移教學語言方面是很急促的，有些則較緩慢。最重要的是我們要考慮每一種模型推行時可能出現的問題，以及其教學效果怎麼樣。E與B不同之處是，B在過了一半的時間之後就全面用兩種語言來教學，而E是有選擇性的，只在部分科目用兩種語言。用B這種模式訓練出來的學生，以母語為基礎，慢慢發展到有同樣的能力使用目的語言和基礎語言；而 E卻不同，訓練的結果學生使用目的語言的能力會超過其他語言。這是一個很重要的差別。

　　新加坡政府曾經嘗試，把所有十至十一歲的學生送去參加會考，根據學生會考的成績高低決定他們就讀華校或英校，也可以說是會考成績決定學生一生的道路。同時新加坡政府還鼓勵大專畢業的女士多生孩子，並給予他們的子女特別的優待，這跟政府的教育政策是一致的。這兩項政策後來都引起很多人的反對。政府的出發點是好的，社會上並不需要所有的人都清一色中文好，英文也好，所以可以根據各人的能力、所處環境及其他方面的條件，選擇學某種語言，走某條路，向某方面發展。新加坡政府有一套計畫，從社會實際出發，用考試的方式，早些決定學生讀華校或者英校。這樣做有可取的地方，就是先調查社會各方面對人才的需求，然後提出與此需求相配合的教育方案。

　　香港的社會及其語言結構正在演變中，雙語教學也要適應未來社會發展的需要而做出相應的調整。上文曾指出，香港人對香港的認同已經減低，語言方面越來越趨向使用粵語。從教育方面看，語言可能不成問題。香港與新加坡不同，在新加坡不同家庭各自有不同的方

言，因此在教學上用一種共同語言就十分必要，香港沒有這樣的問題。香港未來的情形應該怎麼樣好呢？讓我們比較一下香港和廣州的的情形：在香港，英語是高層語言，粵語是低層語言，而漢語普通話有一定的地位；在廣州，英語和漢語普通話的地位大概對換一下就是了。見圖10.2。

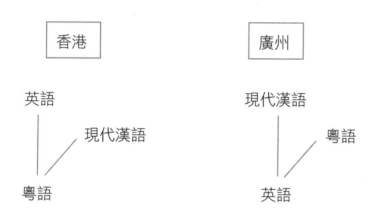

圖10.2　英語、粵語和普通話在香港和廣州的地位

　　圖10.2只是一個示意圖，實際上英語在廣州的地位遠沒有現代漢語在香港的地位高。

　　香港未來的發展會怎樣呢？會向廣州的方式轉移嗎？粵語在香港的地位是很特殊的，不像中國別的方言，例如閩語在南洋、臺灣一帶的使用都很廣泛，但它在各地所取得的地位，絕對沒有粵語在香港的地位那樣高。香港可以做到從小學、中學到大專都可以用粵語作為教學媒介，別的方言做不到。舊時代的廣州社會跟今天的香港在語言使用方面的情況差別不大，後來的廣州當然走了另一個方向。香港未來的演變方向目前還難以預測，有一點是可以肯定的，即漢語書面語和普通話的地位將有所提高。

　　目的語言有時候就是頂層語言，例如英語在香港是頂層語言，也是目的語言。但目的語言在更多的情況下，並不是頂層語言，而只是學校教學中的第一外語。例如在中國大陸、臺灣及其他許多東南亞國家和地區，英語都是非常熱門的第一外語，在大學裏有越來越多的課程選用英文教材。但是這種外語教學和香港雙語教育中的英語教育，在目標、時間、人力和物力方面絕不能等量齊觀。在這些社會裏，英語雖然在白領階層越來越流行，但是絕不可能成爲頂層語言，更不可能成爲高層語言或低層語言。

　　在美國和英國這樣以英語爲母語的國家，目的語言的概念又大不一樣了。美國國內也有文盲，而且數量相當多。這當然與文盲的定義有關。在美國對文盲的傳統定義是凡起碼受過五年基本教育的就不算文盲，但政府發現很多人雖然讀過五年書，但是到了十五六歲還是文盲。爲什麼呢？原來他們講的雖然是英語，但並非標準英語，而是他們自己的英語方言。例如一個美國水兵他所說的英語，跟教師教的英語不同，英語學得很好的人可能會聽不懂。對於這些人來說，高層語言就是他們還沒有學會的標準英語。打個比方，有點像以臺山話爲母語的人要學作爲高層語言的廣州話。在英國威爾斯地區，早已在約兩百萬人中間推行雙語教育。威爾斯人在家裏也很少說威爾斯話，不過他們說的是威爾斯英語，跟倫敦地區的英語不同，當地的教育政策是以倫敦地區的高層英語作爲目的語言。在美國有15%的人口，其家庭語言不是英語，這比率並不小。所以過去二十多年來，美國也極力推行雙語教育。

　　一個社會對目的語言的選擇跟經濟取向關係很大，如果在一個社會裏掌握某種語言能夠明顯提高經濟地位，那麼這種語言就很有可能成爲目的語言，例如英語在香港、新加坡。

　　在中國大陸沿海地區的大城市，英語的目的語言地位也越來越鞏固。一個社會對頂層語言的選擇雖然跟經濟取向有關，更重要的

是與政治取向有關。本世紀三四十年代的上海，尤其是公共租界地區，英語曾經是頂層語言，當時的上海是個半殖民地社會。九十年代上海的幾個經濟開發區，有許多外資企業。中方雇員招聘面試、專案策畫、與上司談話、工作彙報等都是要用英語。企業的所有文件，包括薪俸通知書，也都是用英文寫的。但是由於歷史條件的變化，英語絕無可能成為頂層語言。在東南亞獨立以前的馬來亞，英語是頂層語言，獨立以後以馬來語為國語。新加坡也一樣，獨立以後為滿足所謂土著經濟發展的要求，以馬來語為國語，也就是把它當作其他少數民族的目的語言，從而形成一個新的社會語言層級。如果華人或其他少數民族的馬來語水準停滯不前，馬來人自然就可以因此提高他們的社會地位和經濟地位。這種語言政策可以說是民族政策促成的。

　　從語言教育的角度來看，頂層語言的轉換可能引起全社會原來的頂層語言能力的下降。馬來西亞是一個很明顯的例子，馬來西亞的教學媒介原來是英語，轉換成Bahasa馬來語後，「托福」（TOEFL）考試平均成績呈逐年下降趨勢：

1976-1977年	1978-1980年	1980-1982年	1982-1984年
558	545	534	526

香港高等學校的教學媒介如果從單一的英語轉換為雙語（英語和漢語），英語能力也可能降低。香港是一個國際金融和貿易中心，英語能力的下降會影響它的競爭力。

　　除了雙語教育外還有三語教育，例如香港的蘇浙公學，中文課和中國歷史課用普通話，英語課和其他文科用英語，理科用英語及粵語。語言當然是掌握得越多越好，問題在於沒有必要每一個人都接受三語教育。另外還有一個問題是：什麼時候開始三語教育？如果過早的話，各種語言在學生頭腦裏就會很容易混亂。最好是經過選擇後，對部分有能力的人推行雙語或多語教育。

　　海外的炎黃子孫維護、發揚中華文化，並把認同朝向祖國，其

最佳途徑當然是通過中文教育。過去幾十年來，海外華語文教育爲了使文化認同方向朝向祖國，都是以國語（或稱普通話）作爲教學語言的。在舊金山甚至有初級國語教學的電視節目，不過近年來的實地調查表明，接受華語文教育的華人，在日常交際中還是傾向於使用自己社團原有的方言，實際上只有極少數社團把國語用作日常交際的語言。

從文化認同的角度來看，選擇什麼語言作爲華語文教育的教學語言是至關重要的。語言對文化認同的作用很大，除非是母語，語言比儀禮、風俗、習慣都難以學會。如果教學語言正是接受教學的人家裏日常生活中使用的語言，或與已經習得的語言相同或類似，那麼對他就會產生心理和文化上的共鳴。對下一代的教育與家裏所維護的傳統文化可能產生極大的正面影響，就算不能事半功倍，至少也可以相輔相成。相反，如果教學語言與家庭語言相差較遠，例如普通話與粵語、閩語、客家話之間，不能溝通，那麼不但教學語言學不好，而且會對文化認同產生干擾，母語和家庭原有的文化傳統也會因此難以維繫。母語的地位在第二代一動搖，原來的文化認同就有可能發生變化，就容易走上與當地文化同化的道路。實地調查的經驗表明，以國語接受基本華文教育的華人常常只願用自己社區原有方言或共通語交談；甚至對方使用國語交談，而自己還是用方言應對的也大有人在。所以華語文教學語言應考慮當地華人日常使用什麼語言，擇善而從，不能一概使用普通話。不過對於那些需要用普通話作爲交際工具的人又當別論，開設普通話課程對他們來說是很有必要的。

三、第二語言習得

第二語言是相對於母語而言的，第二語言習得（language acquisition）通常是指在母語教育的基礎上，學習和掌握一種外語。學習外語不僅需要學習語言本身的各種成分及其結構，而且必須學會如何

運用這種語言，懂得在實際的社會交際中，在不同的情況下，使用不同的語言形式和語體。爲了達到這一目的，第二語言的學習者還必須要瞭解語言背後的社會和文化。「文化」的內涵是極其豐富的，其中與第二語言習得相關的是「交際文化」，即有關言語交際的文化現象。例如中英兩種語言都有成語，它們是植根於各自的民族文化傳統之中的。西方人愛狗，所以有「Love me, love my dog」這樣的褒義成語，意謂「愛我而愛及我所喜愛的人或物」，與漢語成語「愛屋及烏」相當。中國人則視狗爲醜類、賤類，所以有「狗仗人勢」、「狐朋狗友」這樣的貶義成語。

學習第二語言的人往往把母語及其文化的形式、意義和分佈（distribution）移植到第二語言中，因而不能學會純正的第二語言。所以爲了教好和學好第二語言，兩者語言本身的差別外，很有必要同時對比研究兩種不同的文化。這樣就產生了一個新的學科分支：跨文化交際學（intercultural communication/acrosscultural communication）。這個新的學科分支的創始人是美國的Robert Lado，他在1957年出版 *Linguistics Across Culture: Applied Linguistics for Language Teachers*（University of Michigan Press,1957）一書，他以英語和西班牙語的對比爲例，提出文化對比可以通過形式、意義和分佈三者的關係來進行，即形式相同、意義不同；意義相同、形式不同；形式相同、意義相同、分佈不同。所謂分佈是結構主義語言學的概念。

上述Lado的著作也是對比語言學的經典著作。從社會的角度研究，不僅對第二語言習得具有應用價值，而且對於社會語言學的理論建設也很有意義。與第二語言習得相關的理論不少，其中有一個理論是交際適應理論（communication accommodation theory, CAT）。這個理論認爲談話雙方在交際過程中的言語行爲，可以分爲兩大類：一是「靠近」（convergence），即參加談話的一方的語言向另一方靠近；二是分離（divergence），即參加談話的一方有意或無意地使自

己的語言與對方不同。Beebe曾調查六十一個泰國華裔兒童和十七個成人的言語行為，他們都是第二語言（泰語）習得者，請兩個人與他們談話，其中一位是以泰語為母語的泰國人，另一位是泰語和漢語都說得很好的中國人，說泰語時不帶漢語口音；要調查的語言變項是泰語的六個母音，結果是他們與泰國人說話時，有五個元音像泰語，與中國人說話時這些母音比較像漢語。Beebe認為這種語言變異是心理上的原因造成的，他們覺得調查者是中國人，所以儘量使自己的口音接近漢語，採取的是「靠近」而不是「分離」的態度（轉引自徐大明1997）。

思考和練習

1. 舉例說明確立國語的決定因素。
2. 漢語的語言本體計畫包括哪些主要內容？
3. 現代漢語標準語是如何確立的？規範化的主要內容是什麼？
4. 漢字拼音化是否必要？是否可行？為什麼？
5. 舉例說明頂層語言和目的語言有何不同。
6. 為什麼香港的雙語教育使用粵語和英語？

附 錄
英中對照社會語言學術語

A

accent　方言、腔調、腔

acrolect　上層方言

crosscultural communication　跨文化交
際學

act sequence　行為連鎖

adjacency pair　鄰接應對

adstratum　傍層（語言）

address terms　稱謂詞

age grading　年齡層次差異、年齡級差

ambilingualism　雙語純熟、雙語功能
同等

anomie　語言迷惘

anthropology　人類學

appropriateness　得體性

asymmetrical bilingualism　雙語不均
衡、雙語能力不相等

B

baby-talk　兒童語、娃娃腔、寶貝語

basilect　基礎方言

bi-cultural　雙文化

bi-dialectal　雙方言

bilingual　雙語人

bilingualism　雙重語言現象、雙語現

象

C

calque　逐字翻譯

closing sequence　結束語、結束語序列

code mixing　語碼混合

code switching　語碼轉換

communication accommodation teach-
ing, CAT　交際適應理論

communication　交際

context of situation　言語情景、語境

contextual style　場合語體

conversation　會話

conversation Analysis, AC　會話分析

corpus linguistics　語料庫語言學

Creole　克里奧爾語、混合語

cross-cultural communication　跨文化
的交際

D

dialect　方言

dialect island　方言島

dialogic　對話性

diglossia　雙層語言現象、雙言現象、
雙言並用

domain　領域、場合、場域

E

elaborated code 精密語碼、複雜語碼

equilingualism 雙語能力同等。可替換的術語：balanced bilingualism。

ethnography of communication 交際民族志學

ethnography of speaking 言語民族志學、交際人種志學

F

field work 田野工作、實地調查

foreigner talk 外國人腔

forms of communication 交際形式

forms of speech 言語形式

full turn 正式的話輪

function of communication 交際功能

functional communicative activity 功能性交際活動

G

generation difference 代溝、代差

genres 言語體裁

glottochronology 語言年代學

gradualism 均變說

grammaticality 合乎語法

grammaticality judgement 語法判斷能力

greeting behavior 打招呼的行為

H

heterogeneity 異質性

high variety 高層語言

homogeneous 同質的

horizontal bilingualism 雙語地位同等

hypercorrection 矯枉過正

I

idiolect 個人方言

incipient bilingualism 初期雙語現象

informant 發音合作人、調查合作人

inner city 城市的核心地區

insertion sequence 插入序列

instrumentality 交際手段、交際工具

intelligibility 互懂度、可懂度、溝通度

intercultural communication 跨文化交際學

inter-personal variation 個人之間的變異

interaction 互動、交流

inter-lingual borrowing 語言間的借用

intra-personal variation 個人內部的變異

intra-sentential code-switching 句內語碼轉換

isogloss 同言線、等語線

L

language acquisition 語言習得

language attitude 語言態度

language behavior 語言行為

language contact 語言接觸

language death 語言死亡

language diffusion 語言擴散

language imperialism 語言帝國主義

language imposition 語言強制

language island 語言島

language loyalty 語言忠誠

language maintenance 語言維護

language of wide communication, LWC 交際面廣泛的語言

language planning 語言計畫

language policy 語言政策

language politics 語言政治

language shift 語言轉用、語言轉移

language socialization 語言社會化

language spread 語言擴散

language status planning 語言地位計畫

langue 語言

lexical importation 詞彙輸入

lexical re-lexification 詞彙重整

lexical substitution 詞彙替換

lingua franca 交際語

linguistic competence 語言能力

linguistic insecurity 語言不安全感

language outlier 語言飛地

linguistic sex differentiation 語言性別差異

loan blends 音義兼譯詞

loanwords 外來詞、借詞

local dialect 地點方言

low variety 底層語言

M

macro-sociolinguistics 宏觀社會語言學

matched guise technique 配對變語法

mesolect 混合型方言

metaphorical code switching 喻義性語碼轉移

micro-sociolinguistics 微觀社會語言學

motherese 母親式語型

mother tongue 母語

move 話步

multilingualism 多語現象、多語制

N

national language 國語

negative face 消極面子

network analysis 網絡分析

none-verbal communication 非語言交際

non-probability sampling 非隨機抽樣

norms 交際中的行為規範

O

official language 官方語言

open network 開放的網絡

opening sequence 話頭話、話頭序列

ordered heterogeneity 異質有序

overlap 同時發話

P

parole 言語

participant 參與者

performance 言語行為

personal interaction 個人間的交際

pidgin 洋涇浜語、皮欽語

politeness phenomena 禮貌現象

polyglossia 多語並用

positive face 積極面子

post-diglossia 後雙言制

powerless language 無勢力的語言

prestige accent 權威方言

probability 可能性、概率、隨機

probability sampling 隨機抽樣

productive bilingualism 全雙語、「聽、說、讀、寫」四會的雙言能力

public text 公共文書

Q

questionnaire 問題表、調查用問卷

R

received Pronunciation（RP）標準音（英國英語）

receiver 受話人

receptive bilingualism 半雙語、只能「聽」和「讀」的雙言能力。可替換的術語：passive bilingualism或semilingualism

regional dialect 地域語言

regional official language 地區官方語言

register 語域、語言使用領域

restricted code 有限語碼、局限語碼

role relationship 角色關係

rule of rapport 和睦原則

ruling language 統治語言

S

sample 樣本

sampling 抽樣

sapir-Whorf Hypothesis 薩丕爾—沃爾夫假說

scene 場景、場合

self-evaluation test 自我評測方法

semi-lingual

sentential code-switching 句間語碼轉換

side sequence 分岔序列

setting and scene 環境和場景

situational code switching 場景性語碼轉換

social class 社會階層

social dialect 社會方言

social variable 社會變項

socioeconomic class 社會經濟階層

sociolect 社會方言

sociolinguistics 社會語言學

sociology 社會學

sociology of language 語言社會學

speech activity　言語活動

speech act　言語行為

speech community　言語社區、言語社群、言語社團、言語共同體

speech event　言語事件

speech island　語言島、方言島

standard language　標準語

stratification sampling　層次的抽樣方法

style　語體、風格

style-shifting　語體轉換

sub-dialect　次方言

sub-ethnic group　民系

subculture　亞文化

substratum theory　底層語言理論

SWONALS　無母語的人

symmetrical bilingualism　雙語均衡、雙語能力相等

T

taboo　語言禁忌、塔布

tag code-switching　附加語轉換

target language　目的語言

teacher talk　教師腔、教師對學生用語

terms of prejudice　歧視語

top variety　頂層語言

translation loan　逐字翻譯

turn　話輪

turn taking　話輪替換、話輪轉移

T.V talk　電視用語

U

uniformitarianism　均變說

uniformitarian Principle　均變說、均變原則

universal of politeness　普遍性禮貌原則

V

variable　變項

variable rule　變項規則

variable rule analysis　變項規則分析法

variant　變式

variation　變異

variety　變體

vernacular　土話

W

working language　工作語言

work place jargon　行話、職業語言

X

xeno-dialect　域外方言

推薦閱讀書目

1. Labov, William, 1994. *Principles of Linguistic Change. Volume 1: Internal Factors* Oxford & Cambridge: Blackwell.中譯本：威廉．拉波夫《語言變化原理：內部因素》，北京大學出版社（2007）。

   2000, Principles of Linguistic Change. Volume 2: Social Factors (2, Oxford & Cambridge: Blackwell（中譯本：威廉．拉波夫《語言變化原理：社會因素》，北京大學出版（2007）。

   2010, Principles of Linguistic Change. Volume 3: Social Factors Wiley-Blackwell.

2. Meyerhoff, Miraiam, 2006. *Introducing Sociolinguistis,* Routlege, New York.

3. Trudgill, Peter, 1974. *The Social Differentiation of English in Norwish.* Cambridge University Press.

4. Trudgill, Peter, 1974. *Sociolinguistics, An Introduction to Language and Society.* Penguin Books, 1974, 1983, 1995.

5. 庫爾馬斯（Coulmas .F）主編，高一虹導讀，《社會語言學通覽》，2001年外語教學與研究出版社。Stockwell, Peter, 2007. *Sociolinguistics, A Source Book for Students.* Routledge Taylor & Francis Group, London and New York.

6. 羅奈爾得．沃德華著，雷紅波譯，2009年，《社會語言學引論》（*An Introduction to Sociolinguistics*）第五版，復旦大學出版社。

7. 徐大明主編，2006年，《語言變異與變化》，上海教育出版社。

Note

Note

國家圖書館出版品預行編目資料

社會語言學教程（第二版）／鄒嘉彥、游汝傑
著. －－二版. －－臺北市：五南, 2015.10
　面；　公分
ISBN 978-957-11-8238-4（平裝）

1.社會語言學

800.15　　　　　　　　　104014777

1XP8 語言文字學

社會語言學教程（第二版）

作　　者 ― 鄒嘉彥　游汝傑

發 行 人 ― 楊榮川

總 編 輯 ― 王翠華

企劃主編 ― 黃惠娟

編　　輯 ― 蔡佳伶

封面設計 ― 童安安

出 版 者 ― 五南圖書出版股份有限公司

地　　址：106台北市大安區和平東路二段339號4樓

電　　話：(02)2705-5066　　傳　　真：(02)2706-6100

網　　址：http://www.wunan.com.tw

電子郵件：wunan@wunan.com.tw

劃撥帳號：01068953

戶　　名：五南圖書出版股份有限公司

法律顧問　林勝安律師事務所　林勝安律師

出版日期　2007年6月初版一刷
　　　　　2015年3月初版二刷
　　　　　2015年10月二版一刷

定　　價　新臺幣550元